KNAUR

Von Andreas Franz und Daniel Holbe
sind bereits im Knaur Taschenbuch erschienen:
Todesmelodie
Tödlicher Absturz
Teufelsbande
Die Hyäne
Der Fänger
Kalter Schnitt
Blutwette
Der Panther
Der Flüsterer
Julia Durant. Die junge Jägerin
Todesruf
Der doppelte Tod

Über die Autoren:
Andreas Franz' große Leidenschaft war das Schreiben. Bereits mit seinem ersten Erfolgsroman *Jung, blond, tot* gelang es ihm, unzählige Krimileser:innen in seinen Bann zu ziehen. Seitdem folgte Bestseller auf Bestseller, die ihn zu Deutschlands erfolgreichstem Krimiautor machten. Andreas Franz starb im März 2011.
Daniel Holbe, Jahrgang 1976, lebt mit seiner Familie im oberhessischen Vogelsbergkreis. Insbesondere Krimis rund um Frankfurt und Hessen faszinieren den lesebegeisterten Daniel Holbe seit jeher. So wurde er Andreas-Franz-Fan – und schließlich selbst Autor. Er schrieb die *Todesmelodie* weiter, das unvollendete Projekt des zu früh verstorbenen Erfolgsautors, und setzt die Reihe seitdem fort. Alle Krimis um die beliebte Kommissarin Julia Durant eroberten die vorderen Plätze der Bestsellerlisten.

ANDREAS
FRANZ
DANIEL HOLBE

Schwarze Dame

JULIA DURANTS NEUER FALL

KNAUR

Besuchen Sie uns im Internet:
www.droemer-knaur.de

FSC www.fsc.org MIX Papier | Fördert gute Waldnutzung FSC® C083411

Originalausgabe August 2024

Ein Imprint der Verlagsgruppe
Droemer Knaur GmbH & Co. KG, München

Redaktion: Regine Weisbrod
Covergestaltung: ZERO Werbeagentur, München
Coverabbildung: ZERO Werbeagentur unter Verwendung
eines Motivs von Marco Ritzki (Shutterstock.com)
Historisch angelehnter Stadtplan Frankfurt am Main von Peter Palm
Schachfigur von Christos Georghiou / Shutterstock.com
Satz und Layout: Adobe InDesign im Verlag
Druck und Bindung: CPI books GmbH, Leck
ISBN 978-3-426-52925-6

2 4 5 3 1

Die Leidenschaft des Schachspielens ist eine der unverantwortlichsten der Welt. Keine andere Beschäftigung nimmt dich so gefangen mit Haut und Haar, keine befriedigt dein Verlangen weniger – ein zielloser Auswuchs des Lebens. Wenn du jemanden vernichten willst, dann nimm keinen Dolch oder eine Bombe, das wäre plump und unzuverlässig.
Lehre ihn Schach, und du wirst ihn zerstören!

(nach H. G. Wells)

PROLOG

Er hatte die Welt gesehen.
Mit bebendem Oberkörper verharrte er am Fenstersims seiner Küche. Die Ellbogen hatten breite Spuren in den fettigen Staub gezogen. Der Mülleimer aus Blech lag umgestürzt auf den Kunststofffliesen, die sich bereits an den Ecken ablösten und einen gelb-fleckigen Schimmer hatten. Aus dem Eimer rann Milch. Sie war sauer, er hatte den halb vollen Tetra Pak mit wütendem Schwung in die Tonne geworfen, wo er explodiert war.
Als Nächstes hatte ihm der Postbote nach einer Klopforgie an der Wohnungstür einen Brief durch den Schlitz geschoben. Das Klopfen hallte wie Hammerschläge in seinem Kopf. Beinahe wäre er losgerannt, etwas in ihm sagte ihm, dass er einfach nur die Tür aufreißen und den stämmigen Mann mit den verschwitzten Koteletten die Treppe hinabtreten solle.
Endlich wieder Ruhe. Stille.
Es war nur selten richtig still, auch wenn er allein lebte.
»Sie sind doch da, das weiß ich genau!«, hatte der Mann in der blauen Uniform gerufen.
Warum hatte er sich überhaupt nach oben bemüht? Sonst tat er das doch auch nicht. Stattdessen stand er nutzlos rum, drückte der neugierigen Kratzbürste im Parterre den Papierstapel in die Hand und ließ sich zuweilen auf einen Schnaps oder eine Zigarette einladen.
Lag es daran, dass er seinen Briefkasten seit Wochen nicht geleert hatte oder an der mit dunkler Handschrift vermerkten Notiz, das Schreiben »bitte nur persönlich auszuhändigen«?

Doch noch bevor er sich aus seiner Starre hatte lösen können, war der Lärm verstummt. Innen und auch außen. Die Treppenstufen knarzten, besonders die dritte von oben. Irgendwann würde das wurmstichige Holz nachgeben und jemanden ins Verderben stürzen.
Er mochte diesen Gedanken. Denn er hasste das Haus und die Gegend. Im Grunde hasste er die ganze Welt.
Was kannte der Schweißgesichtige schon von ihr?
Frankfurt-Bornheim. Vielleicht noch die Nachbarbezirke.
Jeden Tag dieselbe Route. Er stellte Briefe und Postkarten aus den entferntesten Gebieten auf dem Globus zu, aber hatte er selbst schon einmal etwas davon gesehen und erlebt? Die Hitze Arabiens, die Wildheit Australiens?
Nein. Und dafür hasste er auch ihn.
Doch genau genommen hasste er nur sich selbst.
Deshalb hatte er, sobald die Haustür zugefallen war, seinen Mülleimer so hart getreten, dass er quer durch die Küche geflogen war und eine tiefe Schramme im Furnier des Unterschranks hinterließ. Dabei schrie er. Es war ein kurzer, befreiender Lärm. Gerade kurz genug, dass die Alte mit den Lockenwicklern und dem spitzen Gesicht nicht zu kreischen begann und den Besenstiel gegen ihre Decke rammte, die gleichzeitig sein Fußboden war.
Bloß kein Geschrei. Keine Stimmen.
Dabei wusste er, dass sie immer wiederkehrten.
So wie die Welt, die in diesen Tagen nach Frankfurt zu strömen schien.
Der »Wind of Change« hatte den Eisernen Vorhang einfach umgeweht und war wie ein Tornado über Europa gefegt. Doch mit seiner Urwucht kamen die Trümmer. Man konnte ihnen nicht entfliehen. Menschliches Treibgut, das am Hauptbahnhof strandete und darauf hoffte, in der Stadt das Glück zu finden.
Manche fanden es. Der Rest wogte durch die Vergnügungsstraßen

und endete in der Taunusanlage oder unter den Mainbrücken. Im Schatten der Hochhausschluchten und in den U-Bahn-Stationen. Im Allerheiligenviertel und in den Arkaden der Weißfrauenstraße. *Sie alle* hasste er auch.

Er stand auf und sammelte lustlos einen Apfelkrotzen, eine Konservendose und einen Joghurtbecher zusammen. Es stank. Doch das störte ihn nicht. Mit einem angedeuteten Grinsen öffnete er das Fenster. Er sah nicht nach unten, es war ihm gleichgültig, ob der Mann mit der blauen Postuniform oder die schrille Frau aus dem Erdgeschoss noch miteinander kokettierten. Die Konservendose traf mit einem nicht zu überhörenden Aufprall auf das Trottoir. Eine vergammelte Bananenschale und eine bunte Ladung von zerknülltem Papier folgten dem ersten Abwurf. Jemand schrie. Doch da war das Fenster schon wieder zu.

Er zog sich einen Stuhl heran und beobachtete den Himmel und die Hausdächer. Den fleckigen Putz an graubraunen Fassaden. Unten Autolärm. Irgendwann klingelte es an der Tür. Er ließ es geschehen. Schaltete sein Gehör nach innen. Jeder andere hätte vermutlich ein Stück Kaugummi oder einen Wattebausch zwischen Hammer und Metallschale der offenen Türklingel gesteckt. Er brauchte das nicht.

Gegen den Lärm und die Stimmen der Welt konnte er sich schützen. Meistens jedenfalls.

Gegen seine inneren Stimmen leider nicht.

Sie sprachen mit ihm, als es Nachmittag wurde. Sie zogen an ihm, sie lockten, manchmal drohten sie, aber das konnte er nicht leiden. Dann schlug er auf den Tisch oder trat gegen eine Wand. Oder gegen den Mülleimer. Meistens half das für eine Weile. Die Stimmen flüchteten so wie Kinder, die Schneebälle auf Autos feuerten und verängstigt auseinanderstoben, wenn ein Fahrer anhielt und Drohungen durch das heruntergekurbelte Fenster brüllte. Dann hockten sie sich hinter Mauern oder geparkte Fahrzeuge und warteten, bis sich die Lage beruhigt hatte. Sie lauerten. Aber sie waren niemals so richtig weg.

Genau wie *sie.*

Er stand auf, griff sich Jacke und Schal und noch ein paar andere Dinge. Machte sich auf seinen Weg mit unbekanntem Ziel. Nur weg, bevor sie wiederkamen. Die feigen Gören mit ihren Schneebällen.

Draußen war es kalt. Februar. Kein Vergleich zu den heißen Monaten Arabiens, an die er sich so gerne erinnerte. Als er noch nicht alleine gewesen war mit den Stimmen. Als es eine Stimme gegeben hatte, die sie übertönte. Und friedliche Einsamkeit um ihn herum herrschte.

Als die Dunkelheit sich vollends über die Stadt gelegt hatte, war er bereits mehrere Kilometer gelaufen. Ziellos, so mochte es zumindest auf andere wirken. Jeden Tag mit einer anderen Route sah er doch stets dasselbe, das Treibgut der Zeitenwende. Gestrandete Menschen. Obdachlose und Junkies. Sie waren plötzlich überall.

Es waren diese und schlimmere Begriffe, die seine Stimmen für die Menschen mit den verblichenen Plastiktüten und den löchrigen Schlafsäcken kannten. Böse Worte, für die ihm seine Mutter jede Menge Ohrfeigen gegeben hätte. Oder sie hätte gleich den hölzernen Rührlöffel zur Hand genommen. Oder gar den Teppichklopfer.

Er blieb stehen und rieb sich das Gesäß. Die Tüte in der anderen Hand raschelte. Der Teppichklopfer hatte nur selten zu ihm gesprochen, und gleichzeitig war es die leiseste aller Stimmen gewesen. Ohrfeigen klatschten. Der Rührlöffel verursachte hauptsächlich ein gedämpftes Ziehen, je nachdem, wo er traf. Der Teppichklopfer traf großflächig auf den Hosenstoff und trieb den Schmerz indirekt durch ihn hindurch. Ein leises Patschen.

Mit Bedacht rollte er den Hammer aus der Plastiktüte. Es knisterte. Der Mann, zu dem *sie* ihn gelenkt hatten, lag in einem Gebüsch. Friedberger Anlage. Bethmannpark. So genau nahm er es wohl kaum wahr. Eingerollt in alles, was er besaß, um den eisigen Nachtstunden des Winters zu trotzen. Der karge Strauch schützte ihn weder vor dem Wind noch vor ihm.

Er holte aus. Zitterte. Seine Muskeln schienen sich gegen die Kommandos aus dem Gehirn zu wehren, doch sie hatten keine Chance. Mit voller Wucht schlug er zu. Es klatschte nicht, es patschte nicht einmal richtig. Es war eine kaum in Worte zu fassende Mischung aus dem Knacken einer Kokosnuss und dem Halbieren einer Melone. Nur mit mehr Blut.

Viel mehr Blut.

SONNTAG

PALMSONNTAG, 14. APRIL 2019

Weltkriegsbombe!
Für die Presse war das eine Schlagzeile, die sie dankbar annahm. Für eine Handvoll Frankfurter der älteren Jahrgänge weckte diese Meldung allerdings Erinnerungen an eine dunkle Zeit. Schatten, die im Lodern der Flammen umhersprangen. Sirenenheulen und die beklemmende Enge von Schutzkellern. Dröhnen am Himmel, Sirren in der Luft. Ohrenbetäubende Detonationen und einstürzende Fassaden. Ein Inferno von fünfundsiebzig Bombenangriffen hatte die Stadt in Schutt und Asche hinterlassen. Man hatte sie wiederaufgebaut. Zuerst notdürftig, dann kamen die Hochhäuser. Und jetzt gab es eine neue Bauwelle. Alt gegen neu. Gebäude. Straßen. Und unter den Fundamenten und Asphaltschichten der Fünfzigerjahre wurden immer wieder Blindgänger gefunden, zentnerschwere Metallhüllen, die vor einem Dreivierteljahrhundert vom Himmel gefallen waren und ihre zerstörerische Ladung noch immer in sich trugen; hinter Zündern, die so sensibel waren, dass man am besten einen weiten Bogen um sie schlug. Der Kampfmittelräumdienst war praktisch wöchentlich im Einsatz, um verdächtige Funde zu überprüfen. Die meisten Einwohner der Stadt hatten sich an die Schlagzeilen gewöhnt. Man checkte meistens nur noch, in welchem Stadtteil sich das Ganze abspielte. Ob der Evakuierungsradius die eigene Wohnung oder den Arbeitsplatz betraf. Wie stark der Verkehr davon betroffen war. Der Rest war Routine – zumindest für einen selbst. Bomben wurden ausgegra-

ben. Bomben wurden entschärft. Der Mensch war ein Gewohnheitstier und wollte in seinem Komfort nicht gestört werden.
Doch mit dieser Bombe war es anders, denn sie lag nicht auf einer Baustelle, nicht an einem Verkehrsknotenpunkt, jedenfalls nicht so, wie man es erwartet hätte. Einige Tage zuvor war sie im Rahmen einer Übung zufällig von Feuerwehrtauchern entdeckt worden. Ein verdächtiges Objekt auf dem schlammigen Grund des Mains unter der Alten Brücke. Und diesmal hielt die Stadt den Atem an.
Am Palmsonntag feiert das Christentum den Einzug Jesu in Jerusalem. Damals, so heißt es, säumten die Menschen die Straßen, jubelten ihm zu und warfen Palmzweige auf seinen Weg. Heute standen die Gläubigen mit wachsender Verärgerung vor dem Dom, manche rüttelten an der verschlossenen Tür, einige stießen unschöne Worte aus. *Sperrzone. Evakuierung.* Die Anwohner gingen auf die Straße, aber nicht mit Palmzweigen, sondern mit dicken Jacken und ohne Feierlaune. Noch eine Woche bis Ostern. Es war unwirtlich. Dreihundertfünfzig Einsatzkräfte durchkämmten die Straßenzüge, um sechshundert Menschen zu evakuieren. Einer der Schutzräume befand sich im Gemeindehaus am Römer, nur knapp außerhalb des gesperrten Bereichs. Es war eines der rekonstruierten Häuser der neuen Altstadt, unten Sandstein, oben Schiefer, dazwischen gelber Putz und Unmengen an Sprossenfenstern. Wie viele Scheiben drohten zu zerbersten, wenn der große Knall kam?
Uniformierte gingen von Haus zu Haus, mehrstöckige Gebäude, die sich an der Uferpromenade des rechten Mainufers aneinanderreihten. Ein breiter Grünstreifen, auf dem sich sonst die Menschen tummelten. Radfahrer, Gassigänger, Pärchen. Alte und junge Menschen. Einheimische und Touristen. Heute jedoch war der Bereich wie ausgestorben. Leer gefegt. Eine Geisterstadt. Endlich waren die Einsatzkräfte bis zu den Obdachlosen vorgedrungen, die in der Nähe des Wassers Unterschlupf gesucht hatten.

»Nein, Sie dürfen hier auch nicht im Freien bleiben.«
»Wir wissen nicht, wie lange die Sperrung andauern wird.«
»Ich will aber nicht hier weg!«
Es waren stets dieselben Dialoge. Plötzlich schien es gleichgültig, woher man stammte oder welcher Schicht man angehörte. Alle mussten aus diesem Bereich verschwinden, der zur Evakuierungszone geworden war.
Hausbesitzer. Mieter. Durchreisende. Menschen, die ihre Komfortzone verlassen mussten, weil sie zum Sperrgebiet geworden war. Wenn auch nur vorübergehend. Würde die »kontrollierte Sprengung« – falls es so etwas überhaupt gab – die Fensterscheiben zersplittern lassen? Was war mit dem teuren Porzellan, dem Aquarium oder dem Spülkasten im Bad? Wie wurde das Gebiet gegen Einbrüche gesichert? Was passierte mit Haustieren, die nicht ohne Weiteres zu transportieren waren?
»Wo sollen wir denn hin?«
»Es wurden extra Schutzräume eingerichtet.«
»Ja. Es tut uns leid, aber Sie müssen den Bereich jetzt verlassen.«
Jedes Mal dieselben Gespräche. Viele reagierten mit Verständnis, wenige mit Trotz. Und zusätzlich stieß die Polizei bei fast jeder Evakuierungsaktion auf delikate Situationen wie illegal gehaltene Exoten, Hehlerware oder auch mal einen gesuchten Kriminellen mit falscher Identität.
Eine Leiche allerdings war etwas Neues.
In einem der weißen Gebäude mit bestem Blick auf das Geschehen warteten zwei uniformierte Polizeibeamte vor einer Wohnungstür im zweiten Stock. Der eine der beiden, ein hagerer Mittfünfziger, den alle Welt nur mit seinem Vornamen Rainer ansprach, tastete nach seinen Zigaretten. Er war mehr grau- als braunhaarig, und unter dem Hemd zeichnete sich ein deutlicher Spitzbauch ab. »Jedes Mal dieselbe Scheiße«, murrte er.
»Du solltest das besser lassen«, mahnte ihn seine Kollegin, die

kaum halb so alt war wie er. Die dunkelblonden Haare lugten zu einem Pferdeschwanz gebunden unter der Dienstmütze hervor. Der Zeigefinger deutete auf einen Rauchmelder an der Decke.

Der Polizist schnaubte. »Die reagieren doch nicht auf Zigarettenrauch. Wer weiß, wie lange wir uns hier noch die Beine in den Bauch stehen müssen.«

»Eben«, grinste sie und hob die Augenbrauen. »Ich muss immerhin neben dir stehen und den Dreck mit einatmen.«

»Touché.« Seine Hände gaben die Suche nach den Glimmstängeln auf. »Aber wenn sich in zehn Minuten immer noch nix getan hat, hast du Pech gehabt.«

Sie nickte. Erneut presste sie den Finger auf den Taster der Klingel und lauschte. *Nichts.* Dabei hätte sie schwören können, dass sie irgendwo im Haus ein Bellen gehört hatte. Einbildung vielleicht, denn wie konnte das sein? Sie zog die Liste hervor, auf der sämtliche Bewohner des Hauses verzeichnet waren. Alle Wohnungen waren seit zwei Stunden evakuiert. Nur diese hier nicht. Einer Nachbarin zufolge war Frau Sämann verreist. Doch hätte sie dann nicht ihren Hund mitgenommen? War es überhaupt ihr Hund?

Auch hier hatte eine schnelle Befragung der Hausbewohner geholfen, von denen die meisten im Ratskeller saßen, wo sie mit Kaffee, Tee und Gebäck versorgt wurden.

»Dieses kleine Mistvieh!«

»Wieso, den sieht und hört man doch kaum.«

»Doch, wenn es regnet und er den ganzen Dreck mit reinbringt!«

Jedenfalls würde Frau Sämann wohl kaum ohne ihren Hund verreisen, da war man sich einig gewesen. Und die Rollläden waren seit mindestens zwei, wenn nicht sogar vier Tagen nicht mehr geöffnet worden.

Die Polizistin nahm ihre Mütze ab und legte das Ohr ans Türblatt.

»Wenn da ein Hund drinnen ist«, murmelte sie, »warum schlägt er dann nicht an?«

Rainer schnaubte. »Ach, Cora, weil da keiner drin ist. Wer weiß, woher das kam. Du wirst das Gewäsch der Nachbarn ja wohl nicht für bare Münze nehmen. Das kannst du dir direkt mal einprägen, wenn du die lieben Mitmenschen befragst …«

Cora schaltete auf Durchzug. Auf einen Vortrag des alten Griesgrams hatte sie keine Lust. *Mansplaining*. Manche Typen ergingen sich förmlich darin, junge Kolleginnen als Dummchen dastehen zu lassen. Stattdessen presste sie die Ohrmuschel noch fester an die Tür und klopfte. »Hallo? Ist jemand zu Hause?«

Stille. Und dann glaubte sie, ein Winseln zu hören. Es ging unter im Klacken des Feuerzeugs, als ihr Kollege sich den Glimmstängel entzündete.

»Verdammt!«, zischte sie und schenkte ihm einen vernichtenden Blick.

»Was denn?« Er inhalierte tief.

»Ich glaube, da war was.«

Das hustende Lachen wurde von Rauchwolken begleitet, die aus sämtlichen Gesichtsöffnungen zu strömen schienen. »Du siehst Gespenster!«

Doch noch bevor sein Zeigefinger die Stirn erreichen konnte, hämmerte sie erneut an die Tür und drückte mit der anderen Hand auf die Klingel.

»Hallo!«

»Pizzaservice!«

Cora kam nicht mehr dazu, die Augen zu verdrehen.

Dieses Mal hörten sie es beide. Ein Jaulen.

»Scheiße, verdammte.« Er sah auf die Armbanduhr. »Wir haben keine Zeit mehr für so was. Die wollen sprengen.«

Doch die Gedanken der jungen Frau rasten im Karussell. »Wenn der Hund dort drinnen ist, muss sie es auch da sein.«

Spitzbauch aschte sich in die Handfläche. »Oder spazieren. Joggen. Im Kino. Oder Zoo. Herrje.«
»Oder ohnmächtig?«
»Schon kapiert. Ich hole jemanden von der Feuerwehr. Die sollen die Tür aufbrechen.«
Er setzte sich in Bewegung. Vermutlich auch, weil er seine Kippe loswerden musste. Cora fragte sich, ob es nicht einfacher wäre, einen Generalschlüssel zu besorgen. Es musste einen Hausmeister geben, und dieser dürfte so wie alle anderen Hausbewohner am selben Ort anzutreffen sein, um die Entschärfung abzuwarten. Doch die Zeit lief ihnen davon. Jede Minute Verzug bedeutete einen immensen Aufwand für alle Beteiligten. Bis zum Mittag wollte der Kampfmittelräumdienst die Bombe entschärft haben. Nach der Evakuierung würde man entscheiden, wie das Ganze vonstattengehen sollte. Ob man die Bombe wie geplant in eine Wassertiefe von sechs Metern ziehen würde. Unter der Alten Brücke hindurch. Ob die Fliegerbombe einst für sie bestimmt gewesen war? Tatsächlich war die Brücke trotz heftiger Bombardierungen weitgehend unbeschädigt geblieben. Erst Ende März 1945 hatten deutsche Soldaten das durch gezielte Sprengungen erledigt, wohl wissend, dass sie die Amerikaner damit nicht mehr würden aufhalten können. Einen Tag nach Palmsonntag.
Insgeheim erwartete niemand eine spektakuläre Detonation. Ein dumpfer Knall, eine Fontäne. Ein Geschenk für all jene, die mit ihren Smartphones am Rande der Schutzzone warteten und froren.
Cora ließ sich auf die Knie sinken, um unter dem Türspalt hindurchzusehen. Was ihr das bringen sollte, wusste sie nicht. Aber untätig herumstehen konnte sie nicht. Der Spalt war so schmal, dass nichts zu erkennen war.
»Hey! Bist du da?«

Galt das eher dem Hund oder galt das seinem Frauchen? Es spielte keine Rolle, denn eine Antwort blieb aus. Cora drückte den Kopf so weit nach unten wie möglich. Die Fliesen waren kalt an ihrer Wange. Wenn jemand sie so sehen würde … Im Treppenaufgang hallten Schritte. Cora wollte sich nach oben drücken, da stieg ihr ein schwerer Geruch in die Nase. Süßlich irgendwie und gleichzeitig erinnerte er an die Kanalisation.

»O Gott!«

Wie ein Pfeil schnellte sie zurück in die Senkrechte, Sterne tanzten vor ihren Augen, und ihr wurde schlecht.

»Wir müssen da *ganz schnell* rein«, sagte sie, als ihr Partner die Treppe heraufkam, begleitet von einem Feuerwehrmann, der eine Werkzeugtasche trug.

»Wieso? Hab ich was verpasst?«

»Ich glaube … dieser Gestank …«

Der Feuerwehrmann lachte spöttisch. »Kein Wunder, wenn da seit Tagen kein Fenster aufgeht und der Hund überall hinscheißt.« Er griff nach einem kleinen Werkzeug, vermutlich wollte er es zuerst mit sanften Mitteln versuchen.

»Brechen Sie die Tür auf!«, herrschte Cora ihn an und erschrak im selben Augenblick vor sich selbst. Ihre Stimme war ruhiger, aber bebte noch immer, als sie hinzufügte: »Für Experimente fehlt uns die Zeit.«

Kurz darauf knackte es, und fingerlange Holzsplitter lösten sich rings um den Metallknauf aus dem Rahmen. Die unsichtbare Duftwolke mit ihrem bittersüßen Aroma folgte sogleich.

*

Am Niddaufer zwischen der Unterführung der Ludwig-Landmann-Straße über Brentano- und Solmspark bis hin zur Bahnbrücke in Rödelheim konnte man leicht vergessen, dass man sich im pulsierenden Herzen Frankfurts befand. Von hier aus sah man weder Hochhäuser noch Verkehrschaos. Und wenn man nicht gerade nachts unterwegs war, konnte man sich hier auch sicher bewegen.

Mit einer gelassenen Sicherheit bewegten sich auch die Hände. Gepflegte, narbenfreie Haut, etwas blass vielleicht, und ebenso gepflegte Nägel. Das Schnitzmesser, das die schlanken Finger hielten, war frisch geschärft und gesäubert. Stück für Stück nahm es das Material ab; manchmal war es nur ein Span, der lautlos zu Boden fiel. Niemand interessierte sich für das Zusammenspiel der Hände. Ab und an hoben sich die Augen in Richtung Wasser. Radfahrer, Jogger, Mütter mit Kinderwagen und Großeltern mit ihren Enkeln. Sie alle zog es hierher ins Idyll. Für sie alle bot die Niddaroute eine Möglichkeit, ohne weit zu reisen, in die Natur einzutauchen. Doch jeder blieb für sich. Keiner interessierte sich für die Hände, die auf einer Bank einen kleinen Holzklotz zum Kunstwerk werden ließen.

»Die Skulptur ist schon darin, man muss sie nur von ihrem Drumherum befreien.«

So oder so ähnlich hatte der Kunstlehrer es gerne verkündet und im selben Atemzug behauptet, dass dieses Zitat von Michelangelo stamme.

Stein für Stein, Span für Span. Immer tiefer drang die Klinge in das Material, doch ihr Antlitz wollte sich noch nicht zeigen. Und plötzlich geschah es. Eine halbe Sekunde der Unachtsamkeit, ein Quäntchen zu viel Kraft, ein unterdrückter Schrei. Die Klinge fraß sich in die Haut des linken Daumens. Blut trat aus der Schnittwunde und verschmolz mit dem Werkstück. *Verdammt.*

Die Skulptur fiel zu Boden. Den Finger im Mund bückte sich die Person nach vorn, und die rechte Hand nahm das unvollendete Werkstück wieder auf. Schmatzend löste sich der Daumen aus den

Lippen. Es blutete noch immer, aber nur schwach. Doch das Holz war ruiniert.

Eine leere Plastikflasche trieb in der Nidda vorbei, und um ein Haar – wäre da nicht in diesem Moment ein Gassigänger aufgetaucht – wäre das unvollendete Schnitzwerk ins Wasser geflogen.

Es sollte ja Blut tragen. Es *würde*.

Aber nicht das eigene.

EIN JAHR SPÄTER

EIN JAHR SPÄTER, APRIL 2020

Lockdown

Die Herzen. Wie sehr sie ihr fehlten.

Mit quietschendem Zeigefinger auf den dunstüberzogenen Badezimmerspiegel gemalt. Sie verwandelten sich zu Tropfen oder wurden von neuem Beschlag überdeckt. Und trotzdem blieb etwas zurück, so lange jedenfalls, bis man den Spiegel abwischte.

Kleine Gesten, die im Alltag viel zu oft untergingen. Er hatte an ihnen festgehalten. All die Jahre. Manchmal hatte sie es als kindisch abgetan, aber insgeheim frohlockte ihr Herz, und es streichelte die Seele. Besonders an Tagen, an denen die Welt ihr die kalte Schulter zeigte.

Kleine Rituale, die eine Beziehung über die Jahre und Jahrzehnte trugen. Eine Gratwanderung zwischen langweiliger Wiederholung und romantischen Gefühlen, die er mit Leichtigkeit meisterte. Und erst kürzlich war es in einer Talkrunde im Abendprogramm genau um dieses Thema gegangen:

Was ist das Erfolgsrezept von langen Beziehungen?

Die kleinen Dinge, da war man sich einig. Zumindest waren sie ein wichtiger Teil des großen Ganzen.

Zuerst starben diese Gesten, dann starb der Rest. Ein Tod auf Raten. So drastisch hatte sich der Experte (oder war es eine Expertin gewesen?) in der Talkrunde sicher nicht ausgedrückt, aber das Ergebnis war dasselbe.

Leere. Einsamkeit.
Ein emotionaler Lockdown.

Julia Durant hatte den Spiegel seit Wochen nicht mehr gewischt. Manchmal, im leichten Dunst der feuchtwarmen Luft, zeichneten sich Überbleibsel ab. Überschneidende Bogen, wo einmal seine Fingerkuppe über das Glas gefahren war. Verblassende Reste, so wie Höhlenmalereien, die vom Sonnenlicht und der Atemluft ihrer Besucher gefressen werden.
Claus Hochgräbe malte ihr keine Herzen mehr, und sie hatte auch nicht die Macht, das zu ändern.
Sie war hier.
Er nicht.
Lockdown.

DONNERSTAG

DONNERSTAG, 16. JULI

Manchmal geschehen Dinge, bei denen man sich fragt, wie man es dazu hat kommen lassen können. Vermeintliche Zufälle, die man im Nachhinein analysiert und die mit einem einfachen »Hätte ich bloß« völlig anders abgelaufen wären. Bei Julia Durant war es die Mischung aus alten Gewohnheiten und einem unerwarteten Impuls gewesen. Tomatensuppe und die Türklingel. Sie hatte auf dem Sofa gesessen und eben erst damit begonnen, aus einer Müslischale zu löffeln. Dann ertönte der elektronische Gong. Sie zuckte zusammen und sah auf die Uhr. Die Post. Leckte den Löffel ab und legte ihn auf den Couchtisch. Warum sie die Schale nicht ebenfalls abstellte, konnte sie sich hinterher nicht mehr erklären. In wenigen Schritten erreichte sie den Flur. Die Augen bereits auf den Türöffner gerichtet, nahm sie die Kurve zu eng. Stieß sich die Schulter und geriet ins Schlingern. Sofort dachte sie an die Suppe, vermutlich auch deshalb, weil sie ihr heiß über den Daumen schwappte, den sie in die kleine Schüssel geklappt hatte. Erschrocken wollte sie gegensteuern, während sie selbst noch nicht ausbalanciert war. Das Unvermeidliche nahm seinen Lauf. Ein dumpfer Laut, als das Porzellan auf dem Teppichläufer aufkam und sich eine rote Flut wie Lava über das Gewebe ergoss.

»Scheiße!«

Um ein Haar hätte sie den Türöffner vergessen, doch dann läutete es ein zweites Mal. Vermutlich waren es die beiden Sommerblusen, die sie im Internet bestellt hatte. Durant drückte auf den

Knopf, und im Erdgeschoss knackte die Haustür. Schwere Schritte polterten die Treppe herauf, während sie die Bescherung betrachtete, die auf dem orientalischen Muster angerichtet war. Immerhin das Schälchen war heil geblieben. Ein Mitbringsel aus Südfrankreich, sie hatte es gemeinsam mit Claus in einem winzigen Laden in der Camargue gekauft. Es war das Letzte seiner Art, denn das Geschirr war unerwartet anfällig, besonders in der Spülmaschine, auch wenn die Verkäuferin es anders angepriesen hatte. Doch um den Teppich war es wohl geschehen, wenn nicht schnelle Hilfe kam.

Es klopfte zweimal an der Wohnungstür. Dann rief es: »Steht alles da. Schönen Tag noch!«

»Danke ebenso!«, antwortete Durant und lauschte den Schritten, die ihren Weg treppabwärts nahmen. Kontaktlose Zustellung, dachte sie in einem Anflug von Schwermut. Was man nicht alles für Routinen entwickelt. Die explodierende Zunahme von Onlinebestellungen setzte sämtliche Zustellfirmen auch ohne dieses bescheuerte Virus unter einen Druck, den man sonst höchstens von Weihnachten kannte. Aber dann sollte das Ganze auch noch möglichst ohne persönlichen Kontakt stattfinden. Effizient, keine Frage. Spätestens bei einem Einschreiben oder wenn eine Identifizierung des Empfängers vonnöten war, stieß diese Praxis aber an ihre Grenzen. Und wie sah es in all den anderen Bereichen des Lebens aus?

Solche Gedanken kannte sie nur allzu gut von ihrer Tätigkeit. Wie sollte sie einen Verdächtigen befragen, der eine Maske trug, unter der sie weder das Beben der Nasenflügel noch die zuckenden Mundwinkel erkennen konnte? Woran erkannte sie, wenn ihm eine Frage unangenehm war oder wenn er eine Lüge auftischte? Wie gut, dass der Sommer eine gewisse Entspannung in das Ganze gebracht hatte.

Sie schob die Gedanken beiseite, um sich dem Teppich zu widmen. Er war zwei Meter lang und mindestens sechzig Zentimeter breit. Nicht unbedingt der Stil, den sie ausgewählt hätte, aber sie hing an ihm, denn er stammte von Susanne Tomlin, der Vorbesitzerin dieser Eigentumswohnung und Julias engster Freundin. Seit diese ihren Lebensmittelpunkt an die Côte d'Azur verlagert hatte, gehörte die Wohnung der Kommissarin. Den Teppich hatte sie behalten und wollte daran auch in Zukunft nichts ändern. Statt sich also um ihre Post zu kümmern, eilte sie zurück zum Couchtisch, wo neben dem Esslöffel ihr Smartphone lag.

Was hilft gegen Tomatenflecken

Das Internet hatte sofort eine Antwort parat: Essig oder Essigessenz.

Aber galt das auch für alte Teppiche? Für diesen Teppich? Sie wusste nicht einmal, aus welchem Material er bestand. Wolle vermutlich. Aber von welchem Tier?

Längst war ein Gedankensturm entfacht, der immer wieder auch die Gesichter von Susanne und von Claus beinhaltete. Und die Erinnerung daran, dass sie hier und jetzt alleine dastand und sich hoffnungslos überfordert fühlte. Wegen einer bescheuerten Müslischale voller Tomatensuppe, die sie einfach nur auf diesem verdammten Couchtisch hätte stehen lassen sollen!

Sie tippte gerade den Begriff »Teppichreinigung« in die Suchmaske, da veränderte sich der Bildschirm. Claus Hochgräbe – nein: um genau zu sein, war es sein Anschluss im Büro. Dort saß nun Doris Seidel als Kommissariatsleitung. Jene hochintelligente, analytisch denkende Kollegin, auf die Julia künftig bei ihren Ermittlungen verzichten musste. Doch der Chefsessel hatte besetzt werden müssen, und es gab für diesen Job niemand Besseren als Doris. Julia sagte sich, dass sie den Telefoneintrag dringend ändern müsse.

»Hi, Julia«, meldete sich die Chefin. »Es gibt was zu tun.«

»M-hm.« Julia versuchte, alles andere abzuschütteln und sich zu

konzentrieren, doch es gelang ihr nur teilweise. »Ich bin ganz Ohr.«
»Du klingst irgendwie … zerknirscht. Ist alles okay bei dir?«
»Frag besser nicht.« Julia sah sich vor dem geistigen Auge noch einmal in Richtung Flur stolpern und die Tomatensuppe verschütten. Die Szene hatte etwas ungewollt Komisches, sie musste schmunzeln. »Ich hatte hier gerade ein Malheur«, erklärte sie. »Tomatensuppe und Perserteppich.«
»Verstehe. Dann bringe ich dich am besten mal direkt auf andere Gedanken, hm?«
Die Kommissarin wusste es im Grunde schon. Wenn ein Anruf von der Mordkommission kam, ging es in der Regel um etwas Dienstliches. Und das war nicht weniger als der gewaltsame Tod eines Menschen.
»Wie gesagt«, wiederholte sie, »ich bin ganz Ohr.«
»Es gab heute Nacht einen Brand«, berichtete Seidel und nannte den Stadtteil und die Straße. »Im Zuge der Löscharbeiten hat man eine Leiche gefunden.«
»Ein Brandopfer? Also reden wir von Brandstiftung?«
»Nein. Das Opfer war schon vor dem Feuer tot. Ihm wurde der Schädel eingeschlagen.«
Durant schluckte. »Eingeschlagen, also mit Vorsatz. Nicht von einem herunterfallenden Balken oder Ähnlichem?«
»Das Feuer war relativ schnell gelöscht«, erklärte Doris, »es gab also keine Einstürze. Das Opfer befand sich außerdem in einem Raum, in dem es überhaupt nicht gebrannt hat. Hatte ich schon gesagt, dass dort eigentlich gar niemand wohnt?«
Durant wurde hellhörig. »Leer stehend?«
Sie fuhr im Geiste am Frankfurter Messegelände vorbei. Bockenheim, Gallus, das Europaviertel. Gab es dort so etwas wie Leerstand überhaupt? Andererseits hatte sich das Antlitz der Stadt gerade dort, wo früher einmal gigantische Bahnanlagen gelegen hat-

ten, in den vergangenen Jahren rapide verändert. Sie musste sich eingestehen, dass sie sich im Frankfurt westlich der Festhalle nur noch schwer zurechtfand. Das galt ebenso für den Bereich am Riedberg, wo Doris Seidel und Peter Kullmer sich niedergelassen hatten. Eine völlig neue Siedlung mit Straßennamen, von denen man kaum eine der namensgebenden Personen auf Anhieb kannte.

Seidel räusperte sich: »Ich wollte dich bitten, dir vor Ort selbst ein Bild zu machen. Du kannst direkt hinfahren. Die Spurensicherung ist bereits informiert und sollte schon da sein.«

»In Ordnung. Was ist mit Frank?«

»Frank ist anderweitig unterwegs, Peter leider auch.« Seidel druckste. »Ich könnte dir höchstens Uwe schicken.«

Uwe Liebig. Die Kommissarin schloss für einige Sekunden die Augen und atmete durch die Nase. Wenn es jemals einen Kollegen gegeben hatte, auf den der Begriff »schwarzes Schaf« wie die Faust aufs Auge passte, dann war es Liebig. Er war aus Offenbach zum Team gestoßen (das alleine mochte manchen Frankfurter Kollegen ja schon genügen), tauchte fast jeden Tag mit Essensflecken auf der Kleidung auf und schien in seinem Minivan zu leben. Mit akribischer Polizeiarbeit nahm er es nicht so genau, auch wenn seine Erfolge für sich sprachen. Doch man hatte stets das Gefühl, seine Urgewalt kontrollieren und die Grenzen im Auge behalten zu müssen. Dazu kam, dass Liebigs Humor ebenso schnoddrig war wie sein Auftreten. Alles in allem kein Typ, mit dem Julia sich privat anfreunden würde. Andererseits war er einer von ihnen, und er hatte ein traumatisches Schicksal erlitten, wie nur wenige Kollegen es kannten. Vor einigen Jahren war Liebigs Tochter unter die Räder eines flüchtenden Fahrzeugs geraten. Sie wurde mitgeschleift und so schwer verletzt, dass sie wenig später starb. Liebigs Familie war zerstört, seine Ehe zerbrach, er ließ sich gehen. Einzig die Jagd auf den Flüchtigen hielt ihn am Leben – und bei der Kriminalpolizei. Nach einer Ermittlung im Bandenmilieu, wo er sich

(auch aufgrund der Suche nach dem Todesfahrer) besser auskannte als irgendjemand sonst, war er zum K11 in Frankfurt gewechselt.
Die Kommissarin schüttelte den Kopf, auch wenn Doris das nicht sehen konnte. »Ich versuch's erst mal alleine. Ist jemand von der Rechtsmedizin vor Ort?«
»Fehlanzeige. Der Notarzt hat alles Notwendige erledigt und dokumentiert.«
Durant verkrampfte sich. Das war nicht unüblich, aber sie hatte etwas anderes im Kopf. »Ich würde gerne Andrea Sievers dazurufen«, schlug sie vor. »Dann bin ich erstens nicht alleine, und zweitens kann sie sich ein unverfälschtes Bild machen. Ein eingeschlagener Schädel klingt nach heftigen Emotionen.«
»Oder nach einem besonders kaltblütigen Mörder«, ergänzte Seidel.
»Möglich. Jedenfalls spricht beides dafür, dass wir uns den Tatort sehr genau ansehen.«
Das galt zwar für alle Tatorte, doch die neue Kommissariatsleiterin brachte keine Einwände vor. Dafür kannten sich die beiden Frauen schon viel zu lange. Beide wussten, wann es angebracht war, auf das Bauchgefühl zu vertrauen – sei es nun das eigene oder das der anderen.

13:10 UHR

Sie hatte es noch immer nicht geschafft, ein neues Auto zu kaufen. Immer grätschte ihr etwas dazwischen. Der Job. Das Privatleben. Und dann auch noch ein Lockdown. So positiv es in vielen Bereichen für sie lief, Julia Durant hatte in den vergangenen Monaten eine Menge durchgemacht. Doch genau genommen hatte es Claus Hochgräbe, ihren frischgebackenen Ehemann, noch viel härter getroffen. Binnen weniger Monate hatte er von der Existenz einer Tochter erfahren und diese dann direkt wieder verloren. Ausgelöscht durch einen nicht mehr heilbaren Krebs und doch für immer ein Teil seines Lebens. Denn Lynel, ihr vierjähriger Sohn, war geblieben, um diese Erinnerung lebendig zu halten. Jemand musste sich fortan um ihn kümmern. Und wenn Claus das sein sollte, der einzige leibliche Verwandte, der noch greifbar war, dann betraf das zwangsläufig auch Julia selbst.

Im Dienstwagen roch es nach kaltem Rauch, ein Pappbecher mit einem Rest Cola steckte im Getränkehalter. Uwe Liebig, kam es der Kommissarin sogleich in den Sinn. Er ernährte sich vorwiegend von Fast Food, zumindest konnte man den Eindruck gewinnen. Aber wenn sie ehrlich war, konnte es auch von jedem anderen Kollegen stammen. Das Rauchverbot jedenfalls interessierte fast niemanden. Nachdem Durant Fahrersitz und Lenkrad eingestellt hatte, verließ sie den Innenhof des Präsidiums und steuerte den rauchgrauen Kombi kurz darauf auf den Bordstein vor ihrem Wohnhaus in der Nähe des Holzhausenparks. Sie öffnete die Heckklappe, holte den bereits zusammengerollten Teppich, den sie im Flur des Erdgeschosses deponiert hatte, und fuhr ihn in die nächstgelegene Reinigung. Danach schaltete sie das Radio ein und suchte einen Sender, der Rockmusik spielte. Bald schon trommelten ihre Finger im Takt zu den Rolling Stones aufs Lenkrad, und sie steuerte den Wagen über die Friedberger Landstraße in Richtung Konstabler Wache.

Andrea Sievers war sofort ans Telefon gegangen, als hätte sie auf den Anruf gewartet. Das geschah häufiger, und manchmal fragte sich Julia, wie sie das handhabte, wenn sie in voller Montur an einer geöffneten Leiche hantierte. Dr. Sievers leitete das rechtsmedizinische Institut. Eine Meisterin ihres Fachs und eine enge Vertraute der Kommissarin. Wenn es etwas zu finden gab, war sie es, die es fand, wenn alle anderen es übersahen. Und obwohl sie täglich dem Tod ins Antlitz blickte, versprühte sie stets einen gewissen Humor, wenn auch manchmal recht schwarz gefärbt. Eine innere Leichtigkeit, um die Julia Durant sie insgeheim beneidete. Als der Dienstwagen den Main überquert hatte und das erhabene Sandsteingebäude in der Kennedyallee erreichte, in dem sich die Rechtsmedizin befand, wartete Andrea bereits in der Sonne. Sie war im Begriff, sich eine Zigarette anzuzünden. Sie unterbrach ihre Handlung und bückte sich stattdessen, um den Lederkoffer aufzunehmen, der neben ihr auf dem Boden stand. Ein in die Jahre gekommenes Modell mit abgestoßenen Kanten, doch sie würde sich vermutlich erst davon trennen, wenn sie in den Ruhestand ging. Und der war noch lange nicht in Sicht. Andrea öffnete zuerst die hintere Tür, schob den Koffer auf die Rückbank und ließ sich anschließend auf den Beifahrersitz plumpsen.

»Gehört das ab jetzt zum Service?«, flachste sie mit einem Grinsen.

»Vergiss es.« Julia lachte. »Ich hole dich erst wieder ab, wenn ich ein eigenes Auto habe. Aber dann sicher nicht dienstlich.«

»Klingt verlockend.« Andreas Blick fiel auf ein halbes Dutzend eingeschweißter FFP2-Masken, die in die Mittelkonsole gequetscht waren. Sie deutete darauf. »Wie machen wir es?«

»Ich hab eigentlich keine Lust drauf«, gestand Julia. »Außerdem habe ich seit drei Tagen kaum einen Menschen gesehen.«

»Geht mir ähnlich.« Andrea zwinkerte vielsagend. »Jedenfalls keine lebendigen. Außerdem steckt mein Gesicht ohnehin ständig hinter einer Maske. Nachher am Tatort müssen wir ja auch wieder, also lass uns die Fenster aufmachen und die frische Luft genießen.«

Julia lächelte und setzte den Wagen in Bewegung. Wie schön, dass sie sich einig waren. Immerhin war Andrea Ärztin. Wenn sie die Sache entspannt sah, dann konnte sie das doch ebenso. Der Sommer hatte einen deutlichen Rückgang der Inzidenzen gebracht. Überall kehrte das Leben zurück, die Sehnsucht nach

Normalität griff um sich, und man konnte trotzdem vorsichtig bleiben. Hygiene, ein wenig Umsicht, es war ja nicht so, dass die Kommissarin sich nicht vor einer Corona-Infektion fürchtete. Sie war zwar körperlich relativ fit, aber eben keine dreißig mehr, und sie hatte ihr Leben lang stark geraucht. Ein wenig mehr Gemüse und weniger Salamibrot versuchte sie in ihren Alltag zu integrieren, aber wenn Claus nicht da war, verfiel sie gerne in ihre alten Muster. Sie gehörte also nicht zu einer Hochrisikogruppe, aber vermutlich auch nicht zu jenen, die einen Infekt mit einem Päckchen Tempo und einem Serienmarathon überstehen würden.
Hinter dem Messegelände hatte sich ein völlig neuer Stadtteil entwickelt. Jedenfalls empfand Julia Durant das so. Neue Reihenhäuser, Hotels, Supermärkte und Kneipen waren entstanden. Dahinter die vertrauten verwinkelten Straßenzüge. Alt und neu in Einklang. Längst hielt Andrea Sievers ihr Smartphone mit der Navigation in den Händen, um sie durch das Labyrinth der Häuserfassaden zu leiten, von denen alle ein wenig anders waren, aber in ihren Augen nahezu gleich aussahen. Es waren die Einsatzfahrzeuge, die zum Erfolg führten. Ein Auto der Feuerwehr, vermutlich zur Brandwache, sowie der Transporter der Spurensicherung. Außerdem ein Streifenwagen. Hinter den benachbarten Fenstern war wenig Bewegung zu erkennen. Passanten sahen sie keine, vermutlich, weil es keinen Durchgangsverkehr gab. Wer hierherkam, wohnte hier oder hatte ein bestimmtes Ziel.
Die Kommissarin musste ein ganzes Stück weiterfahren, um eine Parklücke zu ergattern. Dann stiegen die beiden Frauen aus, Andrea nahm ihren Koffer von der Rückbank, und sie gingen zum Haus zurück. Es war nun eindeutig zu erkennen. Schwarze Schatten über zwei Erdgeschossfenstern, verursacht durch herauslodernde Flammen. Doch das Feuer war nicht bis zum Dach gekommen, genau, wie Doris es gesagt hatte. Ein Wohnungsbrand.

Konnte es Zufall sein, dass es ausgerechnet dort brannte, wo eine erschlagene Leiche lag?
Eine junge Polizeibeamtin in Uniform begrüßte Durant und führte sie nach einem Blick auf den Dienstausweis zu Platzeck, dem Leiter der Forensiker.
»Ah, da seid ihr ja endlich«, murmelte er. Schweiß trat unter der Kapuze seines Flatteranzugs hervor, und er schnaufte. »Es wird Zeit, dass der Tote hier rauskommt. Na ja, ihr kennt das Prozedere ja.«
»Klaro«, antwortete Sievers. »Wo können wir uns umziehen?«
»Am besten im oberen Flur. Hier unten ist zwar mehr Platz, aber überall Ruß und Löschmittel. Davon möchte ich nichts im ersten Stock sehen.«
»Die Leiche liegt in der oberen Wohnung«, konstatierte Durant, »und die ist vom Feuer unberührt geblieben?«
»Kann man so sagen. Die Feuerwehr musste, soweit ich weiß, nur rein, weil die Flammen hier unten an die Decke geschlagen haben. Hätte ja sein können, dass da irgendwas in Mitleidenschaft gezogen wurde.«
»Verstehe. Ich wollte nur sichergehen. Ohne das Feuer also kein Leichenfund. Aber wenn das Feuer nach oben gelangt wäre, wäre die Leiche verbrannt. Hmm. Weiß man schon etwas über die Brandursache?«
»Da fragst du den Falschen. Aber bitte … können wir uns erst mal um den Verblichenen kümmern?«
Platzeck deutete ein Tippen auf seine Nasenspitze an.
Die Schutzanzüge knisterten, als die beiden Frauen ihm durch die Wohnungstür folgten. Der süßliche Leichengeruch war sofort wahrzunehmen, wobei der saure Geschmack, den das gelöschte Feuer hinterlassen hatte, das meiste überdeckte. Die Gesichtsmaske mochte vieles fernhalten, gegen solche Reize war sie machtlos.
Durant sah sich um. Als Erstes fielen ihr die Möbel auf. Gebraucht,

aber nicht verwohnt. Zeitloses Design in Grau und Weiß. Glatte Oberflächen. Für ihren Geschmack wirkte alles sehr steril.
Ihr fiel etwas ein. »Ich dachte, die Wohnung sei unbewohnt.«
»Die im Erdgeschoss«, korrigierte Platzeck. »Hier oben wohnt laut Klingelschild eine Kirsten Riemann.«
»Nur sie allein?«, hakte Durant nach.
Hinter einer der Masken lachte es spöttisch. »Allein ist gut.«
Noch bevor Julia Durant den verräterischen Gegenstand, der hinter einer Kommode hervorlugte, als Katzentoilette identifizierte, richtete sich ein Mann in Schutzkleidung auf. Er ächzte und verdrehte die Augen, dann deutete er auf die Plastikwanne: »Mit vier Katzen wohnt man wohl kaum allein.«
Sievers kicherte. »Da fragt man sich, ob sie die Katzen hatte, weil sie Single war, oder ob es nicht eher andersherum ist.«
Durant musste grinsen, dann drängte sich eine wichtigere Frage auf: »Die Rede war aber von einem männlichen Toten. Oder stimmt das auch nicht?«
»Doch, doch. Männlich, Mitte dreißig«, bestätigte Platzeck und richtete den Zeigefinger auf einen Türrahmen. »Liegt in der Küche auf dem Boden. Und ich möchte jetzt wirklich darauf drängen, dass wir ihn untersuchen. Der Rest kann warten.«
Durant wollte einen Schritt machen, hielt dann aber inne. »Moment. Was ist mit den Katzen?«
Sie hatte es nie geschafft, sich an ein Haustier zu binden, und vielleicht war sie auch mehr ein Hundetyp. Das hatte sie noch nicht herausgefunden, und in absehbarer Zeit würde sich da auch nichts dran ändern. Nicht mit Lynel, dachte sie unwillkürlich, und ein Schauer überlief sie. Der Gedanke, was mit dem vierjährigen Enkel von Claus geschehen würde, übermannte sie. Wie immer, wenn das geschah, kämpfte sie diese Sorge nieder. Nicht hier. Nicht jetzt, mahnte sie sich im Stillen. Doch irgendwann würde sie die Gedanken zu Endc denken müssen.

»Im Bad«, erklärte Platzeck, und seine Stimme klang grimmig. »Zwei von ihnen hockten sowieso dort, unters Regal gekauert. Die dritte war apathisch und ließ sich einfach hintragen. Über die vierte, na ja, reden wir nicht davon.«

Er trat durch die Küchentür, und Julia und Andrea folgten ihm. Aus den Augenwinkeln bemerkte die Kommissarin, wie sich der Kollege an den Unterarm griff. Dann wechselte das Bild wie ein Sprung ins kalte Wasser. Es war nicht wie im Fernsehen, wenn ein Toter aufgefunden wurde. Zuerst ein Paar Schuhe, dann spannende Musik, und dann lugte irgendwo ein Körperteil ins Bild. Das Erste, was sie sah, war eine geplatzte Schädeldecke und die Gehirnmasse, die zwischen den verklebten Haaren hervorquoll. Das getrocknete Blut auf dem zweifarbigen Karoboden und die Spritzer auf den Türen der Küchenzeile sowie der Arbeitsplatte ließen darauf schließen, dass der Mann in diesem Raum gestorben war.

»Scheiße«, sagte Andrea fast tonlos, verharrte einen Augenblick und stieg dann an dem Leichnam vorbei. Sie stellte den Lederkoffer ab, ging auf alle viere und betrachtete den Mann eingehend. Er war lässig gekleidet. Ein T-Shirt mit dem Logo von »Rock am Ring«, Hawaii-Shorts und Slipper. Ein Schuh war vom Fuß gerutscht und lag etwa einen Meter entfernt. Ansonsten waren weder Kampfspuren noch andere Verletzungen zu erkennen. Ein unangenehmer Geruch drang in Julias Nase. Bevor sie etwas sagen konnte, hörte sie Andrea fragen: »Darf ich ihn bewegen?«

Platzeck nickte. »Ich verschwinde dann mal wieder.«

Die Rechtsmedizinerin wartete einige Sekunden, bis er den Raum verlassen hatte. Dann wisperte sie: »Weichei.«

»Hat er …«, begann die Kommissarin und zeigte auf die Hose des Toten. Der Geruch nach Fäkalien beantwortete die Frage im Grunde von selbst.

Sievers hob die Schultern. »Das tun wir wohl alle, wenn's so weit ist. Armer Kerl. Ist ein ganz Hübscher, findest du nicht?«

Durant rollte mit den Augen. »Darüber möchte ich mir im Moment keine Gedanken machen.«
»Wie du meinst.« Sievers schob das T-Shirt nach oben und betrachtete den Brustkorb. »Keine Hämatome, keine Abschürfungen. Auf den ersten Blick würde ich sagen, er hatte einen schnellen Tod.« Sie krabbelte in Richtung Kopf und leuchtete mit einer kleinen Taschenlampe auf die zerschmetterte Stelle. »Zwei, drei kräftige Schläge. Beim ersten ging das Licht aus, der Rest ist im Grunde Beiwerk.«
»Also wollte der Mörder auf Nummer sicher gehen«, dachte Durant laut, »oder er war sehr emotional. Wut, Hass, Abscheu. Spricht das eher für eine geplante Tat oder einen Affekt?«
Sievers wippte mit dem Kopf. »Das überlasse ich dir.«
»Was ist mit dem Todeszeitpunkt?«
»Mehr als vierundzwanzig, weniger als achtundvierzig Stunden«, antwortete Sievers, und Durant fragte nicht weiter. Sie hatte es schon zu oft gehört. Totenstarre, Totenflecke. Die Rechtsmedizinerin wusste, was sie tat. Nach der Obduktion würde sie den Zeitraum vermutlich enger eingrenzen können. Auch hierüber mussten sie nicht reden.
Die Kommissarin rechnete nach. »Also entweder gestern Vormittag oder Dienstagnachmittag. Das heißt aber doch, dass das Feuer und der Mord in keiner Verbindung zueinander stehen.«
»Wer weiß, was der Täter vorhatte. Das kann mir unser toter Freund hier leider nicht beantworten.«
Durant dachte weiter. »Vielleicht ist er auch zurückgekommen. Aus Panik. Aber warum hat er dann unten Feuer gelegt und nicht gleich hier?«
»Die Katzen?« Sievers zuckte mit den Achseln.
»Wenn jemand einen Menschen derart brutal erschlägt, dürften ihm ein paar Tiere wohl egal sein«, erwiderte Durant. »Apropos schlagen: Hat es ihn von hinten oder frontal getroffen?«

»Gute Frage. Je nach Körpergröße, Armlänge und Tatwerkzeug ginge theoretisch erst mal beides. Die Wunde ist allerdings am Hinterkopf, und der Typ ist sicher eins achtzig groß. Um ihn so zu treffen, muss der Täter eher hinter ihm gestanden haben, und er dürfte entweder gleich groß sein, oder das Opfer hat gesessen. Oder gekniet.«

»Knien schließe ich aus«, sagte Durant. »Wer kniet sich denn freiwillig hin, wenn sein Mörder mit – womit eigentlich? – hinter ihm steht?«

Platzeck steckte den Kopf in die Küche. »Sitzen scheidet allerdings auch aus! Die beiden Stühle stehen ordentlich am Tisch. Keine Blutspritzer. Und es gibt keinerlei Anzeichen dafür, dass der Täter hier aufgeräumt oder etwas abgewischt hat.«

»Hm.« Die Kommissarin wollte sich ins Gesicht greifen, aber unterdrückte den Impuls noch rechtzeitig. Unter der Kleidung wurde es unangenehm warm, außerdem juckte es an der Nase. »Bleibt die Frage nach der Waffe. Habt ihr etwas in die Richtung gefunden?«

Platzeck verneinte.

»Baseballschläger?« Durant dachte laut. »Oder Eisenstange?«

»Eher Variante zwei«, antwortete Sievers. »Die Wunde ist ziemlich tief. Dafür ist ein Baseballschläger zu dick.«

Julia Durant kam ein Gedanke, ein flüchtiges Bild, das ihr aus einem der zahlreichen Serienabende nachhing, die sie alleine auf dem Sofa verbracht hatte.

»Frag mich nicht, warum«, sagte sie mit einem Zwinkern, »aber ich musste gerade an einen Eispickel denken. Zu viel Fernsehen, ich weiß. So etwas hat heutzutage ja keiner mehr, außer Bergsteigern, und die sind sicher zurzeit alle in den Alpen. Außerdem trägt man so was nicht mit sich herum, jedenfalls nicht, ohne aufzufallen.« Sie stutzte. »Aber warte mal. Was ist mit einem Brecheisen? Das ist lang genug, um kräftig Schwung zu holen, und die Spitze dringt tief ein.«

»Warum so kompliziert?«, erwiderte die Rechtsmedizinerin und stemmte sich nach oben. »Ein stinknormaler Hammer kann das auch. Und es wäre nicht zum ersten Mal, dass das hier passiert.«
Durant schluckte hart. »Moment mal, was meinst du damit?«
Sievers schniefte unter ihrer Maske. »Vorletzten Winter, also 2018 müsste das gewesen sein. Ein Obdachloser in der Nähe des Mainufers. Ich erinnere mich nur deshalb, weil man nicht alle Tage mit zerplatzten Schädeln zu tun hat.« Sie machte eine vielsagende Pause. »Selbst ich nicht.«
Julia Durant schwieg.

13:35 UHR

Während die Rechtsmedizinerin in der Küche ihr gewohntes Prozedere abspulte, versuchte die Kommissarin sich einen ersten Überblick zu verschaffen. Wer hatte den Toten gefunden? Wer hatte die Kriminalpolizei verständigt? Das musste nicht zwangsläufig dieselbe Person sein. Gab es Zeugen? Hatte man die Bewohnerin schon benachrichtigt … und was passierte mit den vier Katzen?
Die Informationslage war so dünn wie der Filterkaffee von Claus. Immer wieder musste Julia an ihn denken, auch wenn sie im Moment keine Ablenkung gebrauchen konnte. Sie stand mit einer Polizistin vor dem Haus, diese mochte halb so alt sein wie sie selbst. Etwa gleich groß, dunkelblondes Haar, Pferdeschwanz. Wenig Taille, dafür sehr weibliche Rundungen. Wachsame Augen und eine spitze Nase. In den Fingern hielt sie eine Zigarette, an der sie unregelmäßig zog und den Rauch sofort wieder herauspaffte.
»Eigentlich rauche ich nicht«, gestand die Frau und rieb sich den Nacken. Sie hatte sich als Cora Danner vorgestellt. Ursprünglich beim achten Revier in Sachsenhausen, aber nun beim dreizehnten,

das für Bockenheim und für Teile des Westends und vom Gallus zuständig war.
»Haben Sie den Toten als Erste gesehen?«
Danner wich ihrem Blick zunächst aus, kurz darauf nickte sie. »Ich möchte nicht gleich als Weichei abgestempelt werden, aber das war echt eine harte Nummer.«
Durant nickte ebenfalls und antwortete mit warmer Stimme: »Das hat nichts mit Weichei zu tun. Es ist eine krasse Szene, und wem das nicht nahegeht, dem fehlt es eindeutig an Empathie. Mag sein, dass ich schon Schlimmeres gesehen habe. Aber es ist immer wieder ein heftiges Drama, das sich rund um die Tat abgespielt hat. Da ist es egal, ob man schon ein Dutzend Tote gesehen hat oder zum ersten Mal über einen stolpert.«
Danner schnaubte, und ihre Stimme überschlug sich beinahe, als sie erwiderte: »Es war nicht mein erstes Mal!«
»Ach so?«
»Ich habe heute nur überhaupt nicht damit gerechnet. Genau wie damals. Und dann liegt er einfach so da …«
»Damals«, wiederholte die Kommissarin in der Hoffnung, dass die junge Frau sie aufklärte.
»Na ja, letztes Jahr. Als das mit der Fliegerbombe war.«
»Welche Fliegerbombe denn genau?«, fragte Durant lakonisch. »Wir haben doch irgendwie alle paar Wochen mit diesen Dingern zu tun.« Jedenfalls fühlte es sich manchmal so an. Überall dort, wo man die ersten Nachkriegsbauten gegen höhere Gebäude mit tieferem Bodenaushub ersetzte, war der Kampfmittelräumdienst Dauergast. Wenn Straßen erneuert oder neue Quartiere erschlossen wurden. Das Ausmaß des Bombenteppichs, der in fünfundsiebzig Luftangriffen über die Stadt gelegt worden war, war kaum zu erfassen. Die Hälfte aller Wohnungen sowie die gesamte öffentliche Infrastruktur und alle namhaften Kulturdenkmäler der Stadt waren dem Feuersturm zum Opfer gefallen. Und dabei drängte

sich heute der Verdacht auf, dass alles noch viel schlimmer hätte kommen können, wenn unter den Bomben nicht derart viele Blindgänger gewesen wären. Ein Hinweis auf Sabotage? Sie schüttelte den Gedanken ab und musterte ihr Gegenüber.

Cora Danner warf ihre Zigarette auf den Bordstein und trat sie aus. »Ich rede von der Unterwassersprengung an der Alten Brücke. Wir haben im Zuge der Evakuierung eine tote Frau gefunden. Die Wohnung war verrammelt, aber der Hund war noch drinnen. Tagelang hat er keinen Mucks von sich gegeben, außer leisem Winseln. Von den Nachbarn hat keiner was gemerkt.«

Durant horchte auf. Eine tote Frau mit Haustier. Urlaub. Sie kramte in ihren Erinnerungen, doch da war nichts. Außerdem war es hier ein Mann, der in einer fremden Wohnung lag. Und vor einem Jahr ein Hund, heute Katzen.

»Was war denn damals die Todesursache?«, wollte sie wissen. Von einer Mordermittlung jedenfalls hatte sie nichts mitbekommen.

Danner kniff die Augen zusammen, es schien, als wolle sie sich vor allzu lebhaften Erinnerungsbildern schützen. »Alkohol und Tabletten, außerdem hatte sie sich die Pulsadern aufgeschnitten. Sie lag vor dem Sofa, vielleicht ist sie runtergerutscht.« Sie machte eine Pause. »Aber für meinen Geschmack wurde das Ganze sehr oberflächlich behandelt und viel zu rasch als Selbstmord abgetan. Diese Bilder und dieser Gestank …« Sie wischte mit beiden Händen durch die Luft. »Klar, da wollte keiner von uns länger drinnen sein als unbedingt notwendig. Deshalb trage ich ja auch Uniform statt Bluse. Mir sind die Lebenden lieber als die Toten.«

»Mir auch.« Durant lächelte. »Jedenfalls die meisten. Aber was genau schien Ihnen an diesem Fall so verdächtig?«

Die junge Kollegin seufzte erleichtert, offenbar, weil sie endlich jemanden gefunden hatte, der ihr Gehör schenkte. »Nichts Konkretes. Aber Sie sehen ja, ich habe den Fall noch immer parat, als wäre es gestern gewesen. Und es bedeutet mir viel, dass Sie dieses, hm, Bauchgefühl ernst nehmen. Danke schön. Darf ich Ihnen von dem Fall erzählen? Schauen Sie sich die Sache vielleicht selbst mal an?«

Julia wollte instinktiv die Hand heben, um das Ganze abzuwehren, entschied sich dann aber doch anders. »Ich kann Ihnen da keine Versprechungen machen. Nicht am Tatort eines Mordfalls, der erst einmal oberste Priorität hat. Aber ich höre Ihnen gerne zu, vor allem, weil wir ja ohnehin schon darüber geredet haben.« Sie zwinkerte Cora zu. »Jetzt will ich auch noch den Rest hören.«

Die Polizistin lächelte warm. »Danke. Ich fasse mich auch kurz, das heißt, ich versuche es. Also, wie gesagt, die ganze Wohnung hat gestunken, das war richtig übel. Mein Kollege ist direkt rausgerannt, und ich musste mich übergeben. Aber natürlich haben wir das Ganze untersucht, und bis heute sind es vor allem zwei Aspekte, die mir zu denken geben: erstens die Sache mit dem Selbstmord. Da waren jede Menge Pillen im Spiel. Schlafmittel, Beruhigungsmittel. Also mehr, als man in einem normalen Haushalt findet.«

»Okay.« Durant neigte den Kopf. »Aber das spricht ja eigentlich für einen Selbstmord. Dazu die aufgeschnittenen Pulsadern. Als wollte sie auf Nummer sicher gehen.«

»Das ist ihr definitiv gelungen«, entgegnete Cora Danner düster. Sie tippte sich aufs linke Handgelenk. »Ein Schnitt mit der Rasierklinge. Das Komische daran ist aber, wie sie es gemacht hat, quer, nicht längs. Wenn man sicher sein will, macht man es doch anders? So ist es eigentlich mehr ein Ritzen, nicht unbedingt eine ernsthafte, lebensbedrohliche Verletzung.«

Julia Durant zuckte mit den Schultern. »Wer weiß, ob sie in dem Moment so klar denken konnte, dass sie das bedacht hat.«

»Dann stellt sich für mich allerdings noch eine Frage«, setzte Danner nach. »Macht man das, wenn man mit seinem Haustier alleine ist? Ich kenne mich da nicht so aus, aber möchte man sein Tier nicht wenigstens versorgt wissen, bevor man abtritt?«

»Guter Punkt, aber das sind alles nur Überlegungen, keine wirklichen Indizien.«

In dem Moment hörte Durant, wie jemand ihren Vornamen rief. Sie drehte den Kopf, im ersten Stock war ein Fenster geöffnet, und darin stand Andrea Sievers. »Kommst du noch mal hoch?«

Julia streckte den Daumen nach oben und wandte sich noch einmal Cora zu. »Tja. Jetzt müssen wir leider abbrechen, und ich darf mir den Tatort ein zweites Mal ansehen. Und glauben Sie mir: Darauf könnte ich gut verzichten!«

Auf dem Weg nach oben ging sie noch einmal die Fakten durch, die sie in Erfahrung gebracht hatte. Keine Zeugen. Die Feuerwehr erhielt einen Alarm, und im Zuge der Löschaktion hatte einer der Kameraden sich Zutritt zur Wohnung verschafft und nach dem Fund der Leiche die Polizei verständigt. Da es sich offensichtlich um eine Gewalttat handelte, kam sofort die Kriminalpolizei ins Spiel. Und es blieb damit ihre Aufgabe, sich um die Kontaktaufnahme zu der hier gemeldeten Katzenbesitzerin zu kümmern.

Und irgendjemand würde sich um die Katzen kümmern müssen …

15:50 UHR

Andrea Sievers war mit den »Gnadenlosen« mitgefahren, etwas, das sie sonst nie tat. Jene Männer mit ihrem dunklen Transporter, die immer dann auftauchten, wenn sich ein Gewaltverbrechen ereignet hatte. Wer ihnen diesen Namen verpasst hatte, wusste keiner mehr so genau. Aber jeder wusste, wer gemeint war. Sie hatten den Toten in einen Zinksarg gebettet und zum Wagen getragen. Hinter den Fenstern der Nachbarhäuser tauchten Gesichter auf.

Manche mit anteilnehmender Miene, andere neugierig. Die beiden trugen dunkle Anzüge, Stangenware, und wechselten kaum ein Wort. Was hätten sie auch sagen sollen?
Die Leiche kam direkt ins rechtsmedizinische Institut, wo Dr. Sievers sich nun mit ihr befasste. So zumindest hatte sie es der Kommissarin versprochen.
Julia Durant saß zwischenzeitlich im Büro von Doris Seidel. Einen Kaffee hatte sie abgelehnt. Noch immer bildete sie sich ein, den eisernen Geschmack nach Blut in Mund und Nase zu haben. Dazu eine Mischung aus Katzenstreu und Verwesung. Doris saß in dem überdimensionierten Sessel, den Claus seinerseits von seinem Vorgänger Berger übernommen hatte. Ein orthopädisches Möbel, ausgelegt für Männer jenseits der eins achtzig und mit neunzig Kilogramm oder mehr. Doris war mit ihren eins fünfundsechzig kaum größer als Julia, und obwohl sie regelmäßig trainierte, wirkte sie eher zierlich. Der blonde Haarschopf schien fast verloren auf dem dunklen Leder.
»Von den Nachbarn sind bereits einige abgeklappert worden, aber das war nicht sehr ergiebig«, schloss Julia ihren Bericht. »Zumindest wissen wir ein paar grundlegende Details, zum Beispiel, wo die Eigentümerin Urlaub macht.«
»Ihr gehört die Wohnung also?«
»Ihr gehört das ganze Haus.«
»Wow.« Doris Seidel nickte, und in ihrer Stimme lag Ehrfurcht. Vor ein paar Jahren hatten sie und ihr Mann eine Eigentumswohnung auf dem Riedberg erworben und ein Vermögen dafür bezahlen müssen.
Durant musste lächeln. »Es ist kein riesiger Wohnkomplex, in der Straße stehen hauptsächlich Zweifamilienhäuser«, erklärte sie. »Älteres Baujahr. Wohnung oben, Wohnung unten. Quadratischer Grundriss und ein kleiner Garten. Die Besitzerin wohnt oben, und unten die Wohnung steht seit Längerem leer. Kein

Kühlschrank, kein Herd, keine Elektrogeräte. Das wirft die Frage auf, was genau dort einen Brand verursacht hat.«
»Und ob man mit dem Feuer den Mord vertuschen wollte«, sagte Doris und nickte. »Wobei man das Feuer dann wohl besser in der oberen Wohnung gelegt hätte.«
»Bloß nicht!« Durant hob die Hand. »Da sitzen ja vier Katzen drin.«
»Gleich vier«, murmelte die Kommissariatsleiterin beeindruckt. »Wer soll die denn da rausholen, und wo bringen wir die Tiere unter? Die Tierheime sind voll, zumindest hört man das ständig. Das ist durch die ganzen Corona-Haustiere bestimmt nicht besser geworden.«
Durant hob die Schultern. Solche Fragen hatte sie sich bisher nicht stellen müssen. »Die Besitzerin heißt Kirsten Riemann, vierundvierzig Jahre alt. Arbeitet für eine Werbeagentur oder so was in der Art, aber momentan ist sie in der Bretagne unterwegs. Ich habe es zweimal bei ihr auf dem Handy versucht und ihr eine Nachricht hinterlassen.«
»Hm. Wenn sie im Urlaub ist, muss sich ja jemand um die Katzen gekümmert haben.«
»Das stimmt. Laut den Nachbarn …«
»Aber es ist nicht der Tote«, unterbrach Seidel sie. »Oder etwa doch?«
Durant zuckte mit den Achseln und wollte gerade etwas erwidern, als das Telefon sich meldete.
Seidel sah aufs Display und formte den Vornamen der Rechtsmedizinerin mit den Lippen. Dann griff sie zum Hörer.
»Hallo, Andrea. Ich schalte dich auf Lautsprecher, Julia sitzt hier.«
»Prima. Dann hast du eine angenehmere Gesellschaft als ich.«
»Was ist denn mit dem Toten nicht in Ordnung?«, frotzelte Doris.
»Na ja. Einerseits ist es ganz schön, wenn man einem Mann mal in den Kopf schauen kann. Aber er ist trotzdem nicht mein Typ.« Sie gluckste. »Zu blass und zu schweigsam.«

Julia rollte mit den Augen. »Gut. Jetzt, wo wir das geklärt haben …«
»… kommen wir zur Sache«, vervollständigte Andrea ihren Satz. »Es ist, wie ich's vermutet habe. Die Verletzungen stimmen mit denen des Obdachlosen überein.«
»Welcher Obdachlose?«, wollte Doris wissen.
Davon hatte Julia ihr nicht berichtet, sie hatte lediglich das Brecheisen erwähnt.
»Es gab eine tödliche Attacke, schon etwas länger her«, erklärte Julia daher hastig.
»Genau«, sagte Andrea. »Und die Verletzungen von damals weisen eine große Ähnlichkeit mit denen auf, die wir heute gefunden haben.«
»Wir reden von Schlagverletzungen an der Schädeldecke«, sagte Doris und kniff die Augen zusammen. »Wie kannst du dir da so sicher sein?«
»Weil es nicht die typischen Verletzungen sind«, antwortete Andrea. »Baseballschläger, Eisenstangen, Steine – oder jeder beliebige andere schwere Gegenstand. Sie alle führen nicht zu derart tiefen Verletzungen wie hier. Es gab damals bei dem Obdachlosen ein paar Augenzeugenberichte, die recht schwammig waren. Ein Zeuge beharrte darauf, einen Typen mit einem Hammer gesehen zu haben.«
»Einem Hammer?« Durant überlief es kalt.
»Ja. Daran kann ich mich deshalb noch so gut erinnern, weil ich beurteilen sollte, ob ein Hammer zu den Tatverletzungen passen würde.«
»Was er wohl tat«, mutmaßte Julia Durant.
»Allerdings.«
Doris Seidel pustete Luft aus. »Und du siehst diese Verletzungsart auch bei dem Opfer von heute?«
»Ich sehe eine Wahrscheinlichkeit von siebzig, achtzig Prozent,

dass es wieder ein Hammer oder zumindest etwas sehr Ähnliches war.«

»Hmm.«

Eine Männerstimme ließ die beiden Frauen zusammenfahren. Uwe Liebig schob sich durch die Tür. Wie lange er schon mitgehört hatte, wusste niemand.

»Ein Hammermörder. Das ist heftig.«

»Wer ist da?«, tönte es blechern aus dem Lautsprecher.

»Uwe hier, Gude«, rief dieser und winkte, auch wenn Andrea das nicht sehen konnte. Wie meistens trug er ein T-Shirt mit ausgeleiertem Kragen. Es war eine Nummer größer, damit es nicht zu sehr über dem Bauch spannte. Die Jeans war an den Oberschenkeln ausgeblichen und abgenutzt. Am grellsten jedoch stach sein Hawaiihemd in die Augen. Manche Trends aus den Achtzigern wären am besten auch dort verblieben. Julia musste schmunzeln. Wenigstens einer der drei Frauen blieb dieser Anblick vorerst erspart. Diese Frau erwiderte Uwes Gruß und räusperte sich. »Das wollte ich euch nur schon mal wissen lassen. Für den Fall, dass sich doch so etwas wie ein Tatwerkzeug findet. Oder dass es im Haus einen Werkzeugkasten gibt, in dem man mal checken könnte, ob der Hammer fehlt.«

»Viel Spaß mit der Presse«, kommentierte Uwe, der sich ungefragt hinter den Monitor der Chefin gestellt hatte, auf dem unter anderem die Tatortfotos zu sehen waren.

Doris verabschiedete sich von Andrea und fragte dann: »Wieso Presse?«

»Na, weil sich sämtliche Medien wie die Aasgeier darauf stürzen werden.«

Julia Durant dämmerte etwas. Es hatte in der Stadtgeschichte ein paar Morde gegeben, die man nicht so schnell vergaß. Berühmte Mörder, so wie Arthur Gatter. Berühmte Opfer. Ihr kam Rosemarie Nitribitt in den Sinn. Eine Prostituierte, die in den höchsten

Kreisen verkehrt hatte, und vermutlich aus diesen Reihen stammte auch ihr Mörder. Sie war 1957 tot aufgefunden worden – mit gerade einmal vierundzwanzig Jahren. Die Tat war bis heute ungesühnt, was nicht zuletzt an einer bewusst schlampig geführten Polizeiarbeit lag. Ein weiterer Fall, der sich in die Erinnerung der Bevölkerung eingebrannt hatte. Ihre Gedanken kehrten zu dem Hammermörder zurück. »Der Berber«, wie er in den Medien bezeichnet worden war. Noch immer spukte sein Name durch die Häuserschluchten und Parkanlagen. Das Ganze war vor ihrer Zeit in Frankfurt geschehen, doch sie kannte die Eckdaten. Acht Menschen waren ihm zum Opfer gefallen, überwiegend Obdachlose. Insbesondere in diesen Kreisen wurden seine Taten noch heute weitererzählt. Der Mörder wurde in flagranti gestellt und nahm sich kurz darauf das Leben, soweit sie sich erinnerte.

»Du redest von dem Hammermörder«, sagte sie zu Uwe.

»Hundert Punkte. Ich hätte nicht gedacht, dass jemand von euch sich an den erinnert.«

Uwe Liebig war nicht älter als Durant oder Seidel, aber im Gegensatz zu den beiden stammte er hier aus der Gegend. Er hatte diesen Fall damals als Einziger direkt miterlebt. Die lähmende Angst, die sich breitmachte in einer Stadt, in der der Winter nicht zu Ende gehen wollte. Der erste Winter nach dem Mauerfall.

Durant schüttelte den Kopf. »Ich weiß nicht. Mir erscheint das an den Haaren herbeigezogen. Einen Hammer gibt es doch in vielen Haushalten. Was, wenn er zufällig bereitlag?«

»Stand denn ein Werkzeugkasten herum?«, fragte Liebig.

»Nein. Aber er könnte ihn ja weggeräumt haben.«

»Und den Hammer mitgenommen?«

Sie schnaubte. »Weiß ich nicht. Das wissen wir erst, wenn wir etwas finden – oder eben nicht.«

Uwe Liebig grinste schief. »Ich will euch da ja nicht reinreden, damals war ich selbst noch ein blutiger Anfänger. Aber in diesen paar Wochen, die es dauerte, ging in Frankfurt eine mächtige Angst um. Und es gibt nicht wenige, die sich noch sehr gut daran erinnern werden.«

Doris Seidel klickte ein paarmal mit der Maus und gab etwas in die Tastatur ein. Dann sah sie auf. »2018 gab es jedenfalls keinen Aufschrei in der Presse.«

»Meinst du damit den Penner unten am Mainufer?«

»Den Obdachlosen. Ja.«

Liebig zuckte mit den Achseln. »Bei einem einzelnen Fall ist das ja auch was anderes.« Er formte ein V aus Zeige- und Mittelfinger und reckte es siegesbewusst nach oben. »Aber jetzt sind es schon zwei. Ich wollte es nur gesagt haben, meine Damen.«

Dann setzte er sich in Bewegung und war im nächsten Augenblick aus dem Büro verschwunden. Seine schweren Schritte wurden von einem Pfeifen begleitet.

Durant blickte zuerst in Richtung Tür, dann zu Seidel. Sie verzog den Mund und schüttelte den Kopf.

Liebig. Er war ein spezieller Fall, das wussten beide Frauen nur allzu gut. Manchmal musste eine Herde wohl ein schwarzes Schaf ertragen, solange es sich einigermaßen einfügte. Bei Uwe Liebig war sich keiner sicher, ob es auf Dauer gut gehen würde.

Seidel schnitt mit der Handkante durch die Luft. »Haken dran. Wir müssen der Presse erst einmal gar nichts sagen. So weit kommt's noch, dass Liebig …«, sie unterbrach sich, »… dass wir da irgendeine Panik schüren.«

Durant blinzelte langsam. »Ich denke auch nicht, dass er recht hat. Deshalb würde ich gerne jemanden fragen, der sich wirklich damit auskennt.«

Seidel neigte fragend den Kopf. »Wen meinst du?«

Julia Durant wusste genau, was sich hinter ihrer Stirn abspielte. Sie ging im Geiste die Namen durch. Doris, Julia, Peter Kullmer und Frank Hellmer. Alle waren erst *nach* der Hammermordserie

nach Frankfurt zur Mordkommission gestoßen. Sie hatten ihre eigenen Fälle gelöst, es hatte neue Serien gegeben. Nur *einer* war bereits damals ein alter Hase.
»Berger!«
Ihre Stimmen riefen den Namen praktisch gleichzeitig in den Raum. Der alte Chef, seit Jahren im Ruhestand, war damals schon an Bord gewesen. Und auch wenn man sich seit seiner Verabschiedung kaum noch gesehen hatte, wusste Julia, dass er nach wie vor in der Stadt wohnte. Sie hatte ihn ohnehin wieder anrufen wollen, und es ärgerte sie, dass sie das nicht längst getan hatte.
»Ich setze mich mit ihm in Verbindung«, schlug sie vor.
»In Ordnung.« Doris nickte. »Aber behalte das bitte erst mal für dich. Ich will nicht, dass Uwe die Sache aufbauscht.«
Julia versprach es ihr. Mit Uwe Liebig musste man anders umgehen als mit den anderen beiden Männern im Team. Vielleicht lag es nur daran, dass er neu war und alle anderen seit Jahren miteinander vertraut. Sie warf Doris einen langen Blick zu, bevor sie hinausging. Die Schatten im Gesicht der Kommissariatsleiterin wirkten weitaus finsterer, als es üblicher Zweifel erklären könnte. Julia beschloss, diesen Schatten bei einer passenden Gelegenheit auf den Grund gehen.
Vorläufig musste das warten.

Die Räume des K11 befanden sich im vierten Stock des Polizeipräsidiums, und von den Fenstern aus konnte man die Konturen des Taunus erkennen. Und direkt darunter die Hauptschlagadern der Stadt, die sich jeden Tag zweimal mit immer größer werdenden Fahrzeugen verstopften.
Julia Durant teilte sich ein Büro mit Frank Hellmer. Dieser war momentan unterwegs, also nutzte sie die Stille, um ihre Gedanken zu sammeln. Wenn sie gleich ihren ehemaligen Boss in der Leitung hatte, drohte das Gespräch womöglich auszuufern. Small

Talk, die neuesten Wehwehchen (er hatte massive Probleme mit dem Rücken) und das leidige Virus. Berger musste zur Hochrisikogruppe gehören. Er hatte zu viel geraucht, zu viel getrunken und trug zu viele Jahre auf dem geplagten Buckel, um eine Infektion so einfach wegzustecken. Durant musste schlucken. Außerdem hatte sie ihm die wichtigste aller Neuigkeiten noch nicht verkündet. Ihre Hochzeit. Auch wenn diese vollkommen anders abgelaufen war, als sie es sich vorgestellt hatte.

Claus Hochgräbe war vor dem Lockdown im März mit seiner Tochter und seinem Enkel zu einem Roadtrip aufgebrochen. Clara wollte noch etwas von Deutschland und von Europa sehen, solange sie noch die Kraft dafür aufbrachte. Wollte das Meer riechen und gut essen. Sie wollte Lynel einen Rucksack voll mit schönen Erinnerungen schnüren, von dem er zehren konnte, wenn sie nicht mehr da war. Die Reise führte sie über Umwege in Susannes Villa an der französischen Riviera. Mitten hinein in ein bis dato nie da gewesenes Ein- und Ausreiseverbot in einer Zeit explodierender Erkrankungszahlen. Neue, teure Ärzte, die das Ende bestenfalls hinauszögern und durch Medikamente etwas erträglicher machen konnten. Im Mai, als die Reisebedingungen etwas gelockert wurden, kehrte Hochgräbe nach Frankfurt zurück. Alleine, denn Clara war zwar stabil genug, dass er sich keine Sorgen machen musste, sie könne während seiner Abwesenheit sterben. Eine Reise traute sie sich allerdings nicht mehr zu. Und Lynel gehörte zu seiner Mutter, solange diese noch da war. Es war ein finsterer Rahmen für ein schönes Motiv. Julias zweite Hochzeit. Und auch für Claus war es das zweite Mal. Die Woche des 20.5.20 war unter Heiratswilligen recht beliebt, und schon vor Monaten, als sie sich einen Termin aussuchen wollten, hatten sie nur noch einen Freitagstermin ergattern können. Seit damals hatte es festgestanden: der Freitag vor Pfingsten. Nun war er da gewesen, aber gänzlich anders als erwartet. Frühsommergefühle. Doch die Autobahnen blieben leer. Im Frankfurter Römer saßen Standesbeamte hinter Plexiglasscheiben und vollzogen die Zeremonien binnen Minuten und ohne Trauzeugen oder Familienangehörige. Ausnahmen gab es selten. Die Stimmung war bedrückend – doch wie sollte das angesichts der andauernden Sorge über die globalen Auswirkungen der Pandemie auch anders sein. Die beiden schworen einander, sobald alles vorbei war, eine richtige Party zu geben. Wobei Claus sich mit solchen Aussichten spürbar schwertat. Schon in der Nacht auf Sonntag war er zurück nach Frankreich gefahren. Julia hatte ihn begleitet. Der Urlaub war schon genau so lange eingetragen gewesen wie der Hochzeitstermin. Eine Woche. Es hätten die Malediven sein können, stattdessen war es die Côte d'Azur geworden. Die Temperaturen waren herrlich, doch die Strände blieben leerer als gewohnt. Eine Woche später kehrte Julia nach Frankfurt zurück, auch wenn es ihr schwerfiel, ihren Liebsten zurückzulassen. Claus war von Sorgen gequält, das stand ihm ins Gesicht geschrieben, denn es würde nun nicht mehr lange dauern. Gleichzeitig kümmerte er sich hingebungsvoll um Lynel. Julias Angebot, sich um Sonderurlaub zu bemühen, lehnte er ab. Vielleicht war es ein Weg, den er alleine gehen musste. Vielleicht wollte er es ihr auch nicht aufbürden. Julia respektierte seine Entscheidung.

Clara war zu diesem Zeitpunkt bereits sehr schwach gewesen, doch ausgerechnet an Julias Abreisetag hatte sie ein paar gute Stunden. Sie redeten und lachten bei Wein und Meeresfrüchten und vereinbarten fröhlich, dass sie beim nächsten Mal eine Platte mit gratinierten Miesmuscheln verputzen würden. Dabei hatten beide Frauen gespürt, dass es kein nächstes Mal geben würde. Aber statt düsterer Zweifel hatte ein unbeschwertes Lachen den Raum erfüllt. Ein Lachen, das Mut machte, auch wenn es keinen Grund zur Hoffnung gab. Das ablenkte, auch wenn das Schicksal sich keine Pause gönnte. Eine Erinnerung, die ihr niemand jemals nehmen würde.

Fünf Tage später war Clara tot.

Ein schrilles Klingeln riss Julia aus ihren Gedanken. Es war ihr Handy, und der Sound klang wie ein altes, analoges Telefon. So wie das grüne mit dem speckig gewordenen Cordbezug auf dem Hörer, an das sie sich prompt erinnert fühlte. Doch dann konzentrierte sie sich auf den Namen auf dem Display. Kirsten Riemann. Schon sonderbar, dass man im Zeitalter der Smartphones nicht mehr erkannte, von woher ein Anruf einging. Sie musste sich immer noch in Frankreich befinden, oder? Die Kommissarin versteifte sich.

»Julia Durant«, meldete sie sich, »Kriminalpolizei Frankfurt.«

»Da bin ich ja genau richtig!«, keuchte es. Die Frau klang aufgebracht. »Meine armen Tiere«, sagte sie. »Ich komme, so schnell ich kann!«

Durant nutzte die erste Atempause, um sich ins Gespräch einzuklinken. »Frau Riemann, bitte überstürzen Sie nichts. Momentan geht es den Katzen ja gut.«

Sie wollte zu dem Toten überleiten, doch dazu kam sie nicht.

»Gut?«, quiekte es. »Das sagen Sie einfach so! Ich hab's schon mitbekommen. Die Feuerwehr hat die Armen einfach ins Badezimmer gesperrt! Was ist denn daran gut?«

Durant antwortete kühl: »Sie wissen also, dass es in der Wohnung unter Ihnen gebrannt hat und außerdem ein Toter bei Ihnen in der Küche lag?«

»Ja! Unglaublich! Was soll das denn alles? Ich wäre längst losgefahren, aber ich muss noch warten, bis ich den bescheuerten Schlüssel abgeben kann.«

»Sind Sie in einem Ferienhaus?«

»So in der Art, ja.«

»Vielleicht sollten Sie besser dort bleiben, bis Sie sich etwas beruhigt haben. Kommen Sie mit dem Auto?«

»Natürlich. Und ich werde *nicht* bleiben, solange meine armen Schätze derart zusammengepfercht sind!«

»Sie sollten sich so aufgebracht nicht ans Steuer setzen«, beharrte Durant. »Wenn Sie mir sagen, was ich tun soll, kümmere ich mich um die Katzen.«

»Nein, danke. Ich kann hier ohnehin keinen klaren Gedanken fassen.«

Durant fiel etwas ein: »Eine Frage noch: Wer hat Sie über die Vorfälle in Ihrem Haus informiert?« Ihre Nachricht auf Frau Riemanns Mailbox war recht vage gewesen und hatte weder den Brand noch den Toten beinhaltet.

»Ach, ein Bekannter, der sich um die Tiere kümmert. Er wohnt ein paar Häuser weiter.«

»Ah ja.« Also war der Tote nicht der Katzensitter. »Können Sie mir seinen Namen geben?«

Kirsten Riemann nannte ihr den Namen Hendrik Röber, Rufname Hennes, er wohnte nur wenige Hausnummern weiter.

»Schicken Sie mir auch eine Telefonnummer? Am besten mobil – und gerne direkt aufs Handy?«

»Kann ich machen. Moment.«

Julia Durant bedankte sich. Nach einer kurzen Pause fragte sie behutsam: »Ich würde Ihnen auch gerne etwas schicken. Das Foto des Mannes, der in Ihrer Wohnung lag. Trauen Sie sich das zu?«

»Ja. Machen Sie nur.«

»Können Sie sich vorstellen, um wen es sich handelt?«

»Wie denn, ohne Foto?«

»Nein, ich meine ganz grundsätzlich. Wer hatte einen Schlüssel, oder wer könnte ein Interesse daran haben, in Ihre Wohnung zu gehen? Insbesondere, wenn Sie außer Landes sind. Wer hat davon gewusst, dass Sie nicht da sind und dass auch die Wohnung unten leer steht?«

»Sie steht ja nicht dauerhaft leer«, erwiderte Riemann frostig. »Ein Haus verkauft sich eben einfacher, wenn keine Mieter drinnen sind. Läuft das jetzt eigentlich wie im *Tatort,* also sperren Sie alles ab, und keiner darf das Grundstück betreten?«

»Solange die Spurensicherung da ist«, begann Durant, und sofort fiel die Frau ihr ins Wort: »Dann muss ich Sie um einen Gefallen bitten. Wenn Sie zu Hendrik fahren, gestatten Sie ihm bitte den Zutritt zur Wohnung. Er soll meine Tiere zu sich nehmen. Das kann ich niemandem sonst anvertrauen, und das werde ich auch nicht. Bitte«, sie klang nun mehr flehend als fordernd, »ich bin mindestens noch zwölf Stunden unterwegs. Mal abgesehen davon, dass die Tiere was fressen müssen, ist mein Badezimmer nicht der geeignete Ort, um sie dort eingesperrt zu lassen.«

Durant überlegte kurz. Was die Frau da verlangte, war nichts Unmögliches. Der Gedanke erleichterte sie auch, denn alles war besser, als sich um eine Unterbringung im Tierheim bemühen zu müssen. Julia wäre es zwar lieber gewesen, wenn sie etwas mehr von Riemann erfahren hätte, doch die war viel zu aufgebracht, und übers Telefon waren solche Gespräche erfahrungsgemäß ohnehin weniger ergiebig. Vielleicht schaffte es ja Vertrauen und damit eine gute Basis für ein persönliches Gespräch, wenn Julia sich um das Wohl ihrer Tiere bemühte. Im Badezimmer würde sich ohnehin kein Forensiker mehr umsehen, und den Weg bis dahin konnte man mit den entsprechenden Überziehern für die Schuhe bewältigen. Und außerdem würde sie bei dieser Gelegenheit auch ganz zwanglos mit Hendrik Röber sprechen können.

»Ich kümmere mich darum«, versprach die Kommissarin. »Aber zuerst schicke ich Ihnen noch das Foto. Bitte bleiben Sie dran.«

»Okay.«

Es dauerte nur ein paar Sekunden, bis das Bild des Toten von einem Handy zum anderen gereist war. Über tausend Kilometer, und das mit nur ein paar Fingerbewegungen. Vermutlich hätte Julia weitersinniert, doch da meldete sich auch schon Frau Riemann wieder: »Tut mir leid. Den kenne ich nicht.«

»Und da sind Sie sich sicher?«
»Hundertprozentig. Das ist keiner unserer Nachbarn, die meisten kenne ich zumindest vom Sehen, und auch niemand, mit dem ich beruflich zu tun habe.«
»Schade. Aber danke schön. Wenn Ihnen doch noch etwas einfällt …«
»… melde ich mich. Ja. Aber bitte kümmern Sie sich jetzt um meine Katzen, okay?«
»Versprochen.«
Schon hatte die Kommissarin sich von ihrem Stuhl erhoben.
Berger musste warten.

16:05 UHR

Alwin Kisslich hielt nichts von den Kontaktbeschränkungen, die in diesen Tagen galten. Er war sechsundachtzig Jahre alt und lebte in einer Seniorenresidenz. Auch wenn er von der medizinischen Seite aus betrachtet auf ein dreistelliges Alter hoffen durfte, konnte es jeden Tag vorbei sein. Darüber machte er sich keine Illusionen, doch er blickte auf ein zufriedenes Leben zurück, und wenn seine Zeit kam, dann wäre er bereit. Lieber gesund vor seinen Schöpfer treten, als im ewigen Siechtum um Erlösung zu flehen. Nur eines wollte Alwin nicht: alleine sterben.
Seine vier Kinder hatten allesamt Familien. Enkel. Urenkel. Sie lebten ihr eigenes Leben, verstreut in halb Europa. Der Nächste von ihnen, sein jüngster Sohn, lebte in der Nähe von Stuttgart. Im Sommer hatte dessen Tochter ihr Studium in Frankfurt beginnen wollen. Dann war Covid-19 über die Welt hereingebrochen. Es hatte auch in Alwins Umgebung eingeschlagen. Weggefährten waren gestorben. Isoliert.
Wenn ihm also etwas Angst einjagte, dann das.

Alwin betrat den Bethmannpark. Ein Spaziergang, den er fast täglich unternahm, auch heute, obwohl kühler Nieselregen eingesetzt hatte. Dafür schwitzte er nicht wie an den heißen Tagen, an denen der Park aus allen Nähten platzte. Die Menschen wollten an die Luft, das hatten sie auch während des Lockdowns getan. Und wo sollten sie hin, wenn nicht in den Grünanlagenring, ans Mainufer oder auf die Spielplätze? Kontaktbeschränkungen und Ähnliches waren hier kaum durchzusetzen, nicht zu kontrollieren. Wer Angst hatte, hielt sich am Rand auf. Die meisten Besucher des Bethmannparks zog es ohnehin in den chinesischen Bereich, den Garten des Himmlischen Friedens mit Bauwerken und Skulpturen, die entweder direkt aus China stammten oder von chinesischen Experten erbaut und angeordnet worden waren. Alwin hingegen hegte eine völlig andere Leidenschaft. Heute – wochentags und vor dem Feierabend, zudem bei dieser Witterung – war er fast alleine auf dem Gelände. Er erreichte die schwarz-weißen Karomuster mit den vom Regen glänzenden Figuren. Er bückte sich und richtete einen Läufer und einen Turm auf, die vermutlich von Jugendlichen umgeworfen worden waren. Suchte sich einen Platz, an dem die Tröpfchen und der Wind ihn am wenigstens störten, und sah sich um. Auf einer Bank, ebenfalls unter einem Schirm, kauerte eine einzelne Gestalt. Rauchend. Das störte Alwin. Er hatte ein Leben ohne Laster hinter sich gebracht, und er war sich sicher, dass er vor allem deshalb noch in dieser guten Verfassung war. Doch sonst war niemand anwesend. Niemand jedenfalls, der sich für das Spiel interessierte. Das Königsspiel.
Er sah auf die Uhr und trat unschlüssig auf der Stelle. Wenigstens die üblichen Verdächtigen hatte er erwartet. Doch seit dem Virus war auf nichts mehr Verlass. Rituale gingen verloren. Mindestens zwei der Senioren, die regelmäßig hier gespielt hatten, waren gestorben. Und die Studenten oder die Bürotypen erledigten ihre Dinge jetzt zu Hause, und das war nicht selten außerhalb der

Stadtgrenzen. Sie würden nicht mehr kommen, manche womöglich nie wieder.
»Wollen wir spielen?«, fragte eine Stimme wie aus dem Nichts.
Alwin zuckte zusammen. Die Person von der Bank war auf ihn zugetreten, er hatte die Bewegung nicht wahrgenommen. Vielleicht, weil seine Augen auf dem weißen König hafteten, den jemand mit Aufklebern verschandelt hatte.
»Ja, gerne.« Er nickte und deutete auf den König. »Ich möchte nur erst versuchen, diesen Dreck zu entfernen. Es ärgert mich einfach. Helfen Sie mir?«
»Na klar.«
Alwin trat auf den König zu. Die Figur reichte ihm bis zum Oberschenkel. Ein wenig größer hätte sie schon sein können, dann hätte er sich nicht so weit bücken müssen. Er legte den aufgespannten Schirm neben sich und griff nach der Figur. Sie wog nicht viel, und er hoffte, die Feuchtigkeit würde ihm die Arbeit erleichtern.
Der schwarze Bauer traf ihn mit gnadenloser Wucht im Genick. Sein Atem schien einfach in der Kehle stecken zu bleiben, dann überkam ihn bereits die Finsternis. Keine Eröffnung, keine Partie, ein Zug, den es in einem normalen Spiel kaum gegeben hätte. Der König fiel zu Boden. Alwin ebenfalls. Er spürte eine Bewegung und einen weiteren Schlag, doch er konnte die zugehörigen Gedanken nicht mehr sortieren. Immer dunkler wurde es um ihn herum. Und nass und auch kalt.
Alwin starb schnell. Zumindest ein langes Leiden blieb ihm erspart.
Allerdings starb er allein.

16:30 UHR

Julia Durant drückt auf den Klingeltaster des Mehrfamilienhauses. Sechs Parteien, alle ordentlich mit Namen auf den zugehörigen Briefkästen und Klingelschildern vermerkt. Kein Unkraut auf dem kargen Grünstreifen. Ein schmuckloses Haus in einer ruhigen Gegend. Genau diese Ruhe in Verbindung mit einer kurzen Distanz zum Puls der Stadt war es vermutlich, die Menschen hierherzog.

»Ja?« Die Stimme kam unerwartet laut und klar.

»Julia Durant, Kriminalpolizei.«

»Kommen Sie hoch, erster Stock links.«

Hinter der Tür surrte es, und Julia drückte dagegen. Sie betrat einen marmorgekachelten Flur, an dessen Ende sich ein schmaler Fahrstuhl befand. Nahm die Stufen nach oben, wo die Wohnungstür bereits offen stand. Ein sportlicher Mann Mitte dreißig mit gekräuselten Haaren und Bart erwartete sie. Barfuß in Shorts und T-Shirt. Während es sich draußen einzuregnen schien, herrschte hier drinnen noch Hochsommer. Er lächelte warm und streckte ihr die Hand entgegen. »Hennes Röber«, sagte er, und seine Stimme klang nun um ein Vielfaches weicher als über die Gegensprechanlage. »Ich bin Frau Riemanns Katzensitter. Wie furchtbar!«

Julia schüttelte ihm kurz die Hand und fühlte sich bei einem Vorurteil ertappt. Was auch immer sie erwartet hatte, es war kein sportlicher, aufgeschlossener Typ gewesen. Eher ein verkniffenes Männchen, das sich lieber mit Tieren als mit Menschen abgab.

»Furchtbar. Allerdings«, antwortete sie hastig. »Ich will auch nicht gleich mit der Tür ins Haus fallen, aber darf ich Ihnen ein Foto zeigen?«

»Mhm. Sie dürfen vor allem erst einmal reinkommen. Schuhe können Sie anlassen.«

»Danke.« Julia folgte ihm in eine geschmackvoll eingerichtete Wohnung, die größer wirkte, als man es von außen annahm. Eine Glastür ließ Flur und Wohnzimmer ineinander verschmelzen und sorgte für eine gute Ausbeute an Tageslicht, selbst jetzt, unter einem mit regenschweren Wolken verhangenen Himmel.

»Möchten Sie einen Tee? Oder lieber Kaffee?«

»Kaffee gerne.«

»Ich kann Ihnen allerdings keine Milch anbieten. Dafür Zucker.«

»Schwarz ist prima, danke.« Julia suchte sich einen Platz auf dem Sofa, auf das er wie beiläufig gedeutet hatte. Doch sie blieb angespannt und fügte hinzu: »Ich würde zuerst gerne das mit dem Foto klären.«

»Na gut.« Röber räusperte sich. »Ich gehe davon aus, dass es sich um das Opfer handelt.«

»Tut mir leid. Wir müssen alles versuchen, seine Identität zu klären. Sind Sie bereit?«

»Hmm. Es hieß, das Ganze wäre ein Blutbad gewesen …«

»Keine Sorge. Die Aufnahme stammt nicht vom Tatort, sondern aus der Rechtsmedizin. Außer dem Gesicht ist da nichts zu erkennen.«

»Schon gut«, sagte Röber. »Vermutlich habe ich im Fernsehen viel Schlimmeres gesehen. Wobei ... das ist jetzt die Realität.«

Julia rief auf ihrem Smartphone das Konterfei des Ermordeten auf. Es war nichts von der geplatzten Stelle am Hinterkopf zu sehen. Der Mann wirkte, als mache er einen Mittagsschlaf. Die Haare waren etwas strubbelig, aber selbst die Gesichtsfarbe wirkte noch lebendig.

Röber presste die Lippen aufeinander, als sie das Display zu ihm drehte. Irgendwann begann er langsam den Kopf zu schütteln. »Nein, bedaure. Den kenne ich nicht.«

»Sind Sie sich absolut sicher?«

»Klar. Also ich meine … das ist ja ein ziemliches Durchschnittsgesicht. In dieser Gegend kennt man sich entweder, oder man lebt jahrelang nebeneinanderher, ohne voneinander zu wissen. Das kommt darauf an, wie offen man selbst ist. Es kann durchaus sein, dass der Typ drei Häuser die Straße runter wohnt – oder eben, dass er ein völlig Fremder ist.«

»Ein Fremder, der sich immerhin Zugang zum Haus verschafft hat«, brummte die Kommissarin. »Ich hatte nicht den Eindruck, dass es bei Frau Riemann viel zu holen gab.«

»Täuschen Sie sich da mal nicht. Die Einrichtung ist sauteuer gewesen.«

»Ich habe mich auf Gegenstände bezogen, die man ohne Möbelwagen abtransportieren kann. Da steht nicht viel rum, vermutlich wegen der Katzen. Oder hat sie irgendwo Wertsachen versteckt? Gibt es einen Tresor?«

Röber hob die Hände vor sich. »Warum sollte *ich* das wissen?«

»Sie besitzen immerhin einen Schlüssel und damit auch ihr Vertrauen.«

»Was ist jetzt eigentlich mit dem Kaffee?« Er deutete in Richtung einer Küchenzeile mit bunt lackierter Front. »Soll ich Ihnen einen machen?«

»Danke, es geht auch ohne. Mir wäre es lieber, Sie setzen sich zu mir, und wir reden über Frau Riemann. Außerdem müssen wir noch die Katzen holen.«

»Hmm.« Er verharrte auf der Stelle.

»Ich hatte das Gefühl, dass sie ziemlich mitgenommen war«, fuhr Durant fort. Sie hatte das diffuse Gefühl, dass Röber sehr viel mehr Mitgefühl empfand, als er zeigen wollte. »Gibt es da vielleicht jemanden, mit dem sie Streit hat? Neider, Kollegen, Verwandtschaft?«

»Nicht dass ich wüsste.«

»Was ist mit der Wohnung im Erdgeschoss? Wie lange steht sie schon leer, und warum ist sie nicht längst wieder vermietet? Was ist mit den ehemaligen Mietern? Vielleicht rührt es ja auch aus dieser Richtung. Immerhin sind in diesem Haus zwei Verbrechen geschehen.«

Hendrik Röber ließ sich auf den Sessel fallen. »Wieso denn zwei?«

»Der Mord und die Brandstiftung. Wir wissen noch nicht viel, doch bei einem Mord spielt meistens ein persönliches Motiv, eine Verbindung zwischen Täter und Opfer die Hauptrolle. Was aber ist mit der Brandstiftung? Ein Dummer-Jungen-Streich? Eine Vertuschungstat? Oder wollte jemand gezielt Frau Riemanns Eigentum zerstören?«

Röber schnaufte. »Dazu weiß ich nichts. Über solche Dinge haben wir nicht geredet.«

»Worüber denn sonst?«

»Na, über die Katzen.«

Durant verzog den Mund. »Bei vier Stück gab es da sicherlich viel zu besprechen.«

Röber wischte sich über die Stirn. War er nervös?

Julia Durant setzte ihr bestes Pokerface auf und bohrte weiter: »Herr Röber, Sie können mir gegenüber völlig offen sein. Schlimmer kann's nicht werden, denn Ihre Fingerabdrücke und DNA sind überall in der Wohnung verteilt.«

»Woher können Sie das so schnell wissen?«

»Wenn Sie die Tiere regelmäßig gefüttert haben, werden Sie doch sicher Türklinken, Schränke oder Schubladen bedient haben. Sie waren vielleicht auch auf dem Klo. Ich habe Topfpflanzen gesehen. Die haben Sie doch sicher auch gegossen. Soll ich weitermachen?«

»Nein, ist ja schon gut. Das heißt, ich bin Ihr Hauptverdächtiger?«

»So weit würde ich jetzt nicht gehen. Dennoch müsste ich wissen, wo Sie Dienstagnachmittag und gestern früh gewesen sind.«

Röbers Augen verengten sich. »Ziemlich vage, oder?«

»Aber noch nicht lange her«, erwiderte Durant. »Da müssten Sie sich wohl erinnern.«

»Hmm. Ich war in der Stadt und auch hier zu Hause. So viel ist sicher. Aber es gibt dafür leider keine Zeugen. Brauche ich einen Anwalt?«

»Sie haben jederzeit das Recht dazu. Aber wenn Sie ehrlich zu mir sind, will ich auch ehrlich zu Ihnen sein: Ich halte Sie momentan weder für einen Mörder noch für einen Brandstifter. Und für jede einzelne DNA-Spur, die wir finden, wird es wohl eine plausible Erklärung geben.«

Röber stand der Schweiß auf der Stirn, als es aus ihm herausplatzte: »Kirsten und ich hatten was miteinander.«

Durant konnte es sich nicht verkneifen zu sagen: »Ach, tatsächlich. Das hätte ich jetzt nicht erwartet.«

Röber verzog das Gesicht. »Das sagen Sie doch jetzt nur so. Sie wollten mich testen.«

»Nein, nein.« Sie schmunzelte. »Es war nur eine Vermutung. Aber es ist gut, dass Sie es von sich aus gesagt haben.«

»Es weiß niemand davon«, beschwor Röber sie, »und das soll auch bitte so bleiben. Das geht keinen was an.«

»Wie genau darf ich mir diese Beziehung denn vorstellen?«, fragte Durant.

»Na ja. On-off eben. Nichts Festes. Es sollte wohl nie mehr draus werden«, er setzte einen schelmischen Gesichtsausdruck auf, »aber weniger eben auch nicht.«

»Verstehe.«

Julia Durant notierte sich etwas, hauptsächlich, um Zeit zum Nachdenken zu gewinnen. Sie verurteilte ihr Gegenüber nicht, warum auch. Sie hatte früher selbst in einem Revier gewildert, in dem die Männer ein ganzes Stück jünger als sie gewesen waren. In einem anderen Leben. Bevor ein Mann ihr seinen Willen und all seine Macht aufgezwungen hatte … Sie schnellte nach oben, um den Gedanken abzuschütteln. Darüber hatte sie nicht nachdenken wollen.

»Reden wir über die Katzen«, sagte sie mit aufgesetzter Leichtigkeit.

»Klar. Was wollen Sie wissen?«

»Sie gehen sie also füttern. Wie oft?«

Röber lachte auf. »Sie haben wohl keine Tiere, wie?« Er winkte ab. »Es ist schon ein bisschen mehr. Manche brauchen nur Futter, aber manche wollen auch gekrault werden. Das kann man nicht einfach mal so nebenbei erledigen.«

»Aha. Mich interessierte dabei viel mehr, wann genau Sie das machen.«

»Ach so. Einmal am Tag, und zwar morgens.«

»Und das genügt?«

»Bei dieser Hitze ja.« Der Mann rutschte hin und her. »Kirsten wollte eigentlich, dass ich öfter hingehe. Normalerweise zwei- bis dreimal, aber dann steht am Ende nur jede Menge Nassfutter herum und fängt an zu stinken. Im Sommer haben Sie da ruckzuck Fliegeneier dran. Wenn ich nur einmal am Tag komme, sind die Herrschaften so gierig, dass wenig liegen bleibt. Und für den kleinen Hunger zwischendurch gibt es ja noch einen Trockenfutterspender. So ein Automat, der in bestimmten Zeitabständen eine Dosis freigibt. Das hält sie schon bei Laune. Irgendwer hat mal herausgefunden, dass Katzen bis zu siebzehn Mal am Tag snacken.« Er kicherte und klopfte sich auf den Bauchansatz. »Das müsste mir mal passieren.«

Julia Durant hatte sich aufs Wesentliche konzentriert. Einmal am Tag, so hatte er es gesagt.

»Also waren Sie am Dienstag- und Mittwochmorgen in der Wohnung.«

»M-hm.«

»Das schränkt die Sache wohl ein«, murmelte sie. Ob sie Andrea anrufen sollte? Wobei diese auch ohne fremde Hilfe zu einem Ergebnis kommen würde. »Wann genau am Mittwoch?«

»Warten Sie.« Röber blinzelte nervös. »Das war ganz früh. Acht Uhr vielleicht. Danach bin ich direkt weiter.«
»Gut. Danke.« Durant machte sich eine Notiz, dann sah sie ihn fragend an. »Gehen wir rüber und retten die Katzen?«
Röber zuckte leicht. »Klar.« Er entschuldigte sich und kehrte kurz darauf mit einem Transportkäfig zurück. »Ich habe leider nur den einen«, sagte er. »Kirsten hat auch noch zwei. Aber ich muss ja ohnehin zweimal gehen.«
»Ich kann auch etwas tragen«, antwortete Durant und streckte den Zeigefinger aus. »Die Box ist doch recht groß. Vielleicht passen zwei hinein.«
Röber schüttelte den Kopf. »Ich möchte die Tiere nicht noch mehr stressen. Wenn ich mir vorstelle, dass Phoebe und Taifun seit Stunden im selben Raum hocken. Die können sich nämlich überhaupt nicht leiden … Haben Sie ihn gesehen? Ein grauer Riese, langes Fell, irrer Blick.« Er stöhnte und winkte ab.

Fünf Minuten später betraten sie Frau Riemanns Wohnung. Hendrik Röber griff sich an die Nase. Der Brandgeruch war noch immer allgegenwärtig. Die Spurensicherung hatte ihre Arbeit beendet, sie waren also nur zu zweit. Sie verabredeten, dass Röber das Badezimmer alleine betreten solle. Durant kümmerte sich unterdessen um die Transportboxen, die in der Abstellkammer waren.
Als sie mit den Behältern zurückkehrte, hörte sie ein Rumpeln, dann ging die Tür. Röber erschien und stellte seine Kiste zu Boden. »Phoebe ist erledigt, Carlo ist als Nächstes dran.« Er blähte die Backen auf. »Die anderen beiden hocken steif wie ein Brett hinter Waschmaschine und Wäschetrockner.«
»Vielleicht entspannen sie sich ja, wenn die anderen zwei weg sind.«
Er grinste schief. »Sie sind kein Katzenmensch, oder?«

Durant zog die Schulter hoch und grinste zurück.
Röber griff sich eine Box und kehrte ins Bad zurück. Diesmal polterte es nicht, stattdessen war ein erzürntes Heulen zu hören. Da tauchte er auch schon wieder auf. Die rot getigerte, erstaunlich große Katze hockte in der Kiste und machte einen erbärmlichen Eindruck.
»War er das eben?«
»Ja. Keiner heult so schön wie Carlo. Ein sanfter Riese, der eigentlich alles mit sich machen lässt, aber er ist auch ein Dickkopf, wie er im Buche steht. Wahrscheinlich kotzt er unterwegs, vielleicht pinkelt er in den Käfig. Kein Wunder. Diese Boxen kommen nur zum Einsatz, wenn es zum Tierarzt geht. Deshalb hassen die Katzen sie.«
»Hm. Dann trage ich wohl besser die andere Kiste.«
Hendrik Röber zögerte. »Ich möchte gerne noch mal rein. Vielleicht kann ich wenigstens einen der beiden Streithähne schon mal rauslocken.«
Julia Durant nickte, und schon war der junge Mann wieder aus ihrem Blickfeld verschwunden. Er wusste, was er tat. Ein Katzenmensch. Lag es nur an seiner Sorge um die Tiere, dass er mit keiner Silbe den Toten erwähnt hatte? Er hatte nicht gefragt, ob die Leiche noch da war, nicht gefragt, wo genau sie gelegen hatte. Das alles schien ihn entweder weniger zu interessieren als die Katzen, oder aber er wusste mehr, als er zugab. Bevor die Kommissarin den Gedanken zu Ende bringen konnte, hörte sie ein schweres Rumpeln, das genauso plötzlich endete, wie es begonnen hatte. Bleierne Stille folgte. Es fiel ihr schwer, nicht zu rufen, aber sie wollte ihn nicht stören. Fast geräuschlos wurde die Türklinke nach unten gedrückt, und Röbers Kopf erschien in dem schmalen Schlitz.
»Sie müssen sich das bitte ansehen«, stammelte er, und sein Gesicht war kreidebleich.

»Was ansehen?« Julia neigte den Kopf und tat einen Schritt auf die Tür zu. Ein scharfer Geruch drang ihr entgegen. Katzenurin.
»Da liegt etwas hinter dem Wäschetrockner«, hauchte Hendrik. »Ein ... ein blutiger Hammer.«

17:40 UHR

Der Kloß in ihrem Hals war nur schwer zu schlucken.
Bergers Tochter hatte sich gemeldet. Eine taffe Frau, von der das halbe Präsidium erwartet hatte, dass sie einmal dazustoßen würde. Auch Julia Durant hatte diese Hoffnung gehegt. Doch von diesen Plänen schien nichts mehr übrig zu sein.
Noch in ihrem Wagen sitzend hatte sie zuerst mit Platzeck von der Spurensicherung Kontakt aufgenommen und anschließend Bergers Nummer gewählt. Statt der vertrauten Stimme hatte sich eine Frau gemeldet, die der Kommissarin ebenfalls bekannt war. Sofort stieg eine ungute Ahnung in ihr auf. Berger war in einem Alter, in dem man auf alles vorbereitet sein musste. Zum Glück stellte sich heraus, dass es *nur* wieder seine Gelenke waren. Das allgegenwärtige Problem, mit dem er sich im Grunde schon immer herumschlug. Meistens der untere Rücken oder die Nackenwirbel. Dieses Mal war es allerdings eine Stufe härter als sonst. Hüft-OP und Reha.
»Na prima«, kommentierte Durant. »Das ist in Corona-Zeiten sicher besonders lästig.«
»Wir hatten Glück, dass die OP zwingend nötig war und es nicht ohne Reha geht«, antwortete seine Tochter. »Aber frag nicht, was das für ein Affentanz ist, wenn man sich mal sehen will. Er hat seine kleine …« Sie geriet ins Stocken. Sie hustete und entschuldigte sich. »Warte mal«, kam es dann gedehnt. »Du *weißt* doch, dass er stolzer Opa ist. Oder etwa nicht?«

Durant war nicht gut im Lügen und hielt es auch nicht für nötig. »Nein«, erwiderte sie. »Also du bist Mama geworden?«
»Ja. Letztes Jahr. Amelie wird im September schon ein Jahr alt. Tut mir leid, da bin ich jetzt wohl voll ins Fettnäpfchen gestolpert. Ich hätte schwören können …«
»Ist schon gut«, beschwichtigte Durant sie. »Es war ein Scheißjahr, um es kurz zu machen, aber ich freue mich für dich. Sehr sogar! Amelie? Das ist schön. Französisch.«
»Danke. Es ist viel passiert. Vielleicht sollten wir demnächst mal einen Kaffee zusammen trinken. Zu dritt, versteht sich.« Sie pausierte kurz. »Jetzt kann ja eigentlich nur alles wieder besser werden.«
»Hoffen wir's«, murmelte Durant. Sie atmete tief ein: »Ich müsste so schnell wie möglich mit deinem Paps sprechen, am besten noch heute. Hat er ein Handy dabei, oder kann ich ihn besuchen?«
Das Lachen klang düster. »Viel Glück dabei. Die lassen ja nicht mal uns hinein. Dabei sind wir seine engsten Angehörigen!«
»Und Handy?«
»Ich schicke dir seine Nummer. Du kannst dich bei Amelie bedanken, denn eigentlich hatte er diesen Dingern abgeschworen. Seit er sich aber seine tägliche Dosis Babyfotos abholen kann, nutzt er es wieder bereitwillig.«
Julia Durant bedankte sich und notierte sich Namen und die Adresse der Rehaklinik. Dann verabschiedeten sich die beiden Frauen, nicht ohne erneut zu bekräftigen, dass es höchste Zeit für einen gemeinsamen Kaffee sei.
Als die Kommissarin das Smartphone in ihren Schoß sinken ließ, dachte sie, dass es vermutlich nicht dazu kommen würde. Babyfotos. Ein Thema, mit dem sie so lange abgeschlossen hatte und das nun doch wieder aufgebrochen war. Wenn auch völlig anders, als man es sich vorstellen konnte. Sie zwang den Kloß in ihrem Hals, so gut es ging, nach unten.
Wenigstens musste sie sich nun nicht mehr allzu viele Gedanken

darum machen, dass sie Berger noch nichts von ihrer Hochzeit erzählt hatte. Oder von Lynel. Dann vibrierte es auf ihrem Oberschenkel. Das war die Nachricht mit seiner Telefonnummer.
Sie speicherte den Kontakt, checkte die Uhrzeit und drückte mit der Fingerkuppe auf das Anrufsymbol.
Es dauerte einen Moment, bis das Gespräch angenommen wurde. Im Hintergrund klapperte es.
»Hallo?«
»Hier ist Julia Durant.«
»Ach nein!« Jetzt war deutlich zu hören, dass Berger den Mund voll hatte. »Moment bitte … ich bin sofort …« Er schluckte und räusperte sich. »Mensch, das ist eine Überraschung! Wer hat mich denn verraten?«
»Ihre Tochter.«
»Ich wollte nicht, dass das so eine große Sache wird. Wie geht's Ihnen denn?«
»Offenbar besser als Ihnen.«
»Ach, na ja. Neue Hüfte, neues Glück. Und von meiner Enkeltochter haben Sie dann ja sicher auch schon gehört?«
»Ja. Glückwunsch«, antwortete Durant und ergriff die Gelegenheit beim Schopf, »da komme ich mit meiner Hochzeit kaum dagegen an.«
»Wie jetzt? Wann haben Sie …«
»Im Mai. Auf dem Römer. Es war eine dieser Quickie-Trauungen ohne Publikum. Weder schön noch romantisch, aber das holen wir irgendwann nach. Und dann gehören Sie natürlich auch dazu.«
Berger lachte. »Ach Mensch. Jetzt habe ich ein ganz schlechtes Gewissen. Wir haben uns viel zu lange nicht gesprochen.«
»Besser Sie haben es als ich«, scherzte Durant.
»Ich habe trotzdem das Gefühl, dass Sie nicht nur anrufen, um über alte Zeiten zu plaudern.«

»Ja und nein. Es geht tatsächlich um alte Zeiten, aber anders, als Sie denken. Es geht um 1990. Arthur Gatter.«
»Der Hammermörder! Um Himmels willen.« Berger schnaufte. »Das war eine schlimme Zeit damals. Die Stadt war überflutet von Menschen. Viele kamen aus dem Osten. Dutzende Gestrandete, die keine Wohnung hatten und nicht wussten, wohin sie als Nächstes gehen würden.« Er seufzte. »Das war Frankfurt im ersten Winter, nachdem die Grenzen offen waren. Und ständig ging die Angst um, denn keiner wusste, wo genau der Mörder das nächste Mal zuschlägt.«
»Ja, diese Infos haben wir uns auch schon zusammengesucht«, sagte Durant.
»Gut. Aber was hat das mit heute zu tun? Der Mörder wurde praktisch in flagranti erwischt, die Serie endete, und er selbst hat sich in der Psychiatrie erhängt. Keine Familie, keine Nachahmer, und es war auch keiner dieser Serienkiller, die einen Personenkult auslösen. Dafür war er zu einfach, zu willkürlich. Es heißt, er hatte Stimmen im Ohr, die ihm das Morden befohlen haben. Also alles andere als ein hochintelligenter Typ, über den man Kinofilme dreht.«
»Trotzdem haben wir wieder zwei Morde, bei denen wir von einem Hammer als Tatwerkzeug ausgehen müssen. Und es gibt niemanden mehr im Team, der damals dabei war.«
»Verstehe. Und das mit dem Hammer ist sicher?«
Durant krampfte der Magen, als sie sich das Bild des mit Fusseln übersäten Werkzeugs in Erinnerung rief. Hendrik Röber hatte den Trockner nach vorn gewuchtet, um nach den Katzen greifen zu können. Inmitten des verklebten Staubs hatte er gelegen. Blutverschmiertes Metall. Sie hatte ein paar Handyfotos gemacht und anschließend Platzecks Nummer gewählt. Röber beteuerte, dass er den Hammer nicht angefasst hatte.
»Ich habe ihn vor einer Viertelstunde am zweiten Tatort sichergestellt«, erklärte sie knapp. »Wir haben ihn übersehen, weil ausge-

rechnet im Badezimmer die Katzen der Wohnungsbesitzerin untergebracht worden waren. Die Feuerwehr hat das veranlasst.«
Berger schnaubte. »Ich verstehe nur Bahnhof, aber ist auch egal. Sie haben sicher ein Bild von der Tatwaffe gemacht. Schicken Sie es mir.«
Durant musste schmunzeln. Jetzt war er so wie früher. Hoch konzentriert und ein wenig unwirsch. Ein Chef, der die Zügel auch mal locker ließ, aber im entscheidenden Augenblick wusste, wann er die Führung zu übernehmen hatte. Wobei ihre Zügel immer ziemlich lang gewesen waren und sie ihm nicht immer Folge geleistet hatte. Aber das hatte ihrem Verhältnis nicht geschadet, im Gegenteil. Berger und Durant hatten sich stets aufeinander verlassen können, und noch während sich ihre Gedanken in den alten Zeiten verloren, sendete sie ihm zwei Aufnahmen. Einmal vom Opfer und einmal von der Tatwaffe.
»Scheiße«, kommentierte Berger in die Stille hinein. »Das war's dann wohl mit meinem Abendessen.«
»Sorry dafür.«
»Es ist ein Schlosserhammer, genau wie damals. Auch die Verletzung des Schädels passt ins Schema. Aber die Opfer vor dreißig Jahren waren Obdachlose …«
»Na und?«, unterbrach ihn Durant. »Noch wissen wir nicht, ob der Tote nicht auch ein Landstreicher war, der in dem leeren Haus Unterschlupf gesucht hat.«
Berger schnaubte. »Das passt trotzdem nicht! Dann muss der Mörder ihm ja gefolgt sein. Gatter hat seine Opfer zufällig gewählt. Das heißt, um genau zu sein, er hat von seinem Mann im Ohr eine Ansage bekommen. Doch das ändert nichts an der Tatsache: Er hat seine Opfer vor Ort ausgewählt, dann länger beobachtet, um sicherzugehen, dass er ungestört zuschlagen kann. Aber er ist ihnen nicht nachgelaufen, schon gar nicht in ein fremdes Haus.«

Auch Durant musste sich eingestehen, dass die Theorie vom obdachlosen Opfer oder einer Nachahmungstat gleich mehrere Lücken aufwies und wohl kaum mehr als ein fixer Gedanke gewesen war. »Wir wissen auch noch nicht, ob der Hammer schon vor Ort war oder ob der Täter ihn mitgebracht hat«, fuhr sie fort. »Warum hat er ihn am Tatort zurückgelassen? Wie war das denn damals?«
»Gatter wurde praktisch mit der blutigen Tatwaffe in der Hand dingfest gemacht«, sagte Berger. »Das können Sie überall im Internet nachlesen – und damit auch jeder andere.«
»Mir will es nicht in den Kopf, warum man ausgerechnet *dieser* Mordserie nacheifern sollte«, erwiderte die Kommissarin. »Klar, es ist einer der bekanntesten Fälle der Stadt. Aber alle sind tot. Selbst ein Nacheiferer, der seinem Meister gefallen möchte, ergibt da keinen Sinn. Das Ganze ist so lange her, und es ist auch niemand mehr da, der einen persönlichen Bezug zu Gatter hatte.«
Berger atmete hörbar ein und wieder aus. »Das ist so nicht ganz richtig«, sagte er dann, und Unheil lag in seiner Stimme. Etwas raschelte, und er ächzte. Vermutlich richtete er sich auf. »Zwischenzeitlich sah es so aus, als hätte nicht viel gefehlt, und es hätte damals ein weiteres Opfer gegeben.«
»Ein neuntes Opfer vom selben Mörder?«, wiederholte Durant baff. Aber wie konnte das sein? Er war doch unmittelbar nach dem achten Mord dingfest gemacht worden.
»Das neunte Opfer«, so, wie Berger es betonte, klang es fast wie der Titel eines Kriminalromans, »wäre auch nicht die richtige Zählweise. Der vermeintliche Mordversuch liegt zeitlich in der Anfangsphase, also Februar 1990, nach den ersten beiden Taten. Eschenheimer Anlage, im Grüngürtel, nicht weit von einer Kirche. Den Namen habe ich gerade nicht parat. Es war Freitagabend, und das Opfer – ein gewisser Hornung – kam aus einer Bar und war stark alkoholisiert. Er hat sich in der Nähe einer Bank erbrochen, vermutlich wollte er dann eine Pause machen. Ist in sich

zusammengesackt, und erst ein Schrei hat ihn aus seinem Delirium geweckt.« Er schwieg ein paar Sekunden, und Julia nickte. Sie fand es bemerkenswert, wie gut Berger sich erinnerte, doch er sprach weiter, bevor sie das kommentieren konnte. »Sie können sich ja denken, wie gehaltvoll die Aussage eines Volltrunkenen ist, aber es war die Rede von einem Hammermann, der vor ihm stand. Dieser sei dann erstarrt, als sich ihre Blicke trafen. Anschließend soll er lautlos davongerannt sein.«

»Lautlos.«

»Gatter trug Gummisohlen, wenn er unterwegs war, damit er seine Opfer nicht vorher aufschreckte. Diese haben fast immer geschlafen, bevor er ihnen mit dem Hammer zusetzte.« Berger ballte die Fäuste. »Verdammt noch mal«, murmelte er. »Diese alten Geschichten wühlen noch eine ganze Menge anderes Zeug mit auf. Da ist einiges dabei, was ich lieber in der Vergangenheit belassen würde.«

Durant nickte. Zu diesem Zeitpunkt war sie noch in München bei der Sitte gewesen und hatte sich nicht im Traum vorstellen können, einmal in Frankfurt zu landen! Sie dachte an Berger. Dieser hatte damals seine Frau und seinen Sohn verloren. Ein betrunkener Lkw-Fahrer hatte im Suff eine Ampel übersehen. Als sie Berger kennengelernt hatte, war er ein gebrochener Mann mit einem massiven Alkoholproblem gewesen. »Ich weiß, was Sie meinen«, sagte sie leise. »Lassen wir die Zeiten besser hinter uns. Was ist mit diesem Opfer? Wenn es kein Obdachloser war, passt er ja nicht so recht in Gatters Schema. Anscheinend war er zur falschen Zeit auf der falschen Parkbank. Und wer hat überhaupt geschrien?«

Berger lachte bitter. »Am Ende hat der Mörder ihm durch sein Auftauchen sogar das Leben gerettet. Wenn er nämlich liegen geblieben wäre, wäre er todsicher eingeschlafen und erfroren. Der Schrei stammte übrigens von einem anderen Rumtreiber. Auch wenn es erst zwei Morde gab, gingen ja schon die wildesten Geschichten um. Man versuchte, aufeinander aufzupassen. Aber bei so vielen Menschen ohne Wohnung waren es einfach zu viele Möglichkeiten für Gatter. Bis April kehrte Ruhe ein, aber dann ging es wieder los bis zum bitteren Ende.«

»Meinen Sie, dass diese Situation Gatter verschreckt hat?«

»Nein. Doch er hatte sich tatsächlich im Februar vor Gericht zu verantworten. Sachbeschädigung. Aufgeschlitzte Reifen. Vielleicht hat ihn das abgelenkt.«

»Hätte man ihn besser mal dabehalten«, knurrte Durant.

Berger entgegnete bitter: »Das psychiatrische Gutachten bescheinigte ihm, dass er keine Gefährdung für die Allgemeinheit sei.«

»Schöne Scheiße.«

»Allerdings. Doch wir können es erstens nicht mehr ändern, und zweitens liegen zwischen zerstochenen Autoreifen und zertrümmerten Schädeln auch Welten.«

»Auch wieder wahr. Reden wir also über das Opfer. Hornung?«

»Genau. Der Vorname war Jan, glaube ich. Muss so Anfang zwanzig gewesen sein und hat seinen Alkoholabsturz damit begründet, dass ihm die Freundin weggelaufen sei. Die ärztliche Untersuchung ergab, dass er eine leichte Schädelfraktur erlitten hat.«

»Also hat der Hammer ihn tatsächlich getroffen?«

Berger kicherte. »Nein. Das hätte er gern so gehabt, aber es geschah wohl beim Kotzen an der Bank.«

Durant musste ebenfalls kurz lachen. »Verstehe.«

»Er wollte sich damals als Opfer profilieren und Gewinn aus der Geschichte schlagen.«

»Aber er war kein Opfer?«, vergewisserte sich Durant.

»Ich glaube nicht. Er wollte sich aufspielen als derjenige, der dem Berber entkommen war. Er wollte die Aufmerksamkeit. Eine zweite Chance bei der Ex. Was auch immer. Es hat bloß nicht funktioniert.«

»Hm. Was wurde aus ihm? Er müsste ja jetzt erst Anfang fünfzig sein. Ob er noch in der Stadt lebt?«

»Ich weiß zwar noch vieles, aber eine Glaskugel habe ich nicht. Er stammte aus Frankfurt, so viel ist sicher. Die Chancen stehen also nicht schlecht, dass er noch immer in der Gegend lebt. Wenn ja, dürfte er der Einzige sein, der noch da ist. Also der am Leben *und* bei klarem Verstand ist. Von den Obdachlosen von damals wird sich keiner mehr finden. Gatter selbst hatte kein soziales Umfeld. Er hat sich Ende 1990 mit einer Mullbinde erhängt. Zu etwas anderem hatte er in der Psychiatrie keinen Zugang. Das war das letzte Mal, dass der Fall in dem Jahr durch die Medien ging. Hornung versuchte damals noch einmal sein Glück und wollte sich als Opfer darstellen. Als einziger überlebender Zeuge. Doch er war einfach kein Typ für die Medien. Keiner wollte da so richtig ran, selbst die Schmierenblätter nicht. Da hatte ich das letzte Mal Kontakt zu ihm. Aber nur zu.« Berger räusperte sich. »Wenn Sie meinen, dass es einen Versuch wert ist, spüren Sie ihn auf.«

»Danke. Ich lasse mir das mal durch den Kopf gehen. Ich kann ihn ja dann von Ihnen grüßen.«

»Bloß nicht!«

18:15 UHR

Platzeck war höchstpersönlich angerückt und hatte den Hammer in einer Asservatentasche gesichert. Hendrik Röber war nicht geblieben, seine Aufmerksamkeit galt nun den Katzen. Durant fragte sich, wie bald Frau Riemann wohl eintreffen würde. Sie entschied, die Wohnung vorläufig versiegelt zu lassen. Vermutlich würde die Ärmste ohnehin in einem Hotel unterkommen – oder in ein vorgewärmtes Bett kriechen. Ganz in der Nähe ihrer geliebten Tiere.

»Gehst du noch mal wegen Fingerabdrücken durch?«, fragte Durant, doch Platzeck schüttelte den Kopf.
»Ich wüsste nicht, warum. Die Türklinke wurde seit dem Mord von mindestens drei Personen angetatscht, und den Wäschetrockner habt doch auch ihr erst nach vorne geschoben, oder?«
»Röber hat das alleine gemacht.«
»Na also.«
Die Kommissarin überlegte kurz. »Warum hat der Mörder die Tatwaffe ausgerechnet dort entsorgt?«
Der Forensiker lächelte matt. »Dein Job, nicht meiner. Wir können wohl davon ausgehen, dass er Handschuhe getragen hat. Schau her.« Er zog sich zuerst den linken, dann den rechten Latexhandschuh von den Fingern. Dabei drehte sich das Äußere nach innen, und der linke wurde vom rechten geschluckt. »Saubere Sache. Macht nicht mal Flecken, wenn man das einsteckt. Aber so einen blutverschmierten Hammer trägt man nicht einfach mal so durch die Gegend. Ich hätte ihn eher im Untergeschoss gelassen, wo die Flammen ihm noch etwas zusetzen, aber jedenfalls wäre ich damit nicht auf die Straße gelaufen.«
Durant nickte langsam, das klang plausibel. Auf dem Weg ins Haus konnte er den Hammer unter der Kleidung verborgen haben. Ob es derselbe Hammer war wie bei der Tötung des Obdachlosen am Mainufer? Diese Werkzeuge gab es an jeder Ecke zu kaufen. Vermutlich lag der Hammer von damals auf dem Grund des Flusses. Aber hätte der Täter die Tatwaffe nicht auf demselben Weg auch wieder aus dem Haus hinausschmuggeln können? Er hätte den Hammer ja sogar in der Spüle reinigen können.
»Schaut bitte genau, ob am Hammer nur Blutspuren von *einer* Person sind«, bat Durant dennoch, und Platzeck lachte.
»Du glaubst doch wohl nicht, dass wir hier einen neuen Berber am Werk haben!«
In dieser Sekunde kam ihr Frank Hellmer in den Sinn. Dieses

unsägliche Zitat über kotzende Pferde, welches er so gerne verlauten ließ.

»Ich glaube erst mal gar nichts«, sagte sie etwas unterkühlt. »Aber wir haben nun mal zwei Opfer mit entsprechenden Verletzungen am Schädel. Und irgendjemand hat diese beiden umgebracht.«

19:05 UHR

Julia nahm den Dienstwagen mit ins Nordend, wo in unmittelbarer Nähe des Holzhausenparks mit dem barocken Wasserschlösschen ihre Wohnung lag. Das Schlösschen hatte den kleinen Lynel beim ersten Spaziergang in ehrfürchtiges Staunen versetzt. Weiß getünchte Wehrhäuser mit hölzernen Fensterläden, die zudem im Wasser standen, kannte der Junge aus seiner afrikanischen Heimat nicht.

Schwermütig stellte sie fest, dass der kleine Kerl ihr fehlte. Claus hatte nach Claras Tod beschlossen, noch eine Weile mit seinem Enkel am Meer zu bleiben. Er wollte ihn nicht aus der Umgebung reißen, mit der er die letzten Erinnerungen an seine Mutter verband. Julia stand voll und ganz hinter dieser Idee, auch wenn sie die beiden vermisste. Claus und auch Lynel. Seine Knopfaugen, deren Weiß aus dem dunklen Gesicht stets in die Welt leuchteten. Neugierig, aufgeschlossen und gleichzeitig mit einer Spur Verunsicherung darin. Wie würde es nun für ihn werden, in der Fremde, ohne die eigene Mutter? Ohne die einzige Person, zu der er je eine tiefe Bindung aufgebaut hatte. Seinen Großvater Claus kannte Lynel erst seit einem knappen halben Jahr. Genau wie Julia. Sie blieb mitten im Treppenhaus stehen, als ein Gedanke ihren Weg kreuzte. Sie waren nun ja verheiratet. Machte sie das zu Lynels Stiefoma? Ein seltsamer Begriff. Viel seltsamer aber war das damit verbundene Gefühl. Ihr Daumen berührte den Ehering, den sie an der linken Hand trug. Der Hand, die zum Herzen führt. Der *anderen* Hand, und das war der Hauptgrund ihrer Entscheidung gewesen. Ihren ersten Ehering hatte sie rechts getragen. Eine Vergangenheit, die lange zurücklag, aber die immer noch ab und an die Klauen nach ihr reckte.

Schnell schritt Julia weiter in Richtung Wohnungstür. Sie war nie Mutter geworden, auch wenn sie es sich in einer bestimmten Phase ihres Lebens sehnlich gewünscht hatte. Und nun sollte sie einen Enkel haben? Sie wusste nicht, was sie störte. War es der Gedanke, dass sie nicht leiblich mit dem Jungen verwandt war? Oder war es doch das Gefühl, dass sie sich dadurch alt fühlte?

Sie schloss die Tür auf und schob sich in den kahlen Flur. Jahrelang war sie achtlos über den Teppich gegangen, aber jetzt, wo er fehlte, bemerkte sie die Leere, die er hinterließ. Julia kickte die Tür mit dem Absatz zu, streifte sich die Schuhe ab und eilte ins Badezimmer. Sie beugte sich vor den Spiegel und wippte mit dem Kopf.

»Du siehst gut aus«, sagte sie sich. *Immer noch.* Das sagte sie wiederum nicht, denn das klang, als wären in der Sanduhr nur noch bedrohlich wenige Körnchen übrig. Es gab so viele, die sich schlechter gehalten hatten. Kein Maßstab, den man ansetzen sollte, aber fast jeder tat es.

Julia nahm eine Haarsträhne und ließ sie durch die Finger gleiten. Das Kastanienbraun war noch makellos. Sie tönte sich die Haare seit Ewigkeiten selbst, war also kein Opfer der geschlossenen Frisiersalons geworden. Das Haar war nur etwas länger. Ließ sich zu einem kleinen Pferdeschwanz binden oder fiel locker über die Schulter. Nein, sie musste sich nicht über die Spuren des Älterwerdens beklagen. Und über das erschlaffende Gewebe an Armen, Busen und Po wollte sie in diesem Moment auch nicht nachdenken. Vieles konnte man mit Jogging verlangsamen. Wäre da bloß nicht dieser Hang zum Salamibrot.

Sie zwinkerte sich zu, dann drehte sie ihrem Spiegelbild den Rücken und betrat das leere Wohnzimmer.
Wie sehr sie sich in diesem Moment wünschte, dass Claus hier wäre. Jemand, der sie wahrnahm und der sie berührte. Jemand, der mit ihr sprach und kleine Botschaften auf dem Spiegel hinterließ. Claus. Und auch Lynel.
Sie zog das Smartphone aus der Hosentasche und entsperrte den Bildschirm. Tippte eine kurze Nachricht an ihn. Vielleicht hatte er ja gerade Zeit.
Der Messenger blieb stumm.
Julia seufzte und kehrte zurück ins Badezimmer. Ließ sich ein heißes Schaumbad ein und versank Minuten später darin. Der Lavendelduft erinnerte sie an die Provence. Es machte die Schwermut nicht besser, im Gegenteil.
Endlich ertönte das herbeigesehnte Piepen. Beinahe hätte sie es überhört, denn sie war gerade mit dem halben Kopf unter Wasser gewesen.

Ich rufe dich in fünf Minuten an

Dazu ein rotes Herz.
Nun ja. Auf dem Spiegel hätte sie es lieber gesehen. Aber sie durfte in diesen Tagen nicht wählerisch sein.

*

Das Blut kochte nicht.
Weder aus Hass, Liebe, Zorn oder einer anderen Leidenschaft und auch nicht im wortwörtlichen Sinne. Das Blut im Topf kochte überhaupt nicht. Denn kochendes Blut machte genau die zwei Dinge, die es für den gewünschten Zweck nutzlos werden ließen: Es gerann und wurde schwarz. So wie in Blutwurst. Die vorherige

Generation hatte solche Dinge noch gewusst, heutzutage musste man es im Internet recherchieren oder ausprobieren. Es hatte eine ganze Reihe von Versuchen gebraucht, um die passende Mischung und die richtige Temperatur zu finden.

Das Blut leuchtete beinahe in seinem Behältnis. Auf dem Einmachglas hatte sich ein Beschlag gebildet, bis vor wenigen Minuten hatte es noch im Kühlschrank gestanden. Dort hielt es sich lange. Es verklumpte nicht, es bildete keinen Grind, nur an der Oberfläche entstand etwas, das im weitesten Sinne an Puddinghaut erinnerte.

Einmal sanft schütteln, dann den Deckel öffnen und mit Pinzettengriff hineinlangen. Der blaue Schutzhandschuh steckte lediglich über einer Hand. Es war keine eklige Arbeit, es gab so viel Schlimmeres auf der Welt. Einzig der Eisengeruch störte. Ansonsten überwog die Faszination, das Wissen um den Glasinhalt, die Reaktion des Objekts, das in der Flüssigkeit schwamm.

Daumen und Zeigefinger setzten die grob geschnitzte Holzfigur auf eine Plastikunterlage. Wie dicke Schweißperlen lösten sich hier und da einige Blutstropfen und bildeten eine Pfütze um den Fuß.

Das Holz war leicht. Auch das war eine Wissenschaft für sich gewesen. Gut zu schnitzen und eine starke Saugfähigkeit. Dinge, die man im Bastelladen relativ problemlos erfragen konnte, wenn man sich nicht vor Nachfragen scheute.

»Wollen Sie es ölen oder beizen?«

»Ich überlege noch.«

»Das spielt aber eine bedeutende Rolle.«

»Es muss weich und gut schnitzbar sein. Zirbelholz war der erste Treffer im Internet.«

»Modellbau, sagten Sie?«

»Sagte ich das? Hmm. Ja, Modellbau stimmt.«

»Sie könnten Ahorn oder Birnenholz versuchen.«

»Wichtig ist, dass ich es gut verarbeiten und färben kann. Nicht nur oberflächlich.«
»Also nein. Da ist Zirbelholz ja viel zu schade dafür. Die ätherischen Öle …«
Ich will es in Blut tränken, verdammt noch mal!
Am Ende waren es vier verschiedene Holzarten geworden. Versuchsobjekte sozusagen. Der hoch motivierte Basteltyp hatte die Reste sogar kostenlos zur Verfügung gestellt.
»Ich baue darauf, dass Sie, wenn Sie sich entschieden haben, wiederkommen«, sagte er. Gepaart mit einem schelmischen Zwinkern.
Das Holz alleine war nicht das Problem. Es war die Beschaffenheit des Blutes, die das Ganze zu einem langwierigen Prozess machte. Zufrieden lächelnd nickte das Gesicht des Schöpfers, bevor die Finger wieder nach der Holzfigur griffen. Der Herstellungsprozess war längst optimiert. Drei Tage noch. Dann trocknen. Zuerst ein Tag bei Raumtemperatur, dann ein paar Stunden im Ofen. Achtzig Grad Celsius. Niedriggartemperatur. Im Anschluss konnte die Figur poliert werden.
Ein einfacher Bauer. Im Englischen *pawn.* Im Spanischen *peon.* Angelehnt an den Begriff der Fußsoldaten, die seinerzeit meist unfreie Bauern waren. Aber ihr Zweck auf dem Schachbrett war nicht das Bestellen der Felder. Sie waren die erste Reihe der Soldaten, genau wie es seit jeher gespielt worden war.
Ein Kriegsspiel.
Der Bauernsoldat patschte in die leuchtend rote Lösung.
Das Feld war bestellt.
Es hatte begonnen.

FREITAG

FREITAG, 17. JULI, 8:20 UHR

Das Polizeipräsidium im Frankfurter Nordend befand sich an der Kreuzung von Adickesallee und Eschersheimer Landstraße und nahm mit über dreißigtausend Quadratmetern einen ganzen Häuserblock ein. Der rechteckige Bau beinhaltete fünfzehnhundert Büros und wirkte von außen außerordentlich nüchtern. Auch das Innere konnte nicht mit dem baulichen Charme des Alten Präsidiums mithalten, das zumindest betonten die älteren Kollegen gerne. Dabei vergaßen sie – genauso gerne – die Enge, die unpraktische Raumaufteilung und die mangelnde technische Ausstattung. Dazu die katastrophale Gebäudesubstanz der Anbauten, die nach dem Krieg rings um die ehrwürdigen Gebäude errichtet worden waren. Auch Julia Durant zählte sich zu den älteren Semestern, doch ihre Nostalgie hielt sich in Grenzen.

Sie stellte den Dienstwagen im Innenhof ab und wollte ins Gebäude eilen, als sie den Motor von Hellmers Range Rover hörte. Zeitgleich erschien das schwarze Ungetüm in ihrem Blickfeld. Also wartete sie, bis ihr Kollege, mit dem sie die meisten Dienstjahre verband, den Wagen abgestellt hatte und ausstieg. Sie waren mehr als Kollegen, eine tiefe Freundschaft verband die beiden. Länger als zu den anderen Kollegen. Länger als zu Claus.

Bevor sie den Gedanken weiterspinnen konnte, stand Frank auch schon vor ihr. Gleiches Alter, nur eine Handbreit, und sie hätten sogar dieselbe Größe, das Haar war zur Hälfte grau und das Ge-

sicht glatt rasiert. In diesem letzten Punkt war Frank etwas nachlässig geworden, doch heute glänzte er beinahe.
»Na?« Unter seinem T-Shirt zeichneten sich die Muskeln ab. Er boxte und schwamm, beides zu Hause, seine Villa im Hattersheimer Stadtteil Okriftel war entsprechend ausgestattet. Hellmer und seine Frau Nadine lebten nicht schlecht, auch wenn es ihn manchmal wurmte, dass *sie* das Vermögen eingebracht hatte. Als Kriminalbeamter wäre ihm das alles jedenfalls nicht möglich gewesen.
Julia nickte ihm zu. »Hast du's schon gehört?«
Er bejahte. »Ich kapier's nur noch nicht ganz. Der Mord geschah oben und das Feuer unten. Aber das Opfer war ein Fremder, und die Besitzerin ist im Ausland?«
»So in etwa. Lass uns hochgehen, dann müssen wir es nicht zweimal durchkauen.«
Hellmer sah auf die Uhr. »Ich wollte noch schnell eine rauchen.« Er verzog den Mund und wippte mit dem Kinn in Richtung Auto. »Nadine killt mich, wenn ich das in ihrer Karre mache.«
Durant grinste. »Diese Dinger killen dich auch.«
»Ist klar!«, empörte er sich. »Du hast selbst lange genug dran gehangen!«
»Lange genug, du sagst es.« Sie schüttelte den Kopf und lächelte mild. »Mensch, Frank, ich zieh dich doch nur auf. Mach nur.«
Frank hatte den Filter längst zwischen den Lippen stecken und hielt das Feuerzeug an die Spitze. Es knisterte, dann breitete sich der Tabakduft aus, den Julia nach wie vor verlockend fand. Sie überlegte, ob sie vorgehen sollte, um nicht in Versuchung zu geraten. Doch schon fragte Frank: »Gibt's was Neues aus Frankreich?«
Wärme durchflutete ihren Körper, aber die Woge verebbte genauso schnell, wie sie gekommen war. Das Telefonat mit Claus hatte eine unerwartete Wendung genommen.
»Claus kommt nach Hause«, sagte sie leise. »Also *sie* kommen. Beide.« Sie fuhr sich durchs Haar und musste an Clara denken.

Man hatte sie eingeäschert und ihre Urne an Claus übergeben. Über alles, was danach geschehen sollte, hatten sie noch nicht gesprochen.

»Das ist doch toll!« Frank inhalierte tief und blies die Wolke nach oben. Offenbar hatte er denselben Gedanken. »Und was passiert ... mit Clara?«

»Darüber haben wir uns noch keine Gedanken gemacht«, wehrte Julia ab. »Gott sei Dank hat Susanne einen guten Draht zu den französischen Behörden, und die Bestimmungen sind dort etwas anders als hier. Wir können das also vertagen. Denn erst mal möchte ich mich freuen, dass wir wieder zusammen sind. Aber gleichzeitig hab ich eine Scheißangst.«

»Wegen Lynel.«

»Klar. Ich bin keine Psychologin, ich bin keine Mutter.« Sie dachte an Doris' und Peters Tochter Elisa. »Mensch, ich bin nicht mal eine gute Patentante.«

»So ein Quatsch.« Hellmer winkte ab. »Elisa liebt dich abgöttisch. Und unsere Steffi hält auch große Stücke auf dich, das weißt du auch.«

»Ja, okay«, murmelte Julia. Aber damit war es nicht getan, selbst wenn Frank recht hatte. Andere Sorgen und Gedanken. Dinge, die Julia nicht ohne schlechtes Gewissen denken konnte. Sie würde Claus nun wiederbekommen, aber sie würde ihn teilen müssen. Jeden Tag. Und vielleicht auch nachts. Das wollte sie nicht, aber sie konnte das nicht laut aussprechen. Oder doch?

Frank winkte ab. »Das schafft ihr, glaub mir. Sei einfach da. Sei einfach du. Und dann gibt es ja auch noch uns.«

Julia zog eine Grimasse. »Das klingt wie aus einem Glückskeks.«

»Herrje, was soll ich auch dazu sagen? Uns hat es damals ebenfalls wie aus dem Nichts erwischt, als wir mit einem schwerbehinderten Kind dastanden. Du weißt selbst, wie hart das war. Ich möchte da gar nicht dran denken. Und trotzdem haben wir es hinge-

kriegt. *Zusammen*. Lass die beiden erst mal nach Hause kommen, und dann seht ihr weiter.«
Dieses Mal war es eine kalte Welle, die im Schneckentempo Julias Rückgrat hinaufkroch. Frank hatte damals einen Totalabsturz hingelegt, von dem er sich fast nicht erholt hätte. Niemand hatte es kommen sehen. Was es nicht auf eine sträfliche Weise leichtfertig, die Dinge einfach so auf sich zukommen zu lassen?
Und dann seht ihr weiter.
Verdammt.

Die Dienstbesprechung fand im Konferenzzimmer statt, anwesend waren neben Julia und Frank noch Doris Seidel, ihr Ehemann Peter Kullmer und Uwe Liebig.
Kullmer blieb direkt stehen. Er wirkte übernächtigt, was bei ihm ungewohnt war. Jahrelang war er als überpotenter Don Juan aufgetreten, ein Antonio-Banderas-Verschnitt, der nicht wenigen Rockzipfeln mit Erfolg nachgejagt war. Optisch noch immer ein Hingucker, war Peter seit seiner Beziehung mit Doris sesshaft geworden. Die beiden hatten eine Tochter, Julia Durants Patenkind. Seit Doris Seidel die Kommissariatsleitung übernommen hatte, durfte sie als Ehefrau nicht gleichzeitig Kullmers Vorgesetzte sein. Offiziell gehörte er daher nun zum K13, wo man sich hauptsächlich mit schweren Sexualdelikten befasste. Doch die Grenzen verschwammen hin und wieder.
»Ich glaube ja nicht, dass ihr es braucht«, begann er, »aber ich bringe euch einen Fall mit.«
Durant nippte an ihrem Kaffee und überlegte im Stillen. Ein sexueller Übergriff, der zum Tod geführt hatte? Ihre Augen fingen sich in der Kaffeetasse, wo tiefe Schwärze ihren Blick spiegelte. Die Welt konnte so finster sein. Tiefschwarz.
Kullmers Stimme riss sie aus ihren Gedanken. »Ein Tötungsdelikt im Bethmannpark«, eröffnete er. »Alwin Kisslich, sechsundacht-

zig. Offensichtlich hat man ihn niedergeschlagen und ins Gebüsch gezerrt, wo er seinen Verletzungen erlag. Ich hatte gerade Bereitschaft, also bin ich kurzerhand mit an den Tatort gefahren.«
Durant schauderte. Da wurde ein Mensch so alt, und dann fiel er einem Raubmord zum Opfer. Auch Frank Hellmer schüttelte sich. »Und das Ganze vermutlich für ein paar Euro fünfzig. Zum Kotzen!«
Kullmer schüttelte den Kopf. »Es war kein Raub. Er hatte noch seinen Ring, seine Armbanduhr und sogar das Portemonnaie. Nichts scheint zu fehlen.«
»Was hat sich genau zugetragen?«, fragte Durant und rief sich den Park mit seinen Winkeln, Gebäuden und Freiflächen ins Gedächtnis. »Gibt es Augenzeugen?«
»Ein oder mehrere Schläge auf den Hinterkopf mit einem stumpfen Gegenstand. Keine Zeugen. Leider. Vielleicht lag es am Wetter. Er hat mehrere Stunden dagelegen, bis ihn jemand entdeckt hat.«
»Stumpfer Gegenstand«, raunte Hellmer.
»Wenigstens kein Hammer«, kommentierte Durant hinter vorgehaltener Hand.
»Die Forensik hat eine der Schachfiguren als Tatwaffe ausgemacht«, sagte Kullmer.
»Schachfiguren?«, fragte Liebig mit irritiertem Gesichtsausdruck.
»Stimmt ja«, rief Durant. »Im Bethmannpark sind doch diese Schachfelder!«
»Verstehe. Dann hat dieser Opa vielleicht mit jemandem gespielt«, sagte Liebig. »Und dann kam es zu einem Streit.«
»Quatsch.« Hellmer winkte ab. »Schach ist doch kein Fußball. Da geht es manierlich zu.«
»Das ist mir relativ schnurz«, schaltete sich Doris Seidel ein, »aber es spricht jedenfalls dafür, dass es sich um einen Affekt handelt. Keine mitgebrachte Tatwaffe. Kein Vorsatz. Das sollten wir im Hinterkopf behalten.«

»Wurde das Opfer denn auch auf dem Schachfeld erschlagen?«, fragte Durant.
»Wegen des Regens lässt sich das nicht genau sagen. Leider. Nur bei der Schachfigur ist man sich sicher. Andrea ist an der Sache dran.«
Kurzes Murmeln, dann bedankte sich Doris bei ihrem Mann und fügte hinzu: »Gut. Dann haben wir jetzt also zwei Morde.«
Sie wollte weitersprechen, doch Liebigs Kommentar platzte hinein: »Adieu, Wochenende.«
Sie warf ihm einen tadelnden Blick zu und setzte neu an: »Peter, du solltest an der Sache dranbleiben, alles andere wäre viel zu kompliziert. Ich brauche jemanden, der sich mit allem auskennt, auch wenn du eigentlich draußen bist. Aber ich glaube nicht, dass uns da jemand Schwierigkeiten machen wird.«
»Klaro.« Er nickte.
»Julia, du informierst uns bitte noch einmal zu Frau Riemann, und anschließend wäre es gut, wenn du dich mit ihr triffst. Sie müsste ja mittlerweile hier eingetroffen sein, und du bist diejenige, die den Tatort und die ganzen Umstände am besten kennt. Frank und Uwe sollen sich den Zeugen von damals vornehmen, den Berger erwähnt hat. Das können wir nicht ignorieren. Aber wir sollten auch kein Phantom jagen.«
Julia reagierte zuerst: »Okay. Aber ich muss da noch etwas loswerden. Es gibt womöglich einen weiteren Mordfall.«
Allgemeines Raunen.
Doris kniff die Augen zusammen. »Wovon redest du?«
»Ostern letztes Jahr. Als die Fliegerbombe unter Wasser gesprengt wurde.«
»Ich erinnere mich an die Aktion, aber nicht an eine Leiche.«
»Es wurde als Selbstmord abgehandelt. Aber ich hatte am Tatort im Riemann-Haus Kontakt zu einer Kollegin, die da Zweifel hat.«
Doris Seidel stöhnte auf. »Auch das noch. Als hätten wir nicht

schon genug auf dem Tisch. Aber meinetwegen, ich schau mir das Ganze an, wenn ich eine Gelegenheit finde.« Sie wurde etwas lauter. »Dennoch: Die beiden Mordfälle von dieser Woche haben Priorität! Verlieren wir uns nicht in alten Geschichten.«
Julia Durant musste lächeln. Manchmal klang die neue Chefin schon genau wie der alte Berger.

9:50 UHR

Jan Hornung war in Seckbach gemeldet. Seine Wohnung am Atzelberg lag vielleicht nicht im beliebtesten Teil, doch der Lärm hielt sich in Grenzen, und die Luft roch besser als in der Innenstadt. Womöglich nur eine Momentaufnahme, dachte Hellmer. In Okriftel konnte man auch den Eindruck gewinnen, dass der in unmittelbarer Nähe gelegene Flughafen weder Lärm noch Gestank verursachte. Schon in der darauffolgenden Stunde aber, wenn die Routen verändert wurden, sah das völlig anders aus.
»Was wissen wir überhaupt von diesem Typen?«, erkundigte sich Hellmer, als die beiden sich der Hausnummer näherten. Während er gefahren war, hatte Liebig sich durch die alten Berichte gelesen.
»Damals ein kleines Würstchen«, begann er. »Wollte ein wenig Ruhm abgreifen, aber das hat wohl nicht funktioniert. In den letzten dreißig Jahren war er unauffällig, ich gehe stark davon aus, dass er ein Würstchen geblieben ist.«
»Wir behandeln ihn dennoch mit Respekt«, mahnte Hellmer, und er tat das nicht ohne Grund. Uwe Liebig hatte einen Hang zu impulsiven Reaktionen und stieß seine Mitmenschen gerne mal vor den Kopf.

Hornung wirkte argwöhnisch und ließ die beiden Kommissare erst nach einer genauen Betrachtung ihrer Dienstausweise eintreten. Die Wohnung war nicht eng, aber vollgestopft mit Möbeln, die nicht so recht zueinander passten, und mit Dingen, die niemand brauchte. Offenbar reiste der Mann gerne und brachte sich von überallher Kitsch mit. Und das alles mit dem Gehalt eines kleinen Angestellten. Vielleicht sah es deshalb so aus, vielleicht steckte Hornung all sein Geld ins Verreisen und lebte in der restlichen Zeit eher sparsam.

Hornung war schlaksig, knapp eins achtzig, und sein Gesicht zierte eine etwas zu breit geratene Nase. Das dunkelblonde Haar war verwuschelt, aber nicht ungepflegt. Er bot ihnen einen Sitzplatz auf einer schwarzen Kunstledercouch an, die ihre besten Jahre hinter sich hatte.

»Und Sie haben heute frei?«, fragte Hellmer direkt.

»Sozusagen.« Der Mann grinste, sagte aber nichts weiter dazu.

War er am Ende arbeitslos? Schämte er sich dafür?

Liebig winkte ab. »Wir sind hier, um über einen Mordfall zu reden.«

»Aha.« Hornung gab sich völlig unbeeindruckt.

»M-hm. Und raten Sie mal, was die Tatwaffe war.«

Hellmer hüstelte. Das war genau die Vorgehensweise, die er Liebig untersagt hatte.

»Woher soll ich das denn wissen?«

»Gegenfrage«, sagte Liebig trocken. »Wo waren Sie denn Mittwochabend?«

Hornung blinzelte alarmiert. »Hey! Was soll denn das?«

Hellmer nutzte die Gelegenheit, um seinem Kollegen das Wort abzuschneiden. »Wir müssen diese Fragen stellen, aber ich formuliere es mal etwas anders, okay? Es gab einen Mord, und wir müssen ein paar Alibis checken. Wo waren Sie zwischen Mittwochnachmittag und Mittwochnacht?«

»Na ja.« Hornung rieb sich die Nase. »Nachts war ich hier. Am Abend war ich unterwegs auf dem Lohrberg.«
»Gibt es jemanden, der das bezeugen kann?«
»Ich war essen. Warten Sie, ich müsste den Kartenbeleg noch im Portemonnaie haben.«
Hornung stand auf, kehrte mit der Geldbörse in der Hand zurück und zog einen Papierstreifen aus dem hinteren Fach. »Hier. Bitte. Hilft Ihnen das weiter?«
Liebig grunzte. »Zeugen gibt es keine?«
Hornung verneinte. »Die Bedienung vielleicht. Aber es war ziemlich voll.«
»Na ja, schon gut«, sagte Hellmer und suchte Blickkontakt zu dem Mann, der ihnen gegenübersaß.
Hornung rutschte hin und her. »Warum kommen Sie eigentlich zu mir?«, fragte er schließlich.
Hellmer unterdrückte ein Grinsen, er hatte auf diese Frage gehofft. »Um ehrlich zu sein, ist das alles wohl eher ein blöder Zufall.«
»*Was* denn alles?«
Der Kommissar hielt ihm das Konterfei des Ermordeten entgegen. Hornung schluckte.
»Wer ist das?«
»Sie erkennen ihn nicht?«
»Sonst würde ich nicht fragen.«
Hellmer legte das Handy mit dem Display nach unten auf den Tisch. »Das ist der Ermordete. Er wurde erschlagen.«
Ein paar Sekunden verstrichen, dann ergänzte Liebig: »Mit einem Hammer.«
Jan Hornung richtete sich kerzengerade auf. »Was?«, schnappte er. »Ein Hammer?«
»Wir müssen davon ausgehen, ja«, sagte Hellmer. »Und damit beantwortet sich die Frage, weshalb wir zu Ihnen gekommen sind.«

Hornung atmete angestrengt. »So eine Scheiße! Aber wieso? Das ist Ewigkeiten her.« Seine Pupillen weiteten sich. »Moment mal! Sie denken doch nicht etwa, dass *ich* mich jetzt als neuer Berber herumtreibe?«

»Warum nicht?«, konterte Liebig. »Wenn Ihnen damals keiner das Opfer abgenommen hat, kann man es doch mal als Täter probieren.«

»Ich glaub's ja wohl nicht!«, prustete Hornung. »Ich lasse mir nichts anhängen!«

Hellmer räusperte sich. »Wie gesagt, wir klopfen erst einmal nur die Möglichkeiten ab. Und Sie müssen zugeben: Diese Hammer-Sache, das ist schon eine ziemlich deutliche Verbindung. Wir *mussten* dem nachgehen ...«

Hornung lachte spottend. »Aber Sie glauben das nicht ernsthaft, oder?«

Uwe Liebig stand auf und tappte in Richtung Fernseher. Der Monitor musste gut ein Meter fünfzig in der Diagonale haben und war damit der einzig teure Einrichtungsgegenstand. Dazu gab es eine ansehnliche Sammlung von DVD-Boxen und ein in die Jahre gekommenes Abspielgerät. Er drehte sich zu Hornung und bellte: »Ich wusste gleich, dass das hier ein Griff ins Klo ist! Sie haben damals gelogen und tun es auch jetzt.« Der Mann zuckte, Hellmer tat das Gleiche, doch Liebig war noch nicht fertig mit seiner Tirade. »Ich kenne die Akten, also sage ich Ihnen jetzt mal ganz genau, was damals passiert ist: Sie sind im Vollsuff durch den Park getaumelt, haben sich den Kopf an der Bank gestoßen, und der gesamte Rest ist nichts als Erfindung!«

»Nein, ich ...«

»Die Hammermorde waren in aller Munde. Und dann kommt ein erbärmliches Würstchen wie Sie und nutzt die Gelegenheit, um Profit aus der Sache zu schlagen.« Liebig beugte sich nach vorn, die Augen funkelten. »Was haben Sie sich erhofft? Geld? Eine Ein-

ladung zu *Aktenzeichen XY?* Oder einfach nur, dass Ihre Ex Sie noch mal ranlässt?«
»Uwe!«
Frank Hellmer hob die Hand, doch zu mehr kam er nicht. Diesmal war es Jan Hornung, der aufsprang. Er taumelte kurz, sein Kopf war hochrot, dann herrschte er Liebig an: »Sie … Sie … haben keine Ahnung! Ich habe mir meinen Suff nicht ausgesucht, weiß Gott nicht, aber ich habe *nichts* erfunden. Im Gegenteil. Ich wurde mundtot gemacht, wenn Sie's genau wissen wollen.«
»Mundtot?« Liebig kicherte höhnisch.
»Allerdings! Ja, ich wollte mit der Presse reden, und man hörte mir auch zu. Dann kamen Ihre Kollegen und haben mich unter Druck gesetzt. Es solle keine Panik geben. Nicht noch mehr Angst. Na ja, und die Zeitung hat dann auch einen Rückzieher gemacht. Ende der Geschichte.«
Frank Hellmer räusperte sich. »Können wir uns wieder hinsetzen und diese Unterhaltung normal zu Ende bringen?«
Liebig zuckte mit den Achseln und kehrte auf seinen Platz zurück. Auch Hornung ließ sich nach unten sinken, nicht ohne sich dabei mit einem gequälten Gesichtsausdruck an die Knie zu fassen. Es plumpste, als sein Körper in die Polster sank.
»Danke.« Er lächelte in Hellmers Richtung. »Es gibt sie also doch, nette Kriminalbeamte.«
Liebig grunzte, aber er schwieg.
Hellmer erwiderte mit einem Zwinkern: »Wir sind eigentlich alle recht umgänglich. Solange uns jemand die Wahrheit sagt jedenfalls.«
»Pah! Dann kennen Sie die Bul... Polizei aus den Neunzigern aber schlecht! Ich habe nicht mehr auf dem Schirm, wie sie hießen, es waren so Allerweltsnamen. Der eine war ein normaler Kripobeamter, und der andere war sein Vorgesetzter.«
»Moment. Berger?«

»Ja, genau! Aber der Jüngere war der Schlimmere. Ich überlege noch mal, Moment.« Hornung griff sich auf den Nasenrücken und kniff die Augen zusammen. Der Erfolg war mäßig. »Nein. Ich kann's nicht greifen. Schubert vielleicht. Aber ist auch besser so, wenn ich diesen Typen nicht mehr in mein Gedächtnis lasse. Der hat mir klipp und klar gesagt, dass sie mich auf dem Kieker haben und ich mich unterstehen solle, mit der Presse zu reden. Und sein Boss hat die Fäden im Hintergrund gezogen. Danach hat kein Reporter mehr mit mir reden wollen. Stattdessen hatte ich zerstochene Reifen, und ich wurde mehrmals aus dem Verkehr gezogen. Immer mit derselben Botschaft: *Wir sehen dich.*«

Frank Hellmer schluckte. Er wusste, dass solche Dinge passierten. Dass es Kollegen gab, die sich jenseits der Strafprozessordnung bewegten. Uwe Liebig war selbst so ein Kandidat, auch wenn man ihm bislang nie etwas nachweisen hatte können. Und dieser Schubert … er grub in seiner Erinnerung. Da war etwas. Oder doch nicht?

Liebig reagierte unbeeindruckt. »Gut. Meinetwegen. Aber Sie waren betrunken, und Sie sind tatsächlich mit der Parkbank kollidiert. Solche Dinge trüben nun mal das Gedächtnis. Es bleibt also wahrscheinlich, dass Sie sich die Begegnung mit Arthur Gatter lediglich eingebildet haben.«

Hornung deutete in Richtung einer Zimmertür. »Ich gehe mal kurz was holen, okay?«

Schon stand er auf, und Liebig schaute irritiert, doch Hellmer bedeutete ihm, abzuwarten.

Hornung öffnete die Tür. Dahinter befand sich das Schlafzimmer. Liebig tastete nach seiner Waffe, und Hellmer reckte den Hals, um die Geräusche zu identifizieren, die der Mann verursachte. Sehen konnte er ihn nicht, das Türblatt verdeckte die Sicht. Eine Schranktür klappte auf. Etwas raschelte.

Liebig war sichtlich angespannt. Hellmer signalisierte ihm, aufzustehen und einen Blick auf das zu riskieren, was Hornung da tat. »Aber halte dich bitte zurück«, murmelte er in Hinblick auf Liebigs Dienstwaffe. »Er wird wohl kaum mit einem Jagdgewehr auf uns losgehen.«

»Man hat schon Pferde kotzen sehen«, knurrte Liebig.

»Blödmann. Das ist mein Spruch.«

Wenige Minuten später hatten sich die drei Männer wieder um den Fliesentisch geschart, auf dem nun ein Karton stand. Papiere, Zeitungsausschnitte, Internetausdrucke, Fotos. Material aus mehreren Jahrzehnten, wobei die obersten Ausdrucke etwa fünf Jahre alt waren.

Hellmer hob die Augenbrauen. »Das kennen wir schon. Jedenfalls das meiste davon.«

Jan Hornung lächelte schmal. »Warten Sie's ab.« Er griff in die Kiste und nahm das gestapelte Papier. Setzte es auf die Kacheln des Tischs, zwei Schnipsel fielen zu Boden. In dem fast leeren Karton befand sich eine rot-weiß-grüne Plastiktüte. HL.

Hellmer hatte dieses Logo seit Ewigkeiten nicht mehr gesehen. Er deutete darauf. »Ist es das?«

Hornung nickte vielsagend und nahm die Tüte in die Hand. Es knisterte. Im Inneren befand sich etwas Längliches. Seine Faust schloss sich darum. Dann zog er die Tüte zur Hälfte herunter und legte das Objekt auf den Tisch.

Hellmer stockte der Atem, und auch Liebig ächzte.

»Das ist …«, begann er, sprach aber nicht weiter.

Vor den beiden Kommissaren lag ein Werkzeug, wie es alltäglicher nicht hätte sein können. Schwarzer Metallkopf, hölzerner Stiel.

»Das ist der Hammer«, sagte Hornung und setzte noch einmal neu an, um seine Worte besonders zu betonen: »Also das ist *der* Hammer, verstehen Sie? Der Hammer, mit dem er mich attackiert hat.«

Liebig schüttelte den Kopf. »Moment. Halt. Ich dachte, wir waren uns einig, dass es die Parkbank war, die Ihren Schädel getroffen hat. Na ja, oder umgekehrt.«

»Ich behaupte nichts, was ich nicht beweisen kann«, erwiderte Hornung säuerlich. »Das habe ich auf die harte Tour lernen müssen.«

»Gut. Woher kommt dann dieser Hammer?«, wollte Hellmer wissen. Unbehagen stieg in ihm auf, auch wenn er noch nicht begriff, woher es kam.

»Ich habe diesen Hammer im Park gefunden. Eine Woche später. In einem Dickicht.«

Liebig lachte schallend. »Eine Woche später! Wer's glaubt, wird selig.«

Hellmer gebot ihm mit einem Blick zu schweigen. »Und Sie haben ihn dort gefunden?«

Hornung bejahte.

»Was haben Sie denn eine Woche später dort gewollt?«

»Was weiß ich? Es war eine Scheißwoche gewesen. Aus dem Suff in die Notaufnahme, dann ein übler Kater, parallel dazu der Frust über meine Ex und hinterher die Polizei, dein Freund und Helfer, die mir einen Maulkorb verpassen wollte. Ich wusste ja selbst nicht mehr, was ich glauben sollte. Also bin ich immer wieder dieselbe Strecke abgelaufen. Habe versucht, den Penner wiederzufinden, der mir das Leben gerettet hat. Oder irgendeinen beschissenen Anhaltspunkt. Na ja«, er atmete tief ein und aus, »und dann lag dieser Hammer plötzlich da. Und mir war auf einen Schlag klar, dass ich mir das alles *nicht* eingebildet habe.«

Liebig schüttelte den Kopf noch heftiger. »Und Sie sind daraufhin nicht zur Polizei gegangen?« Er kratzte sich über den unrasierten Hals. »Wem wollen Sie das denn erzählen?«

»Ich wollte ja«, presste Hornung hervor. »Ich stand sogar schon vorm Präsidium, aber dann tauchte dieser Soundso auf und wollte mir wieder die Hölle heißmachen. Da dachte ich mir: Leck mich … und das war's.«

»Das war's. Einfach so. Und als die nächsten Morde passierten, kam Ihnen nicht vielleicht die Idee …«

Hornung schnitt Liebig das Wort ab: »Um Ostern herum war ich im Urlaub. Neue Freundin und so.« Er lächelte süffisant. »Na ja, und dann im Mai hat man den Berber ja schon dingfest gemacht. Also hab ich es erst mal für mich behalten.«

Hellmer räusperte sich. »Und seitdem bunkern Sie diesen Hammer?«

Er erntete ein Schulterzucken, also fragte er erneut: »Aber warum? Sie sind mindestens ein Mal umgezogen seit damals. Neue Freundinnen gab es sicherlich auch. Schwer vorzustellen, dass Sie niemals damit angeben wollten.«

Hornung zog die Mundwinkel nach unten. »Ich will nicht lügen. Na klar habe ich ihn mal hergezeigt. Aber die meiste Zeit liegt er in seiner Kiste im Schrank. Es tut immer noch weh, dass man mich damals nicht ernst genommen hat. Doch das Interesse am Berber ist, nun ja, mit ihm gestorben.« Er winkte ab. »Ich kenne die Wahrheit, auch wenn sie mir keiner glauben wollte. Und der Hammer erinnert mich hin und wieder daran. Doch das war ein anderes Leben. Die Neunziger sind Geschichte und kommen nicht mehr wieder. Sehen Sie sich doch nur mal um in der Welt.«

Frank Hellmer ließ sich nicht abspeisen. Er deutete auf den Hammer. »Wenn Sie tatsächlich davon ausgehen, dass es sich bei diesem Werkzeug um eine potenzielle Mordwaffe handelt, hätten Sie das melden müssen.«

Der Mann schnaubte. »Nie im Leben! Ich hab doch schon erklärt, dass Ihre tollen Kollegen mich auf dem Kieker hatten. Am Ende hätten die das Ganze *mir* angehängt.«

»Was nach Gatters Verhaftung und Selbstmord nicht mehr passiert wäre.«

»Lirum, larum. Ich habe mein Vertrauen in die Obrigkeit damals gründlich verloren. Wer nicht will, der hat schon. Und schlussendlich haben sie ihn ja auch ohne mich geschnappt.«

Liebig meldete sich zu Wort: »Und einen Hammer kann man schließlich immer mal gebrauchen.«

Hornung zuckte leicht. »Was soll das heißen? Glauben Sie etwa, ich hätte damit Nägel in die Wand gehauen?«

»Oder vielleicht Schädeldecken«, konterte der Kommissar.

Hellmer traute seinen Ohren nicht. »Uwe!«, zischte er. »Zu viele Details!« Aber es war zu spät.

Die Augen ihres Gesprächspartners wanderten wachsam zwischen ihnen hin und her. »Wovon reden wir hier gerade?«, wollte er wissen.

Hellmer versuchte, die Kuh vom Eis zu bringen. So vage wie möglich antwortete er: »Mein Kollege wollte Sie nicht beschuldigen. Aber es wurden nun mal auch nach 1990 noch Menschen erschlagen. Mehr als einmal.« Die Worte klangen noch viel unbeholfener, als sie sich beim Sprechen anfühlten.

Liebig rollte die Augen. »Mensch, Frank. Warum so kompliziert? Von dem einen haben wir doch längst erzählt, und der tote Penner stand damals sogar in der Zeitung.«

»Was für ein Penner?«

»Ein Obdachloser«, betonte Hellmer. »Letztes Jahr, am Untermainkai. Er wurde erschlagen.«

»Aha. Aber nicht mit diesem Hammer!«, beteuerte Hornung.

»Das werden wir ja sehen«, sagte Uwe lakonisch. Er griff nach der HL-Tüte.

Hornung schnellte nach vorn. »Sie nehmen ihn nicht mit!«

»Aber hallo! Das ist ein Beweisstück«, sagte Liebig, und mit einem Funkeln setzte er nach: »Das war es damals schon.«

Hellmer beugte sich ebenfalls in Richtung Tisch und legte beide Hände auf die Tüte. Wohlbedacht, den Hammer nicht zu berüh-

ren. »Herr Hornung, mein Kollege hat recht. Wir müssen das kriminaltechnisch untersuchen. Daran führt kein Weg vorbei.«
Jan Hornung grunzte verächtlich. »Na toll. Und dann verschwindet das Zeug auf Nimmerwiedersehen.«
»Ich kann Ihnen da keine Versprechungen machen«, sagte der Kommissar. »Aber wenn es am Ende nur ein stinknormaler Hammer ist, wer weiß …«

9:55 UHR

Julia Durant fuhr auf ihrem Weg zu Kirsten Riemann an deren Haus vorbei. Nur wenig deutete auf die schrecklichen Dinge hin, die sich im Inneren abgespielt hatten. Das Viertel wirkte verlassen. Man war entweder im Büro oder im Homeoffice. Die Kinder hatten Ferien. Wer es wagte, war im Urlaub. Riemann hatte sich in einem nahe gelegenen Hotel einquartiert. Die beiden Frauen wollten sich in der Lobby treffen, zu normalen Zeiten ein Ort, an dem das Leben sprudelte. Doch außer einem Gast, der mit einem Croissant und einem Apfel in der Hand aus dem Frühstücksbereich trat, herrschte Totenstille.
»Kann ich Ihnen helfen?«
Die Dame an der Rezeption trug eine Maske und war allein. Die blonden Haare waren zu einem Pferdeschwanz gebunden, das Make-up nicht mehr ganz frisch. Nachtdienst, vermutete die Kommissarin.
»Julia Durant. Ich bin hier verabredet.«
»Ah.« In der Stimme der Blonden lag Argwohn. Was dachte sie denn, wer Julia war? Für eine Escort-Dame war sie zu alt, und ihre Kombi aus Jeans und T-Shirt passte nicht zu einer Businessfrau.
»Kriminalpolizei«, ergänzte sie kühl und zog ihren Ausweis hervor. Die Mittzwanzigerin wirkte halb erleichtert und halb schockiert.

»Dann warten Sie bitte. Ich informiere unseren Chef.« Sie wischte sich eine Strähne aus der Stirn und murmelte etwas.
Durant glaubte zu begreifen. »Hören Sie, ich komme nicht wegen irgendwelcher Corona-Regeln. Ich möchte eine ganz normale Befragung durchführen, das ist alles. Haben Sie vielleicht einen Außenbereich oder so etwas?«
»Aaaah.« Ihr Gegenüber strahlte und beugte sich nach links, um an Julia vorbeizudeuten. »Hinter dem Restaurant. Es ist aber nur ein schmaler Streifen, der hauptsächlich von Rauchern benutzt wird.«
»Genügt mir.« Julia lächelte zurück.
Enge und zugige Raucherecken kannte sie zur Genüge.

Sie fand Kirsten Riemann an einem Tisch im Außenbereich sitzend. Offensichtlich übernächtigt, aber das war zu erwarten gewesen. Die Kommissarin trat auf sie zu, stellte sich vor, und sie fanden rasch ins Gespräch. Neben dem Mord und der Brandstiftung, die Frau Riemann gleichermaßen zu schockieren schienen, ließ Julia es zu, dass das Gespräch sich ab und zu in Richtung Bretagne verlagerte. Immer so viel, dass die Frau mit dem verständlicherweise angegriffenen Nervenkostüm nicht die Fassung verlor.
Irgendwann spürte sie, dass sie das Thema vorantreiben musste.
»Was ist mit Ihrem Verhältnis zu Hendrik Röber?«
Frau Riemann reagierte gelassen, lediglich ihre Stimme hob sich um einen Hauch. »Das klingt so, als wüssten Sie die Antwort bereits.«
Durant lächelte. »Haben Sie sich schon gesehen?«
»Natürlich! Ich musste doch nach meinen Katzen schauen!«
»Aber Sie sind nicht über Nacht geblieben.«
»Sonst wäre ich wohl kaum hier.« Riemann räusperte sich. Ihre Stimme hatte längst wieder Normalniveau erreicht. »Was hat denn unsere persönliche Beziehung mit dem Mord zu tun?«

»Das versuchen wir herauszufinden.«
»Aber Sie verdächtigen ihn doch nicht etwa? Hendrik ist ein liebenswürdiger Typ, ich hätte fast Tagträumer gesagt. Warum sollte er …«
Durant zog die Schultern bis zu den Ohren. »Wir stehen noch ganz am Anfang. Es ist also wichtig, abzuklären, ob es bei Ihnen oder auch bei ihm alte Konflikte gibt. Feindschaften. Missgunst.«
»Warum bei ihm?«
»Immerhin war er täglich in Ihrer Wohnung. Wenn das jemand wusste, könnte das auch Herrn Röber zum potenziellen Opfer machen.«
»Ja, aber er ist ja noch am Leben! Gott sei Dank.«
»Das stimmt. Womit wir wieder bei Ihnen wären. Wer könnte einen Grund haben, jemanden in Ihrem eigenen Haus zu ermorden? Bitte, Frau Riemann, da muss es doch irgendwas geben.«
»Jaa«, kam es gedehnt. »Ich habe jetzt tausend Kilometer lang an nichts anderes gedacht. Mein Leben ändert sich gerade, aber wem geht das nicht so … Doch die einzige Sache, die ich langfristig verändern werde, ist mein Lebensmittelpunkt. Hendrik hat sich damit arrangiert. Mit der Arbeit gibt das keine Probleme. Und das Haus steht zu einem vernünftigen Preis im Internet.«
»Über einen Makler?«
»Ja und nein. Ich habe ja Erfahrung im Marketing, also habe ich die Anzeige selbst online gestellt. Schon wenige Stunden später hingen die ersten Aasgeier im Postfach. Maklerfirmen, die sich gezielt auf Privatanzeigen stürzen, um hinterher doch noch etwas vom Kuchen abzugreifen. Man kann das Haus sogar bei einer dieser Agenturen finden, aber ich habe denen direkt gesagt, dass es von mir keinen Cent Provision geben wird.«
Sie nannte den Namen, und Julia notierte ihn sich.
»Hm. Haben bereits Besichtigungen stattgefunden?«
»Nein. Das wollte ich den Miezen nicht zumuten. Wobei«, sie hob

den Zeigefinger, »einmal waren Leute drinnen. Aber nur unten. Und ab und zu fuhr mal jemand mit auswärtigem Kennzeichen vorbei. Doch was heißt das schon …«
»Also kein Käufer und auch kein konkreter Interessent.«
»Genau. Ich wollte in vierzehn Tagen wiederkommen, meinen Umzug abwickeln, und danach: Feuer frei.« Kirsten Riemann stockte und nahm die Hand vor den Mund. »Merde. Das wollte ich jetzt nicht sagen.«
»Macht nichts. Was ist mit der unteren Wohnung? Gab es da keine verärgerten Mieter?«
»Die Wohnung steht schon länger leer. Ich habe das Haus in zwei Portionen gekauft. In der oberen Hälfte wohne ich seit zwanzig Jahren. Davor meine Großeltern. Als sich die Gelegenheit bot, das ganze Haus zu besitzen, habe ich nicht lange gezögert.«
»Verstehe. Und die Vorbesitzer?«
»Von denen habe ich seit Jahren nichts mehr gehört.«
Julia Durant machte sich einige Notizen. Jede neue Abzweigung schien in eine weitere Sackgasse zu führen. Dann aber fiel ihr etwas ein, das sie im ersten Augenblick abgetan hatte. Sie blinzelte Frau Riemann an. »Sie wollten also umziehen. Weg von hier.«
»Kann man so sagen. Ich komme gerade von dort.«
»Oh. Eine gute Entscheidung. Meine Urahnen stammen auch aus Frankreich, wie Sie vielleicht an meinem Namen gehört haben.«
»Ich freue mich sehr darauf.«
»Die Frage ist nur, ob jeder diese Entscheidung gut findet.«
Es dauerte zwei Sekunden, bis ihr Gegenüber begriff. Dann lachte sie auf. »Ach so. Hendrik. Mein Gott, wie Sie denken!«
»Sie haben gesagt, er habe sich mit Ihren Plänen arrangiert.«
»Ja.«
»Was heißt das genau?«
Die Frau rutschte auf ihrem Stuhl hin und her. »Na ja, was soll das schon heißen? Er ist hier, ich bin dort. Aber erstens bin ich nicht

aus der Welt, und zweitens war da nie mehr zwischen uns. Er ist zehn Jahre jünger als ich, das wird er schon überwinden.«

»Hat er Ihnen gestern Abend denn ein Bett angeboten?«

»Ich weiß nicht. Ich glaube, ich habe das direkt abgewimmelt, weil ich ihm am Telefon gesagt habe, dass ich auf dem Weg ins Hotel vorbeischaue.«

Durant nickte erneut und notierte sich etwas.

Riemann kniff die Augen zusammen. »Interpretieren Sie da nicht zu viel hinein?«

Die Kommissarin sagte nur: »Hm.«

Nach einer unangenehmen Pause strich Riemann mit der Handfläche über den Tisch. »Wie geht das denn jetzt weiter? Ich meine, das Haus. Kann ... darf ich da bald rein? Es ist alles versiegelt, wie ich gesehen habe. Und was ist in meiner Wohnung?« Sie erzitterte beim Atmen. »Sieht man da irgendwas?«

»Der Tote wurde abtransportiert. Aber die Spurensicherung war gestern noch zugange. Wir müssen also noch etwas abwarten, bis wir den Tatort freigeben können.«

»Merde«, kam es erneut über Kirsten Riemanns Lippen. »Dann werden meine Katzen noch länger bei Hendrik ausharren müssen.«

»Ich fürchte ja.«

»Keine gute Idee. Da wäre es fast besser, ich nehme sie schon mit in die Bretagne.« Es war mehr ein lautes Denken als ein Dialog. »Aber wer soll sich dann kümmern? Das muss ich schon selbst machen.«

Julia Durant schüttelte den Kopf. »Ich kann Sie zwar nicht dazu zwingen, aber es wäre hilfreich, wenn Sie vorerst in der Stadt bleiben würden.«

»Verstehe.«

»Können wir noch ein Wort über Ihren Arbeitgeber wechseln?«

Riemann zwinkerte einige Male, ihre Pupillen wurden unruhig.

»Ungern.«
»Wieso? Gibt es da vielleicht *doch* etwas …«
»Nein. Aber ich habe hier über die Werbeagentur so viele Projekte und auch manche Kontakte, die mir ans Herz gewachsen sind. Das alles hinter mir zu lassen, fällt mir schwer.« Sie seufzte, dann aber setzte sie ein Lächeln auf und winkte ab. »Aber irgendwie haben wir ja gelernt, dass man trotzdem in Kontakt bleiben kann. Ich sage nur: Zoom.«
Durant stöhnte auf. Wenn sie sich an eines nie gewöhnen würde, dann waren das Onlinemeetings und Videokonferenzen.
»Und niemand nimmt Ihnen das krumm? Oder ist neidisch?«
Riemann stülpte die Lippen nach vorn. »Nun ja. Ich gebe einige lukrative Projekte in andere Hände. Geschenke, könnte man sagen. Das sollte für ausreichend Trost sorgen. Außerdem ist die Werbebranche nach wie vor ein gutes Geschäft. Der Markt verändert sich, aber er schrumpft nicht. Und ich bin ja auch nicht aus der Welt.«
Für manche Menschen schon, dachte Durant. Doch sie spürte, dass sie hier nicht weiterkam.
Dann meldete sich das Handy, doch es war nicht ihres, sondern das von Kirsten Riemann.
Diese nahm das Gespräch mit einem Stirnrunzeln entgegen. »Hi. Ich spreche gerade mit Frau Durant«, sagte sie gepresst.
Eine erregte Männerstimme erklang, doch die Kommissarin verstand kein Wort. Allerdings kam ihr der Klang bekannt vor, und Riemann bestätigte die Vermutung, als sie mit der freien Hand auf das Smartphone deutete und mit den Lippen den Namen ihres Katzensitters formte.
Nach einem kurzen Wortwechsel, zu dem Frau Riemann kaum etwas beitrug, sagte sie warm: »Ich danke dir. Wobei du das auch direkt Frau Durant hättest melden können.« – »Nein«, sie kicherte, »da sage ich jetzt nichts zu. Salut.«

Sie legte das Telefon mit dem Display nach unten auf den Tisch. »Tut mir leid. Hennes wusste, dass wir verabredet sind.«
»Mhm. Aber er wollte trotzdem nicht mit mir, sondern lieber mit Ihnen reden.«
»So könnte man das sagen. Eine Nachricht geht trotzdem ganz klar an Sie: Es könnte ein Bild des Täters geben.«
Durants Kinn klappte nach unten. »Ein Bild? Was für ein Bild?«
Natürlich waren uniformierte Beamte durch das Viertel gegangen. Hatte Klinken geputzt und das Foto des Opfers herumgezeigt. Doch wie so oft hatte sich darauf nichts Konkretes ergeben.
»Ein Video, um genau zu sein«, sagte Riemann.
Durants Gedanken begannen, sich im Karussell zu drehen. Öffentliche Überwachung? Fehlanzeige. Nicht in dieser Gegend. Verkehrsüberwachung genauso wenig. Hatte ein Ordnungsbeamter Parksünder aufgezeichnet? Wohl kaum. Und wenn, dann waren das Fotos und keine Videos. Zumal, wenn Hendrik Röber sich damit meldete, musste es sich um eine private Aufnahme handeln. Webcams steckten heutzutage in Vogelhäuschen, Gewächshäusern, oder sie überwachten Haustiere. Verdammt! »Warum meldet er sich denn nicht gleich damit?«
»Wieso? Es ist ihm jetzt erst eingefallen.«
Julia Durant kniff die Augen zusammen. »Das verstehe ich nicht.«
Frau Riemann wippte mit der Hand. »Es ist nicht seine Kamera. Es ist eine Kamera in der Nachbarschaft. Die Henschels. Die Hausnummer kann ich Ihnen sagen.« Sie stutzte. »Eine sonderbare Familie.«
»Inwiefern?«
»Ach, so ein Gefühl eben. Es sind zwei Geschwister. Lena und Tim. Außerdem gibt es noch den alten Vater, wenn der überhaupt noch lebt. Hendrik kann Ihnen das genauer sagen, er war mal sehr eng mit dem Sohn. Das Haus befindet sich weiter vorn in unserer Straße und ist ähnlich wie meines.«

»Mhm.« Durants Gedanken rasten noch immer. »Und welchem Zweck dient diese Kamera?«
Riemann schnaubte. »Das fragen Sie besser die Besitzer. Ich sage nur so viel: Stasi 2.0. Mich betrifft es zum Glück nicht, da liegen vier Häuser dazwischen.« Dann, etwas versöhnlicher: »Aber wenn es Ihnen weiterhilft, sei's drum. In Schlechten steckt manchmal ja auch etwas Gutes.«
Julia Durant schrieb sich die Adresse auf und bedankte sich.
»Sie bleiben also vorläufig hier im Hotel?«, vergewisserte sie sich.
Riemann nickte. »Die sind zurzeit froh um jeden Gast. Ich werde mir noch ein wenig Schlaf gönnen. Aber melden Sie sich bitte, wenn es etwas Neues gibt. Dieser Albtraum ist unerträglich. Ich meine: Hat es da am Ende nicht doch jemand auf mich abgesehen?«
Durant legte ihr die Hand auf den Arm. »Wenn Ihnen niemand einfällt, der dafür infrage kommt, weiß ich es auch nicht. Es müsste ja jemand sein, der Sie kennt.«
»Das macht es nicht unbedingt besser, oder?«
»Nein, aber jemand, der Sie kennt, wusste, dass Sie sich im Ausland befinden. So herum meinte ich das.«
Riemann wirkte erleichtert. »Ach so. Klar. Na, dann hoffen wir mal, dass sich alles schnell aufklären lässt.«
Als die Kommissarin durch die Lobby ins Freie trat, klangen ihr diese Worte nach.
Sie hoffte dasselbe.

10:50 UHR

Frank Hellmer und Uwe Liebig saßen schon geraume Zeit wortlos nebeneinander. Hellmer hatte ein paar Straßen nach Hornungs Wohnung angehalten, weil Liebig auf die Toilette musste. Er hatte sich daraufhin die Füße vertreten und eine Zigarette angezündet. Eine ramponierte Bank stand in der Nähe, und außer den beiden war niemand hier. Nun hockten sie mit Blick auf die Häuserfassaden und betrachteten die Rauchwolken, die sich in der Sommerluft auflösten.

»Du bist viel zu weich«, brummte Liebig.

»Und du bist dafür viel zu krass drauf«, gab Hellmer zurück. »Irgendwann verklagt dich mal wer.«

»Pah! Soll er doch.«

Hellmer trat seine Zigarette aus und zündete sich direkt eine neue an. »Mann, Uwe. Du hast doch gehört, was der Typ für ein Bild von der Polizei hat. Das war früher, aber so dürfen wir heute nicht mehr sein.« Er inhalierte tief und ergänzte: »Auch wenn's manchmal schwerfällt.«

Uwe griff sich ebenfalls einen Glimmstängel. »Solange die bösen Jungs härter sind als wir, kann sich nichts ändern. Wenn unsere Richter und Sozialarbeiter und all die Gutmenschen jedes noch so perverse Schwein als Resozialisierungsobjekt umdeuten, geht das ganze System einfach unter.«

Er hatte recht, zumindest fühlte es sich irgendwie so an. Aber was war die Lösung? Und gab es sie überhaupt?

»Was willst du denn anders machen? Alle lynchen?«

»Blödsinn. Aber man muss auch mal was riskieren. Ein Verhör sollte nicht zum Kaffeekränzchen werden.«

Hellmer zog die Nase hoch. »Damals bei Berger war das noch nicht so. Und wenn Hornung unschuldig ist, gibt's da nichts schönzureden. Für ihn werden wir immer schmutzig bleiben, egal, wie sehr sich die Zeiten geändert haben.«

Liebig lachte meckernd. »Tja. Dafür ist Hornung – so wie es momentan aussieht – auch wirklich unschuldig geblieben. So aufmerksamkeitsgeil, wie der war, frage ich mich schon, was der sonst noch alles abgezogen hätte. Das nennt man dann Prävention

durch Einschüchterung. Ist mir tausendmal lieber als heute, wo kein Jugendlicher mehr Respekt vor uns hat.«
»Berger hat damals mit Sicherheit nichts Ungesetzliches getan«, hielt Hellmer dagegen. Doch er wusste, was Liebig meinte. Die Gesetzgebung war eine völlig andere gewesen. Allein die ersten Kontakte mit Tatverdächtigen. So etwas gab es heute nur mit Anwalt. Jedes Wort, jede Geste wurde auf die Goldwaage gelegt. Andererseits hatte es auch Missbrauch gegeben. Blaue Flecke. Verdrehte Arme. Nicht alle Kollegen waren so gewesen, aber die Hemmschwelle war deutlich tiefer gelegen. Nicht bei Berger, sagte er sich, beinahe schon verzweifelt. Oder etwa doch?
»Dann dieser andere Fuzzi«, sagte Liebig. »Wer kann das gewesen sein? Du und ich scheiden ja wohl aus. Was ist mit Peter?«
»Quatsch. Peter war damals noch gar nicht dabei.«
»Hm. Und wer war dabei?«
Hellmer hatte sich das schon die ganze Zeit über gefragt. Jan Hornung hatte von einem Allerweltsnamen gesprochen. So ähnlich wie Schubert. So ein Mist.
Er nahm sein Telefon und wählte Julia Durant an.
»Hi. Pass mal auf. Der Zeuge von damals hat zwei Polizisten genannt, mit denen er zu tun hatte. Einer davon ist Berger. Er hat kein gutes Haar an ihm gelassen.«
»Dachte ich mir fast«, antwortete Durant. »Als ich ihm sagte, ich würde schön grüßen, hat er das heftig abgewehrt.«
»Hm. Jedenfalls war noch von einem zweiten Kollegen die Rede. Der Name fiel ihm nicht mehr ein, aber angeblich hat er ihn ziemlich drangsaliert.«
»Warum das denn?«
»Hauptsächlich, damit er die Klappe hält. Die Presse war damals auch so schon spitz genug.«
»Okay. Und kein Name?«
»So was wie Schubert. Nur anders. Ich konnte dazu nichts beitra-

gen, war ja damals noch nicht bei der Truppe. Wen gab es denn noch, als du zur Mordkommission gekommen bist?«
Durant murmelte etwas Unverständliches. Dann rief sie: »Scheiße! Doch nicht etwa Schulz?«
Hellmer grub erneut in seiner Erinnerung. Die Alarmglocken schrillten schon etwas lauter, aber noch in nicht greifbarer Ferne. »Schubert, Schulz«, murmelte er. »Kann sein, ich weiß es nicht. Irgendwas regt sich da.«
»Schulz?«, erklang es neben ihm. »Schöne Scheiße damals. Der hat sich doch umgebracht, oder nicht?«
Hellmer drehte sich zu Liebig, während es aus dem Hörer sprach: »Schulz. Na klar! Er war vor mir beim K11. Eine traurige Geschichte. Kurz nachdem ich dazugestoßen bin, hat er sich umgebracht. Seine Ehe war kaputt, und dann ist auch noch die Tochter gestorben. Eines Tages ist er nicht mehr zum Dienst erschienen, dann kam der Anruf. Er hat sich im Keller an einem Heizungsrohr erhängt. Furchtbare Sache, vor allem auch für Berger. Die beiden waren befreundet.«
»Aha. Befreundet.« Hellmer kratzte sich am Kinn. »Bis jetzt habe ich Berger verteidigt. Meinst du, er und Schulz haben gemeinsame Sache gemacht, als sie Hornung unter Druck gesetzt haben?«
»Ich weiß nicht.« Es waren andere Zeiten gewesen, das durfte sie nicht außer Acht lassen. »Ich will es zwar nicht glauben, kann es aber auch nicht ausschließen.« Mit leicht gedämpfter Stimme fragte sie: »Könnt ihr mich beide hören?«
Hellmer verneinte und neigte den Oberkörper unauffällig von Liebig weg.
»Gut«, raunte die Kommissarin, »dann sag ich's mal so: Schulz war aus einem ähnlichen Holz geschnitzt wie Uwe. Du verstehst, was ich meine?«
»Verstehe«, sagte Hellmer laut. »Schulz hat es mit den Regeln nicht so ernst genommen. Danke für die Info. Sollen wir das bei

Hornung noch mal abchecken? Ich meine, ob es wirklich Schulz gewesen ist?«
»Ich kläre das mit Berger«, sagte Durant. »Ich will genau wissen, was damals gelaufen ist. Was sein Anteil daran war. Nicht, dass da irgendwann aus dem Nichts ein Bumerang auf uns zukommt.«
Hellmer beendete das Gespräch. Er überlegte kurz, ob er eine dritte Zigarette rauchen sollte, entschied sich dann dagegen. Eigentlich hatte er deutlich weniger rauchen wollen. Ein Plan, an dem er immer wieder scheiterte. Solange er sich fit hielt, machte sein Körper das auch mit. Aber jeden Morgen, wenn er sich die Atemwege freihustete, musste er an dieses blöde Virus denken, das ausgerechnet die Lunge befiel und gegen das es noch keine Therapie gab. Kurz entschlossen griff er sich die halb volle Packung, zerknüllte sie und versenkte sie in dem mit Schmierereien und Aufklebern übersäten Papierkorb neben der Bank.
»Bist du bescheuert?«, empörte sich Uwe. »Da waren noch welche drin!«
»Hol sie dir, wenn du willst«, knurrte Frank. »Ich hab keinen Bock mehr auf diesen Dreck.«

11:10 UHR

Andrea Sievers war am Telefon. Sie hatte Alwin Kisslichs Obduktion abgeschlossen, die Ergebnisse brachten wenig Neues.
»Die Kriminaltechnik hat eine der Schachfiguren als Tatwaffe bestätigt«, berichtete sie der Kommissariatsleiterin. »Sowohl das Blut als auch die Verletzungsspuren stimmen zu hundert Prozent überein.«
»Danke. Also alles wie vermutet, hm?«
Die Rechtsmedizinerin druckste. »Ich weiß nicht so genau. Der

alte Mann hat an beiden Armen Einstichstellen und Einblutungen. Wie von einer schlecht gesetzten Kanüle.«

Doris wurde hellhörig. »Einstiche«, wiederholte sie.

Die Schachfigur war ein zufällig vorhandenes Objekt und sprach für einen Affekt. Aber wenn nun eine Spritze ins Spiel kam … Sie dachte weiter. »Wie alt war er? Ende achtzig und in einem Pflegeheim?«

»Ich kann mir denken, worauf du hinauswillst. Medikamente oder auch eine Blutentnahme sind in diesem Kontext keine Seltenheit.«

»So in etwa. Oder gibt es etwas, was dagegenspricht?«

»Nun ja.« Andrea seufzte. »Ich muss zugeben, ein Körper mit diesem Baujahr unterscheidet sich nicht nur ästhetisch von den jüngeren Modellen. Das Gewebe, die Muskulatur ... das alles macht es schwer, eine Vene zu finden. Egal, wie gut man ist. Trotzdem wirkt diese Stecherei fast schon stümperhaft. Beide Armbeugen sind mehr lila als rosafarben. Da hat jemand keinen guten Job gemacht, wenn du mich fragst.«

Doris Seidel atmete tief durch. »Du sagst also, es könnte vom Personal stammen, aber ebenso gut vom Täter?«

»Ich lege mich nicht fest. Die Altenpflege ist ein Knochenjob. Personalschlüssel, Arbeitszeit, Bezahlung. Das löst man nicht, indem man sich applaudierend ans Fenster stellt. Wenn es schnell gehen muss, wenn die Adern ungünstig liegen und wenn der Patient Blutverdünner nimmt, kann das schon mal so aussehen.«

»Hm. Das sollte sich ja rausfinden lassen«, dachte Doris laut und machte sich einige Notizen.

»Können wir noch über die anderen Fälle reden?«, fragte sie dann. »Die beiden *alten*.«

»Jederzeit.« Andrea hatte die Unterlagen zu den beiden Todesfällen im Vorjahr zusammengesucht und die wichtigsten Fakten dazu aufbereitet. »Da haben wir einmal Meike Sämann«, begann sie.

»Ich finde es schon komisch, dass ihr den Fall noch mal aufrollt. Ich dachte, das wäre ein Suizid gewesen? Aber gut. Und dann dieser Obdachlose, identifiziert als Martin, leider kein Nachname. Sämtliche Aussagen dazu sind mit Vorsicht zu genießen, weil es nur Hörensagen ist. Er lebte seit Monaten, wenn nicht Jahren unter der Brücke. Bei den vermeintlichen Todesursachen reden wir bei ihm von Totschlag, und bei ihr kann ich nichts anderes sagen als das, was bisher schon bekannt war.«

»Das ›vermeintlich‹ bezieht sich also nur auf diesen Martin?«

»Hmm, die tote Frau scheint sich tatsächlich selbst getötet zu haben, es gibt keine Anzeichen für ein Gewaltverbrechen. Allerdings hatte sie ihren Hund bei sich und eine frisch geöffnete Packung Hundefutter in der Abstellkammer. Fressnapf und Wasser waren leer, sie hat ihm demnach nur eine Portion gefüttert. Welche alleinstehende Tierbesitzerin würde das tun?«

»Interessante Frage für eine Rechtsmedizinerin.« Doris schmunzelte.

»Interessante Frage für *euch*«, widersprach Andrea. »Ich habe das nur aus den Anmerkungen der Forensik und wegen Julias Gespräch mit der Beamtin angemerkt. Ich weiß nicht, woher das Bauchgefühl dieser Kollegin rührt, doch ich war auch nicht am Fundort. Allerdings teile ich die Auffassung, bezogen auf das Haustier. Außerdem hat sie sich Tabletten eingeworfen, bevor sie sich die Pulsadern aufgeschnitten hat. Wollte wohl auf Nummer sicher gehen, dass es schnell geht und auch wirklich funktioniert. Wobei ich an der Pulsader hänge, denn der Hund befand sich ja die ganze Zeit über im selben Raum. Nahm sie bewusst in Kauf, dass er ihr Blut aufleckt? Sicher nicht.«

»Denkt man so weit, wenn man sich das Leben nehmen will?«

»Wenn man aus einem Impuls von der Brücke springt, gewiss nicht. Aber bei der Methodik mit Tabletten und Pulsadern hat sie sich ja was gedacht. Und bis es dann so weit ist, zu Hause, ungestört …«, Andrea schnaufte, »da hat man doch viel Zeit zum Nachgrübeln.«

Dem konnte Doris nicht widersprechen.

»Außerdem heißt es, dass sie durchaus hin und wieder Herrenbesuch hatte. Ein welker Strauß Blumen in einer Vase könnte darauf hindeuten, dass das auch vor ihrem Ableben der Fall gewesen ist.«

»Blumen kann man sich auch selbst kaufen«, sagte Doris. »Ich warte noch immer auf die *rechtsmedizinischen* Faktoren.«

»Das *ist* ein Faktor. Mehrere Tage nach dem Todeseintritt kriegst du von mir mit Sicherheit keine minutengenaue Angabe über die Zeit des Ablebens. Kalte Nächte, beheizte Wohnung, ein Tier, das sämtliche Blutspuren beseitigt hat – vergiss es! Die verwelkenden Blumen, der Mageninhalt und die Ausscheidungen des Hundes decken sich allesamt mit meiner Einschätzung, dass sie aufgrund des Verwesungsgrads mindestens drei Tage tot war.«

»Gibt es Hinweise darauf, dass der Tod durch jemand anderen verursacht worden sein könnte? Vielleicht sogar auf einen konkreten Besucher? Haben wir eine Beschreibung?«

»Nein, nein und nochmals nein. Bedaure.« Die Rechtsmedizinerin atmete heftig ein und aus. »Allerdings deuteten weder das Bett noch Gläser oder Teller darauf hin, dass sie tatsächlich einen Besucher hatte.«

»Sie hat also aufgeräumt, bevor sie abgetreten ist«, kombinierte Seidel laut. »Das ist nicht ungewöhnlich.«

»Stimmt. Aber es war nicht alles aufgeräumt, im Gegenteil. Es gab ungespülte Töpfe und unerledigte Wäsche. Wenn sie aufgeräumt hat, dann nur das, was *ihn* betrifft.«

»Dünn.«

»Ich weiß.«

»Lass uns über den Obdachlosen sprechen. Totschlag, sagtest du. Wie kommt das?«

»Es gibt Zeugenaussagen, die einen Streit gehört haben wollen. Schreie. Und eine Metallstange, die auf harten Boden fiel.«
»Die Kopfverletzungen haben aber nicht ganz dazu gepasst.«
»Richtig. Es sei denn, jemand hätte zuerst zugeschlagen und dann noch mal mit der Stange in den Schädel gebohrt.«
»Furchtbar!«
»Sehe ich genauso. Furchtbar – aber kein Affekt. Ein einzelner Schlag im Zuge einer Auseinandersetzung, okay. Aber gezielt nachbohren … nein. Das passt nicht. Außerdem haben wir weder Stange noch Rohr gefunden und auch keine Blutspuren, die zwingend beim Aufprall auf dem Boden entstanden wären.«
»Und dann war ja auch die Rede von einem Hammer.«
»Eine einzelne, nicht mehr nachprüfbare Aussage«, seufzte Andrea. »Die wenigen Zeugen waren allesamt Herumtreiber und entweder übermüdet oder unter dem Einfluss von Betäubungsmitteln. Ich sagte ja, das ist alles mit Vorsicht zu genießen. Allerdings«, sie machte eine vielsagende Pause, »passen die Verletzungsspuren exakt zu einem Hammer. Sie sind fast identisch mit denen, die wir gestern vorgefunden haben.«

11:35 UHR

Knapp eine halbe Stunde war seit Doris' Telefonat mit Dr. Sievers vergangen. Eine halbe Stunde, in der sie allerlei Theorien und Absurditäten durchgespielt hatte. Ein Hammermörder. Ein Berber. Nicht nur die Presse hatte ihn seinerzeit so bezeichnet, auch die Sonderkommission hatte unter diesem Namen ermittelt. So etwas würde man heute wohl nicht mehr machen. Ob es plötzlich jemanden gab, der diese Morde kopieren wollte? Aber war nicht der Hammer neben dem Schraubenzieher das meistverbreitete Werkzeug? Andererseits war es kein Werkzeug, das man grundlos mit sich herumtrug.

Und gab es nicht außerdem viel Wichtigeres, worum sie sich kümmern sollten? Zuerst hatten sie hier den Mord in Riemanns Wohnung und außerdem den alten Mann im Bethmannpark. Dazu kamen die beiden alten Fälle, der Mord an dem Obdachlosen und der verdächtige Tod einer jungen Frau. Wie hatten Berger und Hochgräbe das gemeistert? Bahnte sich hier ihre erste Zerreißprobe an?

Doris blinzelte. Vor ihr saßen Frank und Uwe. Und in einer angestaubten Ablagebox auf ihrer Schreibtischplatte befand sich eine Plastiktüte mit einem Hammer. Dazu eine, wie sie fand, abwegige Erklärung.

»Jetzt mal langsam«, sagte sie in die erwartungsvolle Stille hinein. »Das Ganze ist auf so vielen Ebenen absurd, da weiß ich gar nicht, wo ich anfangen soll. Hornung will dieses Teil mehrere Tage später an der Stelle gefunden haben, wo er angegriffen wurde. Und – wohlgemerkt – dafür, dass es einen Angriff gegeben hat, fehlen sämtliche Anhaltspunkte. Dann will er den Hammer bei uns abgeben, aber weil Berger und Co. nicht freundlich zu ihm waren, entscheidet er sich anders. Er hat mehrmals versucht, sich bei der Presse aufzuspielen, aber den Hammer hat er dabei nie erwähnt. Und dreißig Jahre später rückt er damit heraus? *Jetzt,* wo es einen frischen Hammermord gibt.« Sie schüttelte den Kopf und fuhr sich durch die Haare.

Hellmer hob die Schultern. »Das haben wir alles auch schon durchgekaut. Fakt ist, dass Hornung über die Jahre einiges an Pressematerial gesammelt hat. Alles fein säuberlich ausgeschnitten oder ausgedruckt und in dieser Kiste eingemottet. Mitsamt Hammer.«

»Er lag ganz unten«, ergänzte Liebig. »Das kann Zufall sein – oder auch nicht. Aber er hatte nicht genug Zeit, um das Ganze zu inszenieren. Hornung *glaubt* an seine Geschichte, und er hat all dieses Zeugs über die Zeit hinweg gesammelt und verwahrt.«

»Er *will* jedenfalls daran glauben«, entgegnete Hellmer.
»Oder er will andere es glauben machen«, sagte Seidel.
Hellmer wippte mit dem Kopf. »Dagegen spricht, dass er es nicht noch mal mit der Presse versucht hat. Oder im Internet.«
»Habt ihr das überprüft?«
»Was?«
»Ob er in Internetforen unterwegs ist und er tatsächlich nichts in Sachen Presse unternommen hat.«
Frank und Uwe wechselten einen Blick und verneinten.
»Ich fürchte, das müssen wir uns noch mal ansehen«, sagte Doris. »Genau wie die Causa Berger und Schulz. Auf Bergers Sicht der Dinge gebe ich tausendmal mehr als auf diesen Hornung – oder wie seht ihr das?«
Frank nickte. »Da stimme ich dir zu. Soll ich ihn mal besuchen?«
»Ich möchte zuerst mit Julia sprechen. Sie hat ja mit ihm telefoniert, und ich will sie da nicht übergehen. Außerdem kannte sie als Einzige von uns diesen Schulz. Vielleicht könnt ihr euch aufteilen. Einer übernimmt diese Beweismittelkiste und geht damit zu Platzeck. Der andere besucht die IT und spürt nach den digitalen Spuren unseres vermeintlichen Opfers.«
»Ich nehme die IT«, verkündete Liebig.
Hellmer schnaubte. »War mir klar. Mit Fast Food vorm Bildschirm kleben«, frotzelte er.
»Man muss die Feste eben feiern, wie sie fallen«, erwiderte Liebig mit einem süffisanten Grinsen.

11:40 UHR

Fast zur selben Zeit ging Julia Durant durch die Seitenstraße im Frankfurter Westen. Dass es sich um eine Straße mit Wendehammer handelte, war ihr zwar bewusst gewesen, als sie zum ersten

Mal hierhergekommen war. Doch welche Tragweite sich dahinter verbergen konnte, reifte erst jetzt zur Erkenntnis. Natürlich gab es Durchgänge. Unter anderem über einen Spielplatz oder den Weg durch verschiedene Gartenbereiche. Doch welcher Täter riskierte es, sich durch fremde Gärten zu bewegen und Mauern oder Zäune zu überwinden? Erhöhte das nicht das Risiko, entdeckt zu werden? Doch wenn er die reguläre Zufahrt genommen hatte, gab es nun Grund zur Hoffnung, dass die Kamera von Familie Henschel sein Bild eingefangen hatte. Blieb die Frage, wohin das Datenmaterial gesendet wurde und wie lange man es dort abspeicherte. Jeder dieser Gedanken ließ die Hoffnung ein wenig abschmelzen. Dennoch gab die Kommissarin sich zuversichtlich, als sie auf den unteren Knopf der Doppelklingel drückte. Über ihrem Kopf das besagte Gerät. Kabel, die in der Wand verschwanden. Die Linse schien in die Ferne zu blicken. Eine glänzend schwarze Halbkugel deutete darauf hin, dass die Gegensprechanlage über eine eigene Aufnahmetechnik verfügte.

»Hallo?« Die Stimme aus dem Lautsprecher war verzerrt.

Julia Durant hielt ihren Dienstausweis in Richtung Halbkugel. Hinter dem rauchgrauen Glas verbarg sich ein mechanisches Auge. Julia hatte sich so etwas längst für ihre eigene Wohnung anschaffen wollen.

»Julia Durant, Kriminalpolizei. Ich hätte ein paar Fragen an Sie.«

Es knackte. Dann: »An mich?«

Tatsächlich war ihr zu diesem Zeitpunkt noch nicht einmal klar, ob es sich um eine männliche oder um eine weibliche Stimme handelte.

»An jemanden, der dieses Haus besitzt oder zumindest hier wohnt«, rief sie, nach vorn gebeugt und angestrengt, damit man sie gut verstand.

Wieder eine Pause.

»Moment.«

Ein erneutes Knacken, dann herrschte Stille. Lange Sekunden strichen ins Land, beinahe hätte Julia aus Ungeduld erneut geklingelt. Endlich öffnete sich die Tür. Vor ihr stand eine Frau, deren Alter auf den ersten Blick schwer zu schätzen war. Ende zwanzig? Heller Teint, tiefschwarzes Haar, offensichtlich gefärbt. Jede Menge Metall im Gesicht, sowohl in den Ohrläppchen als auch in Nase, Lippe und Augenbrauen. Sie sah die Kommissarin fordernd an. »Da bin ich.«

»Danke. Und Sie sind …«

»Henschel. Lena Henschel.« Die Frau grinste kurz, dann wurde sie ernst. »Kriminalpolizei, ja?«

»Es geht um die Nacht von Mittwoch auf Donnerstag.«

»Dachte ich mir schon. Das Feuer bei Kirsten Riemann.«

»Unter anderem. Mich interessiert dabei vielmehr der Tote.«

Lena Henschel kniff die Augen zusammen. »Was genau ist denn eigentlich passiert?«

»Bedaure. Zu laufenden Ermittlungen darf ich nichts sagen. War schon jemand bei Ihnen, um Ihnen das Foto zu zeigen?«

»Nein. Jedenfalls nicht bei mir.«

Durant zog das Handy aus der Tasche, hielt dann aber inne. »Wollen wir vielleicht reingehen?«

»Können wir machen. Bitte.«

Henschel trat zur Seite und wies ins Innere. Dabei fiel Durant auf, dass ihr linker Daumen verbunden war.

»Was ist denn da passiert?«, fragte sie im Vorbeigehen.

»Brotmaschine«, kam es mürrisch. »Möchten Sie einen Kaffee?«

»Danke, nein.«

Henschel schob sich an ihr vorbei und führte sie in eine Küche mit Sitzecke. Massivholz, abgewohnt, nicht unbedingt das, was sie bei einer jungen Frau erwartet hätte. Die Küchenmöbel waren im selben Stil. Eine Möbelhaus-Vollausstattung der Neunzigerjahre. Im Komplettpaket mit Rabatt.

Durant nahm Platz. Das Holz knarrte. Sie legte das Smartphone auf die Tischplatte, wo sich unzählige Tassenabdrücke befanden.
»Ich würde Ihnen zuerst gerne das Foto zeigen.«
»Sieht er ... schlimm aus?«
»Nein. Wie jemand, der schläft. Das Foto wurde entsprechend bearbeitet.«
»Okay. Ich wollte nur gefragt haben.«
Durant rief das Foto auf. Lena Henschel betrachtete es genau und schüttelte den Kopf. »Sorry. Kenne ich nicht.«
Die Kommissarin bedankte sich und legte das Telefon zur Seite. »Dann ist es also niemand aus der Nachbarschaft.«
»Nein, das wüsste ich. Ich bin hier aufgewachsen.«
»Waren Sie in der Nacht von Mittwoch auf Donnerstag auch hier?«
»Ja. Im Bett. Wieso?«
»Ich muss diese Fragen stellen.« Durant hob den Daumen über die Schulter in Richtung Haustür. Obwohl sie es besser wusste, fragte sie: »Auf dem Türschild stehen zwei Namen. Sie wohnen hier mit Ihrem Mann?«
»Um Himmels willen«, schnaubte Henschel. »Tim ist mein Bruder.«
Sie betonte das Wort unerwartet abfällig, und ihr Blick sprach Bände.
»Und wo ist er?«
»Das weiß ich doch nicht.« Die Frau schüttelte den Oberkörper. Etwas versöhnlicher fügte sie hinzu: »Er ist unterwegs. Das wäre ich normalerweise auch, aber ich habe frei. Fluch und Segen, wenn man im Schichtdienst arbeitet.«
»Welche Branche?«, wollte Durant wissen.
»Soziale Arbeit. Obdachlosenhilfe.«
Die Kommissarin nickte und machte sich Notizen. Ein Gedanke huschte vorbei, doch sie konnte ihn nicht einfangen.

»Und Ihr Bruder?«, erkundigte sie sich.
»Computerscheiß.« Henschel musste grinsen und nahm die Hand vor den Mund. »Ups. Ich meine: Computerkram. Aber fragen Sie mich bloß nicht nach Details.«
»War er auch zu Hause, als das Feuer ausgebrochen ist?«
»Das fragen Sie ihn am besten selbst.«
Julia Durant lehnte sich zurück und faltete die Hände über dem Bauch. Nach einer Pause sagte sie ruhig: »Sie klingen so, als hätten Sie beide nicht das beste Verhältnis.«
»Die Untertreibung des Jahrhunderts«, entgegnete Henschel lakonisch. »Meinen Sie, ich finde es toll, dass ich mit Anfang dreißig noch bei meinem älteren Bruder wohnen muss?« Sie schnaubte und fuhr mit der Hand durch die Luft, als sie weitersprach: »Aber das alles hier funktioniert leider nur so. Mein Job, na ja, Sie können sich ja denken, wie lukrativ das ist. Die Stadt will keine Drogen, keine Obdachlosen, keine Prostitution. Aber Geld in die Hand nehmen will auch niemand. Zumindest nicht für uns, die wir jeden Tag an der Front stehen. Nichts gegen Sie, aber weniger Polizeibusse und mehr Schutzräume wären da ein Anfang. Egal.« Sie winkte ab und hob den Zeigefinger Richtung Decke. »Das Haus gehört unseren Eltern. Unsere Mutter ist schon drei Jahre tot, der andere vegetiert da oben vor sich hin. Unser Geld reicht entweder für einen Heimplatz oder für das Haus. Also erledigen wir hier unseren Teil, dazu kommt eine Pflegerin, und unterm Strich kommen wir gerade so aus, um die Hütte zu behalten. Mamas Haus, um genau zu sein.« Lena Henschels Augen wurden glasig, aber sie erlangte schnell die Kontrolle zurück. Mit nicht zu überhörendem Sarkasmus ergänzte sie: »Das ganz normale Familienglück, wie Sie sehen.«
Julia blickte ihr ins Gesicht. Sah das unfrohe Lächeln unter traurigen Augen hinter einem Schutzwall von geblockten Gefühlen. Sie spürte, dass da mehr war, wusste allerdings nicht, wie sie dorthin

gelangen sollte. Also nickte sie nur langsam, etwas unsicher, was sie als Nächstes sagen sollte. Henschel nahm ihr die Entscheidung ab. Mit einer zackigen Bewegung fuhr sie sich durchs Haar und beugte sich nach vorn. »Gut. Jetzt wissen Sie also Bescheid, wie die Dinge hier stehen. Aber Sie sind ja sicherlich nicht hergekommen, um mich zu bedauern.«
»Hauptsächlich bin ich wegen der Videokamera da.«
»Aha.«
»Das klingt nicht sonderlich überrascht.«
Henschel zog die Schultern hoch. »Kein Wunder. Jeder, der googeln kann, weiß, dass das eine Grauzone ist.«
»Sie meinen die Überwachung über die eigene Grundstücksgrenze hinaus?« Durant zwinkerte ihrem Gegenüber zu. »Eigentlich ist das ziemlich eindeutig geregelt.«
»Ich weiß. Aber das interessiert mich nicht.« Henschel machte mit beiden Händen Anführungszeichen in die Luft und ergänzte: »Männersache.«
»Sie reden da vermutlich von Ihrem Bruder?«
»So sieht's aus. Er hat das Ganze installiert, aber die Kamera geht nach oben. Der … mein Vater ist kaum noch mobil. Er möchte immer genau wissen, wenn jemand kommt.«
»Öffnet er noch selbst die Tür?«
»Quatsch! Der würde nicht mal drei Stufen schaffen, bevor er den Rest wie ein nasser Sack runterfällt. Reiner Kontrollzwang.«
Durant nickte und notierte sich wieder etwas. Sie nutzte die Gelegenheit, um nachzudenken. Was hatte Frau Henschel zuerst sagen wollen, bevor sie das Wort Vater gewählt hatte? Der Alte?
»Und Sie wissen demnach, dass es bereits Beschwerden darüber gab?«
»Na klar! Wenn man sich die Nachbarn zum Feind macht, braucht man sich nicht zu wundern.«
»Ich nehme an, Sie reden da von Ihrem Vater?«
»Genau. Auch wenn wir ihn nur selten so bezeichnen.« Da war es

wieder. Dieses Bauchgefühl. Offenbar hatte es die Kommissarin nicht getrogen. Henschel senkte die Stimme. »Er ist ein schlechter Mensch. Ein böser Mensch. Mehr will ich dazu nicht sagen. Aber alles rächt sich irgendwann. Glauben Sie an Karma?«
Julia Durant ahnte, dass sie sich selbst ein wenig öffnen musste, wenn sie hier weiterkommen wollte. »Mein Vater war Pastor«, begann sie daher. »Ich möchte manchmal gerne so gläubig sein wie er. Aber da steht mir mein Job im Weg. Und Karma«, sie presste die Lippen aufeinander, »das funktioniert ja auch nicht immer. Ich habe schon zu viele Täter davonkommen sehen.«
»Hm. Mit Ihrem Gott jedenfalls brauchen Sie mir nicht zu kommen.«
»Hatte ich auch nicht vor. Ich finde, das sollte Privatsache sein. Mein Vater hat jedenfalls nie von mir verlangt …«
»Meiner ist jeden Sonntag in die Messe gerannt, als er das noch konnte«, unterbrach Henschel sie mit flammendem Blick. »Aber zu Hause hat man nicht viel davon gemerkt. Er war hart gegen alle, vor allem gegen uns. Nix da mit Mitmenschlichkeit. Und den lieben Gott hat es auch nicht gestört. Vielleicht sieht er das mit der Privatsache ja genauso. Wie auch immer: Ich brauche ihn nicht. Aber das mit dem Karma, daran glaube ich. Daran muss ich glauben, denn nur so hält man die ganze Scheiße hier durch.«
Durant schluckte. »In Ordnung. Kommen wir zu dem Video zurück. Gibt es eine Festplatte oder einen Server, wo die Daten aufgezeichnet werden?«
»Das weiß ich nicht.«
»Mhm. Wie kann ich Ihren Bruder denn am besten erreichen?«
»Ich kann Ihnen seine Handynummer geben. Aber er wird sicher bald hier aufkreuzen. Das Wochenende steht vor der Tür. Bei mir heißt das Dienst, bei ihm kann das alles heißen.« Sie pausierte kurz. »Was ist denn an den Daten eigentlich so interessant?«
»Ich sagte doch, es geht um den Mord hier in der Straße«, erklärte

Durant. »Es besteht die Möglichkeit, dass die Kamera etwas aufgezeichnet hat, das uns weiterbringt.«
Frau Henschel lachte spitz. »Den Täter?«
Durant schwieg, hob aber vielsagend die Augenbrauen.
»Ach du Scheiße, das ist Ihr Ernst.« Ihr Gegenüber ließ den Mund offen stehen. Dann zückte sie ihr Smartphone und suchte etwas. »Na ja. Ich habe hier Tims Nummer.«
Sie diktierte, Durant tippte sie in ihr Gerät ein und bedankte sich dann. »Haben Sie etwas dagegen, wenn ich direkt bei ihm anrufe? Und wenn ich unsere IT anfordere, um sich einen Überblick zu verschaffen?«
Henschel wirkte unentschlossen. »Ich weiß nicht. Fragen Sie ihn. Ich will damit eigentlich nichts zu tun haben.«
»In Ordnung.«
Durant wählte Tim Henschels Nummer. Das Freizeichen erklang, doch es nahm keiner ab.
»Mist.«
Sie scrollte über das Display, bis sie die Nummer von Benjamin Tomas aus der IT-Abteilung gefunden hatte. Gerade, als sie ihn anrufen wollte, ging ein Anruf ein. Henschel.
Sie meldete sich mit ihrem Namen und ergänzte: »Ich bin von der Kriminalpolizei.«
»Woher haben Sie diese Nummer?«
»Von Ihrer Schwester. Ich bin gerade bei ihr.«
»Aha. Und weswegen?«
»Es geht um die Videoüberwachung …«
Weiter kam sie nicht. Henschel herrschte sie an: »Herrje! Dann schicken Sie doch jemanden, der das verdammte Ding runterreißt! Ich tu's jedenfalls nicht.«
Durant hatte das Telefon ein Stück vom Ohr weggenommen und antwortete so gelassen wie möglich: »Vielleicht beruhigen Sie sich und warten erst einmal ab, worum es genau geht.«

»Ich höre.« Seine Stimme klang nun ebenfalls ruhiger, beinahe gelangweilt.

»Mir ist es im Grunde schnurzpiepegal, wen Sie da filmen und warum. Ihre Aufzeichnungen könnten aber relevant für eine Mordermittlung sein.«

»Mordermittlung?« Er schnaufte. »Etwa …«

»Der Fall in Ihrer Nachbarschaft. Ich bin beim K11. Und ich möchte wissen, wohin die Daten gehen. Ihre Schwester hat gesagt, Sie haben die Kamera installiert.«

»Meine Schwester«, äffte er sie kaum hörbar nach. Dann, im normalen Ton: »Die Kamera ist früher im Dauerbetrieb gelaufen. Ich schätze, Lena hat Ihnen von unserem Vater berichtet. Er hat einen Monitor und überwacht die Straße und den Weg zur Haustür. Das ist seine Version von ›aufs Kissen gestützt am Fenster hocken‹.« Er schnaubte. »Dabei besucht ihn doch eh keiner.«

»Sie sagten *früher*«, hakte Durant nach.

»Ja. Bedanken Sie sich bei Ihren Kollegen. Die Kamera hängt da seit zwei Jahren. Dauerbetrieb auf die Straße darf aber nicht sein. Also haben wir den Winkel anpassen müssen, und die Kamera durfte nur bei Bewegung anspringen. Habe ich gemacht. Man hat ja sonst nichts zu tun. Erwarten Sie sich also nicht zu viel davon.«

»Reagiert sie denn auf Bewegungen auf der Straße oder erst, wenn jemand das Grundstück betritt?«

Tim Henschel räusperte sich. »Ich weiß nicht, ob ich Ihnen darauf antworten möchte.«

»Verstehe. Aber wie gesagt, mich interessiert allein der Mord. Und ich sag's mal so: Wenn Ihre Aufzeichnungen uns weiterhelfen, werde ich Sie sicher nicht in die Pfanne hauen.«

»Hmm.«

Durant atmete angestrengt. »Wie ist es denn jetzt mit dem Speichern? Gehen die Daten auf einen Server?«

Es dauerte einige Sekunden, bis Henschel reagierte. »Na gut. Es könnte sein, dass etwas vorhanden ist. Der Speicher ist begrenzt, irgendwann überschreibt er sich. Wann genau ist der Mord denn geschehen?«

»Dienstag bis Donnerstag wäre interessant.«

»Das könnte klappen.«

Ihr Herz begann zu pochen. »Wann können Sie hier sein? Ich würde gerne unsere IT-Experten dazubestellen.«

»Muss das sein?«

»Die Daten werden sowieso von den Kollegen ausgewertet. Also können wir sie gleich mit ins Boot holen.«

»Hmm. Aber *niemand* fasst meine Geräte an. Können Sie mir das garantieren?«

»Ein Mensch wurde getötet«, gab Durant zurück. »Da interessieren wir uns weder für Raubkopien noch für Pornoseiten.«

»Ich habe kein Wort über …«, empörte er sich.

Diesmal war die Kommissarin es, die ihn unterbrach: »Beeilen Sie sich einfach.«

12:30 UHR

Peter Kullmer trat aus dem Seniorenheim und nahm die Maske vom Gesicht. Er blinzelte in die Mittagssonne, dann sah er sich um. Die Straße war gut gefüllt. Menschen mit Essenstüten kamen an ihm vorbei, und auch er verspürte Hunger. Er stopfte die Maske in den nächstbesten Abfalleimer und trabte in Richtung Berger Straße. So konnte er zwei Fliegen mit einer Klappe schlagen: Es gab eine Vielfalt an Gastronomie, und der Weg würde ihn noch einmal zum Bethmannpark führen, wo außer dem Flatterband um die Fundstelle nichts mehr an die Bluttat erinnerte.

Bei der Schachanlage im Park blieb er stehen. Zwei Herren waren mitten in einer Partie. Das Band umfasste nicht den gesamten Bereich und schien sie nicht weiter zu stören. Kullmer ging auf die beiden zu.

»Schöner Tag heute«, sagte er.

Beide Männer hielten inne und sahen ihn an. Der Größere der beiden, ein schlanker Weißhaariger mit Stoffhose, Leinenhemd und Hosenträgern, nickte langsam. »Möchten Sie spielen?«

»Nein. Ich will mir den Tatort ansehen.«

Der Zweite, er war sicher zehn Jahre jünger und ziemlich beleibt, fuhr sich über die Stoppeln in seinem Mondgesicht. »Tatort«, wiederholte er.

»Na hier.« Kullmer deutete in den abgesperrten Bereich. »Haben Sie das nicht gewusst?«

»Wir dachten, es wäre wegen Corona«, sagte der Schlanke. »Es gibt ja ständig neue Regeln.«

Kullmer tastete nach seinem Telefon. Doch dann entschied er sich anders. »Kennen Sie einen Alwin Kisslich? Er spielt hier auch regelmäßig, soweit ich weiß.«

Die beiden Spieler wechselten einen schnellen Blick.

»Der Alwin, na klar«, antwortete der Schlanke.

Das Mondgesicht schluckte hart. »Wollen Sie etwa sagen …« Er sprach nicht weiter, sondern wippte mit dem Kinn in Kullmers Richtung.

»Tut mir leid. Ich bin von der Kriminalpolizei. Ihr Bekannter wurde Opfer eines Gewaltverbrechens. Er ist tot.«

Der Alte bekreuzigte sich. Der Jüngere schüttelte den Kopf. »Scheiße.«

»Ausgerechnet Alwin.«

Peter Kullmer drückte sein Beileid aus. Nach einer Pause, die ihm angemessen lang schien, um das Ganze zu verarbeiten, fragte er: »Wieso ausgerechnet?«

»Ach, na ja. Alwin war ein Guter. Aber so ist es ja oft. Die Guten gehen immer zuerst.«

»Scheint so.« Kullmer sah zu Boden, dann sagte er: »Ich darf Ihnen nicht alle Details nennen, aber der Täter hat ihn wohl mit einer dieser Figuren erschlagen. Das wirft natürlich Fragen auf.«

»Wieso?« Der Schlanke funkelte den Kommissar an. »Glauben Sie etwa, dass jemand von uns hier etwas damit zu tun hat?«

»Wir tragen unsere Kämpfe auf dem Feld aus«, sagte der andere. »Und zwar nur da.« Er verzog den Mund. »Alwin war außerdem ein beliebter Spieler. Mittelmäßig, mal verlor er, mal gewann er. Er war keine Gefahr für die alten Hasen, und die Unerfahrenen haben von ihm gelernt.«

»Man könnte es nicht besser sagen«, bestätigte der Erste. »Alwin war ein feiner Kerl. Es gab hier niemanden, der einen Grund gehabt haben könnte, ihm etwas anzutun.«

»In Ordnung, danke«, lächelte Kullmer. So, wie es aussah, konnte man hier wohl von einer spontanen Tat ausgehen. Ein Affekt, bei dem die Schachfigur zufällig zur Tatwaffe wurde, weil sie gerade greifbar war. Er seufzte und murmelte: »Das macht das Ganze doppelt schwer.«

Er wandte sich ab, um in den abgesperrten Bereich zu treten. Unsicher, wonach er dort überhaupt suchte.

13:50 UHR

Julia Durant hatte seit dem Frühstück nichts mehr gegessen, was sich nun bemerkbar machte. Schon bei den Henschels hatte sich ihr Magen leer angefühlt. Das große Rumoren war zum Glück jedoch erst ausgebrochen, nachdem Benjamin Tomas von der Computerforensik eingetroffen war und Tim Henschel, der fast zeitgleich ankam, ihm eine Festplatte ausgehändigt hatte. Die Auswertung der Daten würde im Keller des Polizeipräsidiums stattfinden. Henschel bestand darauf, Tomas zu begleiten. Ein un-

üblicher Wunsch, dem der junge IT-Experte aber nachkam. Vermutlich, weil er in Henschel einen ähnlich gestrickten Menschen erkannte. Jemanden, der Spaß an der digitalen Welt hatte und dem man nicht jeden Handlungsschritt erklären musste, als lerne man mit einem Kindergartenkind das Schuhebinden.
Die Kommissarin fuhr stadtauswärts. Sie grübelte über die Geschwister nach. Was steckte hinter Lenas Abneigung gegen ihren Bruder, und woher rührte die noch viel eindeutigere Ablehnung des eigenen Vaters? War es eine der unzähligen Familien, in der Gewalt eine Rolle spielte? Eine Elterngeneration, in der Schläge noch als angemessener Erziehungsstil galten? Oder interpretierte sie da etwas hinein? Vielleicht war es auch nur ein alter Mann, der seine Familie zeit seines Lebens an der kurzen Leine gehalten hatte – emotional wie materiell –, und nun warteten alle auf seinen Tod und die damit verbundene Freiheit. Julia Durant wusste, dass sie Lena Henschels Probleme nicht zu ihren machen durfte. Mit der Mordermittlung hatten sie nichts zu tun, und Julias Kräfte waren limitiert.
Sie schaltete das Radio ein, um die Gedanken durch die Musik aus ihrem Kopf spielen zu lassen. Hielt ein paar Minuten später an einer Tankstelle unweit des IKEA in Nieder-Eschbach, hatte die Wahl zwischen einem Brötchen mit Schinken und Gurke oder Salami mit Camembert. Sie entschied sich für die erste Option. Dazu eine Dose Cola und ein Schokoriegel. Sie bereute ihre Wahl schon beim zweiten Bissen, als die Gurkenscheibe aus dem Brötchen gedrückt wurde und auf ihrer Jeans landete. Die Margarine war dicker als der Belag. Frustriert spülte sie mit Cola nach, und auch wenn draußen die Sonne strahlte, hingen immer düstere Wolken unter dem Dachhimmel des Dienstwagens. Hauptsächlich hatte die aufziehende Sturmfront wohl mit ihrem Ziel zu tun. Die Rehaklinik, in der Berger sich zurzeit befand. Sie würde ihn mit der Vergangenheit konfrontieren, und sie wusste nicht, welche

Geister sie damit heraufbeschwor. Berger war immer ein leuchtendes Vorbild für sie gewesen, auch wenn er alles andere als perfekt war. Vielleicht war es gerade dieser Spagat zwischen Dienstvorschrift und Menschlichkeit, zwischen Besonnenheit und Bauchgefühl, der ihr so imponierte. Niemand hatte das Recht, dieses Bild zu beschädigen. Berger am allerwenigsten.

Durants Hände hinterließen Schweißabdrücke auf dem Lenkrad, als sie ausstieg und den Weg zum Haupteingang nahm. Allerlei Schilder wiesen darauf hin, dass ein Betreten des Hauses nur mit Maske und Termin gestattet war. Sie zog eine verknitterte OP-Maske aus der Tasche und stieß dann ungebremst in die Eingangshalle vor. Der Empfangsbereich erinnerte sie mit dem Plexiglas und den aufgeklebten Pfeilen auf dem Boden an ein Flughafengate.

Eine Dame mit strengem Blick unterbrach ihr Telefonat und räusperte sich. »Entschuldigung, haben Sie nicht das Klingelschild gelesen?«

»Nein. Ich habe es eilig. Julia Durant, Kriminalpolizei.«

Ihr mehr grau- als schwarzhaariges Gegenüber runzelte die Stirn. Unterhalb ihrer Augen war dank FFP2-Maske nichts zu erkennen. »Sie haben keinen Termin, nehme ich an.«

»Ich brauche keinen.«

»Oooh, das sehe ich anders. Sie können hier nicht einfach …«

Offenbar hatte Durant einen Nerv getroffen. Doch sie war selbst viel zu angespannt, also schnitt sie der Dame das Wort ab: »Berger. Welches Zimmer?«

»Sie können nicht …«

»Es eilt. Machen Sie mir also bitte keine Probleme. Ich gehe zur Not auch von Tür zu Tür.«

Nun war es die Empfangsdame, der der Geduldsfaden riss. »Na hören Sie mal! Glauben Sie, mir macht das hier Spaß? Jeden Tag dieselben Diskussionen! Wir setzen nur um, was von oben ange-

ordnet wird. Und hier liegen schwer kranke Menschen, denen eine Infektion den Todesstoß versetzen würde.«
»Berger gehört nicht dazu«, knurrte die Kommissarin, »und ich *muss* ihn sprechen. Das hat sich eben erst so ergeben. Die Mordkommission arbeitet nicht nach Terminplan.«
»Mord«, hauchte die Dame.
»Genau.« Vielleicht war es kein Mord, den es hier zu verhindern galt, aber Jan Hornung stand in irgendeiner Verbindung mit den alten Hammermorden. Gelogen war es also nicht. »Ich *muss* jetzt mit ihm sprechen. Persönlich. Und davon lasse ich mich nicht abbringen.«
Die Frau tippte im Computer. »Sie haben Glück. Er hat ein Einzelzimmer«, sagte sie dann. Nannte die Nummer und deutete auf die beiden Aufzüge. »Es wäre dennoch besser, wenn Sie sich vielleicht draußen treffen würden. Wir haben da eine Laube …«
Julia Durant war längst unterwegs zum Fahrstuhl.

Als die Kabinentür sich öffnete, orientierte sie sich kurz. Erblickte einen Mann in Pflegerkleidung, seine dunkle Lockenpracht wurde von einem Haarnetz gebändigt. Er kam auf sie zu, blieb in drei Metern Entfernung stehen und nickte vielsagend. »Die Invasion der Kripo, richtig?«
Seine Augenfältchen verrieten ihr, dass er grinste.
Durant schmunzelte ebenfalls. »Wenn Sie das so sagen.«
»Man hat Sie angekündigt. Vermutlich, damit ich Sie beim Verteidigen der Station nicht mit einem Judoschwung aufs PVC werfe.«
Sie lachte auf. »Dafür müssten Sie schon früher aufstehen, Jungchen.«
»Wollen wir es drauf ankommen lassen?«, erwiderte er und warf ihr einen vielsagenden Blick zu.
»Danke für das Angebot«, sie wippte mit der linken Hand, an der ihr Ehering glänzte, »aber dafür kommen Sie ungefähr zehn Jahre zu spät.«

Er kicherte hinter seiner Maske. »Vor zehn Jahren saß ich noch in der Schule.«
»Und da wollen Sie mich über die Schulter werfen«, frotzelte Durant und winkte ab. »Sagen Sie mir lieber mal, wo ich Berger finde.«
Der Lockenkopf deutete in den Gang, aus dem er gekommen war. Sein breites Grinsen war auch unter der Maske zu erkennen. »Vierte Tür auf der rechten Seite.«
»Danke.«

Berger riss die Augen auf, als Julia Durant in seinem Zimmer stand. Offensichtlich hatte er einen Mittagsschlaf gehalten. Das Geschirr war abgeräumt, der Geruch des Mittagessens hing noch in der Luft.
»Was machen Sie denn hier?«
»Ich freue mich auch, Sie zu sehen.« Julia zwang sich, einen Gang runterzuschalten. »Wie geht es Ihnen?«
Berger schnaufte und stemmte sich nach oben. In seinem Gesicht war abzulesen, dass das nur unter Schmerzen möglich war. »Es ginge mir tausendmal besser, wenn ich diese Frage nicht ständig beantworten müsste.« Er hob den Zeigefinger in ihre Richtung. »Wollen Sie dieses Teil die ganze Zeit aufbehalten?«
Julia hob die linke Schulter. »Ich bin topfit. Aber das heißt heutzutage nicht mehr viel.«
»Hm. Wundert mich ohnehin, dass die Matrone am Empfang Sie durchgelassen hat.«
Ihre Miene verdüsterte sich. »Es ist auch kein Höflichkeitsbesuch. Das habe ich ihr deutlich gemacht.«
»Verstehe.« Berger deutete ein Grinsen an. »Mit dem Kopf durch die Wand. So kenne ich Sie.«
»Gutes Stichwort.« Julia zog sich einen der beiden Stühle mit fliederfarbenem Bezug heran und setzte sich. Sie hielt Abstand zu

Berger, außerdem war ein Fenster gekippt. Also nahm sie die Maske ab und legte sie auf den Tisch.

»Es geht um den Berber, nehme ich an?«

»Um Jan Hornung, um genau zu sein.«

»Dann haben Sie also mit ihm geredet.« In Bergers Miene war nicht abzulesen, ob ihm das Gespräch Unbehagen bereitete oder nicht. Er wirkte wie immer. So, wie sie ihn all die Jahre erlebt hatte. Nur dass er nun eine Großvater-Version seiner selbst war.

»Frank und Uwe waren bei ihm.« Julia atmete ein und aus. »Er hat kein gutes Haar an der Kriminalpolizei gelassen, gelinde ausgedrückt.«

»Pah!« Berger schnaubte. »Dieser Trottel. Hat uns von hinten bis vorne belogen, um sich wichtigzumachen.«

»Solche Leute gibt es immer wieder. Viel interessanter ist es, wie *wir* damit umgehen.«

»Wie meinen Sie das?«

Julias Gesicht verfinsterte sich. Mit spitzer Zunge antwortete sie: »Das wissen Sie ja wohl besser als ich.«

In ihr brodelte es, aber an Berger schien das abzuprallen.

»Ich habe keine Ahnung …«, begann er.

»Na, Sie und Schulz!«, rief die Kommissarin. »Verdammte Scheiße, was ist denn damals alles gelaufen?«

Berger zuckte zusammen. Dann, ganz leise, sagte er: »Schulz. Verdammt. Ich habe eine Ewigkeit nicht mehr an ihn gedacht.«

»Geht mir auch so. Und um ehrlich zu sein, möchte ich auch nicht damit anfangen. Es war ein Drama damals, aber er hat offenbar keinen anderen Ausweg gesehen. Darum geht es aber nicht. Die Frage ist, was Sie damals mit diesem Hornung angestellt haben. Sie beide«, betonte sie. »Denn er hat sich ziemlich heftig über Sie ausgelassen.«

Berger lachte abfällig. »Das kann ich mir denken. Sie wissen doch, wie Schulz war. Er hat das gemanagt.«

»Klingt für mich nach Ausrede.«
»Jetzt machen Sie mal halblang! Sie kennen mich. Ich bin denselben Dreckschweinen begegnet wie Sie. Haben Sie jemals erlebt, dass ich über die Stränge geschlagen habe? Auch wenn ich's, bei Gott, manchmal nur schwer ertragen konnte.«
Das alles hatte Julia Durant bedacht. Immer wieder, auf der gesamten Autofahrt. Und trotzdem.
»Damals kannte ich Sie noch nicht«, widersprach sie.
Damals. Das war vor Bergers Absturz gewesen. Vor dem Tod seines Kindes, dem Alkohol und den selbstzerstörerischen Gedanken.
»Okay, passen Sie auf.« Berger räusperte sich. »Ich sage das jetzt genau ein Mal und werde mich danach nie wieder dazu äußern. Aber so viel Ehrlichkeit haben Sie verdient.«
Es schien ihn Überwindung zu kosten, und insgeheim betete Durant darum, dass er ihr Bild von ihm nicht mit einem Vorschlaghammer zerstören würde.
Berger strich sich über die Stirn. »Es stimmt, dass wir Hornung auf dem Kieker hatten. Er war ein Arschloch, was jetzt nichts rechtfertigen soll, aber er hat uns ganz schön in Aufregung versetzt. Die Stadt war in Angst, die Presse hat uns schlecht dastehen lassen und dann auch noch dieser Typ. Er hat es immer wieder versucht. Zeitungen, Radio, sogar bei Eduard Zimmermann hat er angerufen. Also haben wir ihn an einem Wochenende mal hopsgenommen. Zwei Nächte in einer der Zellen im alten Präsidium. Sie wissen's ja noch. Kein Waschbecken, kein Klo. Wir haben ihn zuerst mit einem afrikanischen Dealer auf Drogen zusammengesteckt, der einen psychischen Zusammenbruch hatte und sich in seiner Muttersprache heiser geschrien hat. Danach einzeln, so lange, bis er sich in die Hose gepinkelt hat. Als wir ihn rausgeholt haben, war er kurz vorm Platzen. Schulz sagte, wir sollten noch einen Tag warten. Bei den Hausbesetzern damals hat man das

auch so gemacht, bis sie sich eingeschissen hatten. Keine Glanzleistung, das gebe ich offen zu. Aber es waren andere Zeiten.«

»Wir reden hier nicht über die Siebziger, sondern über Jan Hornung«, entgegnete Durant.

»Stimmt. Ich will es nicht schönreden. Mir war das eine Nummer zu krass, also durfte Hornung sich zuerst erleichtern, und dann haben wir ihn ins Büro gesetzt. Seine Hose stank wie ein nasser Fuchs. Na ja, und dann bekam er klipp und klar gesagt, dass wir ihn wegen jedem Knöllchen oder jedem Mucks, den er zum Thema Hammermörder von sich gibt, und wegen jedem Furz, den er falsch ablässt, wieder reinholen können. Sie wissen ja. Damals ging das noch, ohne dass gleich ein Anwalt bestellt werden musste.« Berger seufzte. »Damals haben nicht mehr Unschuldige im Knast gesessen als heute. Ich sag's Ihnen ganz offen: Das mit Hornung war scheiße, aber das System war trotzdem das bessere.«

Durant schwieg.

Irgendwann ergriff Berger erneut das Wort: »Wir wissen doch beide, dass es in München damals nicht anders gelaufen ist.«

Sie dachte an ihre Anfänge. Die Zeit bei der Sitte. Wie oft war es vorgekommen, dass man einen der Freier in die Finger bekam? Meistens hatte man es mit den misshandelten Frauen zu tun und musste diese unverrichteter Dinge abziehen lassen. Wohl wissend, dass der nächste Kunde ihnen das nächste Veilchen einbrachte. Oder Schlimmeres. Einmal hatten sie einen Zuhälter erwischt, eine kleine Leuchte, aber immerhin. Sie hatten ihn zu einer Gruppe Jugoslawen gesteckt, von der sie wussten, dass es sich um eine verfeindete Bande handelte. Eine Anklage hatte es nie gegeben, doch dafür hatte man ihm ein halbes Dutzend Zähne ausgeschlagen. Julia Durant war nicht direkt daran beteiligt gewesen, und ihr moralischer Kompass hatte sich in diesen Tagen wild im Kreis gedreht.

Langsam nickte sie. »Ich weiß. Um ehrlich zu sein, hatte ich ganz schön Schiss, hierherzukommen.«

»Warum? Wegen dieser Hornung-Sache?«
»Das wissen Sie genau. Schulz hat ja wohl nicht aufgehört, ihn zu piesacken. Er soll ganz schön über Sie beide hergezogen haben, und ich will ganz ehrlich sein: Ich wusste nicht, wie viel Sie damit zu tun hatten. Immerhin kannten wir uns damals noch nicht.«
»Mag sein. Danke für Ihre Offenheit. Ich sollte jetzt vielleicht beleidigt sein, aber das bin ich nicht. Es ging hauptsächlich von Schulz aus. Sie wissen ja, wie er war. Und im Endeffekt war die Geschichte auch schnell vorbei. Gatter wurde verhaftet, Gatter erhängte sich. Ein schrecklicher Tod.«
»In der geschlossenen Psychiatrie sind die Möglichkeiten begrenzt.«
Bergers Augen verloren sich für einen Moment. »Ja, mag sein. Dennoch irgendwie unheimlich, dass Schulz später denselben Tod wie Gatter gewählt hat.«
»Allerdings.« Julia fröstelte.
Berger sprach weiter: »Schulz hat Hornung also so weit unter Kontrolle gehalten, dass die Presse uns in Ruhe ließ. Mal abgesehen davon, dass dieser Typ ja auch nichts mit der Mordserie zu tun hatte, sondern nur ein Schaumschläger war.«
Julia kniff die Augenlider zusammen. »Na ja. Immerhin wäre er fast zum Opfer geworden.«
Berger schüttelte den Kopf. »Das behauptete nur er. Ich glaube mittlerweile nicht mal mehr das. Gatter hat bei den Tatortbegehungen auch kein Sterbenswort von einem missglückten Mord gesagt.«
»Trotzdem haben wir einen Hammer bei ihm gefunden.«
»Wie bitte?« Bergers Augen weiteten sich.
»Ein Schlosserhammer. Hornung behauptet, ihn an der Stelle gefunden zu haben, an der der Hammermörder ihm aufgelauert hat.«
Für einige Sekunden herrschte absolute Stille. Dann lachte der alte

Chef schallend und winkte ab. Sofort verzog er vom Schmerz getroffen das Gesicht. »So eine Lachnummer! Wieso wissen wir nichts davon?«

»Hornung will das Werkzeug ein paar Tage nach der besagten Nacht im Gebüsch gefunden haben. Schulz' Einschüchterung hätte ihn daran gehindert, das Beweisstück abzugeben. Also hat er ihn aufbewahrt.«

»Ich glaube kein Wort davon«, bekräftigte Berger.

»Nun ja ... den Hammer gibt es wirklich.«

»So wie in jedem Baumarkt. Hornung hat ihn vielleicht extra für diesen Zweck gekauft. Oder er hat ihn schon vorher besessen und einmal in den Dreck gelegt, um sich wichtigzumachen. Gatters Schlosserhammer liegt in einer Vitrine im Kriminalmuseum.«

»Dann verstehe ich nicht, warum Hornung ihn bis heute in einer Pappkiste aufbewahrt, in der er sämtliche Fitzel gesammelt hat, die jemals über den Hammermörder veröffentlicht wurden.«

Berger zuckte mit den Achseln. »Ein Wichtigtuer. Vielleicht hoffte er, damit Eindruck schinden zu können. So wie damals, bei seiner Ex. Hat nur leider nicht funktioniert.«

»Hm. Also schließen Sie aus, dass Hornung in irgendeiner Weise mit der alten Mordserie in Verbindung stand?«

»Wenn Sie mich so fragen: ja.« Berger nickte energisch. »Es gab nie irgendeinen Hinweis darauf. Und wie gesagt: Ich nehme ihm ja nicht mal die Opfer-Geschichte ab. Und zu Gatter hatte er nachweislich keine Verbindung.«

»Nachweislich«, wiederholte die Kommissarin gedehnt.

»Nachweislich. Genau, wie ich's sage. Gatter war ein Einzelgänger, psychisch krank, er lebte allein in vermüllten Wohnungen, mal hier, mal da, die ihm immer wieder gekündigt wurden. Mit seinem Umfeld hat er sich regelmäßig zerstritten, einer Arbeit ist er nicht nachgegangen. Stattdessen zog er stundenlang alleine durch die Stadt. Tagsüber und auch nachts.«

»Und Familie gab es auch nicht.«
»Nein. Wie gesagt: Das wurde alles auseinandergenommen und in psychiatrischen Gutachten überprüft. Da ist nichts. Kein Hornung und auch sonst niemand.« Berger schien sich seiner Sache absolut sicher.
Julia Durant spielte mit den Fingern, während sie nachdachte. Im Gegensatz zu ihr war er monatelang mit der Ermittlung befasst gewesen. Wer war sie, sein Urteilsvermögen infrage zu stellen?
Die Zweifel blieben dennoch. Und sie lösten sich auch nicht auf, als sie längst wieder im Auto saß.

15:30 UHR

Kommissariatsleiterin Doris Seidel hatte noch einmal zur »kleinen Besprechung« gerufen, wie sie es gerne nannte. Kein Konferenzzimmer, kein Protokoll. Stattdessen ein Austausch unter Kollegen, mit denen man ohnehin ständig in Kontakt stand. Von denen man wusste, wie sie tickten. Mit einer Ausnahme vielleicht: Uwe Liebig. Doch dieser hatte sich abgemeldet. Er müsse etwas essen. Außerdem wolle er sich noch einmal mit Jan Hornung auseinandersetzen.
»Ob das eine gute Idee war?«, fragte Durant.
Sie, Seidel, Hellmer und Kullmer hockten im Chefbüro, wobei Letztgenannter sich mehr an die Schreibtischplatte lehnte, weil es neben dem Chefsessel nur zwei weitere Stühle gab.
»Das hab ich mir auch zuerst gedacht«, erwiderte Seidel. »Aber Uwe und dieser Hornung haben vielleicht einiges gemeinsam. Das könnte Vertrauen schaffen. Immerhin ist der Typ ja kein *wirklich* Verdächtiger. Uwe und er, die beiden Außenseiter, die gerne etwas mehr Geltung hätten ... wenn jemand etwas Neues aus ihm herauskitzeln kann, dann unser lieber Kollege.«

Durant musste ihr recht geben. Ihr entging nicht, wie Seidel die letzten Worte ihres Satzes betont hatte. Zwischen den beiden schwebte etwas in der Luft, dunkle Wolken, viel bedrohlicher als das, was sie vor ihrem Besuch bei Berger am Horizont gesehen hatte. Doch jetzt war nicht die Zeit dafür.
»Gibt es bereits Erkenntnisse aus der Forensik?«, fragte sie.
Seidel nickte. »Der Hammer trägt ausschließlich Hornungs Fingerabdrücke. Kein Blut, keine Hautschuppen, kein gar nichts.«
Hellmer deutete auf die Pumpflasche mit Desinfektionsmittel, die seit dem Frühjahr auf jedem Schreibtisch der Abteilung zu finden war. »Er wurde möglicherweise einfach nur gründlich gereinigt.«
Seidel schüttelte den Kopf. »Nein. Er *ist* so sauber. Mal abgesehen von den dreißig Jahren, die er auf dem Buckel haben soll, ist der Hammer brandneu. Der Zustand von Griff und Kopf schließt praktisch hundertprozentig aus, dass damit jemals ein Nagel eingeschlagen wurde, geschweige denn irgendetwas anderes.«
Kullmer nickte nachdenklich. »Was also entweder dafür spricht, dass es sich um ein unbenutztes Werkzeug aus dem Haushalt handelt, oder dafür, dass er neu gekauft wurde.«
»Neu gekauft, um ihn am Tatort zu platzieren?«
»Oder vom Hammermörder.«
Durant war nicht überzeugt. »Wieso von Gatter? Der hat doch seinen eigenen Hammer verwendet, und mit diesem wurde er in flagranti erwischt. Manche Morde hat er auch mit einer Eisenstange begangen. Ich finde, das alles schließt diese Hammermörder-Theorie komplett aus. Gatter musste sich keinen neuen Hammer kaufen, denn er hatte ja bereits einen und damit auch schon gemordet. Also kann Hornungs Hammer nicht seiner gewesen sein, wenn dieser noch unbenutzt war.«
»Reinigungsalkohol gab es damals schon«, widersprach Hellmer. »Es besteht immer noch eine, wenn auch geringe, Möglichkeit,

dass Gatter seine ersten Morde mit einem anderen Hammer getätigt hat als mit dem, der bei seiner Verhaftung sichergestellt wurde.«

Seidel wippte mit der Hand. »Lassen wir Uwe mal machen. Er weiß das auch alles, und er wird diesem Hornung die passenden Fragen dazu stellen.«

Wieder lag ein Hauch von Unsicherheit in ihrem Blick, aber wohl nur Julia Durant nahm ihn wahr.

»Kommen wir zu dem anderen Hammer«, fuhr die Kommissariatsleiterin fort. »Da liegen die Dinge ein wenig anders. Es handelt sich erstens um die Tatwaffe, daran besteht kein Zweifel. Das Werkzeug weist deutliche Gebrauchsspuren auf, war also vor dem Mord schon in, hm, normaler Benutzung. Der Staub des Wäschetrockners und die ganzen Katzenhaare machten die Untersuchung knifflig, aber es gab auch hier leider keine weiteren Spuren. Der Täter muss Handschuhe getragen und sämtliche Abdrücke von früheren Benutzungen entfernt haben.«

»Schöner Mist«, murrte Hellmer.

»Das Gleiche gilt im Übrigen für die Schachfigur«, meldete Kullmer sich zu Wort. »Haufenweise Abdrücke, von denen wir kaum einen identifizieren können. Ich fürchte, so einfach wird es uns der Mörder nicht machen.«

Durant versteifte sich. Hatte sie da etwas verpasst? »Seit wann gibt es denn eine Verbindung zwischen diesen beiden Fällen?«

»Die gibt es auch nur vielleicht«, antwortete Kullmer und stieß sich von der Tischkante ab. Rieb sich das Gesäß, offenbar war es ihm eingeschlafen. »Der alte Mann hatte Blutverdünner intus, deshalb sah er auf den ersten Blick so aus, als hätte man ihn schwer verprügelt. Überall jüngere und ältere Blutergüsse, ziemlich großflächig, aber das ist nicht der Punkt. Andrea hat gesagt, jemand habe ihm Blut entnommen. Das Altenheim scheidet da aus. Er hatte weder Beschwerden, noch gab es einen anderen konkreten

Anlass. Der letzte Check-up liegt erst vier Wochen zurück, und neue Medikamente hat er auch nicht genommen.«
»Okay. Ich warte immer noch …«
»Ach so, sorry. Das kannst du ja noch nicht wissen, Andrea und ich haben eben erst telefoniert: Ich soll dir ausrichten, dass bei deinem Hammer-Opfer ebenfalls eine Einstichstelle gefunden wurde, ziemlich versteckt. Die Verletzung wirkte auf den ersten Blick wie von einer Glasscherbe, aber das kann Andrea dir besser erklären als ich. Fakt ist, dass sich darunter ein Einstichkanal befand. Es wurde wohl einige Male hin und her gestochen, bis er die Ader traf.«
Julia Durant schluckte. »Okay, danke. Das ist heftig. Ich rufe Andrea noch mal an. Vielleicht sollten wir das Foto des Toten dann mal in Alwin Kisslichs Heim rumzeigen?«
»Können wir machen, die Onlinemeldung ist aber auch schon draußen«, gab Doris Seidel zurück. »Irgendjemand *muss* diesen Kerl doch kennen.«
Frank Hellmer war erstaunlich still geblieben. Offenbar wartete er auf eine passende Gelegenheit, denn als eine Pause entstand, rückte er auf seinem Stuhl nach vorn und legte die Handflächen auf den Schreibtisch. »Wollen wir mal über das Video reden?«
»Ist das etwa schon ausgewertet?«, fragte Durant verblüfft.
Hellmer grinste breit. »Ich war gerade unten, als der Typ und die Festplatte eingetroffen sind. Und ich habe direkt mal eine gute und eine schlechte Nachricht. Welche darf's zuerst sein?«
»Ist mir egal, am besten direkt hintereinander«, drängte Durant. Dann fiel ihr ein, dass die Frage nicht speziell an sie gerichtet war und Doris hier das Sagen hatte. Also blickte sie in ihre Richtung. Die Chefin lächelte nur und nickte. »Auf geht's, Frank. Mach's nicht so spannend.«
Hellmer rümpfte die Nase und hob die Hand mit drei ausgestreckten Fingern. »Na gut, aufgepasst: Hendrik Röber, die Ge-

schwister Henschel und auch das Opfer. Die Kamera hat sie alle erfasst, jeweils mit genauen Zeitangaben. Auf der Festplatte sind Unmengen an Daten, dazu allerlei Fahrzeuge, ich kann mir nicht vorstellen, dass so eine Überwachung rechtskonform ist.«

»Ist sie nicht, aber was soll's«, sagte Durant. »War das jetzt das Gute oder das Schlechte?«

Hellmer schniefte. »Hmm. Das Problem bei den Fahrzeugen ist, dass es keine Kennzeichen gibt. Und die Fahrer sind auch nicht zu erkennen. Das ist schon mal ungünstig. Und selbst wenn der Zeitindex halbwegs stimmt, in dem Henschel oder dieser Röber durchs Bild laufen, heißt das noch nichts. Darauf hat dieser Henschel übrigens lauthals hingewiesen. Warum ist der überhaupt mitgekommen? Verdächtigen wir ihn?«

»Nein. Es war der einzige Weg, an die Festplatte zu kommen. Wenn ich auf einen Gerichtsbeschluss gewartet hätte, hätte er sonst was damit anstellen können.« Durant neigte den Kopf. »Hockt der immer noch im Keller?«

»Allerdings. Vielleicht ist er ja ganz nützlich. Benni macht Schnappschüsse jeder einzelnen Person. Da ist es doch von Vorteil, gleich jemanden dabeizuhaben, der die Nachbarn identifizieren kann.«

Seidel nickte. »Gute Idee. Das erleichtert uns das Sortieren. Zum Glück laufen die Leute im Freien ja nicht mit Maske herum.«

»Warte mal, bis der Herbst kommt«, murrte Peter Kullmer. »Diese Scheiße ist noch lange nicht vorbei.«

»Reden wir nicht drüber«, winkte sie ab.

Doris' und Peters Tochter Elisa, Julias Patenkind, war ein sympathischer, aufgeschlossener Teenager. Die Schließung der Schulen hatte sie halbwegs gut weggesteckt, doch auf Dauer konnte das keine Lösung sein. Junge Menschen brauchten Freiräume, um sich zu entfalten und flügge zu werden. Ein Stich fuhr Julia durch den Magen. Dasselbe galt für den kleinen Lynel. Und anders als eine Patentante würde sie für den Jungen fortan täglich die Hauptperson sein. So, wie sie es sich immer gewünscht hatte. Allerdings für ein jüngeres Ich. Julia drängte den Gedanken beiseite.

»In Ordnung. Dann warten wir auf die Auswertung. Wie sieht es denn aus: Kann ich Frau Riemann wieder in ihre Wohnung lassen?«

Doris wippte mit dem Kopf. »Ich weiß nicht. Ist wirklich alles durchsucht? Und dann muss der Tatort ja auch noch gereinigt werden.«

»Die Forensik gibt grünes Licht«, wusste Kullmer.

»Nun, dann meinetwegen.«

»Ich würde gerne noch mit ein paar Leuten aus ihrem beruflichen Umfeld reden«, sagte Durant. »Außerdem gibt es da noch die Sache mit dem Hausverkauf. Da waren Makler im Spiel, das Ganze stand auch schon im Internet.«

Hellmer kniff die Augen zusammen. »Was versprichst du dir denn davon?«

»Irgendjemand hat der Frau das Haus angezündet und eine Leiche in die Küche gelegt«, erwiderte die Kommissarin spitz. »Das sind zwei Verbrechen, die man nur begeht, wenn man sich halbwegs sicher fühlt. Wusste der Täter also, dass sie im Ausland war und dass der Rest des Hauses leer steht? Familie hat sie keine, also auf wie viele Leute trifft das zu?«

»Auf diesen Lover vielleicht.«

»Der wirkt ziemlich harmlos. Doch irgendwer da draußen ist es nicht.«

Doris räusperte sich. »Meinetwegen. Aber haltet euch nicht zu lange damit auf. Vergesst nicht die Sache mit dem Blut. Das bereitet mir persönlich Gänsehaut. Denn warum sollte jemand einer Leiche Blut abnehmen? Und woher wissen wir eigentlich, dass da nicht eher etwas injiziert worden ist?«

»Was denn? Ein Narkotikum? Das hätte Andrea bei der toxikologischen Untersuchung finden müssen.«

»Wenn es sich um eine Blutentnahme handelt«, fuhr Doris fort, »dann gibt es da keinen rationalen Grund, oder? Das klingt mir ziemlich krank.«

»Also fahre ich am besten direkt mal zu Andrea rüber«, schlug Kullmer vor, doch seine Frau schüttelte den Kopf.

»Sorry, Schatz. Deine neue Abteilung hat sich gemeldet, die brauchen dich. Ich wollte da keinen heiligen Zorn riskieren, also wäre es besser, wenn jemand anderes in die Rechtsmedizin fährt. Offenbar vermisst man dich beim K13.«

»Du vermisst mich hoffentlich mehr«, raunte Peter ihr zu, drückte ihr einen Kuss auf den Mund und verschwand mit einem Winken in Richtung Tür.

Julia und Frank grinsten einander an.

»Ich will keinen Mucks hören«, warnte Doris.

»Wir schweigen wie ein Grab«, ulkte Frank, und Julia verkniff sich ein Kichern.

»Ist auch besser so.« Doris stand auf und griff nach ihrer Sommerjacke. »Dann erledige ich das mit der Rechtsmedizin. Ich muss hier dringend mal raus.«

16:05 UHR

Dr. Andrea Sievers hatte die neue Leiterin der Mordkommission empfangen und in den Keller des Gebäudes geführt. Gäbe es das Schild nicht, wüsste kaum jemand, dass im Keller des gepflegten Sandsteingebäudes an der Kennedyallee Leichen geöffnet wurden. Der Zitronenspray-Geruch war das Erste, was Doris auffiel. Er überdeckte viel, aber nicht alles. Ihr Atem ging automatisch flacher. Auf der Herfahrt hatte sie an Peter und Elisa gedacht, an die neue Situation im Büro, der sie sich an manchen Tagen noch nicht gewachsen fühlte. Und an Uwe Liebig, der dieses Gefühl nährte.

Er hatte in den wenigen Monaten, seit er zu ihnen gestoßen war, einen Mann im Vernehmungszimmer bedroht und einen wichtigen Zeugen verloren, auch wenn dieser in Haft ums Leben gekommen war, was man Liebig nicht direkt anlasten konnte. Aber hätte er sich nicht viel mehr für dessen Schutz einsetzen können – und müssen? Das Schlimmste allerdings war ein Vorfall, in den Doris selbst verwickelt war. Eine Vergewaltigung. Das Opfer, eine junge Joggerin, war in einem abgelegenen Bereich des Alten Flugplatzes Bonames auf eine Männergruppe getroffen, die dort rauchten und Alkohol tranken. Doris war der Frau unmittelbar vor der Tat beim Laufen begegnet und hatte den Fall bearbeitet, hatte sich persönlich verantwortlich gefühlt. Liebig war mit von der Partie gewesen, und am Ende der Geschichte waren zwei Männer am Tatort der Vergewaltigung mit Kabelbindern kastriert worden. Es gab keinen Beweis, kein Geständnis, nicht mal einen der abfälligen Kommentare, so wie Liebig sie so gerne vom Stapel ließ. Und selbst wenn er in dieser Angelegenheit seine Finger im Spiel gehabt haben sollte: Sie würde es ihm niemals beweisen können. Vielleicht war das alles auch nur ein Hirngespinst, und jemand aus der Männergruppe hatte das in die Hand genommen. Nicht alle hatten mitgemacht, wenn auch keiner die anderen von der Tat abgehalten hatte. Vielleicht hatte einer der Männer ja die Ehre wiederherstellen wollen oder eine eigene Auslegung des Rechts verfolgt. Es gab Kulturen, in denen einerseits Frauen Menschen zweiter Klasse waren, man aber andererseits mit aller Härte gegen Vergewaltiger durchgriff. Doch unterm Strich war es immer wieder Uwe Liebig, den Doris mit dem Fall in Verbindung brachte. Das Grimmen im Bauch blieb, und an manchen Tagen war es unerträglich.

»Womit wollen wir anfangen?«

Doris zuckte leicht, denn Andrea Sievers hatte mitten in ihre Gedanken hineingegrätscht.

Sie hüstelte. »Die Sache mit dem Blut. Das will ich genau wissen.«
Andrea grinste. »Null Problemo. Alter vor Schönheit, schlage ich vor.« Sie deutete auf den Metalltisch, wo Alwin Kisslich lag. Die Leiche war gewaschen und bis unter die Brust abgedeckt. Man konnte einige der Blutergüsse sehen, manche schwarz mit gelben Rändern, andere tiefviolett.
»Wie eine topografische Landkarte auf altem Pergament«, sagte Seidel in Gedanken.
Die Rechtsmedizinerin war ihrem Blick offenbar gefolgt und kommentierte: »Guter Vergleich. Willkommen im Königreich von Marcumarien.«
»Das ist Blutverdünner, stimmt's?«
»Korrekt. Das sind keine Misshandlungsspuren, das ist die normale Härte. Der Arme muss nur ungünstig am Türgriff hängen bleiben, und schon gibt es einen Fleck so groß wie der Langener Waldsee.«
»Und die Blutentnahme? Kann es nicht doch sein, dass es jemand vom Personal gemacht hat?«
»Nein. Er wurde nämlich nicht nur in die Arme, sondern auch in die Leiste gepikst. Da wollte jemand schnell eine bestimmte Menge Blut abzapfen.«
»Aha. Und eine Injektion schließt du aus?«
»Du meinst ein Sedativ oder so?« Sievers schüttelte den Kopf. »Dafür gibt es keinerlei Anzeichen. Außerdem sticht man dann nicht in eine der Hauptadern.«
»Verstehe. Und wie viel wurde entnommen?«
»Kann ich leider nicht sagen. Ein paar Kanülen fallen nicht auf. Außerdem pumpte das Herz nicht mehr. Das macht die Sache kniffliger.«
»Ich verstehe das nicht. Was macht man denn als Laie mit einer Blutprobe? Vaterschaftstests? Familienforschung?«
Andrea Sievers zog die Schultern fast bis zu den Ohrläppchen.

»Ich habe keine Ahnung. Ich kann dir lediglich versichern, dass es der Täter gewesen sein muss. Den Rest müsst ihr selbst rausfinden.«

»Hm. Und das andere Opfer?«

»Ja, widmen wir uns lieber wieder unserem Hübschen«, sagte Andrea mit einem Schmunzeln. »Der entspricht auch eher unserer Altersgruppe.«

Doris rollte mit den Augen. Sie beobachtete, wie die Rechtsmedizinerin ein Kühlfach öffnete und eine Metallfläche herauszog. Gerade so weit, dass zwei Drittel des Körpers im Inneren verblieben. Auffordernd winkte sie.

Doris trat auf den Mann zu. Auch er war sauber und sogar frisiert, was jedoch nicht über das klaffende Loch in seiner Schädeldecke hinwegtäuschen konnte. »Wir haben ihn für das Foto aufgehübscht«, erklärte Andrea und zeigte auf die gesplitterte Öffnung. »Zum Glück sieht das da keiner.«

»Und er wurde ebenfalls gestochen, ja?«

»Mehrfach. Und auch hier schließe ich einen medizinischen Hintergrund aus. Niemand würde so punktieren, wenn ihm sein Job am Herzen liegt.«

Die Kommissarin betrachtete noch immer die Schädeldecke. Sie erinnerte sich an die Tatortfotos. Blut und Gehirnmasse.

»Ich frage mich, wieso er nicht das Blut vom Boden aufgesaugt hat«, murmelte sie. »Oder weshalb er nicht direkt da hineingegangen ist.«

Andrea stülpte die Lippen nach vorn. »Wieder ein Punkt, zu dem ich nicht viel beitragen kann. Sorry.«

Doris Seidel fragte sich insgeheim, wieso sie überhaupt hergekommen war. War es nur der Wunsch gewesen, dem Präsidium für eine Weile zu entfliehen?

Sie schüttelte seufzend den Kopf. »Andrea, pass auf. Wir haben *nichts,* und das macht mir zu schaffen. Die beiden Opfer erscheinen mir völlig unterschiedlich, wir haben keinerlei Hinweise darauf, dass sie einander kannten. Oder dass sie verwandt waren.« Sie kniff die Augen zusammen und hakte nach: »Sind sie doch nicht, oder?«

»Das wäre mir aufgefallen.«

»Gut. Dann bleibt es dabei. Zwei Opfer, und plötzlich soll es da eine Gemeinsamkeit geben. Diese Einstiche weisen doch klar darauf hin, dass es sich um denselben Täter handeln muss. Oder liege ich da falsch?«

»Das sehe ich ganz genauso. Das mehrfache Eindringen der Kanüle, das Stichmuster ... ja, das ist alles gleich.«

Doris Seidel ließ den Kopf sinken. »Dann haben wir es mit einem Mehrfachmörder zu tun. Verdammte Scheiße, das kann ich gerade überhaupt nicht gebrauchen.«

Aber wann konnte man das schon?

17:20 UHR

Julia Durant trat in ihren Wohnungsflur. Unter dem Arm klemmten Werbeprospekte und zwei Briefe. Sie hatte den Absatz schon gehoben, um das übliche Manöver mit der Tür zu vollziehen, da meldete sich das Telefon. Festnetz. Sie vollzog einen Sprung in Richtung Telefontisch, die Post entglitt ihr und segelte auf den nackten Boden. *Claus.*

»Hey! Da hast du aber Glück, ich komme gerade zur Tür rein. Wo seid ihr?«

»Ich wollte eigentlich dein Handy anrufen, habe aber offenbar die falsche Nummer getippt«, erklärte Claus. »Wir sind auf einem Rastplatz hinter Bourg-en-Bresse. Noch sechshundert Kilometer.«

Ein warmes Gefühl durchströmte Julia. »Ich freue mich so sehr auf dich.« Sie stockte. »Auf euch beide.«

»Du klingst ganz schön müde. Warte bitte nicht auf uns. Kann sein, dass ich zwischendurch ein Nickerchen mache. Wir lassen uns Zeit. Lynel wollte noch den Pont du Gard sehen. Und den Palast, wo die Päpste lebten.« Claus klang aufgeregt, dann dämpfte er die Stimme. »Ich gönne ihm das volle Programm. Alles, was ihm hilft ... oder?«
»Ja. Ich glaube, das ist das Beste.«
»Willst du ihn mal sprechen?«
Bevor Julia etwas sagen konnte, hörte sie Claus auch schon mit dem Jungen reden. Der warme Schauer ging in ein unangenehmes Prickeln über. Gänsehaut legte sich auf ihre Unterarme. Jedes Mal, wenn Lynel sie ansprach, wartete sie darauf, dass er sie zum ersten Mal Oma nannte. Eine Katastrophe, die sie um jeden Preis vermeiden wollte. Aber wie sollte er sie denn sonst auf Dauer nennen. *Tante Julia?*
Ein enthusiastisches »Hallo!« unterbrach ihre Gedanken.
»Hey, kleiner Mann.«
Und schon plapperte der Junge los. Beneidenswert, dachte sie. Keine Spur von Trauer, nur Leichtigkeit in der Stimme. Kinder lebten in einer Welt der Extreme. Ihre Stimmungen konnten im Sekundentakt wechseln, und wenn sie etwas fühlten, dann taten sie das mit voller Hingabe. Natürlich waren die Schatten da. Die Monster im Schrank. Trauer und Schmerz. Aber gerade jetzt, in diesen Minuten, war das Schöne angesagt, und sie ließ sich gerne darauf ein.
Am Ende des Gesprächs waren weder die Worte Tante noch Oma gefallen.

Als Julia zehn Minuten später den Laptop startete, fühlte sie sich gelöst. Zumindest ein bisschen. Die Erwachsenenwelt tickte leider anders. Man verschleppte den Weltschmerz auch in die leichten Augenblicke des Alltags. Und für die schweren Zeiten gab es Wein.

Sie nippte an ihrem Glas. Ein Braccesca. Rot wie Blut und kräftig wie ein Bordeaux. Ob Claus Wein im Gepäck hatte?
Die Benutzeroberfläche erschien. Zuerst rief sie die Adresse der Maklerfirma auf, die Frau Riemann ihr genannt hatte. Sie ärgerte sich, dass sie nicht längst dort angerufen hatte. Jetzt war es sicher zu spät. Andererseits war unter den Kontakten eine Handynummer angegeben. Also versuchte sie es. Mailbox. Sie klickte sich durch ein paar Angebote und fand tatsächlich die Anzeige des Riemann-Hauses. Scrollte durch die Aufnahmen, die sowohl den Außenbereich wie auch das Grundstück zeigten. Es folgten Bilder von innen. Die Fotos waren gut, sie fragte sich dennoch, weshalb er nicht einfach die Bilder von Frau Riemann genommen hatte. Andererseits waren deren Bilder nicht mit dem Wasserzeichen der Agentur versehen, welches ein Logo in der linken oberen Ecke zeigte. Vermutlich eine Copyright-Sache.
Durant kniff die Augen zusammen. War dies das Erdgeschoss? Sie war sich nicht ganz sicher. Bad und Küchenzeile waren zwar identisch, aber es gab keine Pflanzen und keine Katzenklos. Also war der Fotograf zwar im Inneren des Hauses, nicht aber im Obergeschoss gewesen. Oder hatte er umgeräumt? Der Zähler zeigte, dass es noch drei weitere Aufnahmen gab. Wohnzimmer. Schlafzimmer. Dann fuhr es Julia Durant durch Mark und Bein. Auf dem letzten Bild prangte wieder das Logo der Agentur, diesmal zentral und in strahlendem Sonnenblumengelb. Daneben befand sich ein Konterfei des zuständigen Ansprechpartners.
Es war das Opfer mit dem eingeschlagenen Schädel.

Als sie sich halbwegs gesammelt hatte, rief sie Doris Seidel an. »Wir können die Fahndung rausnehmen«, eröffnete sie ihr. »Der Tote mit dem Hammer im Kopf heißt Gregor Bischof. Immobilienmakler.«

»Scheiße. Wie kam das denn jetzt? Und warum hat den nicht längst jemand vermisst gemeldet?«
»Ich weiß es nicht, aber ich habe bei der Firma recherchiert. Frau Riemann hat mir den Namen genannt, und ich wollte das eigentlich schon den ganzen Tag erledigen. Jetzt geht da keiner mehr ran, aber das Foto des Toten ist direkt in der Wohnungsanzeige zu finden.«
Julia Durant nannte ihr den Namen der Agentur. »Erster Treffer, wenn du es in die Suchmaschine eingibst. Und die Wohnung findet sich leicht.« Sie nannte dennoch die Inseratsnummer. In diesem Moment zeigte das Display einen Anrufer an, der anklopfte. Julia trat der Schweiß auf die Stirn. Meistens wählte sie die falsche Taste und warf den Anklopfenden aus der Leitung. »Warte mal ... da ruft jemand an. Ich drück dich weg, okay?«
Doris gab grünes Licht.
Dieser Anrufer. Eine Mobilfunknummer. Verdammt! Es war …
Eine Frauenstimme meldete sich.
… die Makleragentur!

»Susanne Krüger hier, guten Abend. Sie hatten angerufen.«
»Äh, ja. Danke für Ihren Rückruf. Ich bin von der Kripo Frankfurt, Julia Durant.«
»Aha.« Die Stimme kühlte spürbar ab. »Sie suchen demnach keine Immobilie, nehme ich an.«
Durant hatte sich längst gefangen. »Ich dachte, Sie suchen vielleicht einen Ihrer Angestellten.«
»Wir haben nur freie Mitarbeiter«, kam es prompt. Dann schien die Dame stutzig zu werden. »Wieso fragen Sie? Worum genau geht es?«
»Es geht eher um *wen*. Gregor Bischof.«
»Der hat diese Woche frei. Warum? Ist er in Schwierigkeiten?«
Durant überlegte. Das erklärte zumindest, warum man ihn in der Firma nicht vermisst hatte. Sie wusste nichts weiter über den Mann. Weder etwas von einer Familie noch von seinem Hinter-

grund, nicht einmal, ob er Vorstrafen hatte. »Stehen Sie in einer persönlichen Verbindung zu ihm?«
Die Frau lachte auf. »Nein. Hier arbeitet jeder für sich, jedenfalls größtenteils. Und er war auch nicht mein Typ.«
»Sie sind demnach eine Kollegin? Oder Vorgesetzte?«
Frau Krüger lachte meckernd, und Durant ärgerte sich, dass sie die Website nicht genauer betrachtet hatte. Die »Wir über uns«-Sektion hätte ihr diese Frage womöglich beantwortet.
»Ich bin die gute Seele, die den ganzen Papierkram erledigt, aber hinterher keine Provision kassiert.«
»Verstehe. Und wie lange kannten Sie Herrn Bischof?«
»Wie gesagt. Die meisten bekomme ich nur alle Schaltjahre zu Gesicht. Jetzt noch viel weniger als vor dieser doofen Grippe. Haben ja alle Panik davor.«
»Also Monate? Oder Jahre?«
»Zwei Jahre in etwa. Zuletzt habe ich ihn vor vierzehn Tagen gesehen, als er eine Wohnung im Westhafen an einen Fußballer verkauft hat. Liegeplatz für ein Boot inklusive.«
»Hat er Familie?«
»Nicht dass ich wüsste. Hören Sie mal. Ich möchte jetzt wirklich wissen, warum Sie das alles fragen.« Susanne Krüger stockte. »Es geht ihm doch gut, oder?«
»Ich fürchte nein«, antwortete die Kommissarin, »aber ich möchte das ungern am Telefon besprechen. Sind Sie in der Stadt?«
»Aktuell in der Metro. Riederwald. Wieso?«
»Können wir uns dort treffen? Ich brauche eine Viertelstunde.«
»Na gut, wenn's sein muss. Ich warte dort.«

Julia Durant benötigte siebzehn Minuten, die ihr wie eine Ewigkeit vorkamen. Susanne Krüger hatte ihr den Wagentyp und das Kennzeichen durchgegeben, außerdem die grobe Position auf dem Parkgelände des Großmarkts.

Während sie in Richtung Osten durch die Stadt fuhr, hatte sich Doris um die Hintergrundrecherche gekümmert. Auf Lautsprecher geschaltet, gab sie der Kommissarin die wenigen Daten durch, die sie zu dem Makler Bischof fand. »Geschieden, keine Kinder. Keine Vorstrafen. Gemeldet in Friedrichsdorf bei Bad Homburg. Eine kleine Eigentumswohnung in guter Lage. Das Geschäft scheint sich zu lohnen.«

Durant bedankte sich.

»Was hast du mit der Frau vor?«

»Ich werde ihr zuerst noch ein paar Fragen stellen. Wie die Firma arbeitet und was ihr noch zu Bischof einfällt. Na ja, und da es ja wohl keine näheren Angehörigen gibt, müsste sie die Leiche auch identifizieren.«

»Hmm.«

»Wo lebt denn Bischofs Ex-Frau?«

»Konnte ich noch nicht rausfinden. Soll ich jemanden in die Rechtsmedizin bestellen?«

»Das wäre lieb. Ich möchte das so schnell wie möglich amtlich haben.«

»Na ja, du musst das aber nicht alles alleine stemmen.«

»Macht nichts. Claus kommt heute Nacht zurück, ich könnte sowieso nicht schlafen. Also hänge ich mich lieber rein.«

»Wie du meinst.«

20:50 UHR

Als Julia Durant zum zweiten Mal an diesem Tag nach Hause kam, warteten der Laptop und das Weinglas auf dem Couchtisch. Müde ließ sie sich auf das Polster fallen. Dabei fiel ihr ein, dass sie längst hätte einkaufen müssen. Das Wochenende rückte immer näher, und der Kühlschrank war leer. Doch für den Augenblick wollte sie einfach nur hier sitzen, während ihre Gedanken nicht zur Ruhe kamen.

Susanne Krüger hatte sich zunächst gewehrt, nachdem sie den Toten anhand des Fotos identifiziert hatte. In die Rechtsmedizin würde sie keinen Fuß setzen. Durant hatte ihr versichern müssen, dass es dort nicht nach Verwesung stinke und man »nichts« sah. Andrea Sievers war persönlich erschienen und hatte den Toten mit einer OP-Haube ausgestattet, sodass der zerschmetterte Schädel unsichtbar war. Die Decke lag bis unters Kinn und somit auch der Y-Schnitt auf seiner Brust.

»Ja, er ist es.«

Kein Zweifel? Nein!

Viel wichtiger war der Kommissarin gewesen, auf der gemeinsamen Fahrt vom Riedberg über den Osthafen in Richtung Sachsenhausen ein paar Details aus ihrer Beifahrerin zu locken. Unterm Strich hatte das allerdings nicht viel ergeben: Gregor Bischof war ein Einzelgänger. Er brachte sich nur so viel ins Team ein, wie es unbedingt nötig war. Bei gemeinsamen Terminen und Feiern, wie es sie hin und wieder gab, war er zwar ein Stimmungsmacher, gleichzeitig aber auch ein Typ, dem man sich als Frau besser nicht zu sehr näherte, wenn man nicht angegrapscht werden wollte. Seine Ehe war zu Bruch gegangen, weil es eine Affäre gegeben hatte. So machte es jedenfalls unter den Kollegen die Runde. Wer die Schuld trug, lag im Nebel. Die Frau habe es in eine andere Region verschlagen. Oder sogar in ein anderes Land.

Julia Durant tippte alles in den Laptop und leerte das Weinglas. Der Wein hatte so lange gestanden, dass er noch pelziger schmeckte als zuvor. Sie würde den Rest der Flasche in den Kühlschrank stellen, auch wenn das laut Etikettempfehlung ein Frevel war.

Als Nächstes schrieb sie Claus eine Nachricht. Er musste ein gutes Stück vorangekommen sein. War er schon über der Grenze?

Danach rief sie die Tatortfotos von Alwin Kisslich und Gregor

Bischof auf. Irgendetwas ging ihr in den letzten Stunden immer wieder durch den Kopf, aber sie hatte es bisher nicht greifen können. Sie spürte, dass sie etwas übersehen hatte. Wobei sie dieses trügerische Gefühl immer überkam, wenn eine Ermittlung nicht vorankommen wollte. Sie musste ihm nachgehen, vorher würde sie nicht zur Ruhe kommen.
Der Bethmannpark. Hier hatte sich einst schon der Hammermörder herumgetrieben. Julia versuchte, dieses Gespenst aus ihren Gedanken zu vertreiben. Eine gut besuchte Freifläche gegenüber einem leeren Wohnhaus in einer anderen Ecke der Stadt. Ein alter Mann, ein Frankfurter Urgestein, auf der einen Seite, auf der anderen ein Typ, der die Stadt vermutlich wie ein persönliches Spielfeld betrachtete, auf dem er nach Gewinnen Ausschau hielt. Der seine Wertschätzung für ein Viertel an den Immobilienpreisen maß und ansonsten keine Bindung zu Frankfurt hatte.
In dieser Sekunde traf es sie wie ein Blitz. Ein Spieler. Julias Finger flogen über das Touchpad. Zoomten auf den Körper des Maklers, dann auf seinen Kopf und die ihn umgebenden Blutspritzer, die sich auf dem PVC-Belag befanden. Ihr Herz hämmerte bis unters Kinn.
Es waren schwarz-weiße Karos.
Genau wie auf einem Schachbrett.

21:10 UHR

Stille.
Für manche war sie kaum erträglich, für andere ein Segen. In der abgewohnten Küche knackte der Ofen, in weiter Ferne rauschte ein Auto vorbei. Ansonsten war es ruhig. Besinnlich.
Vor zwanzig Minuten war die Pinzette in den Milchtopf getaucht,

in dem das Blutgemisch erwärmt wurde. Nur handwarm, genau wie das Holz der Figur, die darin schwamm. Der Alte hatte ausgesehen, als nehme er Blutverdünner wie andere Halsbonbons. Doch in dem Topf merkte man nicht viel davon. Würde sein Blut schneller in das Holz eindringen, weil es eine kleinere Molekularstruktur bekommen hatte? Oder war das Laiendenken – *Wunschdenken?*

Ein Blick auf den Ofen verriet, dass er soeben auf Nachheizen gegangen war. Keine hohe Temperatur, aber die Figur sollte schon trocken sein. Mit kleinen Tricks war es gelungen, die rote Farbe wenigstens ein bisschen beizubehalten. Essig. Rote Bete. Ein gefährlicher Aufwand, wenn man bedachte, dass es sich dabei um eine Zusatzbeschäftigung handelte.

Doch es hatte sich eine Eigendynamik entwickelt, ein gewisser Ehrgeiz. Von den Bitcoins einmal ganz abgesehen.

verkaufst du es auch komplett?

nein. nur einzeln.

Die meistgestellte Frage. Die meistgegebene Antwort.

warum?

Diese Antwort fiel etwas schwerer, in Worte zu fassen. Meistens stand am Ende nur ein »weil«.

Warum?

Weil man eben nie wissen konnte.

21:15 UHR

Julia Durant legte das Telefon auf den Wohnzimmertisch und atmete durch. In den Schläfen kündigte sich ein unangenehmes Ziehen an, der Notruf ihres Kopfes, der für ein paar Stunden freigemacht werden wollte. Doch wie sollte das gehen? Im Badezimmer stapelte sich die Wäsche, der Kühlschrank war leer. Morgen früh einen Großeinkauf machen zu müssen, bereitete ihr schon jetzt Albträume. Dazu der Fall, der ihre ganze Aufmerksamkeit abzog.
Das erste Telefonat war mit Doris Seidel gewesen. Die Chefin hatte ebenso reagiert wie sie. Geschockt. Wie hatte man das übersehen können? Oder war es am Ende Zufall? Dann blieb immer noch die Frage nach dem entnommenen Blut.
Außerdem hatte die Kommissarin mit Kirsten Riemann gesprochen. Ein etwas verwirrender Dialog, denn diese beteuerte weiterhin, das Opfer nie zuvor gesehen zu haben.
»Aber wie kann das sein? Wenn er doch Ihr Makler war?«
»Er *war* ja nicht mein Makler! Ich habe nie jemanden zu Gesicht bekommen, das hab ich bereits gesagt.«
»Gregor Bischof«, wiederholte Durant und nannte den Namen der Firma. »Das ist dieselbe Agentur, die Sie mir genannt haben.«
»Ja! Aber ich habe Ihnen auch erklärt, dass die mein Haus ungefragt in ihr Portfolio übernommen haben. Dass der Kontakt nur per Mail bestand und ich denen klipp und klar gesagt hatte, dass es von meiner Seite keine Provision zu erwarten gibt. Ich sage es gerne noch einmal: Ich kenne diesen Mann nicht.«
»Hm.«
»Mir ist da allerdings noch etwas eingefallen.« Frau Riemann druckste. »Ich habe denen theoretisch die Erlaubnis erteilt, Fotos zu machen. Auch von innen und dem Obergeschoss. Wobei sich das Ganze erst abspielen sollte, wenn ich aus Frankreich zurück bin und ich die Katzen entsprechend versorgt hätte.«

»Ah. Und Sie meinen …«
»Ich meine gar nichts. Aber wenn sich einer von denen Zutritt verschafft hat, dann gnade ihm Gott!«
Julia Durant schwieg, denn den Fotos in der Anzeige nach zu urteilen, kam da jedes Gnadengesuch zu spät.
Ihr fiel etwas ein. »Wir haben keine Einbruchsspuren gefunden.«
Riemann druckste erneut. »Meine Oma hat irgendwann mal einen Schlüsselstein draußen deponiert. Falls mal etwas sei. Na ja, um ehrlich zu sein, habe ich da jahrelang nicht mehr dran gedacht. Ziemlich naiv, denken Sie vermutlich, einfach einen Schlüssel draußen rumliegen zu lassen. Aber wir leben ja nicht gerade in einem Stadtteil, wo man sich um so etwas Gedanken machen müsste.
Schon ein paar Straßen weiter scheint man das ganz anders zu sehen, dachte Durant. Stattdessen sagte sie: »Gut, das lässt sich nachprüfen.«
»Tut mir leid, dass ich Ihnen das erst jetzt gesagt habe. Ich hatte es einfach nicht auf dem Schirm.«
»Schon in Ordnung. Ich fahre noch einmal rüber und schaue, ob Stein und Schlüssel da sind. Bitte unternehmen Sie *nichts*«, betonte sie, »auch nicht gegenüber der Agentur.«
Kirsten Riemann gab noch ein paar frustrierte Sätze von sich, dann verabschiedete sie sich. »Wäre ich bloß in Frankreich geblieben«, murmelte sie, bevor die Verbindung unterbrochen wurde.
Julia Durant suchte sich ihre Sachen zusammen und verließ die Wohnung. Ein Blick auf die Uhr ihres Dienstwagens verriet ihr, dass sie, wenn sie sich beeilte, auch gleich noch das Problem mit dem leeren Kühlschrank angehen konnte. Sie wollte es jedenfalls nicht auf den Samstag schieben. Nicht nur, weil die Läden dann doppelt so voll waren.
Wer konnte wissen, was der neue Tag brachte?

SAMSTAG

SAMSTAG, 18. JULI, 7:05 UHR

Otto Günther ging ein letztes Mal um seinen Verkaufswagen mit Biogemüse aus der Wetterau. Prüfte, ob alle Kabel korrekt saßen, bückte sich und warf einen Blick auf die Keile unter den Reifen. Zufrieden sog er die Morgenluft ein und schüttelte dann den Kopf. Kein Vergleich zu seiner Heimatregion. Im Hintergrund rauschte der Verkehr auf der A661. Monotone Hintergrundklänge und Abgase – das hier wär kein Leben für ihn. Doch nicht wenige Frankfurter sehnten sich nach gesunden Lebensmitteln, die nicht per Lkw oder Flugzeug ins Land kamen. Und nach dem persönlichen Kontakt – in diesem Sommer vielleicht mehr denn je.

Die Verlegung des Bornheimer Wochenmarkts auf den Festplatz am Ratsweg hatte eine Welle der Empörung ausgelöst. Hier draußen, abseits der Berger Straße, auf der man den Puls der Stadt am stärksten fühlen konnte, war es einfach nicht dasselbe. Unterm Strich aber hatten die Menschen sich daran gewöhnt, denn es war die einzige Alternative, um den Markt weiterhin zu ermöglichen. Nach und nach hatte sich die Lage normalisiert. Und die Verlegung war nicht auf Dauer ausgelegt, sondern nur, bis das Infektionsgeschehen eine Rückkehr in die enge, belebte Straße zuließ.

Ein Blick auf die Uhr. Zeit für einen Kaffee. Offiziell öffnete der Markt erst um acht, aber die üblichen Frühaufsteher tummelten sich schon zwischen den Ständen. Es duftete nach geräucherter Wurst, Kräutern und frisch gebackenem Brot. Käse, Fisch und Honig. Man fand hier alles. Einzig seinen Onkel, der ihn an den

Markttagen begleitete und der unter den Kunden als Gemüse-Otto bekannt war, konnte Otto nicht finden.
Ein ungutes Gefühl beschlich ihn.

*

Abseits des Marktes, in einem Gebüsch, zog Otto seinen Reißverschluss zu. Er tastete die Brusttasche seines Karohemds ab. Brachte eine Packung Pall Mall zum Vorschein und sah sich nach einer Sitzgelegenheit um. In einer Stunde würde er Gemüse anpreisen, die dicksten Salatköpfe, die rötesten Tomaten, außerdem die besten Erdbeeren und natürlich die obligatorischen Ockstädter Kirschen. Diese Dinge erwartete man von ihm, und er lieferte mit Hingabe. Wie lange er das mit seinen fünfundsiebzig Jahren noch konnte oder wollte? Er wusste es nicht. Doch solange er hierherkam, würde er für seine Stammkundschaft alles geben.
Den Schatten hinter ihm bemerkte er erst, als es zu spät war. Etwas legte sich ihm um den Hals, schnürte ihm die Luft ab, seine Beine begannen zu zappeln, und mit den Fingern versuchte er verzweifelt, die Enge zu lösen. Sterne tanzten vor seinen Augen, er verdrehte den Blick, um seinen Angreifer auszumachen, doch schon wurden seine Sinne schummrig, und die Kraft seiner Bewegungen ließ nach.
Als Nächstes spürte er einen Stich. Es war wie ein kaltes Aufflammen, ein Weckruf aus dem Diesseits, während er schon auf halbem Weg in die andere Richtung war. Wärme sickerte aus ihm heraus. Doch er spürte, dass er nicht mehr umkehren konnte. Die Finsternis kam näher. Kein Licht am Ende des Tunnels, nur Panik, bis sich eine friedliche Schwärze über alles legte.
Seine Kunden würden vergeblich auf ihn warten.
Für immer.

9:20 UHR

Claus Hochgräbe saß am Frühstückstisch. Er hatte Croissants mitgebracht, von der französischen Seite der Grenze. Fettig und etwas zerdrückt, aber der Geschmack war himmlisch. Wann genau er heimgekommen war, wusste Durant nicht mehr. Doch es war nur wenige Stunden her, und er musste todmüde sein. Lynel dagegen schien hellwach, er hatte in seinem Kindersitz geschlafen. Tatsächlich war es ihre erste Erinnerung. Seine kleinen Hände, die ihr ins Gesicht gefasst hatten. Die Stimme von Claus, der ihn mahnte, sie schlafen zu lassen. Innige Umarmungen. Kein »Oma«, kein »Tante«. Nur die Freude, vereint zu sein. Sie hatte aufstehen wollen, doch Claus hatte verneint.

»Du brauchst deinen Schlaf. Wir sind ganz leise.«

Die beiden waren zu ihr ins Bett gestiegen. Lynel in die Mitte. Kurz darauf hörte sie den Atem ihres Mannes und den schnelleren Atem des Kindes. Immer gleichmäßiger. Dann das erste leise Grunzen. Die Einzige, die wach lag, war sie.

War das ihr neues Leben?

Julia kämpfte gegen die Härte ihrer Gedanken an. Wie sehr sie sich wünschte, dass sie genau jetzt zum Telefon greifen könnte, um ihre Freundin Alina um Rat zu fragen. Oder ihren Vater, den Pastor, der ihr in jeder Lebenslage eine Hilfe gewesen war. Doch eine Leitung in den Himmel gab es leider nicht.

Wir müssen uns an die halten, die noch da sind.

So hatte es ihr Paps einmal ausgedrückt. Der Anlass war ihr entfallen, aber die Worte passten zu einer Beerdigung.

War es das schon? War das die Lösung?

Julia befürchtete, dass es mehr als eines schlauen Spruchs bedurfte, um sich in diesen neuen Alltag einzufinden.

Dann hatte der Schlaf sie übermannt.

Der Duft von Kaffee und den im Ofen aufgewärmten Croissants ließ die Welt schon fröhlicher aussehen. Dazu Lynels Plappern, der ganz nahe bei ihr saß und ihr die Heimreise am liebsten minutiös erzählt hätte. Und das Lächeln ihres Mannes, stets mit dem vielsagenden Glanz in den Augenwinkeln. Er wollte glücklich sein, doch der Preis war so hoch. Er hatte viel mehr verloren als sie.
Die, die noch da waren, saßen am selben Tisch.
Das war die einzige Wahrheit, die im Augenblick zählte.
Und dann klingelte das Telefon.

10:05 UHR

Frank Hellmer hatte Bereitschaft, deshalb war der Anruf des Kriminaldauerdiensts bei ihm eingegangen. Leiche auf dem Wochenmarkt. Ein Albtraum, nicht nur wegen der vielen Passanten, die der Spurensicherung das Leben schwer machten. Die Presse stand in der ersten Reihe. YouTube-Videos, die die Polizei und jeden ihrer Handgriffe in den Fokus nahmen. Und dann die zahllosen kruden Theorien, die man binnen kürzester Zeit in den sozialen Medien finden würde.
»Zum Kotzen!«, schnaubte er, als Julia Durant unter dem Flatterband hindurchtrat. Der Tatort war mit Sichtschutzwänden versehen. Eine Grünfläche, teilweise zugewuchert, das kam ihnen jetzt zugute. Man konnte sich nur von einer Seite nähern, was den Aufwand der Absperrung etwas minimierte.
»Sei doch froh.« Sie grinste schief und deutete in Richtung des Platzes, wo sich ein Verkaufswagen an den anderen reihte. »Stell dir mal vor, er läge dort drüben.«
Hellmer winkte ab. In diesem Moment erblickte die Kommissarin Andrea Sievers, die, in einen flatternden Overall gehüllt, hinter dem Sichtschutz hervortrat.

»Andrea ist auch hier?«, raunte die Kommissarin ihrem Kollegen zu.
Dieser nickte. »Ich habe sie herzitiert. Sie ist auch noch nicht lange da.«
In diesem Moment erreichte die Rechtsmedizinerin die beiden. »Ich liebe den Markt ja«, kommentierte sie. »Hier sind sogar die Leichen frisch.«
Durant blies die Backen auf. »Ich schätze, wir reden vom Todeszeitpunkt?«
»Genau. Da brauche ich ihm nicht mal ein Thermometer reinstecken, denn er wurde um kurz vor sieben zum letzten Mal am Stand gesehen, und gegen zwanzig nach sieben hat ihn schon jemand entdeckt. Präziser würde ich das auch nicht hinbekommen.«
»Hm. Das heißt, er ist einer der Verkäufer, die dort drüben stehen?«
»Otto Günther.« Hellmer warf einen Blick auf seine Notizen. »Fünfundsiebzig Jahre alt, aus Wöllstadt. Wetteraukreis. Er hat einen Verkaufswagen, den er mit seinem Neffen betreibt. Vielleicht kennt ihr ihn sogar. Er hat einen Ruf als Marktschreier, wobei es von denen ja mehrere gibt. War unlängst mal in der Hessenschau. Das Marktgeschehen ist ja auch ziemlich gebeutelt worden, als der Lockdown anfing.«
»Was nicht.«
Durant erinnerte sich, wenn auch nicht an Otto Günther im Speziellen. Sie ging selbst gerne über den Wochenmarkt in der Berger Straße, allerdings selten. Als Claus das Regiment in der Küche übernommen hatte, waren die Besuche zwar mehr geworden, doch seit der Verlegung des Marktes an die Eissporthalle war ihr die Entfernung einfach zu weit.
»Was ist genau passiert?«, fragte sie weiter. Aus Hellmers Anruf war hervorgegangen, dass es einen Toten gab und dieser offenbar erwürgt worden war. Das Alter des Mannes gab ihr zu denken.

Schon wieder ein Senior. Allerdings konnte man ihn kaum mit Alwin Kisslich vergleichen. Während der eine im Altenheim lebte, beschickte der andere zweimal wöchentlich den Wochenmarkt und arbeitete den Rest der Woche vermutlich auf dem Hof mit.
»Stranguliert mit einem dünnen Seil.« Andrea Sievers verzog den Mund. Ihre Stimme klang mit einem Mal mitfühlend, alle Spuren von Sarkasmus waren verschwunden. »Küchengarn, Nylonschnur, ich weiß es nicht«, fuhr sie fort. »Es sind sehr dünne Abdruckspuren. Die Schnur wurde mehrfach genommen, vermutlich, damit sie nicht reißt. Er hat seinen Angreifer wahrscheinlich nicht kommen sehen. Den Abwehrspuren nach griff das Opfer sich vorne an den Hals, während der Täter von hinten zuzog. Wenigstens ging es schnell.«
Julia Durant sah sich um. »Ich will mir das anschauen.« Sie deutete in Richtung Schutzwand. »Bekomme ich einen dieser Anzüge?«
Wenige Minuten später war sie entsprechend ausgestattet. Die Haare steckten unter einer Haube, die Schuhe in Überzügen. Etwas übertrieben vielleicht. Sie musste an Kirsten Riemanns Haus denken, wo ein Dutzend Feuerwehrleute ein und aus gegangen waren, bevor man die Leiche entdeckt hatte und die Spurensicherung ins Spiel gekommen war. War das hier draußen so viel anders? Hier, wo sich permanent Menschen tummelten, weil sie sich in den Innenräumen nicht sorgenfrei treffen konnten?
Otto Günther lag auf dem Rücken. Die Kleidung war verrutscht, vermutlich der Notarzt. Die Augen waren geschlossen, das entspannte Julia ein wenig. Nichts war unangenehmer als der leere Blick eines Ermordeten. Auch wenn man sich die Panik, die Todesangst oder den Hilferuf in den Augen nur einbildete, lösten diese Gedanken Gänsehaut aus. Günther hatte diese Panik gespürt. Kratzspuren am Hals deuteten darauf hin, dass er sich gegen das Würgen gewehrt hatte. Verzweifelt. Erfolglos. Durant ließ den

Blick wandern. Eine kopfgroße dunkle Stelle am Hemd machte sie stutzig.

»Was ist das?«, wollte sie wissen. »Ich dachte, er wurde stranguliert.«

»Das ist der Grund, warum Andrea hier ist«, antwortete Hellmer aus dem Hintergrund.

»Na danke«, erwiderte diese.

»Keine Frotzeleien jetzt«, verlangte Durant. »Was hat es damit auf sich?«

»Es wurde auf ihn eingestochen.« Sievers drängte an ihr vorbei und hockte sich neben Günther. Sie zog an dem Hemd, bis die Stelle frei lag. »Sieht nach einer schmalen Klinge aus, vielleicht ein Stilett oder so. Allerdings sind es etliche Stiche.«

»Ja, aber wozu? Ist das nicht überflüssig?«

»Overkill, meinst du? Darum ging es nicht. Komm mal her.«

Durant konnte es nicht leiden, wenn man sie hinhielt, andererseits entging Andrea auch kein Detail.

Sie konnte sich den Tathergang grob vorstellen. Otto wurde von hinten überwältigt. Er wehrte sich kurz und ging dann zu Boden; bewusstlos oder schon tot. Parallel dazu gab es nun die Messerstiche. Entweder von einem zweiten Täter oder vom selben. Beides war möglich, denn in dem Augenblick, wo das Opfer ohnmächtig wurde, konnte der Täter die Schnur um den Hals lösen und hatte die Hand frei für das Messer.

»Er hat ihn stranguliert und erstochen?«

Sievers nickte mit dem Kopf in Richtung des Toten. »Mehr als das. Schau mal ganz genau.«

Durants Augen suchten das verklebte Blut ab. Absicht oder nicht: Der Angreifer hatte unweit der Leber zugestochen. Entweder, weil es auf Höhe seines ausgestreckten Armes war, oder …

»Was ist *das* denn?«

Sievers zog eine kleine Taschenlampe aus ihrem Lederkoffer und

hielt den Lichtstrahl direkt in die Wunde. Aus dem verkrusteten Blut lugte ein glänzendes Objekt hervor. Eine schwarze, polierte Rundung, kaum zwei Zentimeter im Durchmesser.
»Hier, nimm das.« Die Rechtsmedizinerin hielt ihr eine lange Pinzette hin und deutete auf die Wunde.
»Mach du das lieber«, sagte Julia und griff nach der Taschenlampe. »Ich leuchte dir.«
»Wie du meinst.« Andrea Sievers pikte ohne weiteres Zögern direkt neben der schwarzen Scheibe ins Fleisch und zog das Gewebe zur Seite. Durant ächzte, denn jetzt erkannte sie es.
Es war eine kleine Schachfigur.

*

»Ein Bauer?«
Doris Seidel atmete schwer. Die Kommissarin hatte sie zu Hause erreicht. »Und was sagt uns das jetzt? Hat da jemand einen Brass auf die Landwirtschaft? Gibt es Zoff unter den Marktleuten?«
Julia Durant stand ein paar Schritte von der Fundstelle entfernt und richtete den Blick in die Ferne, weg vom Geschehen. »Denk noch mal nach, Doris. Ein schwarzer Bauer. *Schach.*«
Man konnte es förmlich durchs Telefon hören, wie der Groschen fiel. »Scheiße! Nein! Schach? Verdammt, ich bin noch gar nicht richtig wach, aber eben hat's Klick gemacht. Du denkst also, es ist derselbe Täter wie im Bethmannpark und bei Frau Riemanns Makler?«
»Der Hinweis ist ziemlich eindeutig, oder?«
Auch Seidels Gehirn arbeitete nun auf voller Leistung. »Was ist mit Einstichen? Blutentnahme, meine ich. Nicht die Messerstiche.«
»Das müssen wir noch rausfinden. Der Tote wird demnächst abtransportiert, die Gnadenlosen stehen schon bereit.«

Durant wandte sich um. Der Leichenwagen parkte zwischen den Einsatzfahrzeugen. Zwei Männer standen in seiner Nähe und warteten auf ihren Einsatz. Es waren selten dieselben, aber die meisten von ihnen waren der Kommissarin bekannt. Keine Frauen. Flüchtige Begegnungen in dunklen Anzügen, der Zinksarg im Heck des Wagens, in dem die Toten verschwanden.
»Andrea soll sich direkt dranmachen«, ordnete Seidel an. »Das müssen wir so schnell wie möglich wissen. Gibt es Hoffnung auf Fingerabdrücke oder DNA-Spuren an der Figur?«
»Wir haben sie noch nicht rausgeholt«, antwortete Durant. »Wenn's dir recht ist, fahre ich mit in die Rechtsmedizin. Ich bin zwar nicht scharf auf die Obduktion, aber so bekomme ich die Ergebnisse in Echtzeit.«
»Ja, gut. Und Frank soll sich mit dem Umfeld des Opfers befassen. Auch wenn es nicht so aussieht, als wäre die Tat aus dieser Richtung motiviert. Ach ja, noch was: Hat die Presse was von der Figur mitbekommen?«
»Nein. Alles ist abgeschirmt.«
»Achtet darauf, dass das so bleibt. Keiner darf sich verplappern. Sonst ist hier die Hölle los.«

11:55 UHR

Dr. Andrea Sievers zog sich zuerst die Handschuhe, dann den Mundschutz aus und entsorgte alles in einer Tonne.
»Kaffee«, war das einzige Wort, das sie dazu sagte.
Julia Durant tat es ihr gleich. Die Obduktion eines Körpers von fünfundsiebzig Lebensjahren war nichts Ungewöhnliches, im Grunde sogar das Alltagsgeschäft. Die meisten Menschen starben in höherem Alter, und die meisten Untersuchungen fanden vor Feuerbestattungen und zur Stichprobe statt. Die Spurensuche im

Rahmen eines Gewaltverbrechens allerdings schien bei einem jungen, makellosen Körper viel leichter zu sein. Sie hatten eine gefühlte Ewigkeit damit verbracht, Einstichstellen zu suchen. Ohne Erfolg. Und während Andrea die üblichen Schritte unternahm – den Y-Schnitt, das Entnehmen und Wiegen der Organe et cetera –, schaltete Julia auf ihr Gedankenkarussell um. Schach und Blut. Bis heute Morgen hatte sie daran gezweifelt, dass es eine Verbindung zwischen den Mordfällen gab. Und noch immer drängten sich die Fragezeichen in den Vordergrund. Dreimal erschlagen, einmal stranguliert. Das passte nicht. Einmal mit Planung – und weswegen dann das Feuer? Zweimal vermutlich spontan. Wobei das Mitführen von Spritze oder Würgeschnur dagegensprach. Hatte der Mörder seine Werkzeuge immer dabei und wählte die Opfer nach dem Zufallsprinzip aus? Julia wollte das nicht glauben. Solche Dinge gab es zwar, sie hatte es selbst schon erlebt, aber es war die Ausnahme. Wer sich entschied, einen anderen Menschen zu ermorden, hatte zumeist persönliche Gründe dafür. Der Obdachlose kam ihr in den Sinn. Ein klassisches Zufallsopfer – oder etwa nicht? Genau wie damals beim sogenannten Berber. Sie kam nicht weiter.

»Kaffee, sagte ich.« Andreas Stimme erreichte sie aus weiter Ferne. »Wie trinkst du ihn?«

»Café au lait, stark und süß«, antwortete Julia.

»Ah. Da spricht die Französin aus dir.«

»Vielmehr das Fernweh«, gestand Julia. »Außerdem ist Claus wieder da, und wir wollten den Tag mit einem französischen Frühstück beginnen. Na ja. Bis der Anruf kam.«

»Claus. Cool. Wie geht es ihm?«

»Er schlägt sich tapfer. Hauptsächlich wegen Lynel. Aber ich spüre, wie schwer er an allem trägt.«

»Hm. Und was ist ... also ich meine ... was habt ihr mit seiner Tochter gemacht?«

Julia verzog den Mund. »Schwieriges Thema. Sie wollte nicht beerdigt werden, aber er wollte sie auch nicht einfach ins Meer streuen. Er ist sich wohl selbst noch nicht ganz im Klaren. Auch wegen Lynel. Er möchte einen Ort, an dem sie sich erinnern können. Sie haben etliche Fotos gemacht, um für den Kleinen so viel wie möglich zu konservieren. In dem Alter verblassen die Erinnerungen ja leider noch. In zehn, fünfzehn Jahren wird es für Lynel nicht viel mehr geben als ein vages Bild.«

»Hmm. Wenn ich irgendwie helfen kann ... du weißt ja: Urne auf dem Kamin, das ist bei uns nicht erlaubt.«

Julia schnaubte. »In Frankreich auch nicht mehr. Außerdem fände ich das auch ziemlich blöd.«

»Es gibt dennoch Mittel und Wege ...«

»Ich weiß. Susanne hat schon die entsprechenden Fäden gezogen. Die Urne wird im Krematorium für uns aufbewahrt, bis wir eine Entscheidung getroffen haben. Momentan pressiert da nichts. Außer dem toten Marktschreier da drinnen.«

»Und unserem Kaffee«, bekräftigte Andrea. Sie hatte längst die entsprechenden Knöpfe an der Maschine gedrückt. Brummend und klackend erledigte diese ihren Job. Bald überdeckte das Aroma den Zitrusduft, der auch in dem Glaskasten hing, in dem die Rechtsmedizinerin ihren Computer stehen hatte.

Sie gingen nach oben, wo Andrea sich eine Zigarette gönnte. Die Mittagssonne brannte, doch das warme Licht tat gut. Genau wie der Café au Lait, auch wenn er längst nicht so schmeckte wie zu Hause.

»Ich bin mir zu neunundneunzig Prozent sicher, dass es da nichts mehr zu finden gibt«, sagte die Ärztin. »Selbst zwischen den Zehen oder unter der Achsel oder neben den Hoden gibt es keine Punktionen. Und an keiner der anderen Stellen, die man in der Drogenszene oder als Konsument von Polizeiserien so kennt.«

»Mal abgesehen davon, dass der Mörder auch keine Zeit hatte,

dem Mann die Hose oder die Schuhe aus- und wieder anzuziehen.«
»Richtig. Wenn du mich fragst, hat er sich das Blut aus der Messerwunde geholt. *Wenn* er sich welches geholt hat.«
»Ist es denn eine gute Stelle, wenn man ans Blut möchte?«
»Ziemlich gut.« Andrea nahm einen Schluck aus ihrer Tasse und anschließend den letzten Zug ihrer Zigarette. Sie steckte den Rest mit dem Filter in den Sandaschenbecher. »Das Blut dürfte nur so herausgequollen sein, auch, nachdem das Herz seinen letzten Schlag getan hat. Außerdem ist das Gewebe an dieser Stelle weich genug, um etwas zu platzieren. Ich gestehe ja, dass mich das mit dem Bauern viel mehr interessiert als das Blut.«
»Wobei es sich leichter nach einem Mann mit blutverschmierter Kleidung fahnden lässt als nach jemandem, dem zu Hause eine Schachfigur fehlt«, wandte Julia ein.
»Stimmt.«
Die Kommissarin hielt den Gedanken fest und rief Hellmer an. Er war noch an Ort und Stelle, und sie trug ihm auf, sich nach Zeugen umzuhören, die zur Tatzeit jemanden mit befleckter Hose gesehen hatten. Wenn das Blut nur so gequollen war, dann musste welches an den Täter gelangt sein. Hellmer äußerte zwar Zweifel, aber er würde sich darum kümmern.
»Noch mal zu dieser Figur«, sagte sie dann und leerte den Rest ihres Kaffees. »Ich möchte da eine Verbindung sehen, aber gleichzeitig macht mir das Angst. Und ich weiß, dass Berger mir in solchen Fällen immer eindringlich geraten hat, strikt bei den Fakten zu bleiben.«
Andrea lachte. »Und meistens hast du genau das Gegenteil getan und auf dein Bauchgefühl gehört!«
Julia musste schmunzeln. »Stimmt.«
»Was sagt dir dein Bauch denn?«
»Ich denke an Otto Günther, den Landwirt mit dem Karohemd.

Er ist als Bauer hier, zur Zeit des Marktes. Und die Figur ist ebenfalls ein Bauer. Schwarz. Also die dunkle Seite. Das kann so vieles bedeuten. So vieles, was erst einmal nichts mit den anderen Fällen zu tun hat.«

Andrea nickte langsam. »Hm. Also ein Rivale, jemand, der ein persönliches Motiv hat. Jemand, der ihm seinen Hass ins Ohr geflüstert hat, während er ihm mit der Schlinge das Leben nahm. Das ist stark. Und mit dem Bauern wollte er was? Eine Botschaft senden? Aber an wen? Erfährt das denn überhaupt jemand?«

»Momentan nicht!«, antwortete Julia energisch. »Den Angehörigen werden wir das allerdings mitteilen müssen.«

»Womit die Angehörigen als Tatverdächtige ausscheiden?«

»Ich weiß es doch nicht. Diese Theorie hat jede Menge Lücken. Gelinde gesagt.«

»Siehst du. Aber gut, dass wir mal drüber geredet haben. Was ist mit den anderen? Der Obdachlose hatte keinen Schachbezug. Es war nur der Opi, der gerne Schach gespielt hat. Deutlich älter als dieser Otto, auch da ist keine Gemeinsamkeit. Und dann der Makler, richtig? Alwin Kisslich wurde mit dem weißen König erschlagen, wenn ich mich recht erinnere. Und Otto war ein Bauer. Aber für einen Makler gibt es doch keine Figur auf dem Spielbrett. Da hätte man eher Monopoly nehmen müssen.«

Julia fuhr sich durch die Haare und rieb sich den Nacken. Er war fester als erwartet, die Anspannung war deutlich zu spüren. »Da siehst du mal, wie absurd das alles ist. Monopoly! So ein Scheiß! Das Ganze ist kein verdammtes Spiel, das ist Realität. Da draußen sterben Menschen, Herrgott noch mal, und wir stehen im Nichts. Auf Start. Das ist doch zum Mäusemelken!«

Andrea Sievers legte ihr die Hand auf die Schulter. »Sieh's positiv. Du stehst auf Los. Nimm dir wenigstens die viertausend Mark mit.«

Julia Durant drehte den Kopf in ihre Richtung und blinzelte. »Mal

abgesehen von den Mark«, sagte sie, »sehe ich die Sache erst wieder positiv, wenn ich eine Gefängniskarte austeilen darf.«
Aber im Inneren war sie ihrer Freundin dankbar. Dankbar dafür, dass sie manchmal kess, manchmal schonungslos war und die Dinge beim Namen nannte.
Sie warf einen Blick auf ihr Smartphone.
Benjamin Tomas aus der IT hatte ihr schon die zweite Sprachmitteilung hinterlassen, die sie noch nicht abgehört hatte. Und eben war eine SMS eingetroffen, die die Dringlichkeit unterstrich.
Höchste Zeit, zurück ins Präsidium zu fahren.

13:20 UHR

Das Kellerreich der Computerforensik hatte außer einem Lichtschacht keine natürliche Tageslichtquelle. Dennoch war es zu jeder Jahreszeit der strahlendste und wärmste Raum des ganzen Präsidiums; und es war niemals still. Rechner und Serverschränke surrten und blinkten, und inmitten von alldem thronte wie eine Insel die Monitorsammlung von Benni Tomas. Ein Hauptschirm, daneben einige kleinere Geräte und der aufgeklappte Laptop, ohne den er kaum einen Schritt tat. Der junge Mann hatte blondes, verwuscheltes Haar und einen Vollbart. Dazu trug er eine Hornbrille, hinter der eisblaue Augen funkelten. Wach gehalten durch Energydrinks, zumindest konnte man das annehmen, wenn man seinen Arbeitsplatz näher betrachtete. Aludosen, scharfe Chips und Salzstangen. Benjamin Tomas erfüllte nicht wenige der Klischees, gegen die er sich zumeist lauthals verwehrte.
Generation Z. Ein Begriff, den Julia Durant nicht gerne hörte, denn er erinnerte sie daran, wie viele Jahre zwischen ihr und dem Computergenie lagen.
Als sie den Raum betrat, in dem sie sich noch nie sonderlich wohl-

gefühlt hatte, drehte Benni sich um und winkte. »Wird aber auch Zeit! Das ist echt hardcore!«

»Wovon redest du? Außerdem hättest du einfach anrufen können. Ich hasse diese Audionachrichten. Und du weißt nie, wer mithört.«

»Du warst doch nur in der Rechtsmedizin.«

Julia biss sich auf die Unterlippe. Es hatte keinen Zweck. Sie würde ihn nicht umerziehen. Also lächelte sie schmal und fragte: »Was ist denn jetzt so wichtig?«

Benni klapperte auf der Tastatur. »Ich habe noch einmal sämtliche Bewegungen analysiert, die auf dem Video zu sehen waren. Schau mal.«

Wie von Geisterhand leuchtete auf dem großen Bildschirm eine Grafik mit Zeitangaben auf. Es glich einem Balkendiagramm und sollte offenbar darstellen, wer sich in die Straße hineinbewegt hatte und wann er sich wieder hinausbegab.

»Ich habe das Ganze eingegrenzt, beginnend mit Dienstag, dem Vorabend vor dem Mord und dem Feuer, und endend mit dem Eintreffen der Feuerwehr.«

»M-hm.« Julia war noch nicht so weit. Viele Balken begannen mit einer Ankunft und endeten nicht.

Benni war schneller. »Ich nehme mal die ganzen Pendler raus.« Das Gros der Balken wurde einheitlich grau.

»Hier kommt euer Makler Gregor Bischof ins Bild.« Der Mauspfeil kreiste über einem langen violetten Balken, der nur eine Ankunftszeit, aber kein Ende hatte. Julia schluckte. Der Zeitindex, als die Gnadenlosen ihn mit dem Metallsarg abtransportierten, war nicht mehr enthalten.

»Ich verstehe das nicht«, brummte sie. »Das war doch am Dienstagabend.«

»Stimmt ja auch.«

»Aber das kann doch sein!« Die Erkenntnis traf sie wie ein Blitzschlag. »Am Mittwochmorgen gegen acht war die Wohnung im Obergeschoss noch leer!«

Benni schüttelte den Kopf. »Ich habe extra nachgesehen, weil ich ihn in dem besagten Zeitfenster nicht gefunden habe. Er trifft am Dienstagabend gegen achtzehn Uhr ein.«

Durant dachte nach. »Kann das Video manipuliert worden sein?«

»Glaube ich kaum. Die Daten sehen sauber aus.«

Sie dachte an die Todeszeit. Andrea Sievers hatte am Rande erwähnt, dass es ab einer gewissen Liegezeit immer schwieriger wurde, einen präzisen Zeitpunkt festzulegen. Ein weiterer Gedanke kreuzte auf. »Wie ist Bischof eigentlich gekommen?«, fragte sie.

»Per pedes. Willst du den Ausschnitt sehen?«

»Ja, lass mal bitte laufen.«

Es klickte ein paarmal. Dann lief Gregor Bischof durchs Bild. Ohne Eile. T-Shirt, Shorts und Lederslipper. Die Kleidung, in der er ermordet worden war.

»Bevor du fragst«, sagte Benni, »die Schatten im Bild entsprechen der richtigen Tageszeit. Wenn überhaupt, kann es sich nur um vierundzwanzig Stunden früher oder später handeln.«

»Geht beides nicht«, wehrte Durant ab. »Er kann nicht so lange tot dagelegen haben, denn dann hätte Hendrik Röber ihn früher aufgefunden. Also hat Röber entweder gelogen – oder Schlimmeres –, oder der geschätzte Todeszeitpunkt passt nicht ins Bild. So eine Scheiße! Ich muss Andrea anrufen.«

»Warte erst mal ab. Er läuft dir nicht mehr weg.«

»Danke. Der Kommentar hätte glatt von ihr stammen können.«

Benni rief zwei weitere Namen auf. Die Geschwister Henschel. Benni pickte sich die Schwester heraus. »Da haben wir Lena Henschel. Sie kommt spätabends nach Hause. Nach diesem Bischof. Danach taucht sie nicht mehr auf.«

»Vierundzwanzig Stunden lang?«, fragte die Kommissarin. Wie war das noch mal mit Frau Henschels Dienst gewesen?

»Scheint so. Und da ist Tim Henschel. Ich weiß ja nicht, was er ausgesagt hat, aber er verlässt das Grundstück, genau siebzehn Minuten nachdem der Makler eingetroffen ist. In die Straße hinein, ich meine, da gibt es ja nicht viel. Er trägt einen Rucksack, und er bleibt zweieinhalb Stunden weg. Da fragt man sich doch, was er gemacht hat. Eine lange Wanderung kann's nicht gewesen sein, und für den Spielplatz ist er eine Ecke zu alt.«

»Hm.« Die Kommissarin dachte nach. »Die Straße ist ja nur für Fahrzeuge eine Sackgasse. Es gibt mehrere Fußwege, die da rausführen. Vielleicht hatte er einen Kunden in der Nähe und hat den kürzesten Weg gewählt.«

»Klar. Möglich ist das alles. Ich werte hier nur Daten aus, den Rest müsst ihr machen. Aber ich finde es komisch.«

»Moment. Das haben wir gleich.« Julia griff zum Telefon und wählte Tim Henschel an. Er meldete sich nach dem dritten Freizeichen.

»Hallo?« Seine Stimme klang müde und irgendwie gedehnt.

»Durant hier. Es geht um die Tatnacht. Wo genau waren Sie am Dienstagabend?« Sie kniff die Augen zusammen und las die Uhrzeit ab.

»Das muss ich nachsehen.«

»Machen Sie das bitte.«

»Jetzt?«

»Nein, es reicht auch noch nach den Ferien.«

Henschel gluckste. »Ah, gut …«

»Natürlich *jetzt!*«, rief Julia. »Wir ermitteln in einem Mordfall!«

»Ja, gut, Moment. Dienstag? Ich glaube, da habe ich etwas programmiert.«

»Wo, für wen und wie lange?«

»An meinem Laptop. Ich glaube ... ich war da im Park, ganz in der Nähe, direkt neben dem Spielplatz. Schönes Wetter tanken. Vitamin D und so.«

Julia verdrehte die Augen. Der Typ klang völlig schräg. »Also gibt es keine Zeugen?«
»Nein.«
»Hm. Und den Kunden, für den Sie tätig waren?«
Henschel druckste, dann nannte er einen Firmennamen. »Eigentlich sind solche Dinge ja vertraulich.«
Durant bedankte sich und legte auf. Seine Sorgen wollte sie mal haben.
Als Nächstes rief sie die Schwester an.
»Frau Durant«, raunte diese, »ist gerade ganz schlecht.«
»Sind Sie im Dienst?«
Lena Henschel bestätigte. »Kann ich Sie zurückrufen?«
»Nur eine kurze Sache. Hat Ihr Bruder ein Büro, oder arbeitet er von zu Hause aus?«
»Meistens von zu Hause.« Die Frau klang genervt. »Zum Glück verzieht er sich manchmal nach draußen. Sonst würde ich das hier auch nicht ertragen.«
»Wohin nach draußen?«
Frau Henschel räusperte sich lauthals. »Sorry. Ich muss. Ich melde mich.«
Dann war die Leitung tot.
Julia Durant, die zum Telefonieren aufgestanden war, blieb fassungslos stehen. Wegdrücken ging gar nicht. Was dachte die sich? Sie haderte, ob sie es noch einmal probieren sollte, ließ sich dann aber zurück in den Bürostuhl fallen. Irgendwo im Metallgestänge knackte es, und Benjamin Tomas unterdrückte ein Kichern.
»Kein Mucks!«, mahnte Julia ihn mit einem vernichtenden Blick.
Er zog sich mit den Fingern über die geschlossenen Lippen. Dann sagte er: »Zurück zu den Videos?«
»Unbedingt.«
»Es gibt da nämlich noch jemanden, der sich innerhalb unseres Zeitfensters bewegt hat.« Benni ließ den Cursor über einem grü-

nen Balken kreisen, der fast deckungsgleich mit dem des Opfers war.

»Hendrik Röber«, las der IT-Experte zeitgleich mit der Kommissarin.

»Ja, gut«, sagte sie, »auf den bin ich jetzt gespannt. Er hat ausgesagt, am Mittwoch gegen acht Uhr die Katzen gefüttert zu haben. Wenn das stimmen würde, müsste er um diese Zeit an der Kamera vorbeigelaufen sein, denn er will das auf dem Weg in die Stadt erledigt haben.«

Benni lächelte. »Kann alles stimmen. Nur, dass es eher neun gewesen sein muss. Ein Blick auf den Zeitstempel und du hast es sekundengenau.«

Durant schaute und fragte sich, ob man sich um eine ganze Stunde vertun konnte. Sie war sich nicht sicher und machte sich eine entsprechende Notiz. Anstatt das Telefon zu bemühen, würde sie Röber und Frau Henschel einen Besuch abstatten. Irgendetwas stimmte da nicht.

»Ich kläre das später persönlich mit ihm«, sagte sie.

»Prima. Dann bin ich gespannt, wie er diese Stunde Zeitverzug erklärt. Vier Katzen sind doch in zehn Minuten versorgt. Und dann noch etwas: Als Röber später wieder zurückkehrte, muss er diesem Bischof begegnet sein. Hätte er das nicht wenigstens mal erwähnen müssen?«

Durant neigte den Kopf. »Wie meinst du das? Wir wissen doch mittlerweile, dass Gregor Bischof von außerhalb kam und außer seinen Immobilien keine persönlichen Verbindungen in die Stadt hatte. Jedenfalls nicht in diesen Teil. Und wenn er nicht gerade mit dem Bus gekommen ist, was ich nicht glaube, dann müsste irgendwo sein Auto stehen.« Julia dachte an die vielen Möglichkeiten, die es noch immer gab, um ein Auto unauffällig abzustellen. In der Straße hatten sie Bischofs Wagen zwar nicht gefunden, aber vielleicht verstaubte er noch tagelang in einem nahe gelegenen

Parkhaus, bevor jemand darauf aufmerksam wurde. »Die beiden sind einander nie begegnet. Das hat Röber auch ausgesagt.«
Benjamin schwieg und klickte so lange, bis die beiden Namen von Röber und Bischof alleine standen. »Siehst du es nicht? Die beiden sind am Dienstag praktisch zeitgleich angekommen. Ich habe das eher zufällig entdeckt, als ich die Videosequenz von Bischof rausziehen wollte. Dazwischen liegen keine zwei Minuten.«
Julia runzelte die Stirn. »Na und? Ich verstehe nicht, worauf du hinauswillst. Röber ist nach ihm gekommen und in dieselbe Richtung gegangen. Abends, also eine ganz normale Pendlerbewegung. Wenn er nach ihm gekommen ist, heißt das außerdem, dass er ihn bestenfalls von hinten gesehen hat.«
»Wobei das T-Shirt ja schon auffällt«, widersprach Benni. »Zumal es dieses Jahr Corona sei Dank keine Festivals gegeben hat. Ich hätte das auf einem Fahndungsfoto wiedererkannt, da bin ich mir ziemlich sicher.«
Durant wollte erwidern, dass der Bildausschnitt, mit dem die Beamten nachgefragt hatten, kaum etwas von dem Shirt zeigte. Stattdessen sprach der Computerexperte weiter: »Siebenundneunzig Sekunden! Er musste das Grundstück betreten, sich umsehen, den Schlüssel im Stein finden und aufschließen. Verdammt knapp. Müsste diesem Röber nicht etwas aufgefallen sein? Vor allem, weil er ja wusste, dass niemand zu Hause ist und nur er selbst die Zugangsberechtigung hatte. Und den Schlüssel.«
»Mist. Du hast recht.« Julia nickte langsam. Das ergab Sinn – oder doch nicht?
Benni argumentierte weiter: »Außerdem musste er die Katzen füttern. Hendrik Röbers Wohnung liegt viel weiter hinten. Warum also sollte er erst heimgehen und dann noch mal zurücklatschen?«
»Stimmt so nicht«, sagte die Kommissarin und wippte mit dem Zeigefinger. »Röber hat angegeben, das immer nur morgens zu machen.«

»Komische Taktik«, brummte Tomas. »Wenn ich unsere Mieze nicht zweimal am Tag füttere und bespaße, pinkelt sie aus Protest die halbe Bude voll.«

Durant ging nicht darauf ein. »Du denkst also, dieser Röber hat den Makler beim Betreten des Hauses gesehen und ist ihm gefolgt?«

»Euer Job«, entgegnete Benni mit einem Achselzucken. »Aber die Zeitstempel lügen nicht.«

Julia Durant kämpfte gegen einen Kloß in der Kehle. Die logische Erklärung, die sich daraus ergab, war, dass Röber Bischof am Abend des dreizehnten Juli erschlagen hatte und am Tag darauf seelenruhig in die Wohnung gegangen war, um die Tiere zu versorgen. Aber konnte das sein? Hennes Röber war kein Hammermörder. Da war nichts an ihm, das zu diesem Bild passte, doch Julia wusste natürlich, dass der Schein nicht selten trog. Er hatte einen Schlüssel, er hatte eine Gelegenheit. Wenn man den Verkauf des Hauses und den damit verbundenen Weggang seiner Geliebten in die Waagschale warf, dann ergab sich daraus fast ein Motiv. Wobei ein Nichtverkauf des Hauses wohl kaum etwas an den Auswanderungsplänen von Frau Riemann geändert hätte. Allerdings hatte Röber auch als Erstes das Bad betreten und die Tatwaffe gefunden. Absicht? Um seine Anwesenheit am Tatort zu legitimieren? Doch war diese als Katzensitter nicht ohnehin gegeben?

»Verdammt«, stieß sie hervor. Und musste direkt an ihren Vater denken. Pastor Durant hatte es nicht gerne gehört, wenn sie fluchte. Doch manchmal fühlte es sich genauso an. Wie eine finstere Verdammnis, die nur dazu geschaffen war, um sie zu quälen.

Julia hätte es am liebsten noch einmal aus sich herausgeschrien.

15:10 UHR

Sie fand einen Parkplatz im Anwohnerbereich. An Wochenenden ein Kunststück, aber vermutlich hatte es die Leute in die Natur gezogen. Seit dem Beginn der Pandemie hatte man die Freude am ländlichen Umland neu entdeckt. Halb Frankfurt machte sich auf den Weg in die Wälder des nahe gelegenen Taunus, und die andere Hälfte zog es in Richtung Vogelsberg und Spessart. Nicht weil man die Menschen oder deren Lebensweise dort schätzte, sondern weil man sich hier alleine durch Wiesen und Wälder bewegen konnte. Sorgenfrei für den Augenblick. Am Abend kehrte man zurück in die Zivilisation. Der Müll und die zerfahrenen Wege blieben draußen.
Julia Durant legte den Rückwärtsgang ein, und der rauchgraue Kombi schob sich in die Lücke. Sie stieg aus, es war heiß, daher ließ sie ihren Blazer auf dem Beifahrersitz liegen. Schritt auf die Adresse von Hendrik Röber zu und drückte wie beiläufig auf den Schlüsseltaster. Die Zentralverriegelung klackte. Beim Herfahren hatte sie die Häuser an sich vorbeiziehen lassen. In Schrittgeschwindigkeit, nachdem sie das Haus der Henschels passiert hatte. Zweieinhalb Minuten. Mit dem Auto schaffte man damit immer noch die ganze Straße. Wenn man schlenderte, würde es weitaus länger dauern. An Frau Riemanns Haus hielt sie an. In dem Eingangsbereich konnte man sich kaum vor den Blicken der Nachbarn verbergen. Doch wer achtete in diesen Tagen noch auf seine Nachbarn? Die Menschen schienen darauf fixiert zu sein, die zu ermahnen, die in den Einkaufsläden oder der Gastronomie keine Maske trugen. Oder andersherum die zu beschimpfen, die sich ohne Murren an die Regeln hielten.
Durant hatte kurz angehalten und sinniert. Selbst wenn jemand den Makler gesehen hatte, wirkte es nicht vollkommen unver-

dächtig, wenn dieser die Position des Schlüssels kannte, gezielt zugriff und ohne Suchen oder Zögern das Haus betrat? Klang das plausibel? Und wäre er somit nicht längst verschwunden gewesen, als Hendrik Röber aufkreuzte? Auch wenn der zeitliche Abstand noch so gering war?

Mittlerweile hatte die Kommissarin Röbers Adresse erreicht und läutete. Sie wartete.

Endlich tat sich ein Fenster auf. »Sie? Hatten wir einen Termin?«

»Nein, ich bin spontan da. Es gibt da noch ein paar Fragen. Darf ich reinkommen?«

»Moment. Ich habe ... ich bin gleich da.«

Das Fenster wurde geschlossen, und Durant schmunzelte. Was, wenn sie nun einer leicht bekleideten Frau Riemann begegnete? Doch es war nur Röber, und er war alleine.

»Sorry. Wollte Sie nicht in meiner Schmuddelhose empfangen. Machen Sie es sich bequem, wenn Sie einen Platz finden.«

Julia betrat das Wohnzimmer. Auf Sofa und Sessel lagen zwei Katzen. Ein graues, zerzaustes Langhaar mit argwöhnischem Blick und eine beinahe goldfarbene Hauskatze, die ein paar Pfunde zu viel mit sich herumtrug. Taifun und Phoebe, glaubte sie sich zu erinnern. Ein weiteres Tier lief geduckt davon und verschwand aus ihrem Sichtfeld. Kater Carlo … oder so ähnlich?

»Diesmal mache ich den Kaffee am besten als Erstes«, sagte Röber lächelnd.

Sie hob die Hand. »Danke, für mich nicht. Es dauert auch nicht lang. Es geht um den Abend vor der Tat.«

»Mittwoch«, konstatierte er.

»Dienstag«, korrigierte sie und beobachtete seine Reaktion. Doch sie erhielt nichts außer einem leeren Blick. Also musste sie etwas weiter ausholen. »Wir haben den Toten mittlerweile identifiziert. Es handelt sich um einen Makler, der Name ist Bischof. Sagt Ihnen das was?«

»Nein.« Röber überlegte kurz. »Kirsten hat doch gesagt, dass sie sich selbst um den Verkauf kümmert. Komisch.«
»Offenbar hat der Makler auf eigene Faust agiert. Herr Bischof ist Dienstagabend hierhergekommen. Er war wohl über den Schlüssel im Stein informiert. Davon wussten Sie auch nichts?«
»Äh, nein. Das kann ja dann nur Kirsten gewesen sein.«
Durant witterte eine Gelegenheit. »Entweder das, oder jemand anders hat ihn reingelassen.«
Röber schien anzubeißen. Sein Zeigefinger legte sich auf den eigenen Brustkorb. »Und jetzt glauben Sie, dass *ich* das war?«
Sie zog eine Schulter hoch. »Sie sind immerhin fast auf die Minute gleichzeitig mit ihm eingetroffen.«
»Wo ›eingetroffen‹?« Röber wirkte irritiert.
»Hier in der Straße. Bei Frau Riemanns Haus.«
»Aha. Und das behauptet wer?«
Durant lehnte sich zurück. »Die Videoüberwachung der Henschels. Sie haben uns doch auf diese Kamera hingewiesen.«
Röber wedelte mit beiden Händen. »Stopp! Ich schwöre – wenn's sein muss auch auf die Bibel –, dass ich diesen Typen nicht gesehen habe! Und außerdem habe ich meinen eigenen Schlüssel.« Er atmete tief ein. »Abgesehen davon: Warum sollte ich einen Makler ins Haus lassen? Ich will doch gar nicht, dass es schnell verkauft wird.«
Durant beobachtete ihn genau. Seine Empörung wirkte nicht aufgesetzt, in den Augen lag etwas Panisches. Hendrik Röber erschien ihr wie ein Mann, dessen größte Sorge es war, unschuldig verdächtigt zu werden. Und dessen größte Angst es war, dass das die Beziehung zu Kirsten Riemann beschädigen konnte. Sie verspürte Mitleid. Einen Mörder sah sie da jedenfalls nicht vor sich sitzen, auch wenn es da etwas gab, das sie nicht greifen konnte. Noch nicht.
»Hm. Okay. Ich musste Sie das jetzt fragen. Die ganze Sache ist

höchst eigenartig. Frau Riemann hat gesagt, sie habe dieser Agentur niemals einen Auftrag erteilt. Aber sie wollte auch schnell verkaufen, vermutlich hat sie Herrn Bischof deshalb grünes Licht gegeben. Hätte er nichts von dem Schlüsselversteck gewusst, hätte er deutlich länger danach gesucht, und dann hätten Sie ihm begegnen müssen.« Sie kratzte sich am Kinn. »Laut Video haben Sie sich nur um Sekunden verpasst.«

Röber begann, die Katze neben sich zu kraulen. Er schaute die Kommissarin nicht an, als er antwortete: »Ja. Komisch. Über diese Immobilientypen hat sie sich tierisch aufgeregt.«

»Wer hat denn von dem Schlüssel im Stein gewusst?«

»Keine Ahnung.«

»Herr Röber«, mahnte sie. »Warum habe ich das Gefühl, dass Sie mir da was verschweigen?«

Sein Kopf zuckte, die Blicke trafen sich wieder.

»Es hat nichts damit zu tun! Glauben Sie mir.«

»Erklären Sie es mir! Erklären Sie mir, weshalb Sie auf dem Nachhauseweg nicht direkt in die Wohnung gegangen sind, um die Katzen zu versorgen. Und erklären Sie mir, was hinter dieser Schlüsselsache steckt. Es geht hier um Mord. Glauben Sie mir: Da wollen Sie nicht mit reingezogen werden. Und Frau Riemann sicher auch nicht.«

»Autsch.« Röber zog eine Grimasse. »War das jetzt nötig?«

»Ich merke doch, wie viel Ihnen an ihr liegt.«

»Ja«, murmelte er. »Schade nur, dass sich das Ganze in Luft auflösen wird, wenn sie weg ist.«

»Der Schlüssel«, bohrte Durant.

»Na gut. Aber eine richtige Erklärung ist das auch nicht. Nicht, dass Sie jetzt enttäuscht sind. Die Wohnung unten stand früher schon mal leer. Tim und ich haben da unser erstes Dosenbier getrunken und, na ja, was man halt so macht.« Er fuhr sich durchs Haar. »Der Schlüssel ist seit über zwanzig Jahren derselbe. Das

Versteck auch. Ich dachte schon, Kirsten hätte ihn vielleicht vergessen, jedenfalls war das nie ein Thema. Sonst hätte ich ja auch einfach diesen Schlüssel nehmen können, um die Katzen zu versorgen. Was sie allerdings nicht weiß, ist, dass wir früher da öfter drin waren. Mit dem Schlüssel aus dem Versteck. Deshalb habe ich ihn ihr gegenüber natürlich auch nie erwähnt.« Röber räusperte sich. »Ich wollte Ihnen das schon viel eher sagen, denn da unten sind bestimmt noch einige Fingerabdrücke von uns. Also von Tim und mir.«

»Moment mal. Die Wohnung war doch zwischendurch bewohnt.«

»Ja, schon.« Röber hüstelte. »Ich fühle mich jetzt wie ein mieser Verräter, aber Tim benutzt die Bude manchmal zum Kiffen. Also nur dann, wenn Kirsten nicht da ist, aber das kommt ja öfter mal vor. Sie haben sicher mit ihm gesprochen und kennen die Geschichte mit seinem Alten. Ab und zu muss er da raus, den Kopf frei kriegen. Die leere Wohnung ist perfekt«, er blinzelte und hob einen Mundwinkel, »und allemal besser als drüben im Park.«

Durant nickte und machte sich eine Notiz. Bekifft! Das musste es sein. So hatte Tim Henschel vorhin am Telefon geklungen.

»Und Sie haben sich nicht mehr dort aufgehalten?«, fragte sie dann.

»Nein! Erstens haben Tim und ich kaum noch miteinander zu tun, und zweitens kiffe ich nicht.« Er verzog den Mund. »Und selbst wenn. Das müsste ich ja nicht zugeben, stimmt's?«

»Es interessiert mich eigentlich gar nicht«, gab Durant zurück. »Aber es wäre schon interessant zu wissen, wessen Spuren wir noch alles darin finden könnten. Das Feuer war ja ziemlich schnell gelöscht.«

»Puh.« Feine Schweißperlen standen auf Röbers Stirn. »Wie gesagt, Tim und ich waren früher mal recht dicke, aber heute gar nicht mehr. Deshalb weiß ich es nicht.«

»Sie waren also unabhängig von ihm drinnen.«

»Was? Ach so, wegen der Abdrücke.« Röber wischte sich über die Stirn. »Na ja, ab und zu mal ein Kontrollgang.«
»Um was zu kontrollieren?«
Röber schnaubte verächtlich. »Sie sehen ja, was alles passieren kann!«
Julia Durant beobachtete ihn. Seine Gesichtsmuskeln, seine Augen. Das verräterische Zucken. Dachte er, dass ein Joint von Tim Henschel für das Feuer verantwortlich gewesen sein könnte?
»Ich möchte Sie um eines bitten«, sagte Röber unerwartet kleinlaut. »Bitte halten Sie mich da raus. Auch wegen Kirsten. Unsere letzten gemeinsamen Tage, bevor sie weggeht, sollen nicht im Streit enden. Ich habe nichts Unrechtes getan, das müssen Sie mir glauben. Aber ich kann Ihnen auch nicht weiterhelfen. Ich weiß nichts.«
»Schon gut«, erwiderte die Kommissarin, auch wenn sie am liebsten etwas anderes gesagt hätte. Sie spürte, dass der junge Mann aufgerieben war. Ein innerer Konflikt, dessen Ausmaß sie noch nicht verstand. Doch wenn sie ihn jetzt zu sehr unter Druck setzte, konnte alles zerplatzen.

Wenige Minuten später, auf der Straße, rief sie Andrea Sievers an. Sie meldete sich erst nach dem zweiten Versuch und einem endlosen Tuten.
»Endlich«, begrüßte Durant die Ärztin.
Diese antwortete ungewohnt patzig. »Ich hatte den Föhn an. War schwimmen. Sorry, dass du warten musstest. Manchmal muss ich auch mal leben, verstehst du?«
»Schon gut. Ich mache es kurz. Der Todeszeitpunkt von Bischof. Wie viel Spielraum haben wir da genau?«
»Plus/minus zwei Stunden, nach vorne raus auch länger. Warum fragst du?«
»Weil am Mittwoch zwischen acht und neun Uhr jemand in der Wohnung war.«

»Ah. Dieser Katzenmann.«

»Korrekt. Und Hendrik Röber behauptet, dass er beim Füttern der Katzen keine Leiche gesehen haben will.«

»Bedaure, aber das kommt nicht hin. Ich habe meine Unterlagen jetzt nicht griffbereit, doch nach allen Faktoren lag die Todeszeit spätestens gegen Mitternacht, also von Dienstag auf Mittwoch. Er kann keinesfalls erst am Mittwoch gestorben sein, es ist sogar viel wahrscheinlicher, dass er bereits am Dienstagabend starb. Genauer kann ich mich nicht festlegen.«

Durant schluckte hart. Bischof war Dienstagabend gegen achtzehn Uhr zu Riemanns Haus gegangen.

Sie hatte sich diese Frage extra aufgehoben. Als sie sich zu dem Fenster umdrehte, hinter dem Röber vorhin gestanden hatte, glaubte sie, eine flüchtige Bewegung zu erkennen. Gänsehaut überkam sie. Sie musste ihn damit konfrontieren. Aber sollte sie das wirklich alleine machen?

15:40 UHR

Der Bildschirm flimmerte nicht. Es waren die Augen. Die Nerven.

Notbremse. So sollte das alles nicht sein.

Die vergangenen Tage waren anstrengend gewesen. Vieles war ungeplant geschehen, aber jetzt war es zu spät. Eine Spirale, die sich wie ein Strudel in immer engeren Kreisen drehte. Schneller. Kräftiger. Ein Sog, dem man nicht entkam.

Nein! Die geballten Hände trafen auf den Jeansstoff, der sich über die Oberschenkel spannte.

Die Kontrolle zu verlieren, war keine Option. Es gab immer Möglichkeiten. David Levy gegen den Computer »Chess 4.8.«, Anfang 1979. Schon nach wenigen Zügen schien das Ende besiegelt. Doch

Levy gab nicht auf und erkämpfte sich ein Remis. Für den Kampf Mensch gegen Maschine war dieses Unentschieden ein gewaltiger Sieg gewesen.
Ich werde siegen. Ich kann nur siegen. Doch ich darf nicht denselben Fehler machen wie Levy oder der Computer.
Keine überstürzten Züge mehr. Keine Opfer, nur weil die Gelegenheit sich bietet. Die Welt würde warten müssen, wenn sie das Spiel begreifen wollte. Man konnte nicht alles kontrollieren und vorhersehen, aber dort, wo die Kontrolle möglich war, musste man sie festhalten.
Die Finger flogen über das Tastenfeld.

frühestens nächste Woche

warum erst so spät?

weil ich es sage

Kontrolle.
Es fühlte sich gut an, diese Macht zu haben.
Der Chat-Partner sah das wohl anders.

dann steck dir das ding doch sonst wohin!
ich lasse mich nicht verarschen

Die Antwort formte sich bereits im Kopf, doch etwas anderes erforderte Aufmerksamkeit.
Verdammt.

*

Das digitale Auge hatte die Kommissarin längst erfasst, das spürte sie, bevor sie auf das Grundstück der Familie Henschel einbog. Eine unangenehme Vorstellung, andererseits konnte einem das überall in der Stadt passieren, und in den meisten Fällen befürwortete Durant die Überwachung durchaus. Jede Gewalttat, die dadurch abgeschreckt werden konnte, war es wert. Oder nicht?

Sie hatte einen Streifenwagen angefordert und danach Frank Hellmer angerufen. Beim nächsten Besuch bei Röber würde sie nicht alleine sein, und bis dahin sollten die Beamten das Haus überwachen, falls er sich aus dem Staub machen wollte. Durant glaubte noch immer nicht, dass sich das gesamte Puzzle mit Röber lösen würde. Doch sie durfte kein Risiko eingehen.

Ihr Finger traf die Türklingel. Die Reaktion kam unerwartet schnell. Schon summte es, und sie trat ein.

»Frau Durant.«

Tim Henschel stand in der Tür. Es roch nach Essen, den Aromen nach etwas Italienisches.

»Ich habe noch ein paar Fragen. Darf ich reinkommen?«

»Wenn's sein muss«, brummte er. »Aber ich sag's Ihnen gleich: Ich stecke mitten in einem Projekt, und es ist nix aufgeräumt.«

»Das kenne ich.« Sie rang sich ein Lächeln ab, um das Eis zu brechen. Wenn sie etwas aus ihm herausbekommen wollte, musste sie eine gemeinsame Basis schaffen. Als sie den Wohnbereich betrat – Wäsche lag in Bergen verteilt –, sagte sie: »Na ja, so sieht's bei mir manchmal auch aus. Wie ist das eigentlich mit Ihrer Schwester? Teilen Sie sich den Haushalt?«

»Ist *das* Ihre Frage?« Henschel klang betont irritiert. Er räumte einen Armvoll T-Shirts vom Sessel auf den Tisch und deutete darauf. »Bitte sehr.«

»Nein.« Durant bedankte sich und nahm Platz. »Aber ich hatte das Gefühl, dass Sie und Ihre Schwester sich nicht sonderlich gut verstehen.«

Henschel blieb argwöhnisch. Er zog einen hölzernen Schemel heran und setzte sich, was etwas verkrampft wirkte. »Na ja, mag sein. Aber das gibt es in vielen Familien, nicht wahr?«

»Es ist Ihre Familie, die mich interessiert«, konterte Durant mit einem angedeuteten Lächeln.

Tim Henschel mied ihren Blick. Seine Augen wanderten umher, während er redete. »Ja, doch dazu möchte ich nichts sagen. Lena hat Ihnen vermutlich erzählt, warum wir hier zusammen wohnen. Oder unsere Nachbarn. Ist mir egal. Wir sind eine Zweckgemeinschaft, solange es eben notwendig ist. Danach kann jeder von uns seine eigenen Wege gehen.« Er unterbrach sich und sah Durant direkt in die Augen. »Genug davon. Warum sind Sie hier?«

Durant nickte langsam. »Okay. Dann zur Sache. Es gibt ja diese Wohnung dort drüben bei Frau Riemann im Erdgeschoss.«

Während Durants Finger in die Richtung deutete, in der das Haus lag, haftete ihr Blick auf dem Mann gegenüber. Dieser schluckte.

»Also geht es um das Feuer. Gibt es da was Neues?«

Der Kommissarin kam eine Idee. »Die Feuerwehr hat ihren Abschlussbericht noch nicht fertig. Aber stellen Sie sich vor, es könnte eine brennende Zigarette gewesen sein. Oder eine Pfeife. Oder ein Joint.«

»Wie ... ach so. Na ja ... Frau Riemann ist doch bestimmt gut versichert.«

Henschels Stirn begann zu glänzen, und Durant musste sich das Grinsen verkneifen.

»Das mag sein. Trotzdem. Eine Drogenhöhle in der Nachbarschaft? Das hätten Sie sicher nicht gedacht, oder? Ich meine, hier wohnen ja auch Kinder.«

Der Sarkasmus, den sie in ihre Stimme gelegt hatte, zeigte Wirkung. Henschel verengte die Augen zu Schlitzen und fragte: »Moment mal. Unterstellen Sie mir hier etwas?«

Durant zuckte mit den Schultern. »Was denn zum Beispiel?«

»Aaaah. Wer hat mich in die Pfanne gehauen? Lena? Oder Hennes?«
»Wir haben Sie auf dem Video. Ihr eigenes Video. Sie verlassen mit dem Rucksack das Haus und kehren erst nach zweieinhalb Stunden wieder zurück. Außerdem hat das Feuer zwar einiges vernichtet, aber unsere Forensiker finden immer etwas. Ich denke, Sie sollten mir jetzt reinen Wein einschenken!«
Henschel schnellte nach oben. »Vielleicht sollte ich Sie lieber wegschicken und meinen Anwalt rufen?«, keuchte er.
Durant blieb sitzen und faltete die Hände über den Bauch.
»Das steht Ihnen natürlich zu. Aber gegen die Spuren kann der Anwalt auch nichts machen.«
»Und wenn schon!«, schnaubte Henschel und warf die Arme in die Luft. »Ich habe da gekifft, na und? Ich war nicht der Einzige.«
»Das wissen wir.«
»Aha! Also hat mich doch jemand verpfiffen. Die blöde Drecksau.«
»Wen genau meinen Sie jetzt?«
Henschel winkte ab. »Ach, egal. Okay, ich gebe es zu. Na und? Eigenbedarf ist erlaubt.«
»Es ist mir sogar scheißegal, wenn ich das mal so sagen darf«, erwiderte die Kommissarin. »Aber zwischen Dienstagabend und Mittwochfrüh war außer Ihnen noch jemand in dem Haus. Sie haben gesagt, dass Sie das Opfer, Herrn Bischof, nicht kennen. Aber Sie müssen zur selben Zeit im Haus gewesen sein.«
»Moment – wer behauptet das? Ich habe *niemanden* gesehen!«
»Sie sind eine Viertelstunde, nachdem er ins Haus ging, von hier aufgebrochen. Siebzehn Minuten, um genau zu sein. Die Szene mit dem Rucksack, Sie erinnern sich?«
Henschel lachte auf. »Da war ich überhaupt nicht in der Wohnung.«
»Sondern?«

»Im Park beim Spielplatz. Habe ich doch am Telefon schon gesagt. Sonne, Tageslicht, wir waren lange genug eingesperrt.«
»Hm. Sie kiffen auf dem Spielplatz? Vor Kindern?«
»Quatsch! Erstens sitze ich nur in der Nähe des Spielplatzes. Das hatte ich doch auch schon mal gesagt. Und zweitens habe ich dort *gearbeitet*. Am Laptop.«
»Kann das jemand bezeugen?«
»Nein. Höchstens noch ein paar Muttis, aber ich sitze immer ziemlich abseits, und die schauen in die entgegengesetzte Richtung, also auf den Spielplatz. Es gibt da so eine Bank. Vielleicht suchen Sie da mal nach meinen Abdrücken.«
»M-hm.« Durant machte sich eine Notiz. »Und wann sind Sie zum letzten Mal in der besagten Wohnung gewesen?«
Henschel zog die Schultern hoch. »Ist schon ne Weile her.«
Julia Durant biss sich auf die Unterlippe.
Mist.

16:20 UHR

»Erklärst du mir jetzt mal, was das Ganze soll?«
Frank Hellmer lehnte an Julias Kombi und rauchte, ein ungewöhnliches Bild. Auch wenn sein 911er Geschichte war, sah man ihn nur selten mit Dienstfahrzeugen. Zurzeit fuhr er mit dem Range Rover seiner Frau – wo auch immer er hier mit diesem Ungetüm einen Parkplatz gefunden hatte.
Julia eilte zu ihm. Im Hintergrund parkte der Streifenwagen. Das Bild passte ihr nicht. Alles viel zu nah, viel zu offensichtlich. Röber hatte das Anrücken der Autos sicher bemerkt. Vielleicht hatte er sich sogar über eines der Fenster oder einen anderen Schleichweg verdrückt. Oder aber – und dieser Gedanke wurmte sie besonders – sie schossen hier mit Kanonen auf Spatzen.

Als sie den Kommissar erreichte, atmete sie zuerst einige Male ein und aus. Sie genoss den Tabakduft, auch wenn das Verlangen nach einer Zigarette sich in Grenzen hielt. Dann erkannte sie eine der Personen im silberblauen Polizeiwagen. Die Polizistin mit dem dunkelblonden Pferdeschwanz, Cora Danner, mit der sie sich am Donnerstag unterhalten hatte. Durant deutete ein Winken an, die Beamtin erwiderte es. Doch zuerst war Hellmer dran.

»Okay, pass auf«, begann sie. »Ich habe Angst, dass uns dieser Röber entwischt. Der kennt sich hier aus wie in seiner Westentasche, und außerdem verschweigt er uns etwas. Das ist jetzt so sicher wie das Amen in der Kirche.«

»Ich trage weder Weste, noch gehe ich zur Kirche«, flachste Frank, »aber meinetwegen. Und was verschweigt er?«

»Er *muss* die Leiche gesehen haben. Bischof war am Mittwochmorgen um acht Uhr längst tot. Das hat Andrea mir eindeutig bestätigt. Also lügt er …«

»… oder er war am Mittwoch gar nicht in der Wohnung.«

»Quatsch. Er musste doch die Katzen füttern.«

Frank trat die Zigarette aus und kickte den Stummel in den Gully. Dabei sah er aus, als durchwühle er sein Gedächtnis. »War da nicht etwas mit einem Futterspender?«

»Ja, mag sein. Aber Röber hat *gesagt,* dass er jeden Tag einmal da war. Er hat das sogar betont, weil eigentlich sollte er zweimal täglich hingehen.«

»Na, dann haben wir's doch.« Hellmer grinste breit. »Er hat das behauptet, damit seine Angebetete nicht enttäuscht ist. Er will ein guter Kümmerer sein und keinen Ärger mit Mutti riskieren.«

»Blödmann.« Doch auch Durant konnte sich das Grinsen nicht völlig verkneifen. »Dann konfrontieren wir ihn noch mal damit. Aber wir servieren ihm das nicht auf dem Silbertablett, sondern er soll selbst damit rausrücken. Es kotzt mich ohnehin an, dass wir hier nicht weiterkommen, während sich schon zwei weitere Morde in die Reihe gestellt haben.«

Hellmer stöhnte auf. »Da sagst du was.« Er deutete auf die Uniformierten, die mit herabgelassenen Fenstern im Auto warteten. »Was machen wir mit denen? Nehmen wir sie mit?«

»Sie sollen unten bleiben und sich bereithalten«, entschied Durant. »Aber irgendwo im Schatten. Das hält man ja sonst kaum aus.«

Als sie vor Röbers Haus traten, hatte keiner von beiden seine Dienstwaffe gezogen. Hellmer war jedoch auf alles vorbereitet, er würde als Back-up fungieren und Durant das Gespräch überlassen. Diese Strategie hatte sich in der Vergangenheit bewährt.

»Ach. Sie?« Röber gab sich verwundert. »Und jetzt sogar zu zweit.«

»Macht Ihnen das Sorgen?«, konterte Durant und hob die Augenbrauen.

»Quatsch. Aber ich wollte eigentlich los.«

»Zu Kirsten?«

»Wie kommen Sie drauf?« Er schüttelte sich. »Und selbst wenn. Ist das jetzt etwa verboten?«

Durant zeigte ihre Zähne. »Verboten wäre es jedenfalls, wenn man einen Toten findet und nicht die Polizei verständigt.«

Röbers Kopf ging nach hinten. »Was?«

»Wollen wir das hier in der Tür besprechen?«

»Nein. Dann kommen Sie halt rein. Sie kennen ja den Weg.«

Durant schritt zum Sessel, Hellmer folgte ihr. Phoebe hatte sich auf der Sitzfläche eingerollt und hob alarmiert den Kopf.

»In die Küche?«, bot Röber an.

Sie fanden zwei Stühle, Julia und der junge Mann nahmen gegenüber Platz, Frank signalisierte, dass er lieber stehen wolle, und lehnte sich an die Arbeitsplatte.

»Gut, noch mal von vorn«, sagte die Kommissarin. »Herr Bischof war am Mittwochmorgen bereits tot. Ergo müssen Sie ihn gesehen haben.«

Röber grunzte. »Wenn ich ihn gesehen hätte, dann hätte ich die Polizei gerufen.«

»Haben Sie aber nicht. Was verschweigen Sie uns also noch?«

»Ich habe niemanden gerufen, weil ich ihn nicht gesehen habe!« Röber fuhr sich übers Gesicht. »Vielleicht war er ja doch noch nicht tot.«

»Die Rechtsmedizin irrt sich nicht, jedenfalls nicht über so viele Stunden. Da stellt sich mir die Frage, warum Sie so beharrlich bei Ihrer Aussage bleiben. Vielleicht sollten wir doch einen Anwalt hinzuziehen, die Sache wird ernst. Für uns ist so ein Verhalten sehr verdächtig. Und wenn wir es nicht verstehen können …«

»Herrgott noch mal!«, platzte es aus Röber heraus. »Was wollen Sie denn von mir hören?«

»Ich will wissen, was Sie gesehen haben, als Sie am Mittwoch zwischen acht und neun Uhr in der oberen Wohnung gewesen sind.«

Röber zuckte. »Vielleicht habe ich das Füttern an diesem Tag ja doch vergessen.«

»Das erklärt allerdings nicht, warum Sie um kurz vor acht Ihre Wohnung verlassen haben wollen und erst über eine Stunde später durch das Video gelaufen sind.«

»Scheiße«, stieß Röber hervor. »Verdammte Scheiße.«

»Na, kommen Sie. Sagen Sie mir die Wahrheit. Egal, was es ist: Am Ende kommt es doch heraus. Am besten für Sie wäre es, wenn Sie es selbst sagen.«

Röber stand auf und fummelte an der Stuhllehne herum. »Ich habe gar nicht gefragt, ob Sie etwas trinken möchten.« Seine Stimme war belegt.

»Wir möchten aktuell nur eines von Ihnen«, antwortete Julia Durant freundlich.

»Ich kann nicht. Nein.« Röber wandte sich ab. Ein Beben ging durch seinen Körper.
Hellmer hob die Hand in Richtung Pistolenholster, das er unter seinem Leinensakko trug.
Durant versuchte, den Gedanken beiseitezudrängen, aber irgendwie erinnerte er sie in diesem Augenblick an Sonny Crockett aus *Miami Vice.* Ein wenig aus der Zeit gefallen, aber immerhin …
Während Röber offensichtlich mit sich kämpfte, trat er zum Kühlschrank, entnahm eine Glasflasche mit Sprudel und stellte sie auf der Küchenplatte ab. Dabei murmelte er etwas.
Plötzlich fuhr er herum. »Ich möchte einen Anwalt.«
Hellmer, dessen Hand sich gerade noch rechtzeitig entspannte, um die Waffe im Verborgenen zu halten, blaffte ihn an: »Wofür denn? Wegen einer nicht gemeldeten Leiche?«
Julia warf ihm einen vielsagenden Blick zu, stand ebenfalls auf und trat neben Röber. »Jetzt mal langsam. Mein Kollege hat recht. Sie wären zwar verpflichtet gewesen, das zu melden, aber da brauchen Sie nicht viel zu befürchten. Laut Rechtsmedizin war Bischof um diese Zeit längst tot, und seine Verletzungen waren schwer genug, dass Sie da nichts wegen unterlassener Hilfeleistung zu befürchten haben.«
»Ich *habe* ihn aber nicht gefunden!«, jaulte Röber. »Und das lasse ich mir auch nicht einreden. Deshalb will ich einen Anwalt sprechen.«
»Gut. In Ordnung.« Die Kommissarin atmete tief durch. »Dann verstehe ich Ihr Problem allerdings noch viel weniger. Was soll der Anwalt denn machen? Er wird versuchen, Ihre Geschichte zu bestätigen. Doch am Ende gibt es keine Zeugen und nur das Video, das eindeutig gegen Sie spricht. Und dann wird es haarig. Ich weiß ja, Sie wollen auf keinen Fall, dass Frau Riemann schlecht von Ihnen denkt. Aber was auch immer der Anwalt für Sie rausreißen kann: Es wird immer etwas kleben bleiben.« Sie zuckte mit den

Schultern und schaltete auf eine kühle, geschäftige Stimmlage um. »Haben Sie denn einen Rechtsbeistand, oder brauchen Sie Hilfe?«

»Fuck!« Röber trat mit dem Fuß gegen den Schrank. »Dann sag ich's Ihnen jetzt halt ganz direkt. Aber ich sage es nur Ihnen, und der Rambo soll verschwinden.«

»Mein Kollege bleibt«, erwiderte die Kommissarin. »Doch ich verspreche Ihnen: Wir behandeln alles so vertraulich wie möglich.«

»Scheiß drauf.« Röber nahm wieder Platz und vergrub den Kopf in den Händen. Nach ein paar Sekunden hob er ihn wieder an und begann zu erzählen. »Ich *war* am Mittwoch im Haus, aber nicht in der Wohnung. Nicht oben jedenfalls.«

»Aber die Katzen«, platzte es aus Hellmer heraus, doch Durant schnitt ihm energisch das Wort ab. »Nicht jetzt, Frank!«

Röber nickte und fuhr fort. »Ich habe jemanden getroffen. Lena Henschel. Mein Jugendschwarm, das sollte ich dazusagen, aber es ist nie etwas zwischen uns gelaufen. So. Jetzt ist es raus.« Er schluckte. »Und das alles ist eine riesige Dreckpfütze, und ich möchte nicht, dass das aufgewirbelt wird. Für keinen von uns. Es geht dabei nicht nur um Kirsten und mich.«

Julia Durant griff nach den Händen des Mannes, er zog sie aber weg. »Erzählen Sie einfach weiter«, sagte sie leise.

»Also. Lena und ich, das war mal eine richtig enge Freundschaft. Zur Schulzeit, meine ich. Schon ewig her. Aber wie das halt so läuft: Einer will mehr, der andere nicht. In diesem Fall war das sie, die nicht mehr wollte. Gott, war ich verliebt damals … Jedenfalls stand sie da auf einmal vor mir. Am Mittwoch, als ich gerade bei Kirsten vorm Haus war und aufschließen wollte. Sie war total außer sich, ich dachte schon, es wäre was mit ihrem Vater, diesem Dreckschwein.« Röbers Fäuste ballten sich. »Na, jedenfalls höre ich meinen Namen, dann steht sie da. Das war wie ein Blitzeinschlag, als hätte es die ganzen Jahre seit damals nicht gegeben.«

Röber begann, mit den Fingern zu spielen, und sein Blick fiel nach unten. »Lena hat gesagt, sie habe mich in letzter Zeit öfter gesehen. Kein Wunder. Ich war ja täglich bei den Katzen. Da standen wir schon unten im Hausflur, und sie hat mich gefragt, ob ich manchmal noch an früher denke. Also an das, was wir so in der leer stehenden Wohnung gemacht haben.« Röber unterbrach sich und sah auf. »Also wir haben da nichts gemacht, jedenfalls nicht *das*«, betonte er. »Wenn es nach mir gegangen wäre, dann schon. Aber genau deshalb ist unsere Freundschaft ja damals auseinandergegangen. Wir haben geknutscht, dann ist sie aufgesprungen und hat gesagt, dass sie das nicht wolle. Nicht könne. Na ja, und das war's dann. Das wollte ich bei unserem Wiedersehen nicht unbedingt wiederkäuen, denn es hat mir ziemlich wehgetan. Aber Lena wollte offenbar genau darauf hinaus. Morgens um acht. In diesem Moment spielte das überhaupt keine Rolle für mich. Außerdem arbeitet sie ja in Schichten, aber egal. Sie hat jedenfalls gesagt, sie habe in letzter Zeit oft an mich gedacht. Sie wolle alte Fehler wiedergutmachen. Ich war ziemlich perplex, aber das ging alles so schnell. Wir beide, die leere Wohnung. Plötzlich waren wir auch schon drin. Das war wie ein Flashback.« Er machte eine Pause und forschte in Durants Gesicht nach einer Reaktion. Sie blinzelte nur und deutete ein Nicken an.

Er sprach weiter: »Na ja, ich werde jetzt keine Details ausplaudern. Aber ganz ehrlich, wegen der Katzen … ich wollte eigentlich längst in der Stadt sein, also hab ich sie einfach sausen lassen. Ich wollte dann halt abends hin, aber es wurde so spät, da habe ich nur gedacht, dass sie auch mal einen Tag ohne Nassfutter auskommen können. Ich schmeiße eh viel zu viel weg. Und die Trinkbrunnen und das Trockenfutter reichen für mehrere Tage. Mann, Mann, Mann«, schloss er und schüttelte den Kopf. »Jetzt wissen Sie's also.«

»Danke schön. War doch gar nicht so schwer, oder?« Julia Durant

lächelte. »Und vor allem gibt es da nichts, wofür Sie sich schämen müssen.«
»Tue ich aber! Die Katzen, Kirsten, Lena, einfach alles!«
»So wie ich es sehe, haben Sie nichts Schlimmes getan. Weder strafrechtlich noch moralisch. Die Beziehung zu Kirsten Riemann ist durch ihren Wegzug ja mit einem Enddatum versehen, und alles, was sich mit Frau Henschel abgespielt hat, ging ja wohl von ihr aus.«
»Apropos.« Frank Hellmer räusperte sich im Hintergrund. »Wusste Frau Henschel von Ihrer Beziehung mit Kirsten Riemann?«
Röber verneinte. »Jedenfalls nicht von mir. Das weiß eigentlich keiner, auch wenn wir nichts Verbotenes tun.«
»Und weiß Frau Riemann im Gegenzug von Ihrer Vergangenheit mit Lena Henschel?«
»Na ja. Sie weiß sogar ziemlich viel. Vor allem aber, dass da nie was zwischen uns gelaufen ist. Scheiße.« Röbers Augen zuckten hin und her. »Was soll ich ihr denn jetzt sagen?«
Julia drehte sich um zu Frank, dieser deutete ein Kopfschütteln an. Sie wandte sich wieder ihrem Gegenüber zu. »Das entscheiden Sie. Wir müssen da nach aktuellem Stand nichts unternehmen. Allerdings werden wir uns mit Frau Henschel unterhalten.«
»Warum denn? Ich habe Ihnen doch jetzt alles gesagt?«
»Das wissen wir sehr zu schätzen, auch wenn es ziemlich spät kam. Dasselbe gilt für sie. Frau Henschel hätte uns das längst sagen müssen. Jetzt müssen wir sie leider damit konfrontieren.«
»Nein, bitte!« Dieses Mal waren es Röbers Hände, die nach denen der Kommissarin griffen. »Sie wissen da längst noch nicht alles.«

16:45 UHR

Das Telefon klingelte.

Jan Hornung erkannte die Nummer nicht. Doch die Stimme am anderen Ende der Leitung wühlte alles wieder auf. Genauso musste es sich anfühlen, bevor einem das sprichwörtliche Blut in den Adern gefror. Er hatte dieses Gefühl bislang ein einziges Mal in seinem Leben gehabt. In jener Nacht im Park. So verschwommen die Erinnerungen auch waren – dieser Augenblick hatte sich ihm für immer ins Gedächtnis gebrannt. Wie eine Narbe. Wie eine Tätowierung, die man gerne loshaben wollte, die aber für immer ein Teil des Selbst geworden war.

»Hör auf mit dieser Scheiße!«

Obwohl er zitterte wie Espenlaub, rang er sich eine mutige Antwort ab. »Sie können mir gar nichts. Sie …«

Das Lachen des Anrufers war voller Häme. »Ich kann mehr, als du denkst!«

»Sie sind *weg!* Ich weiß das … Sie …«

Hornung geriet ins Schlingern, und die Stimme nutzte die Gelegenheit, um weiterzusprechen: »Ich stehe vielleicht nicht vor deiner Tür. Aber du weißt genau, dass ich einen Weg finde. Also lass es. Hör einfach auf! Das ist keine Bitte, das verlange ich von dir. Es ist mein Recht, und das weißt du.«

Hornung bebte und schwitzte. Warum hatte er das Gespräch überhaupt angenommen? Hatte er insgeheim gehofft, die Polizei würde ihm seinen Hammer wiedergeben? Oder jemand würde sich bei ihm entschuldigen? Nein. So viel Vertrauen in andere hatte Hornung nicht. Seit vielen Jahren nicht mehr. Seit damals.

Als er den Hörer zurücklegte, hörte er nur noch das Tuten.

Endlos.

Als wäre da nie etwas anderes gewesen.

17:05 UHR

Julia Durant hockte auf der Bank in der Nähe des Spielplatzes und drehte den Glimmstängel in der Hand. Sie hatte ihn nicht angezündet. Es war, als habe der Mut sie auf halbem Weg verlassen. Minuten zuvor, als sie Hellmer um eine Zigarette gebeten hatte, hatte dieser empört reagiert. »Du hast aufgehört, schon vergessen? Ich will jedenfalls nicht schuld sein …«

»Gib schon her«, unterbrach sie ihn. »Ich hab das doch schon öfter gemacht.«

»Das ist jetzt kein gutes Argument, oder?«

Schließlich hatte er sich hinreißen lassen. Einer Julia Durant schlug man nichts ab, und eine Zigarette war nicht dasselbe wie Alkohol. Frank Hellmer war durch diese Hölle gegangen, sie hatte ihn um ein Haar das Leben gekostet. Seither musste er einen Bogen um jeden Tropfen machen, was ihm mittlerweile aber keine Probleme mehr bereitete. Julia hatte maßgeblich zu seiner Rettung beigetragen. War für ihn da gewesen, als andere es nicht sein wollten oder er jede Hilfe von sich gestoßen hatte.

»Feuer kriegst du keins.« Er grinste.

Sie schwiegen eine Zeit lang, und das Gehörte hallte in ihren Köpfen nach wie ein Echo.

Röber hatte von früher erzählt. Von ihrer Kindheit, von seiner Freundschaft zu Tim Henschel und dessen Schwester Lena. Er hatte die Striemen auf dem Rücken seines Freundes gesehen. Nicht oft, aber im Sommer, wenn alle Kinder im Freibad oder am See ihre T-Shirts auszogen, hatte Henschel dagesessen und sich für die Abdrücke des Gürtelriemens geschämt, die auf seiner Haut prangten. Doch viel schlimmer – und das hatte damals keiner von den Kindern gewusst (und auch niemand aus Henschels Umfeld wissen wollen) – waren die seelischen Narben. Viel schlimmer als jedes Monster unter dem Bett oder im Schrank.

Ein Teufel, dessen Schatten auch im hellsten Licht niemals ganz verschwinden würden.

Röbers Worte klangen in ihrer Erinnerung nach.

»In der Schule haben sie uns immer gepredigt, wie gut und gerecht der liebe Gott wäre. Ich frage mich manchmal, wie das sein kann? Welchen Sinn soll das haben? Was ist das für ein Gott, der Menschen solchen Qualen aussetzt?«

Julia Durant kannte diese Gedanken. Vielleicht nicht ganz so hart, aber sie waren ihr im Lauf ihrer Berufsjahre nicht selten durch den Kopf gegangen. Auch ihr Vater hatte darauf keine Antwort geben können, doch er hatte es stets irgendwie geschafft, sie auf Kurs zu halten.

»Gottes Wege sind nicht immer zu verstehen. Das habe ich lange aufgegeben. Vielleicht könnte ich auch kein Pfarrer mehr sein, wenn ich dieses Vertrauen in ihn verlieren würde. Aber du, Julia, du bist ein guter Mensch. Du handelst so, wie Jesus es sich von uns gewünscht hat. Das ist das, was du steuern kannst. Wodurch du etwas verändern kannst. Der Rest liegt nicht in unserer Hand.«

Pastor Durant hatte es selbst erlebt. Dieses Gefühl der Machtlosigkeit. Das Infragestellen von Gottes Plan, wenn man erfuhr, was manche Menschen anderen antaten. Erwachsene Menschen ihren eigenen Kindern. Hennes Röber hatte es nicht mit Gewissheit beantworten können oder wollen, doch er hatte angedeutet, dass die Gewalt des alten Kurt Henschel sich nicht allein gegen seinen Sohn gerichtet hatte. Dass es nicht nur die Schläge mit dem Gürtel gewesen waren, sondern noch etwas anderes. Etwas, das auch das zerrüttete Verhältnis der Geschwister erklären mochte. Lena Henschel war die Jüngere der beiden. Warf sie ihrem Bruder vor, dass er sie nicht vor ihrem Vater beschützt hatte? Und waren es Schuldgefühle, die die Distanz von Tim Henschel zu seiner Schwester erklärten?

Als Julia den Streifenwagen erreichte, kamen Cora Danner und ihr Kollege aus dem Schatten zu ihr.
»Ich glaube, das war's für heute«, verkündete die Kommissarin. »Keine Verhaftung zu erwarten.«
Der Mann nickte und verabschiedete sich. Dann umrundete er das Fahrzeug und ließ sich in den Fahrersitz fallen.
Cora blieb in Julias Nähe stehen. »Gibt es denn einen konkreten Verdacht?«
»Nicht genug, sorry.«
Die Polizistin schaute in Richtung des Hauses von Röber, dann dorthin, wo die Geschwister Henschel mit ihrem alten Vater lebten. Sie seufzte. »So viele Geheimnisse. Und ich hätte schwören können, dass jemand von denen da mit drinsteckt.«
Julia kniff die Augenlider zusammen. »Ach ja? Und wer?«
Cora Danner zuckte mit den Schultern. »Ich halte nicht viel von meiner Menschenkenntnis. Aber Henschel ist mir unheimlich. Ich hatte nur kurz Kontakt mit ihm, am Donnerstag, als wir die Nachbarn befragt haben. Aus irgendwelchen Gründen hat er mir Gänsehaut verursacht.«
Julia lächelte matt. »Bei mir war es heute zeitweise der andere, der mir Unbehagen bereitet hat. Das ist normal, und es hat sich längst wieder verflüchtigt. Hat also nicht zwangsläufig was mit schlechter Menschenkenntnis zu tun.« Sie tat einen Atemzug. »Weshalb denn unheimlich?«
Danner überlegte kurz. »Vielleicht die Augen. Ich weiß es nicht. Doch da war noch etwas. Als ich die beiden zum ersten Mal gesehen habe, hatte ich das Gefühl, dass sie Angst vor ihm hat.«
»Seine Schwester?«
»Ja. Lena heißt sie. Sie war auch da, war jedoch in Eile. Es gab keinen Grund, sie aufzuhalten, doch der kurze Moment, in dem sie neben ihrem Bruder stand, schien ihr äußerst unangenehm gewesen zu sein.«

»Aha, interessant. Und wie hat sich das geäußert?«
»Er wirkte so mächtig und sie dagegen so klein. Fast wehrlos. Dabei gibt es kaum einen Größenunterschied, es war mehr ihre Körperhaltung. Das fand ich unheimlich.«
Die Kommissarin dachte nach. Unheimlich war nicht unbedingt das erste Attribut, welches sie Henschel zuschreiben würde. Sie fand ihn etwa so unheimlich wie Benni Tomas oder Mike Schreck. Ein großes Kind und ein Knuddelbär. Vielleicht lag es daran, dass sie Henschel in dieselbe Schublade steckte wie die beiden Computertypen.
»Können wir los?«
Die Stimme des Kollegen ertönte aus dem heruntergelassenen Fenster, und er startete den Motor, um seiner Eile Ausdruck zu verleihen.
Cora Danner beugte sich hastig in Julias Richtung und presste hervor: »Ich würde mich gerne noch mal ausführlicher mit Ihnen unterhalten.«
»Über den Fall?«
»Nein«, sie druckste, »über damals. Als ich noch beim achten Revier war.«
»Hm, okay. Aber ich bin hier noch nicht fertig. Wir haben ein paar Nüsse zu knacken.«
»Kein Problem«, erwiderte die Frau, doch sie klang enttäuscht.
Julia zog ihre Visitenkarte aus der Tasche und lächelte, als sie sie der Kollegin überreichte. »Da steht meine Handynummer drauf. Wenn wir hier fertig sind, brauche ich dringend eine Pause. Lassen Sie mich einfach wissen, wo ich Sie dann finde.«
»Danke.« Danner strahlte förmlich und ging zurück zu ihrem Partner.
»Was war das denn?«, wollte Hellmer wissen.
»Um ehrlich zu sein: Ich weiß es nicht. Aber sie war am Donnerstag schon hier, als die Leiche gefunden wurde. Ihre zweite, soweit ich weiß. Und das scheint ihr zuzusetzen.«

»Hm, verstehe.«
»*Was* verstehst du?«
»Dr. Durant«, antwortete Hellmer und grinste breit.
»Blödmann.« Sie knuffte ihn in die Seite. »Ich bin keine Ärztin, ich bin Polizistin. Und genau darauf konzentrieren wir uns jetzt. Kommst du mit zu Frau Henschel?«
»Ich weiß nicht. Vielleicht solltet ihr das besser unter euch bereden. Wenn da sexueller Missbrauch im Spiel ist, bin ich wohl eher ein Hemmnis.«
»Offiziell wissen wir das noch nicht. Ich wollte ihr gegenüber nur sagen, dass sie zur selben Zeit wie Röber in der Wohnung gesehen wurde.«
»Wie du meinst. Hoffen wir, dass er sie nicht informiert hat.«
Durant zog die Mundwinkel hoch. »So zahm, wie der am Ende war, traut der sich das bestimmt nicht.«
Hellmer grinste ebenfalls. »Stimmt. Da warst du zuerst eine knallharte Polizistin, aber am Ende warst du fast mütterlich zu ihm.«
»Offenbar mag er es so.«
»Klar. Und du konntest schon mal üben. Glaub mir, *Mami,* davon wirst du noch einiges brauchen.«
»Blödmann«, murmelte sie erneut.

Wieder war es Henschel, der die Haustür öffnete. Dieses Mal per Summer, und er empfing die Kommissare aus der oberen Etage. Seine Miene war mürrisch.
»Sie ist unten«, verkündete er. Schon knallte die Wohnungstür.
»Da oben wohnt der Vater«, stellte Durant fest. Weiter kam sie nicht. Lena Henschel trat aus der unteren Tür. Sie trug Jeans, T-Shirt und Turnschuhe. Außerdem war sie dezent geschminkt. Sie lächelte sparsam. »Hallo.«
Durant stellte ihren Partner vor. »Wie schön, dass es Ihnen jetzt passt«, schloss sie kühl.

»Tut mir leid wegen vorhin«, sagte Henschel. »Aber Sie schalten doch sicher auch Ihr Handy aus, wenn Sie ... ein Verhör oder so was haben.«
»Lassen wir das«, entgegnete Durant. »Wir müssen uns noch einmal über Mittwoch unterhalten.«
»Mit Verstärkung, wie ich sehe.«
»Wir sind heute zusammen unterwegs, das ist alles.«
»Sie müssen mir das nachsehen. In meiner Branche gibt es kein großes Vertrauen in die Polizei. Meistens sind wir es, die die Scherben hinterher aufkehren müssen, nachdem die Polizei das Chaos angerichtet hat. Ich sage nur Bahnhofsviertel, Taunusanlage und Mainkai.«
Alles Orte, an denen Drogen, Prostitution und Obdachlosigkeit eine Rolle spielten, wie Durant wusste. Alles Orte, an denen die Polizei und die soziale Arbeit einen Kampf ausfochten. Meistens auf derselben Seite, manchmal aber auch nicht. Alles Orte, kam ihr in den Sinn, an denen der Hammermörder sich herumgetrieben hatte.
Sie winkte ab. »Reden wir nicht davon. Uns geht es um hier. Genau gesagt, um das Haus von Frau Riemann.«
»Mhm. Ich dachte, ich hätte Ihnen schon alles dazu gesagt.«
Durant beäugte sie. Henschel wirkte, als wisse sie tatsächlich noch nichts von ihrem Gespräch mit Röber.
»Offenbar nicht«, sagte sie gedehnt, machte dann eine Atempause und setzte neu an: »Zum Beispiel hätten Sie uns sagen müssen, dass Sie in der unteren Wohnung waren.«
Frau Henschels Gesichtsmuskeln zuckten. »Wieso … ich habe doch …«
»Sind Sie denn nicht in der Wohnung gewesen? Ich spreche von Mittwoch, also vorvorgestern. Der Tag vor dem Feuer. Der Tag, an dem der Tote in der Wohnung lag.«
»Aber er lag doch oben!«, keuchte Henschel.

»Mag sein. Gebrannt hat es unten. Und *Sie* wurden im Haus gesehen. Das haben Sie uns bedauerlicherweise nicht gesagt.«

Sie standen noch immer halb im Flur. Lena Henschel warf einen scheuen Blick in Richtung Treppe. Dann wies sie hinter sich. »Können wir das bitte drinnen diskutieren? Ich will *ihm* nicht begegnen.«

»Gerne.« Julia Durant und Frank Hellmer folgten ihr. Versuchte sie, Zeit zu gewinnen, um sich eine Ausrede einfallen zu lassen? Sobald die Wohnungstür ins Schloss gefallen war, hakte sie nach: »Aber Sie wohnen doch mit Ihrem Bruder zusammen. Begegnet man sich da nicht öfter?«

Frau Henschel lachte trocken. »Nicht, wenn es sich vermeiden lässt. Zum Glück verschwindet er, sobald er oben fertig ist. Aber Sie sind doch nicht gekommen, um über Tim zu sprechen?«

»Nein.« Julia Durant entschied sich, das Thema vorerst hintanzustellen. »Es geht uns primär um die Sache im Haus von Frau Riemann.«

»Ja. Okay. Ich bin nicht stolz darauf«, murmelte Lena Henschel, »und es tut mir auch leid, dass ich nichts gesagt habe. Es stimmt. Ich war mit jemandem in der Wohnung. Unten, nicht oben! Also hat das nichts mit dem Mord zu tun. Das kann er auch bezeugen.«

»Und dieser Jemand ist?«, forderte Durant.

»Hendrik Röber.«

Hellmer hüstelte und tat erstaunt. »Ich dachte, der hätte anderweitig was am Laufen?«

Lena Henschel winkte fahrig ab. »Hennes und ich kennen uns schon aus dem Sandkasten, wie man so schön sagt. Und ich weiß auch nicht, aber irgendwie war es wie in diesem Lied. Sie wissen schon. Tausendmal berührt, tausendmal ist nix passiert und so weiter.« Ein Lächeln umspielte ihre Lippen. »Bis es dann eben doch einmal passiert ist.«

»Ja. Gut. Aber Sie hätten da nicht so ein Geheimnis draus machen

dürfen«, tadelte Durant die junge Frau. »Wir rennen uns hier die Hacken ab und suchen nach einem Mörder.«
»Aber das war doch nicht ich! Geschweige denn Hennes.«
Hellmer schnaubte. »Interessant, dass Sie zuerst sich selbst nennen.«
Henschel lachte auf. »Na ja, bei mir weiß ich es. Bei Hennes glaube ich es. Der ist viel zu gutherzig, um einen Mord zu begehen. Aber mal im Ernst. Wir hatten eine schöne Zeit. Doch das geht niemanden etwas an. Ich hätte das nicht verheimlichen dürfen, das gebe ich zu. Aber das werfen Sie bitte mir vor, nicht ihm, okay? Immerhin war ich es, die ihm, hm, in die Arme gelaufen ist.«
»Morgens um acht«, bemerkte Julia Durant.
Lena Henschel hob die Schultern. »Wenn es passiert, passiert es eben. Und in meinem Job geraten Tag und Nacht ohnehin öfter durcheinander.«
»Wie sind Sie überhaupt zum Haus gekommen? Auf der Kameraaufzeichnung sind Sie nicht zu sehen. Haben Sie sie bewusst umgangen?«
»Ich bin hinten raus. Mein Vater muss ja nicht immer mitbekommen, wann ich gehe und komme. Wenn es nach mir ginge, gäbe es diese Kamera gar nicht.«
Durant sah sich nach ihrem Partner um. Irgendetwas kam ihr spanisch vor, auch wenn sie das Gefühl noch nicht näher beschreiben konnte. Ihre Blicke fingen sich, sie deutete mit einem leichten Nicken an, dass er die Frauen allein lassen solle.
»Darf man hier drinnen rauchen?«, fragte Hellmer prompt.
»Wegen mir gerne.«
»Hm. Ich muss ohnehin mal aufs Klo. Wo finde ich das?«
»Im Flur. Ist nicht zu übersehen. Aber bitte schauen Sie sich nicht so genau um.«
»Kein Problem.«
Der Kommissar ging aus dem Raum.

Durant beugte sich nach vorn. »Frau Henschel, jetzt, wo wir unter uns sind: Wir haben da das eine oder andere gehört. Wir sind nicht sensationsgeil, aber im Zuge einer Ermittlung …«

»*Was* gehört?«

»Über Ihre Familie. Über Ihr Verhältnis untereinander. Ich meine damit auch speziell Ihren Vater.«

Lena Henschel sprang auf und warf die Arme über den Kopf. »Na toll! Es wird ja immer besser! Zuerst will keiner etwas mitbekommen haben, aber dann zerreißt sich jeder das Maul. Es ist zum Kotzen!«

»Sie reden von den Misshandlungen«, sagte Durant ruhig. »Ich gehe davon aus, dass es nicht nur Ihren Bruder betroffen hat, sondern auch Sie?«

Frau Henschel winkte verächtlich ab. »Ach, reden wir nicht drüber. Das macht es nicht besser. Aber ich sage Ihnen was, und dafür hätten Sie Ihren Kollegen nicht vor die Tür schicken müssen: Jeder Tag, den ich dieses alte Aas da oben pflegen muss, ist für mich die Hölle.«

»Für Ihren Bruder vermutlich auch.«

»Was? Ja, natürlich. Wie auch immer. Wir warten, bis er abtritt. Dann teilen wir das Haus. Einer geht nach oben, einer geht nach unten. Aber bis dahin heißt es durchhalten. Der Alte ist zäh. Und so hilflos. Wie ein unschuldiges Baby, die Demenz hat ihm ganz schön zugesetzt. Ich wollte es ihm schon x-mal an den Kopf knallen, wie sehr ich ihn hasse. Aber da ist nur noch Brei. Oder Honig, so wie in diesem Film.« Sie seufzte. »Was will man machen?«

Hellmer tauchte wieder auf, sie winkte ihn herein. »Kommen Sie nur. Sie müssen sich nicht im Flur rumdrücken.«

»Haben Sie deshalb einen sozialen Beruf gewählt?«, fragte die Kommissarin.

»Um mich zu therapieren? Wer weiß. Vermutlich spielt das bei einigen in unserem Job eine Rolle. Aber viel wichtiger ist es, dass

ich Menschen helfen kann, wieder auf die Beine zu kommen. Menschen, die unschuldig in eine Schieflage geraten sind. Nicht so wie er.« Ihr Finger deutete in Richtung Decke.
»Sondern mehr wie Sie selbst.«
»Stimmt. Doch das treibt mich nicht an. Nicht mehr. Ich habe meinen Frieden mit der Vergangenheit gemacht.«
»Schwer vorstellbar, wenn man jeden Tag daran erinnert wird«, sagte Hellmer.
»Seine Uhr läuft ja. Das klingt jetzt herzlos, ich weiß. Aber nur so lässt sich das ertragen.«
»Und Ihr Bruder?«, fragte Durant.
Sofort ballte Henschel die Fäuste und errötete. Doch schon im nächsten Moment zwang sie sich zur Ruhe. Das Beben in ihrer Stimme war das Einzige, was sie nicht zur Gänze abschalten konnte. »Ich möchte nicht darüber reden. Respektieren Sie das bitte.«
»Er hat Sie nicht beschützt, nicht wahr?«
Lenas Lachen wirkte regelrecht hysterisch. »Sie haben ja *keine* Ahnung. Belassen wir es dabei.« Sie hüstelte. »Was hat das denn jetzt eigentlich mit dem Toten zu tun?«
Durant beugte sich nach vorn. »Wir rekonstruieren noch immer das Geschehen. Suchen Unstimmigkeiten. So wie die Aussage von Röber und Ihnen. Einen Schritt nach dem anderen.«
Henschels Tonfall wurde matt. »Das heißt, Sie haben noch keinen Tatverdächtigen.«
Durant bemerkte, dass ihre Augen mehr Interesse zeigten, als ihre Stimme sie glauben machen sollte.
»Dazu dürfen wir nichts sagen«, entgegnete sie gedehnt. »Nur so viel: Jeder Hinweis kann nützlich sein. Selbst wenn er Ihnen noch so nichtig erscheint.«
»Tut mir leid. Ich kann Ihnen da nicht helfen.« Die Stimme der Frau entglitt wieder, aber nur für einen Vokal. »Bitte glauben Sie mir«, setzte sie nach. »Ich habe genügend eigene Probleme. Wenn

es Ihnen also nichts ausmacht, würde ich gerne noch eine Runde auf der Couch dösen, solange mein toller Bruder nicht hier ist. Ich muss morgen wieder ran.«
Julia kniff die Augen zusammen. »Was hat Ihr Bruder damit zu tun?«
Henschel lachte gackernd. »Ich habe schon x-mal gesagt, dass wir einander aus dem Weg gehen. Glauben Sie mir. Wenn Sie mit ihm zusammenleben müssten, würden Sie das verstehen.«
Wieder lag ein Anflug von Hysterie in der Stimme der Frau. Oder war es Angst?

17:35 UHR

Zeitverschwendung.
Frank Hellmers Urteil klang so vernichtend, wie es sich in ihrem Innersten anfühlte. Die vergangenen Gespräche hatten einen riesigen Aufwand für eine kleine Erkenntnis bedeutet. Alles wegen eines Techtelmechtels, einer nachgeholten Teenager-Romanze, und das auch nur für eine knappe Stunde.
Hellmer hatte sich bereits auf den Weg ins Präsidium gemacht, wo er noch ein paar Recherchen abarbeiten wollte. Julia Durant stand in der Straße und spielte mit dem Smartphone. Cora Danner hatte ihr eine Nachricht geschrieben.

Hier schon mal meine Nummer.
Ich freue mich auf Ihren Anruf.
LG, Cora

Sie speicherte den Kontakt ins Telefonbuch und drückte auf den grünen Hörer.
»Danke, dass Sie anrufen.« Die Stimme der Frau klang erleichtert. »Hat sich noch etwas ergeben?«

»Keine Verhaftung jedenfalls«, antwortete Julia. Eine unangenehme Pause entstand. »Ich mache jetzt Feierabend«, sprach sie weiter. »Haben Sie vielleicht Lust, was trinken zu gehen?«

»Sehr gerne. Wo wohnen Sie denn?«

»Holzhausenpark. Aber wir können uns gerne am Mainufer treffen.«

Cora schlug eine Bar mit großer Außenanlage vor. Vermutlich würde an einem Samstagabend wie heute die Hölle los sein, aber das galt für die meisten Kneipen der Stadt. Die Menschen genossen den Sommer und ihre wiedergewonnene Freiheit.

Wer mochte es ihnen verdenken?

Julia schrieb Frank eine Nachricht, damit er nicht im Präsidium auf sie wartete. Dann setzte sie sich in den Wagen und startete den Motor. Leichter Schweißgeruch stieg ihr in die Nase. So ein Mist. Ob sie ihre Verabredung noch einmal anrufen sollte, um ihr zu sagen, dass sie sich zuerst noch etwas frisch machen müsse? Sie schüttelte den Gedanken ab. Irgendwo in ihrer Handtasche musste sich ein Deospray befinden. Während sie danach kramte, begannen die Gedanken zu kreisen. Claus und Lynel waren wieder da. Wie gerne wäre sie jetzt bei ihnen. Stattdessen diese blöde Ermittlung, ein Labyrinth aus Sackgassen. Sie hatte sie einfach verlassen und würde wer weiß wie spät wiederkommen. Wie wirkte das auf den Kleinen? Wie sollte das in Zukunft sein? Wollte sie wie eine Tante sein, die nie da ist? Oder doch mehr wie eine Mutter?

Was tust du hier eigentlich?

Sie drehte den Zündschlüssel wieder zurück, und das Brummen des Motors brach ab. Sie öffnete das Fenster, um nicht noch mehr zu schwitzen. Blickte den Gehweg entlang in Richtung Spielplatz. Ein Grüppchen Jugendlicher lungerte herum, vermutlich machten Zigaretten oder Alkoholshots die Runde. Irgendetwas übersah sie. Verdammt. Sosehr sie sich auch anstrengte, sie konnte keinen klaren Gedanken fassen. Dazu hallte immer wieder der flapsige Kommentar von Frank in ihrem Gehörgang nach.

»Zeitverschwendung.«

»Nein!«, stieß sie hervor und drehte den Zündschlüssel erneut. Der Wagen schüttelte sich, dann kehrten das Brummen und die Vibration zurück. Mit der rechten Hand fummelte sie das Handy aus der zerwühlten Handtasche. Nun tauchte auch das Deo auf. Doch die Kommissarin brauchte es nicht mehr.

»Sorry, Cora«, sagte sie zu sich selbst. »Wir müssen das vertagen.«

Zwanzig Minuten später erreichte sie ihr Büro. Schritt zuerst an ihren Schrank, in dem sich Wechselkleidung befand. Danach in den Toilettenraum, wo sie sich frisch machte. Wo war Frank?

Sie rief ihn an. Computerforensik. Nahm den Fahrstuhl hinab in den Keller und fand ihren Partner bei Benjamin Tomas.

»Ich dachte, du hast ein Date?«, spöttelte Frank, und Benni lugte neugierig auf.

»Ja. Mit euch«, erwiderte sie spitz. »Mir geht dieses Trio nicht aus dem Kopf. Ich glaube, wir übersehen da was.«

»Was denn für ein Trio?«, fragte Benni.

»Na, das Dreieck Henschel-Henschel-Röber«, erklärte Julia.

»Ach so.« Benni grinste. »Was auch immer du hier andeuten willst: Meine Daten sind stimmig. Daran kann's also nicht liegen.«

Julia hob die Hand. »Tim Henschel ist doch ein Computercrack. Kann er es nicht manipuliert haben?«

»Kaum.« Frank deutete in Richtung Monitor. »Er hätte sich dann sicher komplett rausgeschnitten.«

»Hmm. Wir müssen das ganz anders angehen. Was ist mit der Funkzellenauswertung?«

»Hast du mal auf die Uhr gesehen?«, erwiderte Benni. »Es ist Samstagabend! Ein wichtiger Punkt übrigens. Ich hätte gerne mal Feierabend irgendwann.«

»Selbst schuld, dass du noch da warst«, sagte Frank mit einem Grinsen.
»Hey«, mahnte Julia. »Ich möchte das trotzdem erledigt wissen.«
»Gut.« Der IT-Experte seufzte. »Ich kümmere mich darum.«
Und an Frank gerichtet sagte sie: »Wir beide nehmen uns jetzt noch mal diese drei Herrschaften vor. Es stinkt doch zum Himmel, dass sie alle ausgerechnet dann in dem Haus ein und aus zu gehen scheinen, als dort ein Mord stattgefunden hat.«
Sie waren auf halbem Weg zum Fahrstuhl, als Frank etwas einzuwenden hatte. »Genau genommen war es der Tag nach dem Mord. Und Henschel war nicht im Haus.«
»Henschel war aber am häufigsten dort«, widersprach Julia. »Wenn du mich fragst, ist er von allen dreien der am wenigsten durchschaubare.«
Die Kabinentür öffnete sich, und sie traten ein. Frank drückte auf die Vier.
»Ich finde diesen Katzensitter viel komischer. So ein Zwangsgechillter, dabei ist das meiste vorgespielt. Er vögelt eine ältere Frau, weil's in der Jugend mit seiner großen Liebe nicht geklappt hat, und vermutlich darf er das auch nur, weil er sich um ihre pelzigen Freunde kümmert, die ihr wichtiger sind als er.«
Julia lachte. »Kompliment, Herr Dr. Freud. Noch was?«
»Ist doch wahr.«
Der Fahrstuhl hielt an und gab den Weg in die Etage der Mordkommission frei.
Julia schüttelte den Kopf. »Ich denke trotzdem anders darüber.« Sie gingen in Richtung des gemeinsamen Büros. »Von wem haben wir am bereitwilligsten Auskunft erhalten? Das waren zuerst Hendrik Röber und dann Lena Henschel.«
»Bereitwillig ist ja wohl stark übertrieben.«
»Na gut. Aber sie sind zumindest freiwillig damit rausgerückt, als wir sie durch die Videos in die Zwickmühle genommen haben.

Und von wem kam zuallererst der Hinweis auf die Videoüberwachung? Von Röber!«
»Na ja.«
»Ich bin dafür, die Familiengeschichte der Geschwister näher zu beleuchten. Diese Übergriffe durch den Vater. Das ist ja eine furchtbare Situation.«
»Was? Dass sie ihn jetzt pflegen müssen?«
»Ja. Ich weiß nicht, ob ich das könnte.«
»Was ist die Alternative? Dann ist das Haus weg.«
»Ein Haus, das man hinterher mit dem anderen teilen muss. Auszahlen scheint für keinen von beiden eine Option zu sein.«
»Vielleicht ist das der Grund, warum der Alte noch lebt«, brummte Hellmer gedankenverloren.
Durants Nackenhaare stellten sich auf. »Wie meinst du das?«
»Na ja. Wie alt ist er denn? Wer fragt nach, wenn ein pflegebedürftiger Alter stirbt? Da gibt es doch Möglichkeiten. Wir wissen beide, wie die Realität aussieht und dass die Rechtsmedizin einen erheblichen Prozentsatz an nicht natürlichen Todesursachen übersieht. Weil nicht genug Personal da ist, um flächendeckend zu untersuchen. Und weil es öfter vorkommt, als man es annimmt. Gerade bei älteren Menschen.«
»Warum soll das wichtig sein? Er lebt ja noch.«
»Eben. Er lebt womöglich nur aus einem bestimmten Grund. Vielleicht quälen sie ihn ja.«
Die Kommissarin stöhnte auf. »Frank, bitte nicht auch noch das. Als hätten wir mit den Morden nicht schon genug am Hals.«
Ihr Partner hob abwehrend die Hände. »Musste trotzdem mal gesagt werden. Du hast es ja selbst gehört. Die beiden können einander nicht ausstehen, aber fristen trotzdem ihre Zeit in ein und derselben Wohnung, während die obere von ihrem bösen Erzeuger blockiert wird. Das dürfen wir nicht komplett ausblenden.«

Dem musste sie zustimmen. »Ob es da Jugendakten oder so was gibt?«
Frank sah auf die Uhr. »Ich rufe mal einen Bekannten an, der fürs Jugendamt in der Ecke tätig war. Vielleicht kommen wir so am schnellsten weiter. Aber wie Benni schon sagte, es ist Samstagabend. Erwarte also lieber nicht zu viel.«

18:55 UHR

Ihre Gedanken kamen nicht zur Ruhe.
Hennes Röber, Lena Henschel und deren Bruder Tim.
Hatte jemand von ihnen das Opfer gekannt? Konnte es sein, dass eines der Geschwister den Verkauf des Elternhauses in Erwägung zog und deshalb den Kontakt zu Bischof gesucht hatte? Aber wer? Wenn Röbers Aussage stimmte und der Kontakt zu Tim Henschel eingeschlafen war, kam am ehesten Lena ins Spiel. Wobei auch das nicht passte, denn Röber kannte den Makler ja nicht. Zumindest behauptete er das.
Julia Durant seufzte, als sie ins Freie trat. Es hatte ein wenig abgekühlt, der Himmel war klar, doch die Abendsonne strahlte noch immer mit ganzer Kraft. Von der Straße her dröhnte Musik. Glänzende Autos mit großen Motoren und nicht weniger starken Hi-Fi-Anlagen läuteten den Samstagabend ein. Junge Menschen, die feiern wollten. Die nicht in einer permanenten Angst vor einem unsichtbaren Virus leben wollten.
Sie hatte sich dazu entschlossen, den Heimweg zu Fuß anzutreten. Ein Abendspaziergang. Eine Viertelstunde, wenn sie ihn ohne Eile absolvierte. Ihre Gedanken eilten ihr voraus. Claus. Lynel. Und gleichzeitig zog sie etwas zurück. Eine unsichtbare Kraft wie ein Gummiband.
Und dann spürte sie eine Vibration an ihrer Pobacke.

Julia stoppte und zog das Telefon aus der Hosentasche.
Eine Textnachricht von Cora Danner.

Noch mal Hi.
Schade, dass es heute nicht geklappt hat.
Falls Sie doch noch mal Feierabend machen:
Ich bin am Mainufer.
Es ist ein wunderschöner Abend!
LGC

LGC.
Immer diese Abkürzungen. Es dauerte einige Sekunden, bis es Klick machte.
Liebe Grüße, Cora.
Julia rollte die Augen. Na, wenigstens hatte die Frau keine Sprachnachricht aufgenommen. Wenn es etwas gab, das ihr noch mehr zuwider war als moderne Chat-Sprache, dann minutenlange Stimmaufzeichnungen, in denen man die Informationen von Bedeutung ewig suchen musste.
Gleichzeitig spürte sie ein Kribbeln in der Magengegend. Feierabend. Wieder drang ihr die Musik vorbeifahrender Autos ins Ohr. Samstagnacht. Wie sehr sie sich in diesem Augenblick danach sehnte, in einer dieser Karossen zu sitzen. Sorgenfrei. Ohne einen Gedanken an die Zukunft.

Ich bin gerade fertig.
Wo genau sind Sie denn?

Julia hatte die Worte wie ferngesteuert ins Handy getippt.
Cora sendete ihr den Standort, inklusive PIN auf der Karte.

Heißt das, Sie kommen?
Ich würde mich sehr freuen!

Die Entscheidung war längst gefallen.

Zwanzig Minuten später hatten die beiden Frauen sich gefunden und schlenderten mit zwei Flaschen Radler in Richtung Mainufer. Auf den Sitzgarnituren der Bar waren nur noch wenige Plätze frei, aber keiner, an dem man sich ungestört unterhalten konnte. Auch wenn sich die Verabredung zwischenzeitlich wie ein privates Vergnügen angefühlt hatte, gab es da etwas, worüber Cora Danner reden wollte. Das hatte sie durchklingen lassen, und Julia Durant konnte es sehen und auch spüren. Es lag in ihrer Stimme und in ihren Augen. Ein Leidensdruck, etwas trieb sie um.
Die beiden betrachteten das Wasser, auf dem Boote kreuzten. An der Böschung hockte ein Dutzend Nilgänse.
»Wie lange sind Sie schon bei der Mordkommission?«, fragte Cora Danner.
»Zu lange«, zwinkerte Durant und hielt ihr die Flasche entgegen. »Julia, okay? Unter Kollegen duzt man sich.«
Sie erntete ein Lächeln, dann trafen sich die Gläser. »Cora. Und ich duze nicht jeden.« Cora Danners Blick trübte sich ein. »Bei manchen will ich das gar nicht.«
»Verstehe ich. Aber mit den meisten arbeite ich schon eine Ewigkeit zusammen, und wir gehen, wenn's hart auf hart kommt, alle durch dieselbe Hölle.«
»M-hm. Hölle ist gut.«
»Du willst mir doch etwas Bestimmtes erzählen, habe ich recht? Das habe ich heute Nachmittag schon gespürt.«
»Ja. Aber da konnte ich nicht reden. Es ist ... kompliziert.«
»Das kenne ich selbst. Sag's am besten freiheraus.«
»Ach, ich weiß nicht.« Cora griff einen Stein und warf ihn in Rich-

tung Main. Sie kam nur bis zum Uferbewuchs. Ein wütendes Schnattern, dann ein Flattern. »Ups.« Sie wischte sich eine unsichtbare Strähne aus der Stirn. »Na ja, was soll's. Damals waren wir doch in dieser Wohnung. Die Bombe an der alten Brücke, du weißt schon.«

Durant nickte. »Ich erinnere mich.«

»Gut. Meike Sämann, das Opfer, hatte Besuch von einem Mann. Das wurde nur am Rande erwähnt, aber jemand aus dem Haus will ihn ein paar Tage vor ihrem Tod dort gesehen haben.«

»Davon stand nichts im Bericht, oder?«, fragte die Kommissarin.

»Nein. Und weißt du auch, warum? Weil ich es auf eigene Faust ermittelt habe. Für die Ermittlung war nur eines wichtig: keine Hinweise auf sexuelle Aktivität, keine Hinweise auf Gewalt durch eine andere Person. Ob da jetzt Besuch kam oder nicht, hat keine Rolle gespielt. Aber ich konnte mich nicht mit dieser Selbstmord-Theorie zufriedengeben. Deshalb habe ich die Sache dir gegenüber auch erwähnt. Bei dir hatte ich gleich das Gefühl, dass du es nicht einfach als Suizid abtust. Alle Welt interessierte sich damals nur für diese blöde Bombe, und keiner schien das Ganze ernst zu nehmen. Aber sag da mal was, so als Neuling und als Frau.« Cora wippte mit der Hand. »Da redest du gegen Wände.«

»Noch schlimmer ist es nur, wenn die Wände ein Echo haben«, sagte Julia nachdenklich. »Wenn sie deine Sorgen in ein Lachen verwandeln.«

»Du kennst das also auch?«

Julia stöhnte. »Ich habe in München angefangen. Zuerst Sitte, dann Mordkommission. Glaub mir: eine ganze Bude voll träger Männer mit null Empathie ... Mir war nicht selten ganz schön flau, wenn ich da zum Dienst auflaufen musste.«

Cora lachte unfroh. »Ja! *Genau*so ist es. Und was hast du dagegen gemacht?«

»Ich bin selbst zur Wand geworden. Und wenn's nicht anders ging,

hab ich auch mal ein Schienbein getroffen. Oder etwas anderes.«
Julias Gedanken entglitten in die Vergangenheit. Stephan, ihr erster Mann, hatte sie unzählige Male betrogen. Als sie ihn damit konfrontiert hatte, drohte die Situation aus dem Ruder zu laufen, und nur ein Tritt in seine Weichteile, das Zentrum allen Übels, hatte das Ganze beendet. Sie musste schmunzeln, dann sah sie Coras fragenden Blick. Hastig räusperte sie sich und fügte hinzu: »Das soll jetzt natürlich kein Aufruf zur Gewalt sein!«
»Quatsch. Ich bin ja sowieso nicht mehr da. Wobei es im neuen Revier auch solche Typen gibt.«
»Die gibt es überall. Eine Versetzung löst nur einen Teil der Probleme. Wenn's irgendwann gar nicht mehr geht, kommst du einfach zu uns ins Königskommissariat.«
»Danke«, Cora hatte die Bierflasche zwischen die Knie geklemmt und wedelte mit beiden Händen, »aber zu den Toten kriegen mich keine zehn Pferde! Reicht mir schon, dass ich diese zwei Leichen sehen musste. Gruselig! Vor allem die von vorgestern. Da lag das halbe Gehirn auf dem Boden.«
»Glaub mir, es gibt Schlimmeres«, entgegnete Durant nüchtern.
»Ist ja auch egal. Darum geht es mir auch gar nicht. Ich *will* das mit dem Job hinbekommen, aber in meinem alten Revier war das unmöglich. Mit Rainer kann man einfach nicht arbeiten. Er hat den Fall als Suizid abgetan, und am Ende war die Akte geschlossen.«
»Und dann bist du auf eigene Faust losgezogen.«
»Richtig. Ich habe noch mal alle Leute befragt. Es sind ja einige Parteien, manche davon schon in Rente. Ich konnte mir nicht vorstellen, dass da niemand etwas mitbekomme hat.«
»Und das Ergebnis?«
»Ernüchternd. Aber immerhin die Sache mit dem Herrenbesuch.«
»Gibt es da noch mehr? Einen Namen oder wenigstens eine Beschreibung?«

Cora seufzte und nahm einen Schluck. »Ich habe sogar mit ihm geredet.«

»Ach echt?«

»M-hm. Er muss ein paar Tage nach ihrem Auffinden dort gewesen sein, also vor der Wohnungstür. Einer der Nachbarn hat ihn gesehen, und er hat sich ihm als Bekannter vorgestellt. Der Nachbar hat ihm daraufhin meine Karte gegeben, weil ich ja selbst auch schon Nachforschungen angestellt hatte.«

»Aha. Und der Freund hat sich tatsächlich bei Ihnen gemeldet?«

»Nein. Aber als ich das nächste Mal dort war, hat der Nachbar mich abgefangen und davon berichtet. Ich wollte, dass er mir den Typ beschreibt, und am liebsten hätte ich gleich ein Phantombild erstellen lassen. Doch es kam noch viel besser. Der Nachbar sagte mir, dass der junge Mann einen Strafzettel bekommen habe. Er hatte aus dem Fenster geschaut, als der in sein Auto stieg und zuvor das Papier von der Scheibe gerissen hat.«

»Genial! Und du hast den Namen dann tatsächlich ermittelt?«

»Habe ich. Es hat mich ein paar Gefallen gekostet, denn ich musste es jenseits des offiziellen Dienstwegs machen. Aber dann hat Rainer doch etwas mitbekommen. Es gab einen Riesenstreit, und letzten Endes war das auch der Auslöser, weshalb ich mich versetzen ließ.«

Julia Durant war enttäuscht. Das alles hatte so vielversprechend angefangen. »Und ... *warst* du jetzt bei diesem Freund oder nicht?«

Cora Danner antwortete kleinlaut: »Du darfst aber nicht schimpfen oder so. Ich habe mich nicht getraut, wegen Rainer und so. Vorher war ich einfach als Polizistin aufgetreten, und niemand hat sich dran gestört. Bei dem Mann war ich, hmm, privat.«

»Du meinst ...«

»Ganz privat. Oder undercover«, Cora zwinkerte, »so klingt es schöner. Ich hatte seinen Namen, Marco Reuther, und die Adresse. Ein paar Klicks in den sozialen Medien und ich wusste, wie er aussieht. Also habe ich ihn mal besucht. Habe ihm vorgespielt, ich wäre eine Freundin von Meike und wie bestürzt ich über ihren Tod wäre. Ob wir nicht ein bisschen reden könnten.«

»Und darauf hat er sich eingelassen?«

»Ja. Leider muss ich sagen, dass er sehr, sehr unverdächtig wirkte. Er hat erzählt, dass er sich nur ein Mal mit ihr getroffen hat. Das war kurz vor ihrem Tod, passte also zu der Sache mit dem Nachbarn und dem Strafzettel. Er habe sie in einem Chat kennengelernt und sich dann irgendwann mit ihr verabredet. Zu mehr sei es nicht gekommen. Es fiel ihm nicht mal schwer, das zuzugeben. Männer tragen da ja sonst eher etwas auf, aber er hat betont, dass sich einfach nichts entwickelt hätte. Ein netter Abend, aber nicht mehr.«

»Aha. Aber er war trotzdem noch mal bei ihrer Wohnung.«

»Vermutlich wollte er sich vergewissern, dass es sich bei der Toten um sie handelte. Das Ganze ging ja durch die Medien.«

Durant murrte: »Aber nur, weil es in Verbindung zu dem Bombenfund stand.« Sonst interessierten sich die Menschen leider viel zu wenig füreinander. Eine tote Frau in der eigenen Wohnung? Eine Portion Bedauern. Eine Prise Mitgefühl. Aber danach ging man schnellstmöglich zum Tagesgeschäft über.

»Ja, kann sein. Fakt ist, dass ich das Ganze als Sackgasse abgetan habe. Bis heute.«

»Und warum der Meinungsumschwung?«

»Das kann ich dir sagen. Reuther hat mir gegenüber so eine Sache erwähnt. Ich krieg's nur leider nicht mehr eins zu eins zusammen.«

»Na sag schon«, drängte Durant.

Coras Stimme wurde verschwörerisch. »Es hatte etwas mit Schachspielen zu tun.«

Durant, die gerade an ihrem Radler nippen wollte, hustete. »Was? Schach? Was genau?« Parallel dazu rasten ihre Gedanken. Schachbrettmuster. Schachfiguren. Bauer. Springer. König. Es gab einen toten Bauern. Und Alwin Kisslich war mit einer Königsfigur erschlagen worden. Selbst der Name Sämann ... jemand, der sät. War das am Ende wieder ein Hinweis auf einen Bauern? Oder war das zu weit hergeholt?

»Verdammt noch mal, ich grübele schon die ganze Zeit drüber nach ...«, presste Cora hervor.

»Es wäre extrem wichtig«, erwiderte Julia und versuchte, ihre Anspannung zu verbergen. »Wieso fällt dir das ausgerechnet jetzt ein – oder hat das jemand von meinen Kollegen fallen lassen?« Wobei sie sich Letzteres kaum vorstellen konnte.

Cora druckste. »Na ja. Meikes Name war mir ohnehin geläufig. Der ist ja nicht gerade alltäglich. Ein Mann, der sät. Ein Bauer. Und dann ist da plötzlich ein anderer Bauer gestorben und außerdem der Opi im Bethmannpark. An einem Schachbrett. Und es hieß doch, dass dieser andere Typ ebenfalls auf einem Schachbrettmuster gelegen hat.«

Julia schluckte hart. »Mist. Ich hätte nicht gedacht, dass das schon die Runde macht.«

»Tut es auch nicht. Wie gesagt: Ich habe das im Hinterkopf gehabt und mich vermutlich deshalb an etwas erinnert.«

»Hm. Siehst du diesen Freund von damals in irgendeiner Weise als Serienkiller?«

»Nein. Eigentlich nicht.« Cora lächelte warm. »Aber ich bin eben auch nicht bei der Mordkommission. Vergiss nicht: meine Menschenkenntnis.«

Julia schwieg für einige Sekunden und überlegte. Dann sagte sie: »Hast du die Adresse?«

Die Polizistin nickte. »Wollen wir hinfahren?«

Julia betrachtete ihre Flasche. Sie war noch halb voll. »Ich fahre«, entschied sie. »Aber du nicht.«

»Hey! Warum nicht?«

»Weil du das damals schon nicht hättest machen dürfen! Nicht heimlich, nicht undercover. Du kannst mich also nicht einmal begleiten. Wenn er dich wiedererkennt und rauskommt, dass du eine Polizistin bist, ist alles, was wir rausfinden, nutzlos.«

»So ein Quatsch! Dann lass mich wenigstens im Auto warten. Ich will nicht schon wieder ausgeschlossen werden.«

Julia Durant spürte, wie sich ihr Magen verkrampfte. Sie kannte das Gefühl, auch wenn es nur eine vernebelte Erinnerung war. Doch in dieser Sekunde fühlte es sich an, als würde sie das alles direkt durchleben.

Sie nickte unwillkürlich, und noch bevor ihr Mund etwas Gegenteiliges vermelden konnte, fiel ihr die junge Beamtin schon um den Hals. Ihre Haare schlugen auf Julias Wange. Sie dufteten vertraut. »Danke! Du bist ein Schatz.«

Irgendwo hinter ihnen kippte eine Flasche auf den Boden. Es gluckerte und schäumte. Doch Cora löste die Umarmung nur in allerkleinsten Schritten. Julia konnte ihren Herzschlag spüren, es schien für zwei zu hämmern, und als ihre Gesichter eine Handbreit voneinander entfernt waren, fanden Coras Lippen den Weg auf die ihren.

Sie waren warm und hungrig. Erst als sie sich längst berührten, riss Julia den Kopf nach hinten.

»Hey, stopp!«, keuchte sie.

Cora zuckte zusammen und nahm Abstand von ihr. »Sorry«, entgegnete sie kleinlaut. »Tut mir leid.«

Julia spürte ein inneres Zittern. Unter anderen Umständen hätte sie schroffer reagiert, wäre Cora ein Kerl, hätte er sich eine Ohrfeige eingefangen. Stattdessen durchwogten Erinnerungen die Kommissarin. Alina Cornelius. Es war so viele Jahre her, und es war nur eine einzige Nacht gewesen, in der die beiden viel mehr als nur beste Freundinnen gewesen waren. Die Erinnerung an Alinas Berührungen waren nie verblasst, auch wenn Julia ihren Mann über alles liebte. Ein neues Gefühl kam auf, und sie wurde wütend. Niemand hatte das Recht, diese Erinnerung zu besudeln!

»Was hast du dir dabei gedacht?«, fragte sie unterkühlt. »Ich …«
»Sorry!«, unterbrach Cora sie im Jammerton. »Ich weiß nicht, was da los war. Ich hatte so ein Gefühl. Du weißt schon: dieses Gefühl, das man nur hat, wenn man sich bei seinem Gegenüber sicher ist.« Sie seufzte. »Ich mache das normalerweise gar nicht. Und gerade jetzt, wo man sich ja doppelt schützen muss … Ich hätte es besser wissen müssen. Tut mir leid.«
»Es hat nichts mit Corona zu tun«, sagte Julia und hob die Hand mit dem Ehering. »Ich bin vergeben, ich dachte, das wüsstest du.«
Cora errötete leicht. Oder war es die sinkende Sonne, die alles in einen warmgoldenen Glanz tauchte?
»Shit. Ich Dummkopf. Da siehst du mal, was für eine schlechte Kriminalbeamtin ich wäre.«
»Ach Quatsch.« Julia konnte nicht anders, sie mochte die junge Polizistin und konnte ihr nicht böse sein. Ihre Hand griff nach dem umgefallenen Radler, es war ihr eigenes, und außer Schaum war nicht mehr viel drin. »Schwamm drüber, okay?«, sagte sie und prostete Cora zu. Diese stieß mit ihrer Flasche an und sagte kaum hörbar: »Danke.«

*

Der Monitor flimmerte, und eine Nachricht poppte auf. *Akku laden.*
Die Hände ließen von der Tastatur ab und wühlten das Netzteil unter einem Papierstapel hervor. Verbanden die beiden Anschlüsse mit der Steckdose und der Buchse des Gerätes.
Weiter im Text.
woher weiß ich, dass das kein fake ist?
Kannst du nicht wissen, du Idiot! Absolute Gewissheit gibt es nicht. So waren die Gedanken. In Worten klang die Antwort so:

beweise. ich verfüge über wissen.
frag mich etwas oder lass mich etwas erzählen.

erzählen kann man viel wenn der tag lang ist

Na und? Soll ich dich umbringen, damit du's kapierst? Wieder so ein Gedanke. Ein lockender. Stattdessen:

DU wolltest das ding haben. ich finde auch jemand anderen.

Pause. Dann aber schrieb der Chatpartner zurück:

nein, schon gut. ich will ja.
und das blut ist echt?

echt und einzigartig.

kann man es im labor überprüfen?

das weiß ich nicht. ist leicht verdünnt,
aber immer einzigartig. genau wie die figur.

ich überleg's mir.

Oh Mann! An der Stelle waren wir doch schon mal.

überleg's dir besser schnell. wenn weg dann weg.

kannst du nicht noch …

nein!!!

ok.

Wieder eine dieser bleiernen Pausen. Dann tippte das Gegenüber erneut:

und da kommen aber noch neue?

jep

das ist gut :-)
dann habe ich eine idee: was, wenn wir ein zeichen verabreden?

was für ein zeichen?

beim nächsten mal. du lässt etwas da. etwas, von dem man dann in der presse liest.

Ein breites Grinsen spiegelte sich in der Oberfläche des klappbaren Computers. *Genau*so war auch die letzte Konversation verlaufen. Mit einem anderen Chatpartner. Doch das wusste der neue Interessent offensichtlich nicht.

was denn?

eine spielkarte?

Wie einfallslos.

zu viele krimis geschaut?

haha!
was denn dann?

ich schreibe etwas
auf den körper.

und was?

das spielfeld.

kapier ich nicht.

Mannomann.

schachkoordinaten. 8 zahlen,
8 buchstaben. jedes feld hat
einen bestimmten namen.

ja. schon kapiert. meinetwegen.
aber ich will auch ein foto.

das kostet extra.

wie viel?

30 % drauf

10

25

Das Schrillen der Haustür ließ die Hände schlagartig verkrampfen. Gerade noch so konnten die Augen einen Blick auf die Antwort des Interessenten erhaschen.

ok

19:40 UHR

Von der Kaiserstraße her klangen die Bassschläge herüber. Die berühmte Nebenstraße des Bahnhofsviertels war seit Corona zu einer Partymeile avanciert. Immer hart an der Grenze zwischen legal und illegal. Teure Fahrzeuge, gut gekleidete Menschen, langbeinige Schönheiten. Ein herber Kontrast zur parallel verlaufenden Taunusstraße, auf der man eher den Gestrandeten begegnete. Muskelbepackte Anwerber in den Eingängen der Erotik-Bars, die Passanten mit Sonderangeboten lockten. Hinter den Fenstern gedämpfte Lichter. In anderen Hauseingängen lagen Obdachlose oder Junkies. So lange, bis man sie vertrieb. Ständig war mindestens ein Polizeibus im Sichtbereich. Innen Beamte in Schutzmontur. Angespannte oder abgeklärte Blicke. Irgendwann hatte man hier alles gesehen. So lange, bis einem das Schicksal bewies, dass man einem Irrglauben aufgesessen war.
Julia ordnete sich rechts ein. Ein langwieriges Manöver, so wie ein Schiff, das immer neuen Eisbergen ausweichen musste. Nur dass die Berge nicht aus Eis bestanden, sondern aus falsch parkenden Autos und taumelnden Menschen.
»Achtung!«
Cora wirkte nicht minder angespannt. Sie hatte die Innenverriegelung betätigt und deutete auf einen Betrunkenen, der sich zu einer rot-weißen Baustellenmarkierung schleppte. Julia hatte ihn ebenfalls gesehen und das Tempo reduziert.

»Wo genau ist diese Straße?«
»Erst mal rechts und dann die Mainzer Landstraße hoch.«
Die Kommissarin nickte und ordnete sich auf die entsprechende Spur ein. Aus den Augenwinkeln musterte sie ihre Beifahrerin. War es nur die Anspannung der Autofahrt, oder gab es da noch mehr? Den angebahnten Kuss hatten die beiden ad acta gelegt, jedenfalls war sie bis eben davon ausgegangen. Ein Missverständnis, Schnee von gestern. Und das Bahnhofsviertel verschwand im Rückspiegel. Irgendetwas aber schien in Cora zu brodeln, doch Julia wusste nicht, wie sie es lösen konnte. Vielleicht zu einem anderen Zeitpunkt.
Die Fahrt endete in einer Seitenstraße, und sie war sich einerseits sicher, dass das Gebiet noch zum Gallus gehörte. Andererseits sah hier alles ungewohnt aus. Dem Viertel haftete ein schlechter Ruf an, davon waren auch andere Stadtteile betroffen, und wie hieß es so treffend: »Ist der Ruf erst ruiniert …« Doch die Zeiten schritten voran, und mit ihnen kam die Veränderung. Sie stieg aus, und in drei Richtungen warteten neue Häuserfassaden. Glas. Abgerundete Kanten. Warme Farben und Klinkersteine. Mal drei, mal fünf Etagen hoch. Die meisten Autos, die hier parkten, waren neueren Baujahrs. Eine einzige alte Häuserzeile war übrig, sie wirkte wie ein Schmutzfleck auf dem Sonntagshemd. Graufleckiger Putz, kantige Balkons aus Beton, abgenutzte Fenster. Im Erdgeschoss Graffiti an den Wänden und eine schief herabhängende Batterie von Briefkästen. Die Trittspur, die Urheber dieses Motivs war, konnte man deutlich erkennen.
»Da drüben wohnt er«, meldete sich Cora Danner aus dem Wageninneren. Sie hatte der Kommissarin zugesichert, dass sie nicht aussteigen würde. Julia Durant kannte sie noch nicht gut genug, um den Wert dieses Versprechens einzuschätzen. Also sagte sie in mahnendem Tonfall: »Denk an dein Versprechen! Wir kommen beide in Teufels Küche …«

»Schon gut. Du kannst dich auf mich verlassen.«
Als Julia die Straße überquerte, dachte sie an ihren Vater. Sie hatte schon wieder eine Redewendung benutzt, die ihm missfallen hätte. Lynel fiel ihr ein. Sie war nun ein Vorbild. Sein Vorbild. Ver…flixt.
Glücklicherweise musste sie sich jetzt auf etwas anderes konzentrieren.
Es dauerte einen Moment, bis er auf die Türklingel reagierte. Statt einer Gegensprechanlage schwang das Fenster über ihr auf.
»Wollen Sie zu mir?«
Sonst hätte ich ja nicht geklingelt, dachte sie. Sagte stattdessen: »Wenn Sie Marco Reuther sind.«
»Und wer will das wissen?«
Julia wollte es nicht ausposaunen, sondern zog stattdessen den Dienstausweis hervor und hielt ihn hoch. Mit den Lippen formte sie ein lautloses »Kriminalpolizei«.
»Was?« Reuther wirkte verdutzt.
»Wenn ich reinkommen darf, erkläre ich's Ihnen. Ist einfacher, als hier draußen rumzuschreien.«
»Ich komme runter«, entgegnete er. »Moment.«
Das Fenster knallte zu. Dann geschah eine Weile nichts. Endlich aber erklangen Schritte im Inneren. Die Haustür schwang nach innen.
Reuthers Augen scannten die Umgebung. Da war sonst niemand, das schien ihn zu beruhigen.
»Darf ich den Ausweis noch einmal sehen?«
»Natürlich.« Durant überreichte ihn und nannte ihre Abteilung.
»Mordkommission?« Er gab ihr den Ausweis zurück. »Ist jemand … also wurde …? Ich habe nichts mitbekommen.«
»Das ermitteln wir gerade. Sie erinnern sich an Meike Sämann?«
Seine Miene fror ein, aber nur für eine Sekunde. »Ja. Klar. Aber das ist …« Er unterbrach sich.

»Das ist was?«
»Ähm, schon eine ganze Weile her. Ich dachte, das war ein Selbstmord.«
»Wollen wir nach oben gehen?«, schlug die Kommissarin vor.
Reuther zögerte. »Na, meinetwegen. Ich bin nur ein wenig misstrauisch. Aber das verstehen Sie sicher.«
»Die Gegend hier hat sich aber ganz schön gemacht«, sagte Durant.
»Die Menschen bleiben dieselben.«
Sie ließ das unkommentiert und folgte dem jungen Mann. Er war um die dreißig. Nicht viel größer als sie selbst und fast schon zierlich. Er trug eine weite Jogginghose, Badelatschen und ein übergroßes T-Shirt mit dem Logo einer Footballmannschaft. Das dunkelblonde Haar war kurz geschnitten, hinten und an den Seiten fast schon stoppelig.
»Ich habe nicht aufgeräumt«, warnte er sie vor.
»Das sage ich auch immer«, erwiderte sie mit einem Zwinkern. Er wirkte sympathisch. Etwas misstrauisch, vielleicht hatte er schlechte Erfahrungen gemacht. Aber eher harmlos. Seine Gesichtszüge waren für Julias Geschmack zu hart, das passte nicht zu den runden Wangen. Er war kein Hingucker, aber auch nicht unansehnlich. Julia Durant ordnete Männer hin und wieder in eine bestimmte Kategorie ein: Hätte er mich früher zu einem Drink einladen dürfen oder nicht? Früher, das war lange her. Doch die Erinnerung an so manche Begegnung war geblieben. Viele Nieten, ein paar wenige allerdings, die das wettgemacht hatten. Reuther gehörte noch zu der Gruppe Männer, bei denen sie den Drink nicht abgelehnt hätte.
»Gut. Jetzt haben Sie mich neugierig gemacht. Meike, klar, ich erinnere mich. Aber wie gesagt, das ist eine Ewigkeit her.«
Die beiden hatten an einem Esstisch aus Massivholz Platz genommen, an dem genau zwei Stühle standen.

»Mord verjährt nicht«, sagte Durant. »Allerdings sind wir noch gar nicht sicher, was genau sich da ereignet hat.«
»Hm. Was habe ich damit zu tun?«
»Sie waren kurz vor ihrem Tod mit dem Opfer zusammen.«
»Sagt wer?«
»Leugnen Sie es denn?«
»Nein. Aber was heißt zusammen? Wir haben uns ein einziges Mal getroffen. Außerdem wurde ich nie dazu befragt. Es ist echt lange her, und ich weiß im Grunde auch nur das, was damals in den Medien stand.«
»Was stand denn in den Medien?«
»Zuerst war die Bombe. Dann kam irgendwann die Meldung, dass es eine Tote gab. Na ja«, er druckste, »und dann bin ich halt neugierig geworden. Ich bin noch mal hingefahren, und ein Nachbar hat mir erzählt, dass sie sich umgebracht hat.«
»Das ist alles?«
»Wenn ich's sage.«
Wenigstens hielt er das Gespräch mit Cora offenbar für unwichtig genug, um es hier nicht mit aufzuzählen.
»Wie genau war Ihr Verhältnis zu Frau Sämann?«
Reuther machte ein spöttisches Gesicht. »Verhältnis ist gut. Da war nichts. Ein paar Drinks. Dann ein Ciao, bei dem man schon wusste, dass es keine Wiederholung geben wird.«
»Wussten Sie das beide?«
Er hob die Schultern. »Ich glaube schon. Aber ich bin auch gegangen, bevor sie mir irgendwelche Signale senden konnte. Sie war einfach nicht mein Typ.«
Durant kniff die Augen zusammen. Meike Sämann spielte rein äußerlich sicher nicht in der ersten Liga, aber sie war alles andere als unansehnlich gewesen.
»Hören Sie«, meldete sich Reuther noch einmal zu Wort. »Ich weiß nicht, was Sie da jetzt glauben. Aber ich habe ihr nicht das

Herz gebrochen, klar? Wir hatten ein einziges Date ausgemacht. Und klar, wir haben uns durchs Chatten ziemlich gut gekannt, wenn man das so sagen kann. Da war etwas Vertrautes, sonst hätte sie mich sicher nicht zu sich nach Hause eingeladen. Wir sind am Mainufer spazieren gegangen, aber es war saukalt. Erkennungszeichen: ein Blumenstrauß. Natürlich ging es uns beiden vielleicht ums Verlieben, jedenfalls waren wir beide nicht auf eine schnelle Nummer aus. Sie war ja auch ganz hübsch und auch wirklich nett. Aber es hat einfach nicht gefunkt, und ich glaube, das ging uns beiden so. Vielleicht wollte sie nicht allein sein, vielleicht hat sie sich auch was anderes erhofft – keine Ahnung. Ich habe ihr jedenfalls nichts getan, ich war nicht unfreundlich, und ich habe sie auch nicht vor den Kopf gestoßen. Das müssen Sie mir glauben! Wenn sie sich umgebracht hat, dann ganz sicher nicht wegen mir.«

»Schon gut. Bei einem Selbstmord wäre ich vermutlich gar nicht hier.«

Reuther verspannte sich. »Also ein Mord? Wie schrecklich!«

»Sagen wir es so: Wir können zurzeit nichts ausschließen. Deshalb wäre es so wichtig, dass wir den Abend, den Sie miteinander verbracht haben, so genau wie möglich rekonstruieren.«

Der junge Mann pustete die Backen auf und atmete aus. »Puh! Also an der Promenade waren auch andere unterwegs. Da ist ja immer was los. Aber nach so langer Zeit wird sich sicher niemand mehr an uns erinnern. Die Uhrzeit weiß ich so halbwegs, es war etwa elf, als ich von ihr weggegangen bin. Ich dachte damals, wow, vor Mitternacht zu Hause. Immerhin war es ein Arbeitstag.«

»Welcher Wochentag genau?«

»Mittwoch oder Donnerstag, glaube ich.«

»Können Sie das irgendwie nachprüfen?«

»Bedaure.« Er lächelte schwach. »Das ist einfach zu lange her. Und ich bin ganz ehrlich: Warum sollte ich Kurznachrichten oder Mails speichern? Ich hatte ja kein weiteres Interesse an ihr.« Er

schluckte. »Das klingt verdammt hart, wenn man die Umstände betrachtet. Tut mir leid.«
»Schon okay.« Durant überlegte. »Wie haben Sie sich denn kennengelernt?«
»Online.« Reuther zuckte mit den Nasenflügeln.
»Singlebörse?«
»Könnte man so sagen.« Er lachte, es klang gekünstelt. Julia ahnte, dass da mehr war.
»Geht das ein wenig genauer?«, fragte sie.
»Ach, das war nur so dahingelabert. Eine Onlineplattform. Man kann gegeneinander zocken. Und dabei natürlich auch chatten. So hat sich das Ganze entwickelt. Das mit der Singlebörse war nur ein Witz, weil sich da dem Klischee nach meistens übergewichtige Männer mit schütteren Haaren herumtreiben, die schon lange nicht mehr … Na, Sie wissen schon.«
»Verstehe. Ich nehme mal an, die Chatverläufe werden nicht gespeichert?«
»Jedenfalls keine anderthalb Jahre lang«, antwortete Reuther. »Wobei … heutzutage weiß man ja nie.«
Julia dachte nach. Das Bild im Nebel war so nah, dass sie es greifen konnte. Doch sie konnte es noch immer nicht erkennen. Je mehr sie sich anstrengte, desto unschärfer wurde es. Scheiße.
»Machen Sie das öfter?«, fragte sie.
»Spielen, Chatten oder Dating?«, kam es zurück. Offenbar hatte der Mann sein Selbstvertrauen wiedergefunden.
»Alles davon.«
»Weder noch, um ehrlich zu sein. Meistens fehlt mir die Zeit, wobei ich im Lockdown ein bisschen mehr gemacht habe. Aber da war ich nicht der Einzige.«
»Und könnte es auf dieser Plattform noch jemanden geben, mit dem Frau Sämann Kontakt hatte?«
»Ein anderes Date?«

»Nein. Generell jemand, der sie kannte. Oder der etwas von ihr wusste.«

»Keine Ahnung.«

»Gibt es nicht Leute, die regelmäßig online gehen?«

Marco Reuther schürzte die Lippen. »Klar. Das sind dann aber meistens die, die dem Klischee entsprechen. Mit denen hatte sie eher nichts am Hut.«

»Hm. Und ihr Chat-Name?«

»Oje.« Er rutschte hin und her. »Ich erinnere mich nicht mehr. Irgendwas mit Milly. Ein paar Zahlen waren auch darin.«

Durant notierte sich das. Dann blickte sie auf. »Und Ihrer?«

»Den ändere ich regelmäßig. Zu viele Idioten.«

»Ja, aber damals.«

»Hm. Das müsste Chester gewesen sein. Mit Dollarzeichen und Dreien anstelle der Buchstaben.«

Der Name ließ die Kommissarin zusammenzucken.

Chess. Schach. Das war das Bild im Nebel gewesen!

»Und was für Spiele haben Sie da online gespielt?«

Der junge Mann verzog die Lippen. »Das ist unterschiedlich. Dame. Mühle. Manchmal auch Schach.«

Die Kommissarin war wie elektrisiert. »Oh! Und haben Sie seitdem mit irgendjemandem darüber gesprochen?«

»Nein. Mit wem denn?«

»Hat sich niemand in Ihrer Community darüber gewundert, dass Milly nicht mehr online war?«

»Nein. Wie gesagt. Namen ändern sich. Und was untereinander geschrieben wird, das bekommen andere nicht mit.«

»Und Sie haben, als Sie von ihrem Tod erfuhren, nichts dergleichen gepostet?«

Reuther kniff die Augen zusammen. »Darf ich Sie mal etwas fragen? Aber nehmen Sie's bitte nicht persönlich. Sie … kennen sich nicht wirklich aus in diesen Dingen, oder?«

»Nein.«
»Kein Problem. Dann sage ich es Ihnen ganz deutlich: So funktioniert das nicht. Die meisten wollen einfach nur spielen. Eine Herausforderung. Abschalten. Keinen persönlichen Kontakt. Ich selbst bin auch die meiste Zeit nicht aufs Chatten aus. Da war das mit Milly, also Meike, echt eine Ausnahme. Wenn ich Bock auf reale Menschen habe, gehe ich raus.«
»Stimmt. Es gibt da ja diese großen Schachfelder«, erwiderte Durant und war selbst beeindruckt von ihrer Schlagfertigkeit. Doch ihre Reaktion perlte an Reuther ab wie Wasser auf geölter Haut.
»Oder Bars oder Klubs. Was mich daran erinnert, dass heute Samstag ist und ich noch auf die Piste will. Macht es Ihnen was aus …?«
Julia Durant erhob sich langsam und schüttelte den Kopf. »Nein. Danke für das Gespräch. Kann sein, dass sich ein Kollege von mir bei Ihnen meldet. IT-Abteilung.« Sie zog eine Braue hoch. »Jemand, der sich besser auskennt als ich.«
Reuther grinste. »Wie gesagt, war nicht persönlich gemeint.«
Julia Durant zog ihre Visitenkarte aus der Tasche. »Hier, bitte. Falls Ihnen noch etwas einfällt. Es wäre uns wichtig, jemanden aus Meike Sämanns Umfeld zu befragen.«
Reuthers Gesicht war wieder leer.
Sie beobachtete ihn noch einen Moment, während er die Karte las und auf dem Tisch ablegte. Beim Hinausgehen wäre sie um ein Haar über ein Paar Schuhe gestolpert. Sie musste lächeln. Offenbar war sie nicht die Einzige, die ihre Schuhe gern dort liegen ließ, wo sie sie auszog. Parallel dazu liefen Julias Gehirnmühlen auf Hochtouren. War es nur dieses Onlinespielen, an das Cora sich erinnert hatte? Oder gab es da noch etwas anderes? Und warum hatte Reuther Cora nicht erwähnt? Er schien sämtliche Verbindungen zu Frau Sämann lange gekappt zu haben. Lag es nur da-

ran, dass er die Sache für sich selbst abgeschlossen hatte? Doch wenn ihm etwas an der jungen Frau gelegen hatte – wenn auch nicht so sehr, wie diese es sich vielleicht erhoffte –, warum war er dann nicht bereit gewesen, der Polizei zu helfen?
Zu viele Fragen, dachte die Kommissarin, doch für heute würde sie die Sache vorläufig ruhen lassen. Wenn Reuther sie fragte, wie genau sie auf ihn gekommen war, würde sie rasch ins Schlingern geraten. Plötzlich war es ihr wichtig, so schnell wie möglich zu verschwinden. Sie wollte gerade die Hand an die Türklinke legen, da hörte sie seine Stimme.
»Frau Durant?«
Mist! »Ja?«
»Eine Sache vielleicht noch.«
Riesenmist! »Mhm?«
»Es gibt da tatsächlich jemanden. Eine Frau. Leider weiß ich ihren Namen nicht mehr, aber bei Facebook finde ich sie bestimmt wieder.«
Julias Herz tat einen Satz. Sie wandte sich um: »Was für eine Frau?«
»Eine Freundin von Meike. Ich suche mal, ob ich den Kontakt noch finde. Wollen Sie warten?«
Das Herz hämmerte ihr bis zum Hals. Natürlich musste sie warten, wenn sie sich nicht verdächtig machen wollte.
»Hatten Sie es nicht eilig?«
Im Nachhinein ärgerte sie sich, diese Frage überhaupt gestellt zu haben. Glücklicherweise überging Reuther sie einfach: »Vielleicht ist es ja wichtig. Und so viele habe ich nicht in meiner Liste. Moment.«
Er zog sein Smartphone hervor und rief eine App auf. Murmelte ein paar unverständliche Worte, dann bildeten sich Falten auf der Stirn. »Komisch.«
»Was denn?«

»Ich finde sie nicht mehr. So ein Mist. Aber warten Sie! Vielleicht ist sie ja in Meikes Profil gelistet. Wobei«, er stockte, »wer weiß, ob es das Profil überhaupt noch gibt.«
Während er weitersuchte, wischte die Kommissarin sich so unauffällig wie möglich den Schweiß von der Stirn. Wenn Coras Bild nun im Internet auftauchte und er herausfand, dass sie Polizistin war, hatte sie ein gewaltiges Problem.
»Nein«, kam es dann auch schon. »Nichts mehr da. Tut mir leid.«
»Ich setze unsere IT darauf an.« Die Kommissarin lächelte. »Und falls Ihnen der Name doch noch einfällt, lassen Sie es uns bitte wissen.«
»Das mache ich«, lächelte der Mann zurück. Er neigte den Kopf und fragte: »Ist alles okay mit Ihnen?«
»Ja. Sorry.« Julia kicherte aufgesetzt und winkte ab. »Manchmal kommt die Hitze. Seien Sie froh, dass Sie keine Frau sind.«

Als sie zwei Minuten später auf die Straße trat, war sie dankbar, an der frischen Luft zu sein. Sie atmete die Freiheit ein und genoss, wie die immer noch sehr warme Abendluft in ihre Lungen drang. Dann schlenderte sie zu ihrem Wagen, und schon im nächsten Augenblick rang sie nach Luft.
Cora Danner war verschwunden.

21:35 UHR

Bedächtig setzte die Person einen Fuß vor den anderen. Keine Eile. Keine Pläne für diese Nacht. Der Himmel glühte über dem Horizont, eine Mixtur aus Rot und Gold, wie man sie von Lavaströmen kannte. Schritt für Schritt ging es tiefer in die dichter werdenden Bäume, bis das belaubte Astwerk einen Großteil des Farbspiels verschluckt hatte. Ein Schatten, ein Geist. Nach Tagen großer Aktivität war es nun an der Zeit, auf die Bremse zu treten. Die Mordkommission war aufgeschreckt. Es war nur eine Frage der Zeit, bis die Medien auf die Geschichte aufsprangen. Dann würde alles schwieriger werden.

Man musste dem Gegner Raum zum Denken geben, genau wie beim Schachspiel.

Musste ihn in falscher Sicherheit wiegen, bevor man an unerwarteter Stelle aufs Neue zuschlug. Musste ihm eine Strategie vorgaukeln, um dann etwas völlig anderes zu tun.

Dafür brauchte es Zeit. Wer sich in die Enge treiben ließ, verlor. Wer sich vom Ticken der Uhr getrieben fühlte, war zum Untergang verdammt.

Der Schatten blieb stehen und atmete ein paarmal ein. Die Luft roch nach Moos und erzeugte ein angenehmes Gefühl.

Doch die Anspannung blieb.

Es war nicht leicht aufzuhören.

Genau gesagt war es die schwierigste aller Herausforderungen, der es sich nun aber zu stellen galt.

Nur wenige Personen – viel weniger, als es einem der tägliche Konsum der Nachrichten glauben ließ – töteten im Laufe ihres Lebens einen anderen Menschen. Und von all diesen Personen musste man jene abziehen, die es im Zusammenhang mit Terror oder Krieg taten. Dazu Raubmorde, Sexualdelikte, Beziehungstaten. Affekte. Die Zahl schmolz dahin wie ein Schneemann im Frühling.

Am Ende blieb ein Tropfen, ein Minimum, eine Essenz.

Solch eine Person zu sein, war etwas Besonderes.

Wenn man es einmal getan hatte, verzweifelte man nicht. Man gab sich nicht Schuldgefühlen hin oder zerbrach an der Gewissheit, etwas unwiederbringlich zerstört zu haben.

Im Gegenteil. Man wollte es wieder tun.

Und wieder, und wieder.

MONTAG

MONTAG, 20. JULI, 10:35 UHR

Julia Durant hatte den Sonntag mit ihrer Familie verbracht. In Gedanken war sie meistens woanders gewesen, was Claus Hochgräbe ihr nachsah. Und immer dann, wenn sie zu sehr entglitt, war Lynel es, der sie zurück in die Realität holte.
Die neue Woche begann damit, dass Frank Hellmer die Dienstbesprechung verließ, um ans Telefon zu gehen. Etwas, was nur selten geschah. Als er zurückkehrte, bewegte er sich wie in Zeitlupe, und seine Miene verhieß nichts Gutes. Er trat neben die Kommissariatsleiterin und sah in die kleine Runde. Julia Durant, Benjamin Tomas und Uwe Liebig. Peter Kullmer war in seiner neuen Abteilung. Die Übergangsphase fühlte sich seltsam an, dabei war er nicht aus der Welt. Alles veränderte sich. Das einzig Beständige am Leben war die Veränderung. Und der Tod.
»Das war jemand vom Jugendamt«, erklärte Hellmer. »Es gibt tatsächlich Hinweise darauf, dass der Vater von Tim Henschel ihn im Kindesalter, hm, misshandelt hat.« Hellmer hob die linke Hand wie einen Schutzschild. »Aber diese Informationen sind vertraulich.«
»Was heißt das?«, wollte Durant wissen, auch wenn sie es längst ahnte. Bei häuslicher Gewalt oder sexuellem Missbrauch gab es eine ganze Reihe von Anzeichen. Doch ein einziges, unmissverständliches Signal war selten, und deshalb blieben die meisten Taten unerkannt. Es geschah an jedem Tag und in jeder Einkommensschicht. Und während des Lockdowns und der Schulschließungen war es noch schlimmer geworden.

»Tim Henschel hat eine Jugendstrafakte. Hauptsächlich Sachbeschädigung, Vandalismus und so. Leider ist das heutzutage nichts Besonderes mehr, aber damals hat man diese Dinge noch anders gesehen. Wir reden von Mitte der Neunziger, er war damals acht Jahre alt. Auffällig war er schon früher, aber mit acht gab es einen Vorfall in der Grundschule. Tim hat einen anderen Jungen bewusstlos geprügelt. Einen Viertklässler, um genau zu sein.«

»Aha.« Das war nicht unbedingt das, was Julia erwartet hatte, aber ihr Kollege war offenbar noch lange nicht fertig.

»Das hat natürlich die Eltern und die Schulleitung alarmiert und auch das Jugendamt auf den Plan gerufen. Das Ende vom Lied war eine Menge Papierkram und ein Wechsel der Schule. Der Sohn wurde eine Zeit lang betreut, es gab eine Diagnostik, aber unterm Strich kam nichts Konkretes dabei heraus.« Hellmer holte tief Luft. »Das ist die eine Seite der Medaille. Doch es gibt ja auch einen Austausch unter den Kollegen vom Fach, und zwischen den Zeilen klingt das Ganze so: Dass der Vater den Jungen regelmäßig verprügelt hat, wusste man im Grunde schon länger. Blaue Flecke, so was fällt im Kindergarten durchaus auf, wenn man die Kinder umzieht.«

»So etwas in der Art hat Hennes Röber ja auch ausgesagt«, erinnerte sich Durant.

»Siehst du«, Hellmer atmete angestrengt, »es ahnen immer mehrere Leute, aber passiert ist trotzdem nichts. Es war wohl eben nie, hm, schlimm genug. Doch das Schlimmste kommt erst jetzt. Es ist nach allem, was man damals beobachtet und in Erfahrung gebracht hat, ziemlich sicher, dass sich der Vater auch sexuell an dem Jungen vergangen hat. Obwohl es darüber niemals eine offizielle Notiz gab. Man konnte es nie beweisen. Wie so oft in diesen Fällen.«

»So eine verdammte Scheiße!«, ereiferte sich Uwe Liebig und schlug mit der Handfläche auf den Tisch. »Ein Kinderficker. Ich

kotze gleich! Diese Typen sind das Allerletzte. Unterste Schublade.«
»Da hörst du von mir keinen Widerspruch«, brummte Hellmer, doch in seinem Blick lag eine Spur Verwunderung.
»Was denn?«, bellte Liebig. »Nur weil ich kein Kind mehr habe, macht mich das nicht weniger zum Vater! Und wenn ich an solche Typen denke … und dann auch noch das eigene Kind… Sorry. Bei Pädophilen setzt's bei mir aus.«

Julia Durant räusperte sich. »Okay, Frank. Das ist eine wichtige Info. Sie bestätigt im Grunde unsere Vermutung. Die Frage ist, wie wir damit umgehen wollen.«
Hellmer lächelte knapp. »Tim Henschel wurde damals selbst dazu befragt. Und das haben wir schwarz auf weiß. Er hat ausgesagt, dass er den Jungen verprügelt hätte, weil der andere ihn auf der Toilette bedrängt hätte. Es ging nicht explizit um etwas Sexuelles, vielleicht war es auch nur Taschengeld. Denkt daran, dazu haben weder Tim noch jemand anderes offiziell etwas gesagt. Aber mir geht es auch gar nicht darum. Mal angenommen, Tim Henschel hat in dieser Hinsicht eine gestörte Impulskontrolle, was bei solch einem Kindheitstrauma ja leider nicht ungewöhnlich ist. Es war nicht das erste Mal, dass das aufgefallen ist, und es gab auch weitere Vorfälle, wenn auch nicht so krass wie in diesem besonderen Fall. Weiter angenommen, er hat seine Vergangenheit zwar halbwegs bewältigt oder hält sich durch seinen Cannabiskonsum auf einem gemäßigten Level. Aber dann kommt er eines Tages aus seiner Kifferhöhle und steht einem wildfremden Mann gegenüber. Gregor Bischof, einem wildfremden Typen in lässiger Kleidung, der in seinen vertrauten Bereich eingedrungen ist. Ich weiß, es ist weit hergeholt, aber was passiert als Nächstes? Irritation, Geschrei, Adrenalin. Henschel hat keine Ahnung, was er tun soll. Also verhält er sich wie ein in die Enge getriebenes Tier. So wie damals in

der Grundschule. Wie es ihm zu Hause, seinem Vater gegenüber, nie gelungen ist.«

Bleiernes Schweigen lag im Konferenzzimmer. Dann räusperte sich Julia Durant. »Du hast recht. Es ist ziemlich vage. Vor allem, weil der Mord dann in keinerlei Verbindung mit den anderen Taten stehen würde.«

Doris Seidel nickte. »Hatte der Küchenboden bei Frau Riemann nicht das Schachbrettmuster? Ich weiß, das ist kein seltenes Design, aber in unserem Fall ist das Bild zu stark, um es als Zufall abzutun. Oder was meint ihr dazu?«

Hellmer wippte mit dem Kopf. »Es könnte auch umgekehrt sein. Der Bethmannpark und der Bauernmarkt waren hinterher und zeigten eindeutige Hinweise aufs Schachspiel. Vertuschungstaten?«

»Das erklärt nicht die Parallelen zum Hammermörder«, wandte Liebig ein.

»Die haben *wir* konstruiert«, hielt Hellmer dagegen. »Beim Schach gibt es kaum Zweifel, alles andere kann Zufall sein. Henschel ist Programmierer, das heißt, er denkt analytisch. Was, wenn ihm der Name und das Muster aufgefallen sind und er die anderen beiden Männer genau aus diesem Grund beseitigt hat? Um eine Mordserie zu kreieren, die den ersten Mord tarnt.«

»Ziemlich heftig, zumal es sich beim ersten Mord um einen Affekt handelt«, sagte Durant.

»Das Erwachen kam hinterher, wie so oft«, sagte Hellmer. »Und vergesst nicht: Der erste Plan, um die Tat zu vertuschen, war die Brandstiftung. Doch die Feuerwehr hat das Ganze vereitelt. Henschel wusste, dass er im Haus Spuren hinterlassen hatte und womöglich in Erklärungsnot geraten würde. Also ging er auf Nummer sicher.«

Wieder legte sich ein kurzes Schweigen über die Szene. Dann ergriff Seidel das Wort: »Okay, checken wir das Bewegungsprofil.

Handyauswertung. Wo war Henschel zum Zeitpunkt der anderen beiden Morde?«
Hellmer schnaubte. »Er wird kaum mit angeschaltetem Handy losgezogen sein.«
Seidel grinste schief. »Sicherlich nicht. Aber auch wenn es ausgeschaltet war, ist das ein Hinweis.«
»Oder aber, er bewegte sich ganz woanders«, sagte ihr Mann. »Dann stehen wir wieder bei null.«
Alle Blicke richteten sich auf Benni Tomas.
»Schon kapiert«, sagte dieser. »Ich klemme mich direkt dahinter.«

11:50 UHR

Es stellte sich heraus, dass Tim Henschels Mobiltelefon zum Zeitpunkt des Todes von Alwin Kisslich ausgeschaltet gewesen sein musste. Während des Mordes an Otto Günther in der Nähe des Festplatzes hatte sich das Gerät am selben Ort befunden wie auch während des fraglichen Zeitfensters, in dem der Makler Bischof sein Leben verloren hatte.
»Das reicht«, konstatierte Hellmer.
»Wirklich?« Durant war unschlüssig.
»Na klar! Er hat das Beste getan, was man tun kann: das Handy angeschaltet zu Hause gelassen. Stumm und in irgendeiner Schublade, damit niemand es sehen kann. Wenn man nicht selbst zu Hause ist, ist das ein perfektes Alibi – jedenfalls auf den ersten Blick.«
Durant war nicht überzeugt. »Und die Videoüberwachung? Er muss mindestens eine halbe Stunde vor dem Mord durchs Bild gelaufen sein. Dasselbe gilt für den Mord im Bethmannpark.«
Hellmer grinste nur und zog sich mit dem Zeigefinger am unteren Lid. »Alles schon gecheckt. Er ist nicht immer zu sehen, aber das

hat nichts zu bedeuten. Man kann das Grundstück auch verlassen, ohne dass man in den Fokus der Kamera gerät.« Er hüstelte. »Genauso hätte Benni es übrigens auch gemacht – behauptet er.«

»Na, das ist natürlich ein Argument«, sagte Durant flapsig. »Aber reicht das für den Haftrichter?«

»Eins nach dem anderen. Es reicht zumindest, um ihn ordentlich in die Mangel zu nehmen. Hier. Im Präsidium. Nach allem, was wir jetzt über ihn wissen, sollten wir doch die richtigen Knöpfe finden, um die Wahrheit ans Licht zu befördern.«

Julia Durant hielt nichts entgegen. Frank hatte nicht unrecht. Die Verdachtsmomente rechtfertigten eine genauere Untersuchung. Selbst wenn diese nur die Gewissheit brachte, dass Henschel nicht in den Mord verwickelt war, waren sie dennoch einen Schritt weiter.

»Also gut.« Sie nickte. »Leitest du es in die Wege?«

Frank bejahte. »Du kannst ja schon mal im Dreizehnten vorfühlen.«

Die Kommissarin zuckte zusammen. Das dreizehnte Revier war für die Gegend um Henschels Haus zuständig. Das war nichts Neues. Aber auf dem Revier arbeitete Cora Danner. Seit Samstag hatte sie nichts von ihr gehört, und noch immer fühlte die Erinnerung an den Abend sich seltsam an.

Es war, als hätten sie eben erst im Auto gesessen. Das Rotlichtviertel. Der Parkplatz vor Marco Reuthers Haus, zu dem sie gemeinsam gefahren waren. Wie peinlich das Ganze gewesen war! Als die Kommissarin nach dem Gespräch auf die Straße getreten war, hatte sie einen leeren Wagen vorgefunden. Sofort hatten sich Ärger und Sorge miteinander vermischt. Ärger, weil Cora ihr versprochen hatte, nicht auszusteigen. Sorge, weil der Beruf das eben so mit sich brachte. Julia Durant hatte schon zu viele Menschen verloren, die ihr nahestanden. Es konnte immer und überall passieren. Doch dann hatte die Frau mit dem Pferdeschwanz vor ihr gestanden. Das Gesicht fröhlich, beinahe schon verzückt.

»Wo warst du? Du solltest doch …«
»Sorry. Das Radler. Ich hab's nicht mehr ausgehalten.«
Cora Danner war eine Frau, der es gelang, Julia aus dem Gleichgewicht zu bringen.
»Ich rufe sie gleich mal an«, brummte sie und hoffte insgeheim, dass die Beamtin dienstfrei hatte.

13:10 UHR

Der Streifenwagen war bereits angerollt, dahinter traf der graue Dienstwagen ein. Julia hatte Frank untersagt, mit dem Range Rover zu kommen. Das wäre noch auffälliger gewesen. Sie wollte sich nicht auch noch darum sorgen, zu früh entdeckt zu werden. Es war lästig genug, dass sie sich schon wieder mit Cora Danner befassen musste. Nicht, weil sie die junge Frau nicht mochte. Im Gegenteil. Doch im Augenblick gab es in ihrem Leben ohnehin schon zu viele Baustellen. Coras Unsicherheit, ihre Probleme mit männlichen Kollegen, ihr fehlendes Selbstvertrauen. Das konnte sie nicht einfach so wegschnippen. War sie selbst auch so gewesen, damals, als sie noch ein Frischling war? Sie schob den Gedanken beiseite.
»Denk dran: Tim Henschel ist kein mutmaßlicher Terrorist«, mahnte sie ihren Kollegen. »Wir wollen nur sichergehen, dass er uns freiwillig aufs Präsidium begleitet.«
Frank murmelte etwas und schob den Kombi schräg aufs Trottoir. Parklücken waren keine frei, aber weit zu laufen kam in dieser Situation für ihn nicht infrage.
Cora und ihr Kollege tauchten am Fenster auf, und Julia Durant wiederholte die Anweisung. Dann fuhr sie fort: »Frank und ich gehen zusammen an die Haustür, ihr bitte hintenrum.«

Drei Minuten später standen sie im Eingangsbereich. Von oben rief eine heisere Stimme. In der unteren Wohnungstür stand Lena Henschel. Sie trug eine bunte Trainingshose und ein übergroßes T-Shirt.

»Frau Durant?« Sie strich sich durch die unfrisierten Haare. »Was ist denn hier los?«

»Ihr Bruder?«, fragte die Kommissarin.

»Wie? Der ist nicht da.«

War da ein Zucken in Henschels Mundwinkeln?

»Wo ist er?«

»Keine Ahnung. Hauptsache nicht hier.« Sie druckste. »Drüben wird er vermutlich nicht sein.«

»Falls Sie die Wohnung meinen: nein. Der Schlüsselstein ist entfernt und der Zugang versiegelt. Bitte überlegen Sie noch einmal. Kennen Sie irgendwelche seiner Kunden?«

»Wie gesagt, nein. Aber ich kann ihn ja mal anklingeln.«

Hellmer hüstelte. »Wenn wir ihn damit nicht alarmieren.«

»Quark. Wir telefonieren zwar nie, aber es könnte ja auch was mit dem Alten sein.«

»Machen Sie bitte.«

Henschel wählte die Nummer an und schaltete auf Lautsprecher. Ein paar Freizeichen erklangen, dazu etwas, das wie eine Rückkopplung klang. Und wieder mischte sich die heisere Stimme aus dem ersten Stock darunter.

Lena Henschel verdrehte die Augen. »Ich fürchte, ich muss da mal hoch. Der alte Kontrolletti hat Sie mit Sicherheit anrücken sehen und vergeht jetzt vor Neugier.«

Durant nahm das Handy. Der Anruf war abgebrochen. Keine Mailbox. So ein Mist.

»Darf ich es noch mal versuchen?«

»Meinetwegen.«

Frau Henschel ging in Richtung Treppe, während die Kommissarin sich in die Wohnung zurückzog. Dann wählte sie erneut. Dieses Mal ließ sie den Lautsprecher ausgeschaltet und lauschte angestrengt.

Da! Ein Klingelton! So dumpf, als läge ein Kissen darauf, aber gleichzeitig so nah, dass sie förmlich danach greifen konnte. Sie folgte dem Geräusch, stand vor Henschels Zimmertür und drückte die Klinke. Verschlossen.

»Seht mal ins östliche Fenster!«, wies sie die Beamten im Garten über Funk an.

»Nichts zu sehen«, vermeldete Coras Stimme, begleitet von statischem Knacksen.

»Wie nichts?«

»Die Rollläden sind nur ein kleines Stück hochgezogen. Innen ist es fast komplett dunkel.«

Durant erschauderte bei dem Gedanken. Sie war noch weit davon entfernt, Tim Henschel als Mörder zu sehen. Schon gar nicht als Serienkiller. Aber erstens konnte sie sich nicht sicher sein, dafür hatte sie sich schon zu oft in ihrem Leben geirrt. Zweitens gab es da nun das Bild eines schwer gestörten Jungen, dem beim Drücken der richtigen Knöpfe die Sicherungen durchbrannten. Was war es damals auf der Schultoilette gewesen? Bedrängnis? Würde er dasselbe empfinden, wenn er sich von vier Polizeibeamten eingekesselt fühlte? Bilder jagten ihr durch den Kopf. Tim Henschel, geduckt hinter dem Türblatt, nur wenige Zentimeter entfernt. In Habtachtstellung, am Ende sogar mit einer Waffe in der Hand. In der Falle. Wenn Henschel zu unverhältnismäßigem impulsivem Verhalten neigte, was würde er dann in dieser Situation tun? Unwillkürlich nahm sie Abstand von der Tür.

»Herr Henschel«, rief sie, »machen Sie bitte auf!«

Keine Reaktion.

Eine Frauenstimme ließ sie zusammenzucken. »Ich sagte doch, er ist nicht da.«

Durant deutete auf die Tür. »Sein Handy ist aber da drinnen. Ich habe es klingeln gehört. Bleiben Sie bitte zurück.«
Lena Henschel lachte auf. »Na und? Das macht er öfter so. Er hat zwei.«
»Scheiße! Und warum wissen wir das nicht?«
»Geschäftlich und privat«, antwortete die Schwester mit Unschuldsmiene. »Machen Sie das nicht auch so? Ich habe selbst zwei Nummern, sonst hätte ich ja nie Feierabend. Tim macht das aber nicht konsequent, glaube ich. Er nutzt auch das private Gerät für Geschäftstelefonate.«
»Aha. Und Sie meinen, er hat ein Gerät hiergelassen und ist mit dem anderen unterwegs?«
»Kann doch sein.«
Durant trat der Schweiß aus den Poren. In ihrer Vorstellung platzten gerade jede Menge Seifenblasen.
»Haben Sie die Nummer des zweiten Geräts?«
»Weiß ich nicht. Die müsste im Netz stehen. Darf ich?«
Julia zögerte, reichte Lena dann aber ihr Smartphone. Diese tippte darauf herum und drehte das Display wieder zu Julia. »Hier. Seine Kontaktdaten aus dem Internet. Soll ich draufklicken?«
»Danke. Mache ich selbst.« Mit kalter Hand griff die Kommissarin nach dem Gerät, und die Verbindung baute sich auf. Dieses Mal klingelte es nicht, sondern die Stimme von Henschel meldete sich direkt aus der Konserve.
»Mailbox«, verkündete Durant mürrisch. »So eine Scheiße!«
»Ist er jetzt da drinnen oder nicht?«, fragte Hellmer.
»Haben Sie einen Schlüssel?«, fragte Durant Lena Henschel.
»Nein.«
»Dann brechen wir die Tür auf.«
Einer der Beamten besorgte sich Werkzeug, während die draußen postierten Männer das Fenster und die Umgebung im Auge behielten. Keiner wollte daran glauben, dass sich Tim Henschel im

Dunkel seines Zimmers verbarg, aber sie mussten sich Gewissheit verschaffen.
Es knackte. Dienstwaffen wurden in den Anschlag genommen. Die Tür schwang nach innen. Zwei Finger im Handschuh tasteten nach dem Lichtschalter. Die Deckenleuchte flammte auf.
Noch bevor sich Julias Augen an den grellen Schein gewöhnt hatten, registrierte ihre Nase einen unangenehmen Gestank.

SONNTAG

SONNTAG, 13. SEPTEMBER 2020

Der Sommer war vergangen, und die Dinge hatten ihren Lauf genommen, wie man es erwartet hatte. Urlaubsrückkehrer drängten sich in Flugzeuge und Eisenbahnwaggons. Menschen quetschten sich in Autos oder Busse, nachdem sie ihre Urlaubstage in den Touristenhochburgen verbracht hatten. Von Norden, von Süden, von überallher kehrte das Virus in voller Wucht zurück und erinnerte die Menschen daran, dass es niemals weg gewesen war. Noch hielten sich die Einschläge in Grenzen, aber es war nur eine Frage der Zeit. Das wusste auch Julia Durant, die Frankfurt in den Sommerwochen nicht verlassen hatte – ein paar Ausflüge ins Grüne ausgenommen. Sie hatten mit Lynel den Opel-Zoo besucht und waren mit ihm durch den Wildpark nahe Hanau sowie einen Vogelpark im Taunus spaziert. Doch die meiste Zeit hatte die Kommissarin damit verbracht, sich um eine kaltblütige Mordserie zu kümmern, die Frankfurt nach wie vor in Angst versetzte.

Sie erwachte allein, nach einem sonderbaren Traum. Draußen wurde es schon hell, doch sie spürte, dass es noch viel zu früh zum Aufstehen war. Julias Hand tastete neben sich. Die andere Betthälfte war kalt. Claus schlief also bei Lynel, wie so oft in letzter Zeit. Sie setzte sich hin und nahm einen Schluck aus der Plastikflasche, die auf dem Nachttisch stand. Die Kohlensäure hatte sich längst verflüchtigt, und das Wasser schmeckte schal. Julia rieb sich mit dem Handrücken über die Lippen. Canan Bilgiç. Eine junge Kollegin aus dem Nachbarpräsidium jenseits des Mains. Sie lag seit einer brutalen Attacke im Koma, und vermutlich würde sich an diesem Zustand nichts mehr ändern. Die Familie, die zum Teil aus gläubigen Muslimen bestand, hatte sich in einem Streit über den Fortbestand der lebenserhaltenden Maßnahmen überworfen. Die muslimische Vorstellung vom Sterben unterschied sich, je nach Auslegung, deutlich vom christlichen Verständnis. Der Tod bildete kein Ende, darin war man sich einig, so wie in anderen Religionen auch. Wenn Julia es richtig verstanden hatte, dann bildeten das Diesseits und das Jenseits im Islam zwei gleichberechtigte Welten. Das sollte es wohl erträglicher machen, wenn ein Mensch in die andere Welt überging. Irgendwann würde man sich dort wiedersehen, ein Bild, das es ja auch im Christentum gab. Von diesem Standpunkt aus betrachtet, raubte man einem Menschen, der sich im Koma in einer Art Zwischenwelt befand, den Übertritt. Warum also sollte man diesen Zustand aufrechterhalten? Das sagten die einen. Julia Durant und Teile der Familie hielten dagegen: warum die Chance verspielen, dass sie noch einmal aufwachte? Auch im Koran waren das Leben und die eigene Gesundheitsfürsorge ein hohes Gut, um das man sich kümmern sollte. Canan Bilgiç hatte keine Patientenverfügung (Julia Durant und die meisten ihrer Kollegen auch nicht). Also oblag es den Ärztinnen und Ärzten. Niemand würde den sprichwörtlichen Stecker ziehen. Die Familie würde sich weiter streiten oder anschweigen. Und Julia Durant durfte weiter hoffen, auch wenn der Funken fast erloschen war. In ihrem Traum hatte ein Stromausfall das Klinikum lahmgelegt, und sie selbst hatte sich schweißgebadet auf Canans Unterleib sitzend wiedergefunden. Mit den Fäusten trommelnd und ihren Namen schreiend.

Julia wusste, wie der Tag verlaufen würde. Das Bild blieb wie eingebrannt, was auch immer sie tat. Träume funktionierten so. Als sie sich wieder hinlegte und dazu zwang, noch einmal die Augen zu schließen und auf den Schlaf zu hoffen, entschloss sie sich, im

Laufe des Tages bei ihrer Freundin vorbeizuschauen. Dann fiel ihr ein, dass das wegen der Infektionszahlen schwierig werden könnte. Irgendwann wurde sie vom Schlaf übermannt.

8:40 UHR

»Na, du Schlafmütze.«

Claus Hochgräbe begrüßte Julia mit einer zärtlichen Umarmung und einem Kuss.

»Slafmütze«, erklang das kindliche Echo vom Wohnzimmerboden aus, wo Lynel mit Lego Duplo spielte.

Julia erwiderte den Kuss, beugte sich zu dem Jungen und strich ihm übers Haar. Kaffeeduft erfüllte den Raum, und Claus hatte Brötchen aufgebacken. Sie ging ins Bad, nahm Platz und genoss es, sich um nichts kümmern zu müssen.

»Du könntest eigentlich Privatier bleiben.« Sie lächelte. »Daran könnte ich mich gewöhnen.«

Ein Schatten huschte ihm übers Gesicht. Er musste nichts sagen, sie verstand es auch so. All die Gedanken, über die sie schon so oft gesprochen hatten. Lynel hatte vor vierzehn Tagen einen Kindergartenplatz bekommen. Eine völlig neue Erfahrung für ihn, und auch wenn momentan alles recht reibungslos lief, konnte sich das jederzeit ändern. Seine Trauer, seine Ängste. Er hatte Albträume und Phasen, in denen er nach seiner Mama schrie. Wie sollte Claus da einen Job in Wiesbaden ausüben, mindestens eine halbe Stunde mit dem Auto entfernt, und das auch nur, wenn er freie Fahrt hatte? Konnte *sie* das abdecken? Lynel war sehr auf Claus bezogen, auch wenn er häufig mit Julia kuschelte und sich gerne von ihr vorlesen ließ. Das verdammte O-Wort war bisher nicht gefallen. Er nannte sie einfach Julia. Manchmal vergaß er dabei, das L zu sprechen.

»Bis auf Weiteres ändert sich da nichts dran.«
Julia schüttelte ihre Gedanken ab. Was hatte er da gesagt?
»Ich bleibe hier«, sagte er und lächelte müde. »Aber du musst leider gehen.«
»Wie meinst du das?«
»Der Kriminaldauerdienst hat sich gemeldet. Es gibt Arbeit.« Er nickte vielsagend.
»Scheiße!«, presste Julia hervor.
Und aus der Richtung der Legosteine tönte eine Stimme: »Das sagt man nicht!«

9:25 UHR

Von dem Opfer erkannte die Kommissarin zuerst die beiden Schuhe. Sie hatte ein Gebüsch durchqueren müssen, somit gab es keine Schaulustigen und auch keine Sichtschutzwände. Andrea Sievers war ebenfalls nicht vor Ort. Die Leichenschau würde im Institut stattfinden und nicht hier.
»Wir haben eine leere Wodkaflasche«, begann Platzeck nach einer kurzen Begrüßung. Außer ihm waren Frank Hellmer und zwei Spurensicherer in Schutzanzügen vor Ort.
Von außen drangen Kinderstimmen durch das dichte Blattwerk. Am Schaumainkai, unweit des Städelmuseums und der Untermainbrücke, war zu dieser Zeit noch nicht viel los. Es war trüb, der Wetterbericht hatte Dauerregen angekündigt. Noch war nichts davon zu sehen, allerdings war der Boden noch nass von der Nacht.
»Ist es ein Obdachloser?«, wollte Durant wissen. Die Straße mit den eleganten Platanen verlief einige Meter weiter oben, und die breite Uferpromenade bot allerlei windgeschützte und zugewucherte Ecken, in denen Menschen ihr Nachtquartier aufschlugen.

inmitten dichten Buschwerks, das auch als wilde Toilette benutzt wurde.
»Obdachlos? Das dachten wir zuerst auch«, antwortete Hellmer kopfschüttelnd, »aber nein. Er hat einen Ausweis. Gemeldet ein paar Straßen weiter.«
»Todesursache?«
»Stranguliert. Womöglich war er zu betrunken, um sich zu wehren. Die Fingerabdrücke passen zur Flasche.«
»Hmm. Das habt ihr schon gecheckt?«
»Klar.« Platzeck, der seine Maske hinabgezogen hatte, grinste. »Bevor der Regen alles kaputt macht.«
Durant sah in den grauen Himmel. Noch war es trocken.
»Na ja.« Sie reckte sich in Richtung des Toten. »Dann kann ich mir das Verkleiden ja wohl sparen. Gibt es schon irgendwelche Anhaltspunkte?«
Hellmer hüstelte. »Du meinst, ob er in ›das Muster‹ passt?«
»Sag's nicht«, stöhnte sie auf.
»Das Schachbrettmuster.« Er hob die Schultern. »Hilft ja nichts, wenn wir es leugnen. Auch wenn es momentan noch keinen endgültigen Beweis dafür gibt.«
Julia Durant nickte. In der letzten Juliwoche hatte es einen jungen Mann in der Innenstadt getroffen. Zuerst war man von einem alkoholbedingten Unfall ausgegangen. Dann stellte sich heraus, dass er einen harten Schlag auf den Hinterkopf erhalten hatte. Der Schlag hatte ihn gelähmt, und er war in einem Hinterhof an seinem Erbrochenen erstickt. Der Unterarm war blutüberströmt, die Verletzung rührte scheinbar von zerbrochenem Glas. Zu guter Letzt hatte man eine Schachfigur in seiner Hosentasche gefunden. Im August wiederholte sich das perfide Spiel. Ein Gassigänger. Stranguliert. Keine Schachfigur, aber dafür Würgemale am Hals und ein gebrochenes Zungenbein. Einstichstellen an beiden Armen. Kein nennenswerter Blutverlust, aber eindeutig keine Fixer-

nadel oder medizinischer Hintergrund. Der Dackel hatte wie versteinert neben ihm gesessen und war nur unter trauerndem Jaulen von seinem toten Herrchen zu trennen gewesen.
Es hatte keine Verhaftung gegeben, denn was fehlte, war ein Tatverdächtiger. Tim Henschel war bislang der einzige Kandidat gewesen. Doch er hatte für den Mord an Alwin Kisslich im Bethmannpark ein Alibi. Einen Kunden, von dem man ausgehen durfte, dass dieser die Wahrheit sagte. Außerdem passte der Standort des Geschäftshandys zu dem Alibi, und laut Aufzeichnungen hatte er sich auch beim Mord an Otto Günther nicht im entsprechenden Teil der Stadt befunden. Henschel war ein undurchsichtiger Typ, der inmitten stinkender Socken und vergammelter Essensreste hauste. Im Juli, als sie seine Zimmertür aufgebrochen hatten und das Schlimmste befürchteten, war der Raum dunkel und leer gewesen. Er hatte sich in der Stadt aufgehalten, und Julia Durant und ihr Team standen wie belämmert da. An das Odeur seiner Bude würde sie noch lange denken. Doch als Mörder taugte er wohl nicht.
Zwei weitere Fälle in Niederrad und im Gutleutviertel waren dazugekommen. Weder das Alter noch das Geschlecht noch der soziale Status ließen eine Gemeinsamkeit erkennen. Selbst die Methoden und die Tatwaffen variierten. Nur zwei Indizien nährten die Gewissheit, dass es sich um denselben Killer handeln musste: das Blut. Schnitte oder Stiche. Und die Schach-Verweise. Ein Opfer hieß Ritter. Das andere Türmer. Knight und Tower. Pferd und Turm. Es war ausgerechnet Uwe Liebig, der diese Feinheiten herausarbeitete. »Schach ist Kunst«, betonte er gerne. »Und wer diese Kunst *richtig* beherrscht, ist allen anderen überlegen.«
Na prima. Julia Durant erinnerte sich noch sehr genau, was sie darauf geantwortet hatte: »Wollen wir's nicht hoffen!«
Es grenzte an ein Wunder, dass die Presse noch nicht auf diesen

Zug aufgesprungen war. Aber es war eine Frage der Zeit, bis sich das ändern würde. In diversen Internetforen wurde laut Benni Tomas bereits über die Sache spekuliert.

Sie bat Platzeck darum, den Hals des Opfers freizumachen. Dieser zog sich die Maske wieder über Mund und Nase und kniete sich anschließend ins Laub. Das stoppelige Kinn wurde sichtbar, darunter verliefen dicke, tiefrote Striemen.

»Eher ein Strick oder ein Gürtel«, mutmaßte Durant.

»Wir haben nichts dergleichen gefunden«, sagte Hellmer und deutete hinter sich. »Der Main fließt direkt hier vorbei. Vielleicht hat er die Tatwaffe verschwinden lassen.«

»Habt ihr die Taschen untersucht?«

»Ja. Keine Schachfigur.«

Julia stöhnte. »Gott sei Dank. Was ist mit Einstichspuren?«

»Auf den ersten Blick nichts zu sehen«, sagte Platzeck. »Wir haben allerdings auch nicht danach gesucht. Das darf Andrea machen. Der Notarzt hat nur einen Teil des Unterarms und die Brust freigelegt.«

»Schon okay.«

Frank Hellmer nahm seine Maske und die Kapuze des Schutzanzugs ab und zündete sich eine Zigarette an. »Solange wir nichts gefunden haben, dürfen wir noch hoffen«, sagte er, umgeben von einer Wolke aus Tabakrauch.

»Hoffen?«, wiederholte Durant, und ihre Augen wechselten zweifelnd zwischen ihm und dem Toten.

»Hoffen, dass es ein stinknormaler Mord ist. Kein Schach, kein Spiel, kein Serienkiller.«

»Deinen Optimismus möchte ich haben«, murrte die Kommissarin und sah sich um. »Wie lange liegt er schon hier?«

»Zehn bis zwölf Stunden.«

»Und wer hat ihn gefunden? Hier kommt man ja nicht einfach

mal so vorbei, und jenseits des Gebüschs kann man nichts erkennen.«
Hellmer entsorgte seine Zigarette und tastete nach dem Notizblock. Dann schien er sich zu erinnern und berichtete: »Die Nachricht kam über den Notruf. Ein Spaziergänger. Er klang außer Atem, vermutlich ist er aus Angst erst einmal ein Stück weggerannt.« Er seufzte. »Die ganze Stadt ist momentan völlig überspannt. Diese verdammten Morde!«
»Also hat der Mann gewusst, dass es sich um einen Mord handelt?«
»Weiß ich nicht. Jedenfalls sagen auch die Kollegen vom Achten, dass er ziemlich außer sich gewesen ist. Er wollte angeblich zum Pinkeln in die Büsche, und da hat er unseren Toten dann aufgefunden.«
Julia Durant zuckte zusammen. »Hast du achtes Revier gesagt?«
Hellmer blinzelte sie aufmerksam an. »Ja, wieso?«
»Ach, nur so. Das war mal das Revier von Cora Danner.«
Während ihr Kollege unbeeindruckt schien, strömten Erinnerungen wie eine Springflut durch Durants Kopf. Der Abend im Sommer. Radler am Main. Der Schock, als Cora sie wie aus dem Nichts heraus geküsst hatte.
Frank Hellmer räusperte sich laut und winkte. »Hallo? Erde an Julia?«
Sie verließ das Kopfkino. »Ja. Entschuldige. Hast du was gesagt?«
»Ja. Cora Danner hatte nichts mit diesem Tatort zu tun. Es waren zwei andere Kollegen. Namen habe ich notiert.«
»Schon gut. Danke. Ich war in Gedanken woanders.«
»Solange du nicht im Urlaub warst.«
»Witzbold.«
Tatsächlich hatte Julia bis heute niemandem von dem Abend im Juli erzählt. Sie hatte sich mit Benjamin Tomas von der IT ein wenig auf der Spieleplattform umgesehen. Als Begründung dafür

nannte sie ihm zunächst nur, dass man dort auch Schach spielen konnte und dass sie sich ein Bild von den Personen machen wollte, die dort agierten. Vielleicht ein Schuss ins Blaue, aber man musste alle Möglichkeiten ausloten. Glücklicherweise besaß dieser Benni eine angenehme Portion Urvertrauen ihr gegenüber. Sie würde es nicht ausnutzen, doch manchmal reichte es schon, wenn sie nicht jeden ihrer Schritte tausendfach begründen musste.
In diesem Moment knackte es im Dickicht, und einer der Gnadenlosen tauchte auf. Er klopfte sich Dornen von der Stoffhose und schob die Augenbrauen zusammen. »Seid ihr so weit?«
Die Kommissare und die Spurensicherer wechselten einen Blick.
»Von mir aus«, sagte Platzeck.
Julia Durant nickte dem Mann in Schwarz zu. »Ihr könnt ihn mitnehmen.«

11:15 UHR

Manfred Lasky war alleinstehend und hatte keine Kinder. Seine Eltern lebten in der Nähe von Eisenach. Das persönliche Überbringen der Todesnachricht würde demnach an Julia Durant vorbeigehen. Sie schämte sich für diesen Gedanken. Wie hart musste es erst für Laskys Eltern werden? Niemand sollte den Tod des eigenen Kindes erleben müssen, und doch geschah es immer wieder. Frank Hellmer hatte sich die Wohnung des Ermordeten vorgenommen, wollte mit den Nachbarn sprechen und das soziale Umfeld erforschen. Somit hatte die Kommissarin den Rücken frei, um der Obduktion beizuwohnen. Etwas, worauf sie nicht sonderlich scharf war, aber je eher sie Gewissheit erlangte, desto besser.
Sie parkte ihren Wagen und schaltete die Musik aus. Ein Fiat 500, feuerrot, mit Stoffdach. Das neueste Familienmitglied, wie sie ihn am ersten Tag genannt hatte, als sie vor vier Wochen auf den In-

nenhof des Präsidiums gefahren war. Hellmer hatte gespöttelt: »Den muss man ja mit der Lupe suchen.«
Kullmer hatte nur breit gegrinst.
Doch Julia hatte die beiden einfach stehen lassen. Ihren Partner, der noch immer unter dem Verlust seines 911ers litt, und den alten Macho, der seit Jahren eine Familienkutsche steuerte. Sportlich und chic war nur noch sie unterwegs.
Sie atmete tief ein. Der Neuwagengeruch hing noch im Innenraum. Es fühlte sich großartig an.
Zehn Minuten später hatte sie die Kulisse gewechselt und gegen Zitrusaroma eingetauscht.
Andrea Sievers wartete geduldig, bis Julia sich den Kittel übergezogen und Handschuhe und Haube angelegt hatte.
»Du hättest ruhig schon anfangen können«, sagte die Kommissarin.
»Habe ich aber nicht, und du wirst auch gleich sehen, warum.«
Die Rechtsmedizinerin hob das Tuch, mit dem der Körper abgedeckt war. Die Leiche war noch nicht gewaschen, aber sie war vollständig entkleidet. Anstatt des bogenförmigen Schnitts auf dem Brustkorb fiel Julia etwas Unerwartetes ins Auge.
»e4«, entzifferte sie entgeistert. Der Buchstabe und die Zahl waren in etwa handgroßen Lettern auf die Haut des Oberbauchs geschrieben. Etwas verschmiert, aber noch eindeutig lesbar.
»Verstehst du es jetzt?«, fragte Andrea. »Ich wollte das nicht zerschneiden, bevor du es gesehen hast.«
»Ich verstehe gar nichts mehr. Hast du es fotografiert?«
»Von allen Seiten. Mit und ohne Blitz.«
»Hmm. Was bedeutet das? Stammt das vom Täter?«
Andrea lächelte. »Ihr könnt ja mal schauen, ob es bei ihm zu Hause ein entsprechendes … Werkzeug gibt.«
»Wieso?« Julia näherte sich dem Toten und beäugte die Zeichen genau. »Ist das etwa …«

»Lippenstift. Genau.«
»Der Tote hat allein gelebt. Keine Freundin.«
»Vielleicht hatte er ja gewisse Fantasien.« Andrea zwinkerte verstohlen.
»Lass mal.«
Dr. Sievers hob die Hände. »Ich meine es ernst. Heutzutage ist vieles möglich. Wobei es keine Anzeichen gibt, dass unser Toter hier eine feminine Ader hatte. Er ist relativ ungepflegt. Ich vermute eher, dass es nicht sein Lippenstift gewesen ist.«
»Okay. Also ist es eine Botschaft des Täters. So wie die beiden Schachfiguren.«
Bauer, Läufer, Ritter, Türmer. Das konnte kein Zufall sein, auch wenn der aktuelle Name, Lasky, nichts mit dem Schachspiel zu tun zu haben schien.
Andrea Sievers deutete ein Schulterzucken an. »Das Entschlüsseln überlasse ich dir. Aber Botschaft klingt plausibel.«
»Warum mit Lippenstift?«
»Weil man damit gut auf Haut schreiben kann?«
»Das kann ein Edding auch. Ich meine: Was sagt das über den Täter aus?«
Die Ärztin sah Durant fragend an. »Du spielst doch jetzt nicht etwa auf eine weibliche Person an?«
»Eigentlich nicht. Aber es muss einen Grund haben, warum es Lippenstift ist.« Durant wollte sich die Unterlippe kneten, doch als ihr Daumen die Lippe erreichte, zuckte sie zurück. Sie trug Schutzhandschuhe!
»e4«, wiederholte sie langsam.
»Ich würde jetzt anfangen«, sagte Sievers. »Waschen, aufschneiden, zerlegen. Du weißt schon.«
»Warte bitte. Ich bin ganz nah dran«, sagte Durant. »Kann ich mal an deinen Computer?«
»Klaro. Und was mache ich solange?«

»Nach Einstichen suchen. Blutentnahme, du weißt schon.«
»Aber doch nicht, bevor ich ihn gewaschen habe.«
»Bitte, Andrea. Ich muss das wissen.«
»Na gut.« Die Ärztin nannte ihr Passwort, damit Julia den Sperrbildschirm überwinden konnte. Dann begann sie mithilfe einer Lampe an den vielversprechendsten Körperstellen des Mannes nach Einstichstellen zu suchen, während die Kommissarin hinter der Glasscheibe den Computer bediente. Parallel dazu rief sie Frank Hellmer an, der nach dem zweiten Freizeichen abnahm.
»Frank, wir haben da etwas. Was sagt dir die Buchstaben-Zahlen-Kombination e4? Die wurde unserem Opfer auf die Brust geschrieben.«
»Was? e4? Sagt mir nichts.«
»Ich bin im Internet. Die Treffer sind ziemlich schräg. Warte mal.« Sie scrollte weiter. Hellmer räusperte sich. »Wissen wir denn schon, ob wir den Mord unserem Serienkiller zurechnen müssen?«
»Keine Einstiche bisher, aber Andrea hat auch gerade erst …«
Julia Durant verschluckte sich. Parallel zu einem Suchtreffer in der Kategorie Videos fiel es ihr wie Schuppen von den Augen: »Mensch, Frank!« Sie hustete heftig. »Das könnte es sein! e4. Mir wurde gerade ein Schachvideo empfohlen. Berühmte Züge haben doch immer solche komischen Namen. So ein Mist! Da hätte ich auch selbst draufkommen können. Mein Paps hat sich diese Partien immer in der Zeitung angeschaut. Wobei ich schon damals nur Bahnhof verstanden habe.«
Natürlich hatten die Kommissare sich mit der Schach-Thematik befasst. Nicht mit einzelnen Partien vielleicht, eher mit den wichtigsten Strategien oder den einschlägigen Begriffen. *Sizilianische Eröffnung. Königsgambit. Damenbauernspiel.* Es gab Spielzüge, die nach berühmten Spielern benannt worden waren, und solche, die man in bestimmten Regionen oder Zeitphasen häufig genutzt oder variiert hatte. All das hatte am Ende zu nichts geführt. Julia

Durant erinnerte sich jetzt daran, dass jedes der acht mal acht Karos auf dem Schachbrett durch eine eigene Kombination aus Buchstabe und Zahl gekennzeichnet war. e4. Das konnte kein Zufall sein!

»Tust du mir einen Gefallen?«, bat sie Frank. »Ruf bei Platzeck an und lass ihn checken, ob am Tatort irgendwo eine Schachfigur liegt. Vielleicht ist sie dem Toten ja aus der Tasche gefallen. Im Körper befindet sich keine.«

Hellmer versprach ihr, sich sofort darum zu kümmern. »Ich bin sowieso noch in der Nähe, ich gehe gleich hin.«

»Danke. Hat sich denn schon was ergeben?«

»Niente. Keiner weiß was. Wir müssen uns später in Ruhe durch seine persönlichen Sachen graben. Der Computer ist passwortgeschützt. Handy Fehlanzeige.«

Scheiße. Genau wie bei den anderen. Es war erstaunlich, wie viele Menschen es doch noch gab, die ihr Leben nicht auf sämtlichen digitalen Ebenen zur Schau stellten.

Und als wäre das nicht genug, bemerkte die Kommissarin das Winken von Andrea Sievers auf der anderen Seite der Glasscheibe.

»Ich habe die Stelle gefunden!«, rief sie.

»Ich muss auflegen«, sagte Julia zu ihrem Partner. »Wir reden später.«

Sie eilte zurück in den Sektionssaal und folgte dem Finger der Ärztin, die auf die Leistengegend zeigte.

»Das stammt eindeutig von einer Injektionsnadel«, erklärte diese. »Da hast du deine Blutentnahme.«

Durant schnaufte, und für ein paar Sekunden tanzten Sterne vor ihren Augen. »Also ist es derselbe Mörder«, raunte sie.

Schon wieder.

MONTAG

MONTAG, 14. SEPTEMBER, 9:55 UHR

Polizeipräsidium, Dienstbesprechung

Uwe Liebig machte sich die Kaffeetasse so voll, dass sie überschwappte. Fluchend blieb er stehen und lehnte sich an den nächstbesten Tisch des Konferenzzimmers. Julia Durant unterdrückte ein Gähnen. Sie hatte den restlichen Sonntag mit Frank Hellmer verbracht, und dieser berichtete nun über die Ergebnisse. Sie waren mau. Kein Smartphone, keine Hinweise darauf, dass am Fundort der Leiche eine Schachfigur platziert worden war. Die sozialen Kontakte des Opfers waren überschaubar.

»Haben wir von *irgendeinem* der Toten ein Handy gefunden?«, fragte Doris Seidel.

Allgemeines Raunen. Die Antwort war Nein.

»Das kann kein Zufall sein«, sagte sie. »Keines der Opfer ließ sich sonderlich schwer identifizieren, bei manchen haben wir das komplette Portemonnaie samt Ausweis gefunden.«

»Hier auch«, warf Hellmer ein.

»Eben. Also geht es dem Täter nicht darum, die Erkennung seiner Opfer zu erschweren. Allerdings nimmt er von jedem das Telefon mit. Warum?«

Liebig schlug mit der Hand auf die Tischplatte. Prompt schwappte es erneut aus der Tasse. »Scheißdreck! Weil sie über die Handys Kontakt hatten?«

»Das haben wir doch überprüft«, erinnerte sich Durant.

»So gut es eben ging«, entgegnete Hellmer. »Unser Computerfuzzi hat betont, dass man nicht aus allen Messengern den kompletten Verlauf rekonstruieren kann. Dafür sorgen die Anbieter schon.«

»Hm«, murrte die Kommissarin.

»Jedenfalls ist das der am plausibelsten erscheinende Grund, oder nicht?«, sagte Doris. »Gehen wir also davon aus, dass er die Geräte zerstört hat?«

»Wird wohl so sein«, sagte Julia. »Ein ausgeschaltetes Mobiltelefon bedeutet nicht, dass man es nicht orten kann. Auch wenn mir dieser Gedanke gar nicht schmeckt. Als Nächstes hört unsere Kaffeemaschine noch die Besprechungen ab.«

Frank sah zu Uwe, dann prustete er los. »Vielleicht sollte sie lieber die Tassen servieren. Dann geht wenigstens nichts daneben.«

Liebig schnitt eine Grimasse. »Blödmann.«

»Meine Herren«, Doris Seidel deutete hinter sich, »kommen wir zum nächsten Thema.«

Auf einem Board war per Hand ein Koordinatengitter gezeichnet. Die Buchstaben A bis H und die Ziffern 1 bis 8 waren danebengekritzelt. Hastig, aber für alle erkennbar, selbst wenn man kein Schach spielte.

»Cool. Schiffe versenken«, frotzelte Uwe.

»Von wegen«, schnaubte Julia.

»Außerdem gibt's da mehr Felder«, wusste Frank.

»Sicher?«

»e4«, sagte Seidel scharf, griff sich einen roten Marker und kringelte einen Punkt in das entsprechende Gitter. »Was bedeutet das?«

Durant räusperte sich und stand auf. »e4, also kleiner Buchstabe mit Zahl, das ist die Bezeichnung eines Schachfelds. Aber leider ist das alles extrem vage, solange das Opfer nicht in irgendeinem Bezug dazu steht. Andererseits muss es einen Sinn haben, dass ihm diese Ziffer-Zahl-Kombination auf die Haut geschrieben wurden.«

»Und welchen Sinn?«, fragte Liebig, und Durant seufzte.
»Claus und ich haben uns damit beschäftigt. Er kennt sich ein wenig aus. Aber es ist ein Schuss ins Blaue. Es wäre vielleicht besser, wenn Claus das erklärt, für mich sind das böhmische Dörfer. Doch ich versuch's mal.« Sie ging zu dem Raster, suchte das entsprechende Feld und deutete darauf. »e4 ist eines der vier zentralen Felder des Schachbretts. Und in den meisten Partien geht es wohl darum, dieses Zentrum zu kontrollieren. Der Zug mit dem weißen Bauern von e2 nach e4 ist, wenn ich Claus richtig verstehe, eine der häufigsten Eröffnungen.«
»Ich dachte, ein Bauer kann immer nur ein Feld ziehen«, sagte Uwe.
»Falsch gedacht.« Julia musste sich eingestehen, dass es guttat, wenn Liebig einmal nicht den Besserwisser raushängen lassen konnte. Die Welt des Schachs schien ihm völlig fremd zu sein. Noch fremder als ihr.
»Ja, gut«, meldete sich Doris Seidel zu Wort, »aber wie bringt uns das weiter?«
Julia wippte mit dem Kopf. »Ab jetzt wird es noch vager«, gestand sie ein. »Es muss auch nichts bedeuten. Aber Claus hat sich da ein wenig festgebissen, und irgendwann kam er mir mit dem Namen Lasker.«
Doris und Uwe blickten beide an ihr vorbei auf die andere Pinnwand, wo neben einigen Fotos der Name des Ermordeten notiert war. Manfred Lasky.
Uwe reagierte als Erstes. »Moment. Lasky und Lasker?«
»Emanuel Lasker«, bestätigte Julia. »Deutscher Schachweltmeister.«
Uwe schüttelte den Kopf. »Manfred und Emanuel. Ich weiß nicht. Das ist weit hergeholt.«
»Bei Google hat's jedenfalls gelangt«, gab Julia schnippisch zurück.
»Na ja, gut. Aber was sollen wir damit anfangen?«, wollte Doris wissen.

»Lasky, nein Lasker hatte einen berühmten Spielzug«, antwortete die Kommissarin und zog einen Zettel hervor, auf dem sie sich Notizen gemacht hatte. »Eine Eröffnung. Lasker gegen Bauer, 1889 in Amsterdam. Er hatte Weiß, also den ersten Zug. Er zog den Bauern von f2 nach f4. Also nicht, wie vielleicht erwartet, der typische Zug von e2 nach e4.«

»Aha. Und das war ein Skandal?«

»Keine Ahnung. Jedenfalls hat es sein Gegenüber verunsichert. Und vielleicht geht es ja genau darum. Verunsicherung zu schaffen. Etwas Unerwartetes zu tun.«

»Aber auf Laskys Brust stand e4, nicht f4«, gab Doris zu bedenken.

»Das stimmt. Und leider muss ich noch etwas hinzufügen: Lasker hat diesen Spielzug nicht erfunden, er war schon länger unter dem Namen Bird-Eröffnung bekannt. Benannt nach einem englischen Schachmeister, der fast die Hälfte seiner Partien so begonnen hat. Von ihm hat man das also erwartet, von Lasker jedoch nicht. Deshalb hat Lasker wohl bei seiner Partie in Amsterdam so begonnen. Allerdings bin ich hier dann mit meinem Latein am Ende.«

»Na toll. Also geht es dem Mörder ums Spielen«, brummte Liebig. »Das bringt uns keinen Deut weiter, denn so ticken neunundneunzig Prozent aller Serienkiller.«

»Es geht ihm vielleicht weniger ums Spiel, sondern mehr um die Kontrolle«, gab Durant zu bedenken. »Das ist beim Schach das oberste Ziel. Die Kontrolle nicht aus der Hand zu geben und sich nicht in die Karten blicken zu lassen.«

»Ich dachte, es geht um den König.« Uwe schnaubte. »Ich glaube vielmehr, dass es ihm um Verwirrung geht. Und dass wir im Moment genau das tun, was er will: über eine bescheuerte Zahl und einen bescheuerten Buchstaben nachdenken. Außerdem: Wenn es beim Schach um das Zentrum geht, warum liegt die Leiche dann im Gebüsch in der Nähe des Städels. Nichts gegen Kunst, aber das Zentrum wäre für mich eher die Zeil oder das Bankenviertel.«

»Da gibt es nur leider wenig Gebüsch«, widersprach Frank. »Oder sonstige Gelegenheiten.«
»Das hat ihn früher auch nicht gestört. Der Tote im Hauseingang?«
Hellmer wollte kontern, doch Durant schnitt ihm das Wort ab: »Das bringt uns nicht weiter. Fakt ist, dass er uns eine Botschaft hinterlassen hat.«
»Mit Lippenstift.«
»Eine Botschaft, die klar an uns gerichtet ist. Das ist eine neue Form der Aufmerksamkeit, oder nicht?«
Doris Seidel stimmte dem zu. »Bis jetzt haben wir das meiste aus der Presse raushalten können. Vielleicht passt ihm das nicht. Vielleicht möchte er *gesehen* werden, möchte, dass man über ihn spricht. Dass man Angst vor ihm hat.«
»Hm. So wie neunundneunzig Prozent aller Serienkiller?«, sagte Durant mit einem sarkastischen Unterton.
Liebig zog ein Gesicht, hielt dem aber nichts entgegen.
»Mag sein«, fuhr Doris fort. »Aber die Frage ist, ob wir wirklich nach Spielzügen suchen müssen. Dieser Lasky, nein, der andere, Lasker, hat doch damals auf f4 gezogen. Nicht auf e4. Also sind die Ziffern auf Laskys Brust Quatsch. Was sagt uns das? Dass der Mörder den berühmten Schachzug für schlechter hält als seinen? Und was bedeutet das für seine nächsten Züge? Lohnt es sich, in diese Richtung zu denken? Wie gut kennt Claus sich denn nun wirklich aus?«
»Gut genug, um mich zu beeindrucken. Aber das will nichts heißen.«
»Meinst du, er würde uns dabei helfen?«
Durant warf einen Blick auf die Uhr. »Aber nur, solange Lynel im Kindergarten ist. Momentan ist mittags schon Schluss, er ist noch in der Eingewöhnung.«
Dann bekam sie Gänsehaut. Sie musste an Reuther denken. Wie

sollte sie ihren Kollegen erklären, woher sie ihn kannte? Durch eine unerlaubte Vernehmung?

»Wartet mal. Ich, ähm …« Sie verhaspelte sich, dabei kam ihr die rettende Idee. »Ich rede mit Benni aus der IT! Ja, der hat mal gesagt, dass er sich auch damit auskennt. Ich rufe ihn an.«

Ohne auf eine Antwort zu warten, eilte sie nach draußen, das Telefon in der Hand.

Mailbox. Wie konnte das sein?

Sie versuchte es auf der regulären Leitung. Doch auch hier tutete es endlos. In ihren Gedanken ging Julia durch, wie sie sich die Sache gedacht hatte. Ein Eiertanz, das wusste sie, und sie fühlte sich nicht wohl dabei. Doch wenn es sich auf diese Weise lösen ließ …

Ihr Display leuchtete auf, und Benjamin Tomas' Name wurde angezeigt.

»Na, ist es etwa dringend?« Er klang überwach, was vermutlich an den Energydrinks lag, die er viel zu häufig konsumierte.

»Ja. Ich brauche deine Hilfe. Bist du unten?«

»Ja, worum geht's denn?«

»Du kennst dich doch mit Computer-Schach aus …«

Der ITler lachte bitter. »Das klingt, wenn du es so sagst, total nach Klischee.«

»Sorry. Aber sag schon.«

»Klar, ich spiele Schach. Doch ich bin keiner dieser Supernerds, für die es nichts anderes gibt.« Er räusperte sich und ergänzte verstohlen: »Minecraft ist das neue Schach.«

»Sagt mir nichts«, presste Durant hervor. »Kennst du dich mit Spielzügen aus? Oder spielst du alte Partien nach oder so was?«

Benni seufzte. »Ach herrje. Noch mehr Klischees. Sag mir doch einfach, was genau du willst. Oder noch besser: Komm runter«, schlug er vor.

Zehn Minuten später hockten die beiden vor der Monitorwand.

»Ich schätze mal, es gibt bahnbrechende Neuigkeiten an der Schach-Front?«, wollte Tomas wissen.

Durant bejahte. »Das Opfer von gestern trug eine Nummer auf der Brust. Lippenstift. e4. Also eine Schachfeldbezeichnung.«

»Aha. Aber Lippenstift? Reden wir jetzt von einer weiblichen Täterin?«

»Keine Ahnung. Eigentlich nicht. Aber es wundert uns schon ein wenig. Edding hätte es auch getan.«

»Aber deshalb bist du nicht hier.«

Durant druckste. »Nein. Und bevor wir über den Lippenstift reden, muss ich dir etwas erzählen. Im absoluten Vertrauen!«, betonte sie, und Benni zog sich symbolisch den Daumen und den Zeigefinger über die geschlossenen Lippen. Durant sprach weiter: »Es geht um eine Sache vor ein paar Wochen, eigentlich sogar vor ein paar Monaten. Eine Kollegin, nicht vom K11, hat eine Befragung durchgeführt, ohne sich als Polizeibeamtin zu erkennen gegeben zu haben. Und im Juli habe ich diese Person selbst aufgesucht …«

»… und dich dabei natürlich als Kriminalpolizei vorgestellt«, betonte Tomas.

»Natürlich. Aber ich hätte offiziell nicht von ihm wissen dürfen. Den Namen habe ich nur von der Kollegin.«

»Hmm.« Der ITler rollte mit den Augen. »Was genau hab ich damit zu tun?«

»Dieser Typ spielt Onlinespiele.« Die Kommissarin nannte die Plattform.

»Joa. Kenne ich.«

»Bist du da selbst aktiv?«

»Eigentlich nicht.«

»Und uneigentlich?«

»Ich hatte da mal einen Account. Das ist ewig her.«

Ein Hoffnungsschimmer blitzte in ihr auf. »Und könntest du dich da nicht einloggen und nach ihm suchen? Könnte es nicht sein, dass er uns bei der Suche nach Schachspielern aufgefallen ist?«

»Puh!« Benni griff sich an den Hals. »Das ist aber ziemlich dünnes Eis. Ist dieser Typ denn verdächtig?«

Diese Frage hatte Julia sich schon mehrfach gestellt. Genau genommen hatte sie sogar eine Liste, auf der sämtliche Todeszeiten notiert waren. Nicht nur wegen Reuther, sondern auch alle anderen Personen waren auf Alibis überprüft worden. Wenn Reuther ebenfalls nachweisen konnte, sich zu einer oder mehreren Tatzeiten an einem anderen Ort aufgehalten zu haben, war er aus dem Schneider.

»Das ist mein Problem«, antwortete sie. »Denn um sicher zu sein, müsste ich noch mal zu ihm. Das geht aber nur, wenn die Sache sauber ist.«

»Okay, capisce«, murmelte Benni und begann, mit den Tasten zu klappern. »Dann stelle ich mal keine weiteren Fragen.« Er unterbrach sich, um sich in seinem Sessel zurückzulehnen. Zog die Mundwinkel nach unten und sprach mit heiserer Stimme weiter: »Aber irgendwann – vielleicht auch nie – werde ich dich um einen Gefallen bitten …«

Julia prustete vor Lachen. Erinnerungen an Bennis Vorgänger, Michael Schreck, kamen auf. Ein Filmnarr, dem Bennis Nachahmen von Marlon Brando aus dem ersten Teil des *Paten* mit Sicherheit gefallen hätte. Eines seiner Filmplakate – *Terminator* 2 (der beste Film aller Zeiten, so Schreck) – hing noch immer an der Wand neben dem Eingang.

»Ist gut«, sagte sie lächelnd. »Jetzt lass uns die Sache angehen.«

DIENSTAG

DIENSTAG, 15. SEPTEMBER, 9:30 UHR

Julia Durant preschte mit einiger Verspätung auf den Innenhof des Präsidiums. Der Kollege an der Pforte hatte das offenbar in ihrem Gesicht gelesen und mit einem Lächeln quittiert. Die Dienstbesprechung hatte entweder schon begonnen oder würde in der nächsten Minute eröffnet werden. Doris Seidel war Pünktlichkeit wichtig, darin stand sie ihren beiden Vorgängern in nichts nach. Julia knallte die Autotür zu, schloss ab und überlegte, ob es sich lohne, eine Nachricht zu schreiben. Stattdessen eilte sie zur Tür, wählte die Treppe in den vierten Stock, wobei sie immer zwei Stufen gleichzeitig nahm. Wenn sie schon sonst kaum zum Joggen kam, dann wenigstens hier. Als sie oben ankam, hämmerte der Puls ihr bis unter die Zunge. Sie schritt durch den Gang in Richtung Konferenzzimmer.

Keiner da. Also zu Seidels Büro. Dort traf sie nur Doris selbst an.

»Wir treffen uns erst heute Nachmittag«, verkündete diese. »Frank hat einen Termin mit jemandem aus Laskys Umfeld, und Uwe kommt später. Wie war es gestern bei diesem Typen, Marco Reuther?«

»Nichts Besonderes«, antwortete Julia. Noch immer spürte sie das Pochen, aber es ließ langsam nach. Gemeinsam mit Benni hatte sie über die Spieleplattform eine Verbindung zu Reuther hergestellt und sich die offizielle Erlaubnis geholt, mit ihm zu reden. Damit war diese Kuh vom Eis, jedenfalls solange man nicht allzu genau hinsah. Benni würde sie nicht verraten, und die Spur zu

Reuther schien ohnehin ins Nichts zu führen. »Er hat für Sonntag zwar kein Alibi«, berichtete sie, »aber während der Morde an Bischof und Kisslich im Juli war er im Urlaub im Chiemgau. Wir haben das bereits überprüft. Er hat den Urlaub alleine verbracht, der Ort heißt Inzell, das ist ums Eck bei Ruhpolding. Allerdings hatte er ein Fremdenzimmer mit Frühstück gebucht, welches im benachbarten Café serviert wurde. Das Buffet ging täglich bis zehn, am Wochenende bis halb elf. Für den Mord an Bischof hätte es zwar theoretisch reichen können, hin- und herzufahren, aber spätestens bei Kisslich kommen wir da in den Bereich des Unmöglichen. Außerdem hatte er noch ein Ticket für eine Fahrt mit einer Bergbahn. Nur hinauf. Der Fußweg ins Tal dauert mindestens zweieinhalb Stunden.«

»Hm. Klingt relativ wasserdicht.«

»Ja, ich denke auch. Wir müssen woanders suchen.«

Beide Frauen wussten, dass es aufgrund der Corona-Lage schwieriger war, Alibis zu bewerten. Es gab weniger Veranstaltungen und weniger Reisen, die Menschen verbrachten mehr Zeit alleine und zu Hause. Kein Alibi zu haben, wog weniger schwer, und hatte man doch eines, gab es dafür weniger Zeugen. Das Thema der von Masken verdeckten Gesichtszüge dabei noch völlig außer Acht gelassen.

Julia ging zurück in ihr Büro, das nur wenige Türen entfernt lag. Sie dachte darüber nach, ob sie sich noch einen Kaffee machen sollte, doch dazu kam es nicht mehr.

Etwas Unerwartetes lag auf ihrem Schreibtisch. Die Postsendung wäre ihr vermutlich kaum aufgefallen, wenn sie nicht in einer Papprolle gekommen wäre. Einer Papprolle, die an die Mordkommission Frankfurt adressiert war und in großen Lettern ihren Namen zeigte: JULIA DURANT.

Zögerlich streckte sie die Hand aus. Postsendungen ab einer gewissen Größe wurden in der Poststelle mit einem Röntgengerät untersucht. So viel wusste sie. Und die meisten Kollegen nahmen diese Vorgehensweise ernst. Die Zeiten waren härter geworden, jedenfalls kam es einem so vor. Die Hemmschwelle mancher Menschen schien sich im freien Fall zu befinden. Wer konnte wissen, ob und aus welchen Gründen sich jemand dazu berufen fühlte, ihr einen Sprengsatz oder irgendwelche Bakterien zu senden. Es war noch nicht so lange her, da hatte ihr jemand Souvenirs von Mordopfern geschickt. Allein der Gedanke daran ließ sie innehalten und frösteln.

Durant nahm statt der Papprolle den Telefonhörer in die Hand und fragte nach, ob man die Sendung auch untersucht habe. Man versicherte ihr, dass der Inhalt ungefährlich sei. Nur Papier. Noch immer mit mulmigem Gefühl legte sie den Hörer zurück und nahm die Rolle. Nichts kullerte herum. Und es war kaum mehr als das Eigengewicht des Kartons. Viel mehr als ein oder zwei gerollte Papierseiten konnten sich nicht darin befinden.

Julia verließ ihr Büro und kehrte zu Doris Seidel zurück.

»Na, hast du dir ein Poster bestellt?«, witzelte diese.

»Klar«, gab Julia zurück. »Einen Bon-Jovi-Starschnitt. Aber im Ernst: Es ist an mich persönlich adressiert. Bestellt habe ich nichts, und für Werbung ist es zu groß. Außerdem ist kein Logo oder so zu erkennen.«

»Was sagt die Poststelle?«

»Unbedenklich.«

Doris reichte ihr eine Schere, doch Julia hatte den Deckel längst mit dem Daumen angehoben. Ein kaum hörbares Ploppen. Sie wollte schon hineinlangen, doch stattdessen kippte Julia die Öffnung zu Doris.

»Leuchte doch mal mit dem Handy rein.«

Doris tat es. Dann grinste sie. »Es ist wirklich ein Poster. Vielleicht hast du ja einen besonderen Fan.« Sie hob vielsagend die Augenbrauen.

Julia schüttelte den Kopf und kippte die Rolle. Dickes Papier rutschte ihr entgegen. Als der Rand einen Zentimeter weit herausragte, zog sie vorsichtig daran. Wieder stoppte sie. Legte die Rolle aus der Hand und zog eine Schublade auf, in der sich Einweghandschuhe befanden. »Sicher ist sicher«, murmelte sie.
Dann endlich hielt sie die Papierrolle in der Hand. Ein Gummi hielt sie geschlossen. Es schnalzte kurz, und dann endlich zeigte sich das Bild.
Julia Durant erstarrte.
Die Dienstbesprechung würde nicht bis zum Nachmittag warten können.

FRANKFURT

A
B
C
D
Miquel-Straße
Grüne-
burg
Städtische
Irrenanstalt
Sophienstr.
BOCKEN-
HEIM
Palmen
Garten
Kavalleriekaserne
Grüneburgweg
Bahnhof
WESTEND
Gasfabrik
Moltke-Allee
Opernhaus
Rangier-
bahnhof
Haupt-
bahnhof
Werkstatt
Idsteiner Str.
Untermainkai
Mainzer Landstr.
N
Krankenhaus
Forsthausstr.
Main
Sandhof
NIEDERRAD

AM MAIN

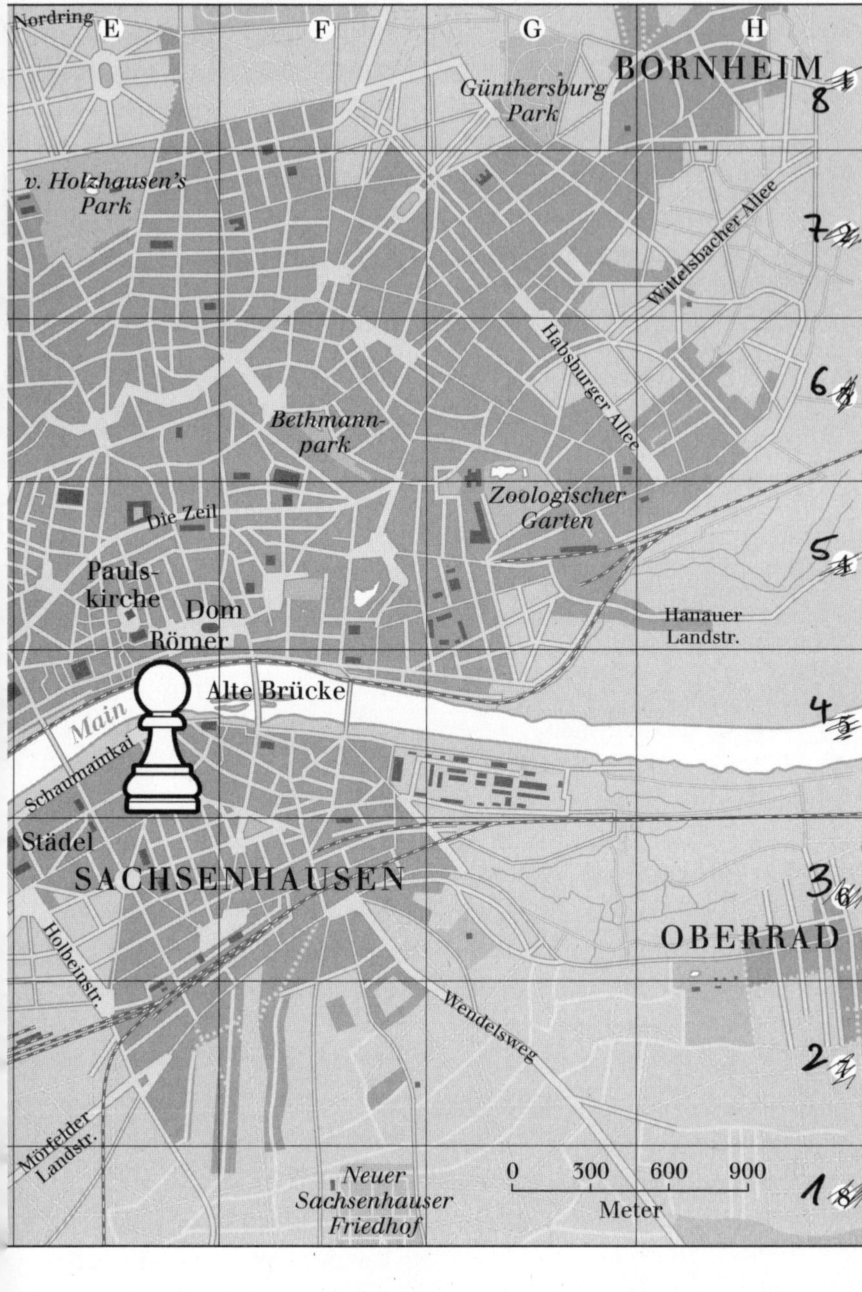
Nordring
E
F
G
H
BORNHEIM
Günthersburg Park
8
v. Holzhausen's Park
Wittelsbacher Allee
7
Habsburger Allee
6
Bethmann-park
Zoologischer Garten
Die Zeil
Pauls-kirche
Dom
Römer
5
Hanauer Landstr.
Alte Brücke
Main
Schaumainkai
4
Städel
SACHSENHAUSEN
3
OBERRAD
Holbeinstr.
Wendelsweg
2
Mörfelder Landstr.
Neuer Sachsenhauser Friedhof
0
300
600
900
Meter
1

10:20 UHR

Es handelte sich um den Abdruck einer historischen Stadtkarte, die ein ganz anderes Frankfurt zeigte als das, was Julia Durant kannte. Einige Stadtteile fehlten ganz, andere sahen vollkommen anders aus als auf aktuellen Karten. Natürlich hatte sich das Stadtbild auch in den Jahren, seit sie selbst hier lebte, verändert. Aber vor den beiden Weltkriegen hatte es noch mal ein völlig anderes Gesicht gezeigt. Doch es war nicht nur der Inhalt der Karte, der befremdlich wirkte. Das Koordinatengitter war acht Felder hoch und acht Felder breit. Genau wie bei einem Schachbrett. Nur, dass es keine Figuren gab, mit einer Ausnahme. Auf einem der Felder in der Nähe des Mains war ein weißer Bauer eingezeichnet.

Uwe Liebig war mittlerweile eingetroffen, zusammen mit Doris Seidel hatten sie sich der anonymen Postsendung angenommen. Natürlich galt der Karte das Hauptinteresse, doch Liebig schien sich auch sehr für die Papprolle zu interessieren, in der sie gekommen war.

»Wenn ich es richtig sehe, ist das Ganze überfrankiert. Normalerweise kostet eine Sendung dieser Größe deutlich weniger.« Er leckte den Zeigefinger an und zog ihn über die schwarzen Druckbuchstaben des Adressaufklebers. »Laserdrucker, kein Tintenstrahl«, stellte er fest, als die Schrift nicht verschmierte. »Oder er hat es zuerst bedruckt und dann noch mal fotokopiert. Weißes Papier. Vermutlich mit Klebestift draufgepappt.«

»Und das verrät uns was?«, entgegnete Durant. »Dass mit herkömmlichen Methoden gearbeitet wurde? Mit Haushaltsgegenständen, die jeder besitzt?«

»Einmal das«, Liebig nickte, »und dann, dass er auf Nummer sicher ging. Klar, er konnte keinen Absender angeben. Also hat er es überfrankiert, um jedes Risiko zu vermeiden, dass die Sendung nicht zugestellt wird. Und ich denke auch, dass er bei der Poststelle selbst keine Diskussionen führen wollte. Nicht dass sich am Ende noch jemand erinnert.«

»Dafür hätte er ja nur eine Maske tragen müssen«, konterte Doris.

»Möglich. Aber trotzdem. Ein Adressfeld, das keine persönliche Handschrift trägt und nicht verwischen kann. Es ist sogar noch mit Tesafilm fixiert. Dann die echten Briefmarken auf der Versandhülle. Die stammen aus einem Automaten. Hätte er sie in einem Postamt aufgegeben, wäre ein schwarz-weißer Code aufgedruckt worden. Das Gleiche gilt auch, wenn er sie am eigenen Computer vorfrankiert hätte.«

»Ist das so, ja?« Julia blinzelte. Wie oft versendete sie etwas anderes als vorfrankierte Rückumschläge oder Ansichtskarten aus dem Urlaub?

»Ich kenne es jedenfalls so«, beharrte Uwe.

»Mag sein«, wandte Doris ein. »Aber er kann die Rolle ja nicht einfach in einen Briefkasten gesteckt haben. Also muss er in einer Filiale gewesen sein.«

»In irgendeiner, klar. Aber mittlerweile kann das überall sein. In einem Supermarkt, an einer Tanke …«

»Hat nicht jede Filiale ihren eigenen Code?«, fragte Doris. »Früher konnte man das doch auch schon irgendwie nachvollziehen. Ich sage nur: Poststempel?«

»Mag alles sein, aber er hat sie selbst frankiert«, widersprach Uwe. »Und er wird sicher nicht zur Poststelle direkt nebenan gedackelt sein.«

»Wann wurde das Ding überhaupt aufgegeben?«

»Gestern.«

»Also *nach* dem Mord.«

Julia Durant dachte nach. Im Gegensatz zu Liebig wollte sie sich viel lieber mit der Karte befassen. Sie räusperte sich. »Dann verhält sich die Sache doch so: Er wartet bis nach der Tat, um uns den Plan zu schicken. Der Plan entspricht einem Schachbrettraster und macht Frankfurt zu einem verdammten Spielfeld! Aber was haben wir davon? Keinen Vorsprung, keine Jagd, kein Machtspiel. Nur das Bild eines weißen Bauern auf e4, also dem Feld, dessen Bezeichnung er auf Laskys Brust geschrieben hat. Das ist so, als wenn er uns ein ›Hallo, hier bin ich!‹ oder ›Das war ich‹ zuruft.«

»Wieso?«, fragte Doris. »Es hätte auch sein können, dass wir den Toten noch gar nicht gefunden haben. Dann hätte uns die Angabe e4 und der schwarze Bauer auf der Karte mit der Nase drauf gestoßen. Genauso gut besteht die Möglichkeit, dass er die Karte schon vorher angefertigt hat. Da steckt ja auch Arbeit drin. Er hat sich also auf ein Feld festgelegt, und dann musste er liefern. Doch so ein Mord kann ja mal auch schiefgehen. Was dann? So viel Mühe für nichts? Hätte er ihn nachgeliefert?«

Durant wippte mit dem Kopf. »Nicht, wenn wir die Karte vorher entschlüsselt hätten und der betreffende Bereich überwacht worden wäre. Nein. Ich glaube, er hat die Karte bewusst so versendet, dass sie uns erst nach dem Mord erreicht. Das hat ihm ausreichend Zeit für alles gegeben. Ich glaube nicht, dass er spontan mordet. Ich denke, er verfolgt einen klaren Plan, nur leider Gottes verstehen wir ihn noch nicht.«

Uwe Liebig hatte sich an den Computer gesetzt und die Suchmaschine geöffnet. Er tippte und klickte eine Weile, dann räusperte er sich. »Schaut mal bitte.«

Julia und Doris gingen zu ihm, jede auf eine Seite, und beugten sich in Richtung Monitor.

»Das Original dieser Karte ist nicht nur über hundert Jahre alt«, fuhr Liebig fort. »Es gibt auch noch eine andere Übereinstimmung, die nichts mit den baulichen Veränderungen der Stadt zu tun hat. Ein krasser Unterschied sogar, schaut mal her.«

»Komm, mach's nicht so spannend«, sagte Durant ungeduldig.

Liebig grinste breit. »Ich sage nur: Koordinaten.«

In dieser Sekunde bemerkte auch Julia den Unterschied. Noch bevor ihr Kollege seinen Trumpf spielen konnte, deutete sie auf die Zahlenreihe, die am Rand der Karte notiert war. Handschriftlich. Die gedruckte Nummerierung der Felder war durchgestrichen. »Sie sind falsch herum!«, rief sie.

»Andersherum«, korrigierte Liebig. »Für eine Karte wäre das Feld links oben a1. Die Buchstaben laufen von links nach rechts und die Zahlen von oben nach unten. So wie man liest.«

»Die Buchstaben beim Schachbrett sind genauso«, sagte Doris, die zu dem Ausdruck gehechtet war. »Aber die Zahlen sind andersherum, also von unten nach oben.«

»Ausgangspunkt ist unten links, korrekt«, nickte Liebig. »Also hat er den Plan verfälscht. Fragt sich nur, warum.«

Julia verzog den Mund. »Das ist bei Weitem nicht die einzige Frage. Meint ihr denn, er spielt irgendwelche berühmten Schachzüge nach? Aber warum tut er das nicht auf einer modernen Karte, bei der es genügt hätte, die Nummerierung der Koordinaten zu ändern?«

Doris Seidel hob die Hand. »Ich befürchte, das führt uns im Moment nicht weiter. Ihr habt recht: Hinter der Karte stecken Rätsel, aber wir sind wohl auf den Täter angewiesen, um sie zu entschlüsseln. Wenn die Karte überhaupt von ihm stammt.«

Julia zog die Augenbrauen zusammen. »Meinst du, sie könnte von irgendeinem Spinner stammen? Von einem, der sich wichtigtun will?« Ihr lief ein Schauer über die Wirbelsäule. Denn es musste ein Spinner sein, der über Täterwissen verfügt. Ihr Blick fiel auf die Schachfigur. »Halt! Wartet!«, rief sie. »Die Karte ist gestern, also am Montag zur Post gegangen, richtig? Das war zwar nach dem Leichenfund, der auch in den Nachrichten gewesen ist. Aber ohne Details. Ein Spinner scheidet damit aus.« Julia schnippte mit den Fingern. »Es gab zwischen Sonntag und Montag nur wenig Zeit, um sich diese Karte zu beschaffen und sie entsprechend zu bearbeiten. Und dann auch noch eine Verbindung zum Schachspiel und dem Namen des Toten herzustellen und die Karte präzise zu markieren.« Sie beugte sich über das entsprechende Gitterfeld. »Wenn ihr mich fragt, ist das sowieso grenzwertig. Die Karte ist im Uferbereich recht ungenau gezeichnet. Der Fundort des Toten könnte genauso gut auf f4 statt e4 liegen.« Sie atmete tief durch. »Wobei er dann wohl den richtigen Buchstaben auf Laskys Brust geschmiert hätte. Aber das verheißt nichts Gutes. Das Ganze hat eine neue Dimension bekommen. Er spricht mit uns.«

Die Kommissariatsleiterin dachte einen Moment nach. Dann nickte sie. »Du hast vermutlich recht. Bloß: Wie gehen wir damit um?«

Julia kniff die Augen zusammen. »Wie meinst du das?«

»Bis jetzt hat die Presse sich noch zurückgehalten. Niemand redet von einem Serienmörder, und schon gar nicht von einem Schachbrett-Killer. Das ist das vielleicht einzig Gute an dem ganzen Corona-Kram. Die Leute haben andere Sorgen. Vielleicht möchte der Mörder wahrgenommen werden. Vielleicht vermisst er den Hype in der Presse. Serienkiller haben oft ein krankhaftes Verlangen nach Aufmerksamkeit und Selbstbestätigung. Wenn dieser Typ seit über einem Jahr aktiv ist, dann muss es ihm gewaltig stinken, dass sich außer uns keiner für ihn interessiert.«

Julia überlief es erneut. Vor einigen Jahren hatte es einen Fall gegeben, bei dem die Fundorte der Leichen ein Pentagramm ergeben hatten. Symbol einer teuflischen Mordserie, die sich über mehrere Zuständigkeitsbereiche erstreckt hatte. Während die Polizei das Ganze – rückblickend – etwas zu leicht genommen hatte, war in einigen einschlägigen Internetforen die Hölle los gewesen.

»Wir müssen Benni darauf ansetzen«, sagte sie. Sie ärgerte sich, dass sie das nicht früher getan hatten. Doch hatte es Anhaltspunkte gegeben? Nein. Man konnte nicht jedes Mal nach Verrückten scannen, wenn ein ungeklärter Mord auf dem Tisch lag. Dafür gab es einfach zu viele von ihnen. Zurzeit war es am besten, man hielt

sich komplett von den sozialen Medien fern. So zumindest empfand Julia es. Die Welt war zur Irrenanstalt mutiert.
Bei diesem Stichwort fiel ihr Blick zurück auf die Karte. Irrenanstalt. Da stand es, schwarz auf vergilbtem Weiß. Dort, wo sich heute das IG-Farben-Haus befand, in dem Teile der Universität untergebracht waren. Zwei Weltkriege später.
Wieder suchte sie auf der Karte. Die Alte Brücke. Befand sie sich nicht im selben Quadranten? e4? Nein. Das war f4. Verdammt! Das Feld war also schon besetzt gewesen. Hatte das etwas zu bedeuten? Und wie sah es mit dem Bethmannpark aus? Er war ebenfalls schon auf dem alten Stadtplan zu finden. Weiter oben. f6. Was war mit dem Gallus? Das Stadtviertel existierte schon lange. Einst das Galgenfeld außerhalb der Stadtmauern. Doch spätestens in diesem Bereich der Karte verlor sich der Suchfinger der Kommissarin.
Moltke-Allee. Rangierbahnhof.
»Das sieht ja wirklich komplett anders aus!«, ereiferte sie sich.
»Ja, bis auf den Main, und selbst der läuft nicht ganz korrekt. Damals waren die Satellitenaufnahmen wohl noch nicht so gut.«
»Sehr witzig.«
»Das bringt uns alles sowieso nicht weiter«, sagte Liebig. Er suchte die Karte erneut ab. »Jahrhundertwende, kein Zweifel«, stellte er fest. »Vor dem Ersten Weltkrieg. Es gibt noch nicht mal das alte Präsidium in der Friedrich-Ebert-Anlage. Die heißt da noch Hohenzollernplatz.«
»Vielleicht hat es ja eine Bedeutung«, merkte Durant an. »Die Orte, die heute anders heißen.«
»Nein. Das sind viele«, kommentierte Liebig.
»Oder das Jahr, in dem die Karte erstellt wurde.«
»Das Jahr? Inwiefern?«, fragte Seidel.
Liebig schnippte mit den Fingern. »Das ist gut! Es könnte ein weiterer Hinweis sein. Wie war das mit diesem komischen Vogel –

Bird? Hat der vielleicht um die Jahrhundertwende gespielt, als diese Karte gezeichnet worden ist?«
Durant zog die Mundwinkel in die Breite. So tiefgehend hatte sie nicht recherchiert. »Moment.« Sie nahm ihr Smartphone und rief die Suchmaschine auf. »Henry Edward Bird«, las sie kurz darauf vor, »war zumindest noch am Leben. Er starb 1908. Emanuel Lasker war um 1900 definitiv aktiv. Er war zu diesem Zeitpunkt sogar Schachweltmeister.«
Doris Seidel ging ein paar Schritte, dann blieb sie stehen und winkte ab. »Scheiße. Das bringt doch alles nichts. Wir müssen das systematischer angehen. Holen wir Benjamin Tomas dazu. Und Peter. Oder Claus. Es ist mir egal, dass die beiden nicht mehr zur Abteilung gehören, wir brauchen ein paar frische Köpfe. Unvoreingenommen. Wir könnten auch Berger reaktivieren.«
Uwe Liebig lachte spöttisch. »Wieso, weil er das Frankfurt noch zur Kaiserzeit kannte?«
»Blödmann«, konterte Durant, aber ein Grinsen zuckte ihr trotzdem über die Lippen. »Aber es stimmt: Niemand kennt die Stadt besser als er. Auch schon in den Achtzigerjahren. Lange, bevor wir alle hier waren.«
Den Stich, den ihr Doris' Vorschlag innerlich versetzt hatte, versuchte sie auszublenden. Berger war sauber. Das musste sie sich immer wieder auf den Schirm rufen. Es war Schulz gewesen, der die Grenzen verletzt hatte. Auch Jan Hornung gegenüber. Berger war ein Kind seiner Zeit, und in vergangenen Zeiten hatte die Polizeiarbeit nun mal anders ausgesehen. Das konnte – durfte – sein Denkmal nicht zum Bröckeln bringen.
»Was ist los?«, wollte Doris wissen.
Offenbar war Julias Pokerface längst nicht so gut, wie sie es angenommen hatte. »Vergiss es«, sagte sie hastig. »Ich rufe Claus an. Bis mittags hat er ja noch Zeit. Aber zuerst bringe ich die Karte zu Benni.«

»Okay.« Doris schickte Uwe los, um nach Kullmer zu suchen, während Julia das Papier behutsam einrollte und zurück in die Papphülle schob. Als der Kollege weg war, räusperte die Chefin sich. »Sag mal, wie geht's euch eigentlich so?«
Julia sah zu ihr auf. »Wieso fragst du?«
»Ich habe das Gefühl, du stehst mächtig unter Spannung. Wenn es an Claus und Lynel liegt ...«
Die Kommissarin fiel ihr ins Wort. »Ach Quatsch. Die bekommen das irgendwie hin. Es ist der Fall. Die Fälle. Herrgott, als wäre es nicht auch so schon schlimm genug ...«
Tränen drangen ihr in die Augenwinkel.
Doris nahm ihr die Karte ab, und die beiden umarmten sich. Julia hielt das Weinen zurück, aber sie spürte, wie sich ein dicker, warmer Kloß in ihrer Brust bildete.
»Ich bin so nutzlos«, klagte sie. »Der Kleine braucht mich gar nicht. Er ist auf einmal da, er ist überall, und er bestimmt den Alltag. Er ist zuckersüß, versteh mich nicht falsch, genau so ein Kind habe ich mir immer gewünscht. Aber – verdammt – das ist fünfzehn Jahre her. Mindestens. Jetzt stehe ich daneben und weiß gar nicht, was ich machen soll. Und dazu kommt Claus. Er trauert, das spüre ich, aber er gibt all seine Kraft an den Kleinen weiter. Momentan läuft das gut, doch ich fürchte, das dicke Ende kommt noch.«
Julia spürte, wie der Druck sich löste, wenn auch nur teilweise. Außerdem spürte sie die Tränen. Es waren nur zwei, sie wischte sich mit dem Handrücken über die Wange, ohne die Umarmung zu verlassen.
»Das wird es«, sagte Doris sanft. »Und wenn es schwer wird, bist du da. Dann wirst du auch gebraucht werden, glaub mir. Und ich sag's dir ganz ehrlich«, ihre Stimme klang plötzlich sehr locker, »du hast Glück. Du hast ein Kind ohne Wasser in den Beinen, ohne Atemnot beim Treppensteigen und ohne Schwangerschaftsstreifen. Da bin ich ja fast schon neidisch drauf.«

Die beiden mussten lachen. Doch Julia wurde schnell wieder ernst. »Ich habe kein Kind. Ich habe einen Stiefenkel. Und glaub mir, das ›Stief‹ ist dabei das kleinere Problem.«
»Verstehe ich«, erwiderte Doris augenzwinkernd. »Gegen die Zeit sind wir nun mal machtlos.«
Julia wollte noch etwas sagen. Über ihre Ängste, die sie plötzlich überkamen. Um die Welt da draußen, die sich momentan so heftig veränderte. Wie würde sie aussehen, wenn Lynel erwachsen wurde? Wie lange würde sie selbst noch da sein? Und wie konnte sie sich guten Gewissens in lebensgefährliche Situationen begeben? Diese Sorge war neu, doch sie machte sich nun jedes Mal bemerkbar, wenn sie ihre Dienstwaffe in die Hand nahm. Doch bevor sie weitersprechen konnte, waren Männerstimmen zu hören. Dann erschien auch schon Peter Kullmer im Türrahmen.
»Na, ihr beiden«, scherzte er. »Hab ich eine Pointe verpasst?«
Er drückte seiner Frau einen Kuss auf den Mund. Julia wischte sich noch einmal verstohlen über die Augen. Auch Uwe Liebig war mittlerweile in den Raum getreten.
»Peter hat von Schach genauso viel Ahnung wie ich«, sagte er.
»Gut.« Doris drückte ihm die Kartenrolle in die Hand. »Dann könnt ihr euch voll und ganz auf die Karte selbst konzentrieren. Und Benni soll sich der Schach-Thematik annehmen. Querverweise. Spielernamen. Berühmte Züge. Alles, was eine Verbindung oder ein Schema erkennen lässt. Sonst bringt uns die Karte nämlich rein gar nichts. Ich schlage vor, ihr geht schon mal vor, und ich schicke euch Julia hinterher.«
Die beiden Männer wirkten leicht überrumpelt, trollten sich aber. Doris blinzelte. »Einer der Vorteile, wenn man Chefin ist«, sagte sie. »Man kann sich einfach mal ein paar Minuten freischaufeln. Trinken wir noch einen Kaffee?«
»Gerne.«
Der Kloß löste sich auf. Er verschwand nicht ganz, das tat er nie.

Aber die beiden Frauen plauderten und lachten sogar. Wurden wieder ernst und saßen am Ende einfach nur schweigend nebeneinander.
»Danke«, sagte Julia irgendwann. »Das hat gutgetan.«
»Dafür sind Freundinnen doch da.«

10:55 UHR

Claus Hochgräbe rieb sich die Augen. Julia wusste, dass er mit dem künstlichen Licht von Computermonitoren seine Probleme hatte. Umso mehr freute es sie, dass er sich zu ihrer Gruppe gesellt hatte.
Wenige Minuten zuvor war eine digitale Kopie der historischen Karte auf dem Hauptbildschirm erschienen. Benjamin Tomas ließ das Bild einen Moment lang wirken, dann klickte er, und eine moderne Karte legte sich darüber.
»Es ist nicht hundertprozentig«, entschuldigte er sich. »Die Uferlinie des Mains ist auf der alten Karte nicht sehr präzise gezogen. Aber ich habe mich an den Brücken orientiert und an den Bahnlinien, die es heute noch gibt. Egal.«
Er klickte erneut, und ein Raster legte sich über die Karte.
»Seid ihr bereit?«, fragte er.
Alle bejahten. Dann leuchteten nacheinander neun Punkte auf dem Gitterfeld auf. Niemals zwei an derselben Position. Scheinbar willkürlich. Mal in der Mitte, mal östlich, mal im Westen.
Julia zählte mit. Als der zehnte Punkt aufleuchtete, neigte sie den Kopf. »Zehn?«
»Klar«, sagte Benni. »Das Letzte ist der e4 vom Wochenende.«
»Und Nummer eins?«
»Na hier.« Der IT-Profi deutete auf das Feld links davon. »d4. Der erschlagene Obdachlose.«

»Ach, den hast du auch mit drin«, sagte die Kommissarin und nickte. »f2, die tote Frau bei der Bombensprengung, auch?«
Benni hob die Schultern. »Ich habe sämtliche Fälle eingetragen, die mir genannt wurden.«
»Ist schon richtig«, sagte Hellmer. »Wir haben erst einmal alle genommen und sie nach der zeitlichen Abfolge einsortiert. Wir können ja wieder rausnehmen, was wir nicht brauchen.«
Hochgräbe hüstelte. »Kannst du es noch mal abspielen? In der Reihenfolge und nur mit den Opfern, die garantiert ins Schema passen?«
Benni nickte. Die Punkte lösten sich auf. Dann wurden a5, Bischof, f4, der Bethmannpark, und h5 sichtbar.
»Das Letzte davon ist Otto Günther. Das Opfer mit dem ersten schwarzen Bauern in der Wunde«, wusste Liebig und deutete auf den Monitor.
Als Nächstes kam die zweite Schachfigur in der Innenstadt, e6, danach g7, das Herrchen mit dem trauernden Hund. Niederrad und Gutleutviertel. Zu guter Letzt wieder der Tote mit dem Lippenstift, e4.
»Das ist völlig sinnlos«, schnaubte Hochgräbe.
»Wie meinst du das?«, wollte Julia wissen.
»Das ist keine Schacheröffnung, das ist keine Spielstrategie, das ist einfach, wie mit einem Dartpfeil auf die Landkarte geworfen.«
»Nichts gegen Dart«, brummte Uwe Liebig, doch Claus winkte ab.
»Ergibt es denn einen Sinn, wenn wir die anderen Fälle dazunehmen?«, fragte Julia.
Claus dachte nach. »Auf einem Schachbrett ist Weiß unten und Schwarz oben. Weiß hat immer den ersten Zug. Bauer von d2 auf d4 könnte solch ein Zug sein. Welcher Mord war das?«
»Der Penner«, sagte Liebig.
Hochgräbe verzog den Mund.

»Und was ist mit der jungen Frau auf f4?«, fragte Hellmer.
»Da hört es schon wieder auf«, antwortete Claus. »Schwarz wäre dran, aber Schwarz kann dieses Feld überhaupt nicht erreichen. Nicht im ersten oder zweiten Zug jedenfalls. Zuerst muss sich die Reihe der Bauern bewegen, und mit denen kann man bestenfalls zwei Felder vorwärtsziehen.«
»Hmm.« Julia betrachtete das virtuelle Schachfeld. »Und was ist mit dem toten Makler? a5?«
»Ziemlich sinnfrei«, urteilte ihr Mann. »Normalerweise hätte Schwarz mit d5 gekontert. Ich sage nur: Zentrum.«
»Stadtzentrum.«
Er lächelte. »Auch. Ich habe mich mehr auf das zentrale Spielfeld bezogen. Es ist eine strategische Entscheidung, aber sehr viele Spieler ziehen zuerst die Bauern im Mittelfeld zusammen.«
»Dann haben wir vielleicht jemanden übersehen«, dachte Liebig laut. »Vielleicht ist dieser Bischof ja gar nicht das dritte Opfer, sondern dazwischen liegt noch jemand.«
»Selbst wenn …« Hochgräbe schluckte hart. »Moment mal. Bischof?«
»Gregor Bischof. Der Makler. Was ist denn mit ihm?«
»Bishop ist die internationale Bezeichnung für den Läufer. So wie die Dame Queen heißt und der Springer Knight. Aber ich überlege gerade, ob das uns weiterbringt.«
»Ich glaube jedenfalls kaum, dass das ein Zufall ist«, sagte Julia und wiederholte den Namen. »Bischof. Bishop. Verdammt, das hätte uns längst auffallen müssen!«
»Ach, na ja.« Claus winkte ab. Dann fragte er Benni: »Können wir die Felder mal schwarz und weiß einfärben?«
Dieser bejahte und klapperte mit der Tastatur. Eine Minute später wechselten sich helle und dunkle Quadrate ab.
Claus Hochgräbe bedankte sich und stand auf. Er lief zu dem Bildschirm und deutete auf das vorletzte schwarze Feld in der

obersten Reihe. »Jeder Spieler hat zwei Läufer, jeweils einen auf Schwarz und einen auf Weiß. Das eine schwarze Feld ist hier oben, und schräg gegenüber, in der unteren Reihe, ist das andere. Nur diese beiden Läufer können das schwarze Feld a5 erreichen, weil ein Läufer nicht auf ein andersfarbiges Feld wechseln kann. Tut mir leid, wenn das alles total kompliziert klingt. Eines noch: Beide Läufer können diesen Zug nicht direkt von ihrem Heimatfeld aus machen. Außerdem stehen ihnen zu Spielbeginn die Bauern im Weg. Die müssten erst wegziehen …«

»… oder aus dem Spiel genommen werden!«, unterbrach Julia ihn. »Sagt man nicht: Bauernopfer?«

Hochgräbe lächelte und schüttelte den Kopf. »Nicht bei diesem speziellen Zug, aber der Begriff kommt aus dem Schach. Ich glaube, ich weiß, worauf du hinauswillst.«

Er fuhr mit dem Finger kreuz und quer über den Monitor. »Zum einen ist das der schwarze Bauer auf f7. Im Prinzip würde ein Feld reichen, also f6. Das wäre der Tote im Bethmannpark. Aber wenn jeder Zug eine Leiche hinterlässt, dann hätten wir hier schon eine, die uns fehlt.«

Julia hatte bestenfalls die Hälfte kapiert. Doch bevor sie sich das Hirn zermarterte, fragte sie: »Und die andere Option?«

»Dasselbe in Grün. Nein, in Weiß. Bauer von d2 auf d4 ist passiert. Der erste Mord. Als Nächstes müsste der Läufer von c1 auf d2. Da haben wir aber auch noch keinen Fund, richtig?«

Frank Hellmer schüttelte den Kopf. »Nein. Haben wir nicht. Und bei aller Liebe: Ich halte das alles für ziemlich weit hergeholt.«

Claus zog die Lippen in die Breite. »Ich wollte es nur mal durchspielen. Bishop. Läufer. Die beiden Schachfiguren und diese alte Karte mit dem Verweis auf e4. Irgendeine Botschaft muss da ja drinstecken.«

»Fragt sich nur, welche«, seufzte Benni, der immer wieder geklickt oder getippt hatte. Im Moment verharrten seine Hände ruhig.

Dann deutete er in Richtung Monitor. »Es ist eines der ältesten Spiele der Menschheit, es gibt vierundsechzig Felder, unendlich viele Spielzüge, und selbst die Figuren hatten im Laufe der Jahrhunderte verschiedene Bezeichnungen. Je nach Sprache und Region. Das ist ein Fass ohne Boden, Leute. Wie soll ich denn da nach etwas suchen?«

»Nun ja. Die Sache mit der Bird-Eröffnung ist doch ein Anfang, oder nicht?«, sagte Claus.

In Julia regten sich Zweifel. »Nach so vielen Opfern? Und dann auch noch auf einem falschen Feld? Eigentlich hätte er dafür Meike Sämann nehmen müssen, warum wartet er damit bis jetzt? Sollten wir uns diese Bird-Sache nicht besser aus dem Kopf schlagen, damit sie uns nicht im Weg steht? Oder denkst du, dass all die anderen Felder auch mit berühmten Zügen in Verbindung stehen? Passt das Muster denn zu einer Partie, die damals gespielt wurde?«

»Schwer zu sagen«, gestand ihr Mann. »Wir haben ja nicht jedes Mal eine Schachfigur und nicht jedes Mal einen Namen. Bischof kommt von außerhalb, seine Bewegung ist also nicht genau nachzuvollziehen. Meike Sämann wurde sozusagen auf ihrem eigenen Feld geschlagen. Bei Alwin Kisslich stimmt von der Symbolik her gar nichts, nicht mal die Farbe der Figur, mit der er erschlagen wurde. Das ist alles willkürlich, fürchte ich, auch wenn der Gedanke natürlich naheliegt.«

»Außerdem wissen wir nicht, welche Figur der Mörder selbst hat«, ergänzte Benni. »Das ist doch auch von Bedeutung, oder nicht?«

Julias Augen weiteten sich. »Guter Einwand! Könnten wir das nicht, hm, rückwärts herausfinden?« Ihr Blick suchte die Augen von Claus. »Ich meine, wenn die Ermordeten Figuren darstellen sollen, die er auf all diesen Spielfeldern geschlagen hat … was sagt das über ihn aus? Wo kam er her? Gibt es eine bestimmte Figur, mit der er diese Züge ausführt? Die er also für sich einnimmt?

Oder ein Spielfeld, von dem er gestartet ist und zu dem er wieder zurückkehrt?«

Es entstand ein Augenblick des stillen Grübelns. Dann aber schüttelte Claus den Kopf. »Nein. Ich fürchte, so funktioniert das nicht.«

»Wäre auch zu schön gewesen.«

»Lasst mich noch ein bisschen im Netz stöbern«, schlug Benni Tomas vor. Der junge Mann räusperte sich und wippte mit dem Kopf in Richtung Tür. »Das kann ich am besten, wenn ich alleine bin.«

»Schon kapiert.« Julia stand auf, und Claus tat es ihr gleich. »Brauchst du noch irgendwas?«

Benni lächelte und deutete auf einen Flyer aus rot-weißem Glanzpapier, auf dessen Vorderseite sich zwei kitschige Drachen umeinander wanden. »Die Hundertachtunddreißig«, antwortete er, »und eine Pekingsuppe.«

12:20 UHR

Das Essen vom Asiaten war zwar nur lauwarm gewesen, aber die Gewürze trieben ihr dennoch den Schweiß in die Poren. Julia warf die Packung in den Mülleimer und wischte sich die Hände an der Serviette ab. Sie hatte alleine gegessen, Claus hatte schon im Fahrstuhl auf dem Weg zurück in die vierte Etage mit den Füßen getrippelt. Er musste Lynel abholen. Der Kleine war zwar schon über die Mittagessenszeit angemeldet, aber danach endete der Kindergartentag für ihn. Behutsamkeit war das Credo. Wahrscheinlich hatte Claus recht. Wieder einmal spürte die Kommissarin, wie wenig sie von Kindererziehung verstand. Woher auch? Sie war Einzelkind und hatte sich mit diesem Thema nie auseinandersetzen müssen. Dabei machte sie laut Claus alles intuitiv richtig.

Sie war da. Sie gab sich Mühe. Sie hörte dem Jungen zu. »Mehr brauchen Kinder nicht«, sagte er immer wieder. »Ein offenes Herz und ein offenes Ohr. Das hat doch eigentlich jeder von uns.«

Warum gab es dann tonnenweise Erziehungsratgeber?

Gedankenverloren griff sich die Kommissarin noch einmal die Papprolle, in der die Schachbrettkarte gekommen war. Warum eine derart alte Karte verwenden, auf der Stadtteile wie Harheim, Bonames oder Fechenheim noch überhaupt nicht verzeichnet waren? Was bedeutete das für das Spiel, das der Killer offensichtlich spielen wollte? Würde er außerhalb dieser selbst gesetzten Grenze keine Morde begehen? Oder sollten sich die Menschen nur in falscher Sicherheit wiegen? Durant graute bei dem Gedanken daran, dass diese Information an die Presse durchsickerte. Während die Politik sich langsam darauf vorbereitete, die Menschen wieder auf die allernötigsten sozialen Kontakte zu beschränken, lauerte nun an der frischen Luft eine völlig neue Bedrohung. Das Wort Risikogruppe kreuzte ihren Gedanken. Wer war die Risikogruppe des Schach-Mörders? Auch so ein Gedankenknoten, der sich anhand der bisherigen Morde nicht auflösen ließ. Ein Makler, ein Landwirt, ein hochbetagter Rentner und eine junge Frau. Sie alle teilten unterm Strich nur eines: Sie waren Punkte auf einem Koordinatensystem von a1 bis h8. Jeder ein eigenes Feld.

Das war es! Julias Handfläche landete so hart auf dem Schreibtisch, dass es ihr heiß und kalt durch die Haut zog.

Er mordete niemals auf demselben Feld! Das bedeutete, dass sie ganze Quadranten streichen konnte und in anderen Bereichen mit einer höheren Polizeipräsenz aufwarten musste.

Die Ernüchterung kam genauso schnell, wie die Begeisterung verschwunden war. Zehn Felder von vierundsechzig. Das war zwar nicht nichts, aber viel zu wenig. Weite Teile des städtischen Grüngürtels und des Mainufers lagen noch frei. Der Zoo, der Palmengarten, diverse Parkanlagen. Dazu die vielen Gassen und Hinter-

höfe der Innenstadt. Orte, vor denen der Killer nicht zurückschreckte, und gerade jetzt, wenn das Wetter es zuließ, strömten die Menschen zu Tausenden ins Freie. Solange es die Infektionswelle noch zuließ.
Der Schmerz in der Hand hatte nachgelassen, stattdessen verspürte Julia das altbekannte Ziehen in den Schläfen. Ein migräneartiger Schauer, der sich gerne dann meldete, wenn es ihr am wenigsten passte. Sie massierte die rechte Schläfe ein wenig, legte die Papprolle aus der Hand und setzte die kreisenden Fingerbewegungen beidhändig fort. Ihr Blick verlor sich, sprang dann wieder auf den Adressaufkleber.

JULIA DURANT
KRIMINALHAUPTKOMMISSARIN
POLIZEIPRÄSIDIUM FRANKFURT
K11

Darunter Postleitzahl und Straße.
Hastig zog sie die Schublade auf, in der sich unter anderem ein Stapel ihrer Visitenkarten befand. Die meisten waren mit einem Gummi gesichert, ein paar Einzelstücke lagen obenauf. Sie griff sich eine davon und hielt sie neben die gedruckte Adresse.
»Wie abgetippt«, dachte sie laut. Sie prüfte es noch einmal und sagte dann: »Eins zu eins dasselbe.«
Dabei hätte es auch so genügt. Name und Anschrift. Sie arbeitete seit so vielen Jahren hier, die hausinterne Postverteilung würde auch funktionieren, wenn ihr Name mehrere Rechtschreibfehler enthielt.
Parallel zu ihrem Gedankensturm rief Durant die Website der Kriminalpolizei auf. Das Organigramm, die Kontaktseite. Suchte nach sich selbst. Doch im Internet sah das alles ganz anders aus.

Sie wählte Doris' Nummer. Als diese nicht abhob, probierte sie es bei Claus.
»Ich stehe noch in der Kita …«, begann dieser.
»Nur kurz, es ist wichtig. Der Täter kennt mich womöglich persönlich.«
»Wie kommst du darauf?«
»Er hat meine Adresse genauso abgetippt, wie sie auf der Visitenkarte steht.«
Claus wirkte nicht überzeugt. »Das ist nun mal deine Anschrift.«
»Ja. Aber es ist exakt dieselbe Reihenfolge. Genau wie auf der Karte. Das unterscheidet sich doch von der klassischen Postadresse. Name, Straße, Stadt. Oder, wenn man mich im Präsidium erreichen will, dann mit dem Zusatz ›zu Händen‹ oder meinetwegen ein ›c/o‹. Das alles hat er nicht gemacht, sondern exakt das reproduziert, was auf die Karte gedruckt ist.«
Schweigen. Endlich reagierte Claus, wobei sie ihn zuerst flüstern hörte: »Das ist Julia.«
Sofort quakte Lynel los: »Hallo!«
»Entschuldige«, sagte Claus. »Und du meinst wirklich, das hat eine Bedeutung?«
Julia spürte, dass ihr Bauchgefühl eine eindeutige Sprache sprach. »Jemand, der sich so viel Mühe mit dieser Karte gibt, überlässt nichts dem Zufall«, antwortete sie.

*

Die Hände waren ineinander verschränkt, als würden sie beten. Eine plötzliche Dehnung, mit den Handflächen vom Körper weg. Es knackte mehrfach. Ein Stöhnen, dann legten sich die Finger zurück auf die Tastatur.
Warten.
Im Grunde gab es immer etwas zu tun. Immer jemanden, der

Nachrichten hinterließ. Forderungen. Ideen. Manch einer, der sich im Darknet herumtrieb, war an Perversität nur schwer zu überbieten. Aber genau deshalb traf man sich ja hier. Im Safe Space der Verrückten. In Foren und Chatgruppen, die der Öffentlichkeit verborgen blieben. Einer Welt voller Menschen, die sich nie richtig auslebten. Die ihren Jobs nachgingen, Regeln befolgten und vom Mahlwerk einer übersättigten Gesellschaft zerkleinert wurden. Die ihre wenigen Träume aufs Rentenalter schoben und die sich nicht bewusst waren, dass *sie* die wirklichen Zombies waren.

»Nur tote Fische schwimmen mit dem Strom« – wer auch immer diesen Spruch in die Welt gesetzt hatte, es war die simple Wahrheit.

wann geht's denn weiter?

Die Augen drehten sich in Richtung Zimmerdecke.

Wann sollte es schon weitergehen? Bald. So wie immer.

Selbst in dieser Dunkelwelt war man vor den Idioten nicht gefeit.

warum interessiert's dich?

Pause. Meist brauchte es nur wenige Sätze, um die Spreu vom Weizen zu trennen. Doch der Chatpartner schien einer der Beharrlicheren zu sein.

ich will ein teil davon sein

wie jetzt? ein opfer? :-D

nein. ich will etwas haben.

und was?

eine figur. aber eine bestimmte.

Na gut. Man konnte sich auch täuschen. Offenbar handelte es sich um einen echten Interessenten. Womöglich um jemanden, der schon einmal im Chat gewesen war. Namen und Aliasse änderten sich, das wusste kaum jemand besser.

bestellungen sind schwierig.
kostet wenn überhaupt extra.

hmm, ok. wie viel?

kommt drauf an. bauern am wenigsten.

ja klar. und könig am meisten.

adel ist nicht im angebot

warum nicht?

Das werde ich dir sicher nicht auf die Nase binden!

take it or leave it

Pause

und wenn's mir eher um ein
feld geht als um eine figur?

Lächeln. Es war immer dasselbe. Die verschachtelten Fragen. Das Annähern. Und dann rückten sie endlich raus.

muss ich drüber nachdenken

c8

Der Blick fuhr in Richtung der Karte. Der Universitäts-Campus. Der Palmengarten. Und …

keine chance!

warum? ist der läufer nicht zu haben?

Verdammt.

ich muss drüber nachdenken.

So eine Scheiße! Warum hatte es nicht einfach ein »Nein« sein können?

ok

»Toll gemacht.«
Das Flüstern lag wie ein kaltes Echo im Raum. Und während die Zähne aufeinander mahlten, bildeten sich die ersten Bilder vor dem geistigen Auge.
Wie schnitzte man einen Läufer?

14:30 UHR

Frank Hellmer parkte neben dem roten Fiat 500 von Julia. Schmunzelnd stieg er aus dem doppelt so wuchtigen Range Rover seiner Frau. Er würde keinen Mucks sagen, sonst fuhr Julia ihm nur wieder über den Mund. Zu Recht. Immerhin hatte sie schon einen neuen Wagen, während er noch immer dem Porsche hinterhertrauerte.

Treffen uns unten bei Benni.

So lautete die Anweisung, die sie ihm hatte zukommen lassen.

Ob er noch Zeit für eine Zigarette hatte? Frank überlegte nicht lange. Er zündete sich eine an, nahm ein paar Züge und begab sich dann ins Gebäudeinnere.

Benjamin Tomas wirkte angespannter als sonst. Mehr, als man es seinen Energydrinks und dem Mangel an Sonnenlicht zurechnen konnte. Von Julia keine Spur.

Frank begrüßte ihn mit einem Handschlag. »Ich dachte, Julia wäre längst hier.«

»Keine Ahnung. Müsste sie eigentlich.«

»Hmm.« Frank griff zum Handy, doch in derselben Sekunde erschien der rötlich braune Haarschopf in der Tür.

»Sorry, ihr beiden.« Sie atmete angestrengt. »Ich hatte noch ein Telefonat.«

»Mit wem?«

»Doris. Ist nicht so wichtig, jedenfalls nicht so sehr wie das hier.« Sie warf Benni einen vielsagenden Blick zu. »Oder irre ich mich?«

»Nein«, antwortete dieser. »Es ist der Hammer!«

»Die Tatwaffe?«, fragte Hellmer reflexartig.

»Quatsch. Der Oberhammer. So gemeint. Schaut euch das mal an!«

Der IT-Experte rief ein paar Screenshots auf. Dunkle Farben. Geheimnisvolle Namen. Websites, die man als normaler Mensch entweder gar nicht erst besuchte oder in den Bereich des Hokuspokus abschob. »Das hier ist eine Art schwarzes Forum. Sorry, wenn ich da die falschen Begrifflichkeiten verwende, das ist nicht meine Welt. Dunkle Gedichte, Selbstmordfantasien. Doch auch True Crime und Verschwörungstheorien.«

»True Crime?«, fragte Durant. Etwas in ihrem Gedächtnis regte sich. Die zündende Idee war ihnen bei dem Fall vor ein paar Jahren ebenfalls in einem Forum gekommen, wo man sich sonst eher in hanebüchenen Ideen verlor. Beinahe jeder ungeklärte Mord, der irgendwann einmal bei *Aktenzeichen XY* gewesen war, zog mit der Zeit die Wirrköpfe an wie das Licht die Insekten. Satanische Killer, Geheimbünde oder die Stasi. Es endete immer im Absurden. Nur damals nicht. Ein Schauer breitete sich über ihrem Rücken aus. Was, wenn es dieses Mal wieder so war?
»Ich habe Schach und Morde und Frankfurt kombiniert«, erklärte Tomas. »Dazu ein paar Feinabstimmungen. Die gute Nachricht ist, dass es in den großen Foren noch ruhig ist. Keine Medien, keine Facebook-Gruppen. Man spricht zwar über die Gewalt, über die Fahndungsmeldungen der Polizei und darüber, dass es in der Stadt immer schlimmer wird. Die meisten schieben es auf Corona. Die häusliche Gewalt hat zugenommen, die Haut der Menschen wird dünner, und die Leute ticken schneller aus. Ist leider nichts Neues. Aber wenn man ein wenig tiefer gräbt, dann findet man was.«
Julia versuchte längst, mit zusammengekniffenen Augen zu lesen. »Da schreibt jemand über Opfer sieben, acht und zehn«, murmelte sie und las dann einen Absatz laut vor: *»Alle drei waren Männer aus Sachsenhausen. Zwischen vierzig und fünfzig. Alleinstehend. Wieso liest man das nicht? Wieso will man das Offensichtliche nicht sehen?«*
Benni hüstelte. »Der Erste, der darauf antwortet, macht gleich das Fass auf: *Welche Nationalität?* Die Antwort kam direkt: *Deutsch. Kann man doch alles in der Onlinefahndung nachlesen.*«
»Er gibt aber nicht auf.« Hellmer seufzte. »Fragt nach Verdächtigen. Stellt die These auf, dass es sich um …«, er hob die Finger, »… ›dunkle Männer‹ handelte. Auch wenn das nirgendwo geschrieben steht.«

»Ja, genau«, sagte Benni. »Was auch prompt jemand zu bedenken gibt, aber damit gibt er sich nicht zufrieden. Die Polizei *wolle* das bewusst verschweigen.«
Julia schüttelte den Kopf. »Und mehr gibt es nicht von ihm?«
»Nein. Vielleicht hat ihn wer geblockt. Leider wird das nur noch mehr Wasser auf seine Schwurbelmühlen sein.«
Durant überlegte. »Gibt es mittlerweile Meldungen über Verdächtige? Gibt es irgendeinen Hinweis, der uns nach ›dunklen Männern‹ suchen lassen sollte?«
»Quatsch!« Hellmer winkte ab. »Klar, am Mainufer drücken sich allerlei Personengruppen herum. Auch zwielichtige Gestalten, keine Frage. Aber da sticht keine Gruppe hervor. Das bringt uns so nicht weiter. Seit wann suchen wir denn mit einer ethnischen Brille nach einem Serienkiller? Nach einem Einzeltäter, wohlgemerkt.«
Benni räusperte sich. »Habt ihr etwa schon einen Profiler an der Sache sitzen?«
»Wieso?«, fragte Durant. »Hast du Zweifel?«
»Ich habe gar nichts, außer Hunger auf was Süßes. Waren da eigentlich keine Glückskekse dabei?«
»Vergiss es. Was soll das mit dem Profiler?«
»Gar nichts.« Benni lachte meckernd. »Aber da ist noch ein anderes Forum. Warte kurz.«
Er klickte, und andere Fenster taten sich auf.
»Die Diskussion von eben verläuft sich ins Nichts«, sagte er. »Ethnische Herkunft, satanische Fantastereien, nichts Gehaltvolles. Aber hier behauptet jemand, etwas gesehen zu haben.«
»Und das sagst du uns erst jetzt?«, motzte Hellmer.
»Ich wollte euch alles zeigen« verteidigte sich Tomas. »Und wenn ihr das hier gelesen habt, interessiert euch der Rest einen Scheiß.«
»Hmm.« Die beiden Kommissare lasen sich durch die Texte, was anstrengend war, denn die meisten Beiträge waren in Kleinbuchstaben oder in einer katastrophalen Rechtschreibung formuliert.

So wie nachts, wenn nur noch das Koffein die Dämonen der Albträume fernhält und die Tastatur unter den Fingerkuppen zu beben scheint.

»Das ist der erste Mord. Der allererste, dieser Obdachlose.« Hellmer sah auf den Plan. »d4.«

»Eine klassische Eröffnung übrigens.« Der Computerfachmann grinste. »Weißer Bauer auf d4. Einer der häufigsten Züge, wenn man der Statistik Glauben schenkt.«

»Bei diesem Schachzug von Bird war es aber der Bauer auf f4, richtig?«, ergänzte Durant.

»Stimmt. Zurück zum Text.« Benjamin Tomas vergrößerte einen Bereich, der einen Beitrag in besagtem Internetforum zeigte, und markierte die betreffende Stelle:

> Es waren zwei Personen. Ein Pärchen. Ich habe ein Foto gemacht, und der Zeitindex passt zu der Angabe bei der Polizei. Man erkennt nicht sehr viel, doch schaut mal den Bereich links neben den beiden an.

Ein entsprechendes Foto erschien. Es zeigte den Main. Trübes Wetter. Ein Touristenschiff näherte sich der Untermainbrücke. Vom Tageslicht war nicht mehr viel übrig. Auf einer Bank schien etwas zu liegen.

»Ist das das Opfer?«, fragte die Kommissarin.

Hellmer schüttelte sich. »Schwer zu sagen. Man sieht im Grunde fast nichts.«

Benni rief ein zweites Foto auf. Eine Ausschnittsvergrößerung, offenbar bearbeitet. Dazu ein ergänzender Textbeitrag:

> Er hatte etwas in der Hand. Ich konnte es damals nicht erkennen, aber ich bin mir mittlerweile sicher, dass es ein Brecheisen war.

»Das ist ein Fahrradlenker!«, rief Frank.
Julia stöhnte auf. »Wie willst du das denn wissen?«
Benni deutete auf den nächsten Beitrag.

Hast du das den Bullen gesagt?

Klar. Genauso, wie ich es hier erzählt habe. Sie wollten dem nachgehen, hieß es. Wollten sich melden. Bla, bla, bla. Bis heute ist nichts passiert.

Julia Durant spürte, wie ihr Herz pochte. »Viertes Revier«, sagte sie. Jeder wusste, wer im Bahnhofsviertel zuständig war. Die Kollegen, die Ämter, die Medien. Kein anderer Sektor der Stadt stand so häufig im Fokus der Öffentlichkeit. Taunus-, Elbe- und Kaiserstraße. Der Bahnhofsvorplatz. Für die einen das neue Sodom, für die anderen ein Umschlagplatz. Wenige machten große Gewinne, viele strandeten in den schmuddeligen Ecken. Und direkt nebenan entstand eine Partyszene, eine Parallelwelt. Genau wie hinter den gläsernen Fassaden der benachbarten Hochhäuser, aus denen man auf diesen Abgrund hinabsah. Froh, auf einer anderen Ebene zu stehen. »Die Meldung muss übers vierte Revier gelaufen sein. Ich rufe da mal an.«
Hellmer deutete auf die Karte. »Ein Gutes hat das Ganze ja. Das Bahnhofsviertel ist durch den Mord am Untermainkai mit abgedeckt. d4 reicht vom Bahnhofsvorplatz bis zur Taunusanlage und vom Untermainkai bis hoch zur Kreuzung Friedrich-Ebert und Mainzer Landstraße.«
»Wenn das alles so stimmt«, brummte Benni.
Durant hielt in ihrer Bewegung inne. »Wie meinst du das?«
»Ich sagte ja schon, dass die alte Karte in manchen Proportionen ziemlich willkürlich ist. Die Bogen des Mains sind zu flach, Nord-Süd ist auch nicht immer hundertprozentig, und manche Winkel

von Straßen, die es damals schon gab, weichen ab. Hundertprozentig deckungsgleich mit einer Satellitenaufnahme oder einer aktuellen Kartendarstellung aus dem Internet kriegt man das jedenfalls nicht.« Er räusperte sich. »Außerdem gucken die Weserstraße und die Niddastraße ganz schön weit aus dem Quadranten d4 raus. Genau wie der größte Teil der Taunusanlage. Ihr solltet euch da nicht zu sicher sein.«

Julia Durant verzog den Mund und ging in Richtung Ausgang, um ungestört telefonieren zu können. Es klingelte nur einmal, schon nahm jemand ab. Sie stellte sich vor und kam dann direkt zu ihrem Anliegen. »Die Meldung muss eine ganze Weile nach dem Mord eingegangen sein. Ich kann es leider nicht genau eingrenzen und habe auch keinen echten Namen.«

»M-hm. Da klingelt nichts bei mir«, antwortete der Kollege, dessen hingenuschelten Namen Julia nicht verstanden hatte. »Aber ich forsche mal nach.«

»Es ist eilig«, betonte dir Kommissarin.

»Ja, ja. Das kennen wir. Wie gesagt: Ich kümmere mich drum. Irgendwo muss das Ganze ja hinterlegt sein.«

Als sie auflegte, hatte sie nicht das Gefühl, dass sie sich zu viel davon versprechen sollte. Durant entschied, notfalls selbst in die Gutleutstraße zu fahren. Sie kannte die Leiterin des Reviers flüchtig und würde dort die nötige Unterstützung bekommen. Auch wenn das bedeutete, den Kollegen zu übergehen. Doch diese Mordserie bot keinen Platz mehr für Eitelkeiten.

Als sie zu den beiden Männern zurückkehrte, winkte Frank ihr eifrig zu. »Wir haben noch eine Idee.«

»Ich höre.«

»Videoüberwachung«, verkündete Benjamin mit einem vielsagenden Blick.

Julia kniff die Augenlider zusammen. Die Überwachung des Bahnhofsviertels war ein lange und viel diskutiertes Projekt. Im

Grunde wartete man schon so lange darauf, dass man an eine Umsetzung gar nicht mehr glaubte. Parallel dazu gab es ähnliche Installationen an der Konstablerwache, über die fast niemand mehr sprach. Unterm Strich überwog für die Menschen das Sicherheitsgefühl und nicht die Angst vor einem Überwachungsstaat. Und ganz sicher würde niemand von der Ordnungspolizei vor den Monitoren hocken und das Abstandsgebot oder die Maskenpflicht kontrollieren.

»Videoüberwachung«, wiederholte sie müde.

»Ja! Es gibt doch schon etwas in dem Bereich«, erklärte Frank. »Wenn der Zeuge vom Mainufer über den Kaisersack in Richtung Bahnhof gegangen ist, haben wir eine Chance. Dasselbe gilt für den oder die Täter.«

»Es gilt sogar zweifach«, vermeldete Benni. »Irgendwo sind sie hergekommen. Und es ist der kürzeste Weg … jedenfalls, wenn man nicht gerade aus Sachsenhausen rüberkommt.«

Julia Durant spürte, wie eine tiefe Müdigkeit sie überkam. Resignation. Zu viele Wenns, zu wenig Substanz. Sie versuchte, das zu überspielen. »Na ja. Warten wir es mal ab. Vor allem, ob das Material dazu noch existiert. Der Mord liegt fast anderthalb Jahre zurück.«

Dieser Kommentar versetzte dem Enthusiasmus ihrer beiden Kollegen einen spürbaren Dämpfer. Sie wussten nun alle, dass die scheinbar so vielversprechende Spur in einer Luftnummer enden konnte.

16:10 UHR

Doris Seidel wog die Papprolle in der einen, die Visitenkarte in der anderen Hand. »Die Druckerfarbe hat sogar den entsprechenden Blaustich«, sagte sie. »Fehlt eigentlich nur noch der Hessenlöwe.

Oder er hätte gleich die originale Visitenkarte draufkleben können.«
Julia Durant umklammerte beidhändig einen Pott Kaffee. Sie nippte daran. Die Abgeschlagenheit würde er wohl nicht vertreiben, doch die Wärme von innen fühlte sich gut an. Genauso angenehm wie die Tatsache, dass die neue Chefin sie ernst nahm. Die Sache mit dem blaustichigen Toner war ihr zunächst gar nicht aufgefallen.
»Bleibt die Frage, seit wann du diese Karten besitzt und wem du sie im Laufe der Jahre allen gegeben hast«, sprach Doris weiter.
»Er hätte mal lieber deine Karte genommen«, sagte Julia mit einem Lachen.
Doris grinste schief. »Weil ich jetzt im Chefsessel sitze? Hast du ne Ahnung! Da hat sich nichts geändert. Meine Durchwahl habe ich mit dem Kuli geändert. Dafür bekomme ich doch keinen neuen Satz Karten.«
Julia nickte. Sie hatte es sich gedacht. Doch wie lange hatte sie schon diese Kärtchen? Dieselbe Abteilung, dasselbe Büro, denselben Dienstrang? »Puh.« Sie fuhr sich über die Stirn. »Im Grunde habe ich sie jedem gegeben. Wie das halt so üblich ist.«
»Nun, wir müssen uns wohl auf die beschränken, die an diesem Fall beteiligt sind. Das dürften auch nicht wenige sein, oder?«
Julia pfiff durch die Zähne. »Nein. Im Gegenteil.«
»So oder so: In einem sind wir uns ja wohl einig: Die Adresse entspricht dem Muster auf der Karte. Kein Internet. Da steckt also Absicht dahinter, genau wie bei allen anderen Details. Vielleicht ist es sogar eine eigene Botschaft.«
Julia stöhnte auf. »Und welche Botschaft soll das sein? Wir haben diesen bescheuerten Stadtplan komplett auseinandergenommen …«
»Ich rede im Moment ausschließlich von der Visitenkarte. Wenn du sie ihm gegeben hast, ist die Botschaft doch klar: Er ist dir

mindestens einmal im Zuge einer Ermittlung begegnet. Er kennt dich. Persönlich. Das will er dir mitteilen.«
Julia fröstelte. »Scheiße. Da könntest du recht haben. Aber diese Mitteilung war dann schon sehr kryptisch. Er kann sich nicht sicher sein, dass ich dieses Detail auch erkenne.«
Doris Seidel faltete die Hände über den Bauch. »Das muss er auch nicht. Hauptsache, seine Sendung erreicht dich, und das hat sie ja. Nach allem, was wir über psychopathische Serienmörder wissen, kann er das Risiko, dass wir nicht sofort alles verstehen, getrost eingehen. Denn eines ist so sicher wie das Amen in der Kirche ...«
Julia Durant schluckte hart und vollendete den Satz: »Er wird sich wieder melden.«

16:55 UHR

Städtische Irrenanstalt.
Damals hatte es sie tatsächlich gegeben. Bei Fundamentarbeiten hatte man unlängst Scherben gefunden, die Arbeiten waren daraufhin zu Ausgrabungen geworden. Man stritt sich im Folgenden über die Herkunft und die Aussagekraft. Es war verrückt. Anhand von Relikten, die man hier überall in den Wäldern und auf Ackerflächen gefunden hatte, konnten Historiker das gesamte Römische Reich von vor zweitausend Jahren rekonstruieren. Aber über ein Gebäude von vor hundert Jahren herrschte Unklarheit.
Nicht mein Problem. Trotz des kühlen Windes sank die in eine Regenjacke gehüllte Gestalt auf eine Bank. Dort verharrte sie eine ganze Weile. Ihre Augen folgten den Passanten. Unzählige, meist junge Leute, die an der Uni studierten. Das neue Semester war in den Startlöchern. Wie lange es sich normal, in Präsenz, abspielen würde, stand in den Sternen.
»Entschuldige?«

Sie war aus dem Nichts gekommen. An Flucht war nicht mehr zu denken.
»Kannst du vielleicht ein Foto von uns vor dem Gebäude machen? Als Selfie kriege ich das nicht so schön drauf.«
»Ähm …«
»Ach bitte.« Ein südländischer Typ trat neben die junge Frau, die leicht asiatische Züge hatte. »Wir sind nur noch dieses Jahr in Frankfurt, und wer weiß, wie lange wir herkommen können.«
»Ich weiß nicht.«
Fingerabdrücke auf dem Display. Geodaten auf dem Bild. Was passierte hier?
»Ja, okay.«
Nicht die Antwort, die aus dem Herzen kam. Aber was war die Alternative? Eine Diskussion riskieren?
Das Mädchen beschrieb, wie sie das Foto gerne hätte. Sie nahm ihren Freund in den Arm, die beiden beugten sich nach vorn und strahlten in die Kamera.
»Gerne ein paar. Und bitte nur hochkant, wegen Instagram.«
Klar.
Die Zeiten rotstichiger Querformate im Familienalbum waren lange vorbei.
Die Welt war verloren.

18:10 UHR

»Sollten wir vielleicht jemanden vor dem Haus postieren?«, fragte Claus Hochgräbe ein wenig umständlich. Offenbar wollte er es vermeiden, vor Lynel das Wort »Polizeischutz« zu verwenden. Dabei hätte der kleine Kerl es sicher cool gefunden, wenn ein Streifenwagen unter dem Fenster parken würde.
Julia Durant hatte sich auf dem Heimweg dieselben Gedanken

gemacht. Dass sie in Laufweite des Polizeipräsidiums wohnte, war ein angenehmer Zufall, mehr nicht. Doch allein diese Nähe genügte ihr. Zwei Beamte in ein Auto zu pferchen, um vor ihrem Wohnhaus die Nacht zu verbringen, widerstrebte ihr zutiefst. Nicht nur, weil sie selbst schon solche Einsätze absolviert hatte. Sondern hauptsächlich, weil sie nicht daran glaubte, dass der Mörder sie ins Visier nahm.

Also verneinte sie. »Er hat mir den Stadtplan sicher nicht persönlich geschickt, nur, um mich dann zu töten«, begründete sie ihre Antwort. »Es ist ein Spiel. Irgendein perverses Spiel, von dem er uns wissen lassen möchte, dass er es spielt.«

Claus hatte noch Zweifel. »Und welche Rolle kommt uns dabei zu?«

Julia musste grinsen, wenn auch müde. »*Du* hast da gar keine Rolle mehr«, stichelte sie und strich ihm zärtlich über die Wange.

»Ja, ja«, tat er empört.

»Sei doch froh. Wir tappen im Dunkeln, und dieses Arschloch ergötzt sich daran.«

Claus riss die Augen auf und wollte etwas zischen, doch es war zu spät.

»Arsnoch«, wiederholte Lynel.

»Das ist ein böses Wort«, sagte Julia hastig und nahm ihn auf den Arm. »Tut mir leid. Wir Erwachsene sagen das viel zu oft. Aber ich möchte nicht, dass du es sagst.«

Etwas später spielte der Junge mit seinen Holzbausteinen. Julia und er saßen auf der Couch, sie hatte sich an ihn gekuschelt, und die Nähe tat ihr gut.

»Du machst das toll mit ihm«, raunte Claus und nickte in Lynels Richtung, der mit dem Rücken zu den beiden saß.

Julia wurde verlegen. »Meinst du?«

»Klar. Ich meine … was bleibt uns anderes übrig? Das Schicksal hat es so gewollt, aber irgendwie bekommen wir es doch ganz gut hin, oder?«

»Ja. Ich glaube schon.« Sie dachte an ihren Vater. An ihre Mutter, die viel zu früh gestorben war. Liebe und Geborgenheit. Natürlich hatte es auch Streit gegeben, vor allem in ihren wilden Jugendjahren. Aber unterm Strich war es eine Kindheit voller Liebe und Geborgenheit gewesen. Und wenn es nur das war, was sie Lynel bieten musste, dann würde sie ihr Bestes dafür geben. »Trotzdem mache ich mir Sorgen. So ein Verlust geht nicht spurlos an einem Kind vorbei.« Julia rückte ein Stück von ihrem Mann ab, um ihm in die Augen sehen zu können. »Von dir übrigens auch nicht.«

Claus' Augen bekamen einen warmen Schimmer. Irgendwann sagte er leise: »Nein, das geht es nicht. Ich spüre es jeden Tag, auch wenn wir uns nur so kurz kannten. Aber ein Teil von ihr ist noch da, und das ist das, was mich nach vorn blicken lässt.«

Wieder entstand eine kurze Pause. Doch da Lynel noch aufs Bauen konzentriert war, nutzte Julia die Gelegenheit.

»Wir müssen trotzdem mal über die Sache reden«, begann sie.

»Du meinst die Urne«, sagte Claus fast tonlos. Das Problem einer offiziellen Überführung der Urne war, dass sie dann nach deutschem Recht auf einer ausgewiesenen Friedhofsfläche beigesetzt werden musste. Ein Gedanke, mit dem Claus Hochgräbe sich partout nicht anfreunden wollte. »Ich kann sie nicht einfach hier eingraben. Egal, ob auf einem städtischen Friedhof oder in einem Friedwald im Taunus«, sagte er. »Das passt nicht zu ihr. Außerdem gibt es hier in Frankfurt noch nicht mal eine Stelle, die mit unserer Familie verbunden ist.«

Damit hatte er recht. Seine erste Frau war in München beerdigt, Julias Eltern in ihrer Heimatgemeinde außerhalb der Bayernmetropole. Über das eigene Begräbnis hatte sie sich noch keine Gedanken gemacht, weil sie fand, dass das unpassend war. Wenn man alles bis zum Ende durchgeplant hatte, gab man dann dem

Schicksal nicht ein Zeichen, man wäre bereit, abzutreten? Ein bescheuerter Gedanke vielleicht, aber so fühlte es sich manchmal an.
»Wie wird das denn in Namibia gehandhabt?«, fragte Julia.
Claras Mutter war zwar Deutsche gewesen, doch das Mädchen war in Afrika geboren worden. Lynels Vater war Namibier.
»Ich werde sie doch nicht …«, empörte sich Claus, doch dann verstand er. Es ging seiner Frau nicht darum, die Urne in Afrika zu beerdigen, sondern um ein passendes Ritual.
Er schüttelte den Kopf. »Tut mir leid. Ich wollte mit ihr darüber sprechen, aber habe es nie getan. Vermutlich, weil … weil ich ein Feigling bin.«
Julia kuschelte sich wieder an ihn. »Das stimmt nicht. Du hast es vermieden, weil du es nicht zulassen wolltest. Weil du dagegen angekämpft hast, was mit ihr passiert. Das ist völlig normal.«
Claus' Körper bebte. Doch dann sprang Lynel auf und wollte seine Burg präsentieren. Bauwerke, die ihn offensichtlich faszinierten. Vermutlich, weil er so etwas in seiner Heimat nie gesehen hatte.
Für diesen Abend war das Thema beendet. Vielleicht war es besser so. Julia spürte, wie sehr es ihren Mann belastete und gleichzeitig umtrieb. Für den Augenblick stand die Urne in Frankreich gut. Notfalls könnte Susanne sie auch zu sich nach Hause holen. In Frankreich waren Sonderbestattungen erlaubt. Eine Fahrt aufs Meer. Etwas in dieser Art. Auch wenn es offiziell untersagt war, eine Urne dauerhaft zu Hause zu behalten, gab es entsprechende Lücken im französischen Recht, die man sich zunutze machen konnte. Insgeheim befürchtete Julia, dass Claus sich seine Tochter hier zu Hause in den Schrank stellen wollte. Ein Gedanke, der ihr zutiefst missfiel.
Nein, es war noch viel mehr.
Diese Option war für sie undenkbar.

19:45 UHR

Claus und sein Enkel waren im Kinderzimmer verschwunden. Bunte Holzbuchstaben an der Tür wiesen darauf hin, dass der kleine Löwe – das bedeutete der Vorname Lynel sinngemäß – hier wohnte. Im Inneren ein Kinderbett und das Babyfon, denn der Kleine schlief sehr unruhig, was niemanden wunderte. Manchmal fand er den Weg ins Bett der Erwachsenen, manchmal schlief Claus bei ihm. Am häufigsten aber blieb er einfach auf der Couch liegen, den Empfänger des Babyfons neben sich, damit er schnell reagieren konnte.

Bis vor ein paar Monaten war es das überflüssige Zimmer gewesen, die Rumpelkammer, der Abstellraum. Claus hatte hier Umzugskartons gelagert, ein verstaubter Hometrainer stand in der Ecke, und Julia nutzte ihn als Kleiderkammer. Ein Wäscheständer, das Bügelbrett und der Staubsauger hatten hier ihren Platz gehabt. Julia hatte die Wohnung immer für viel zu groß erachtet. Zuerst in ihrem jahrelangen Singleleben und dann als Paar. Wie viele junge Familien mit Nachwuchs würden sich nach solch einer Wohnung die Finger lecken? In dieser Lage? Und jetzt?

Sie drängte die Gedanken aus dem Kopf. Der Laptop beendete in dieser Sekunde seinen Startvorgang. Julia rief das E-Mail-Programm auf. Vor fünf Minuten, als sie auf der Toilette gesessen und das Smartphone gecheckt hatte, war ihr ein verpasster Anruf aufgefallen. Dazu eine Sprachnachricht eines Kollegen des vierten Polizeireviers: »Schade, dass ich Sie nicht erreiche. Dann schicke ich Ihnen alles per Mail.«

Sie klickte sich durch den üblichen Spam und ein paar andere Mails, fand die Nachricht und öffnete sie.

Es ging, wie erwartet, um das verwaschene Foto und die Person, die sich bei der Polizei gemeldet hatte. Viel mehr hätte es die Kommissarin interessiert, weshalb man der Sache nicht nachge-

gangen war oder warum die Mordkommission nicht darüber informiert worden war. Stattdessen blieb sie gleich an einem der ersten Sätze hängen. An einem Namen.
Jan Hornung.
Sie schnappte nach Luft.

20:40 UHR

Jan Hornung öffnete die Tür. Er wirkte schläfrig, auf seinem Pullover waren Krümel. Vermutlich hatte sie ihn von der Couch aufgescheucht. Julia Durant erinnerte sich, dass ihre Kollegen jede Menge DVDs erwähnt hatten. Sie zeigte Hornung ihren Dienstausweis und stellte sich vor.
Er grinste schief. »Kommen Sie rein. Und ich dachte schon, es gibt nur diese Mackertypen bei der Polizei.«
Durant folgte ihm in die Wohnung.
»Möchten Sie was trinken? Ich habe Kaffee, Bier und Cola.«
»Nein, danke.«
Dass er sich so nett gab, nahm der Kommissarin beinahe den Wind aus den Segeln. Aber gleichzeitig fragte sie sich, warum er sich nicht nach dem Grund ihres Besuchs erkundigt hatte. Sei auf der Hut!, mahnte sie sich.
Sie nahmen im Wohnzimmer Platz. Eine angebrochene Colaflasche stand auf dem Tisch. Hastig stand er noch einmal auf und holte sich ein Glas.
»Keine Angst«, sagte er mit einem Zwinkern. »Ich hätte Ihnen eine frische Flasche angeboten. Schon allein wegen dieser Seuche. Auch wenn ich glaube, dass wir dem Virus auf lange Zeit nicht entgehen können. Keiner von uns, meine ich. Ich habe in zwei Monaten Geburtstag.« Er griff sich demonstrativ an die Ärmel seines Pullovers. »Und eins weiß ich sicher: Bis dahin ist es nasskalt und

grau, wie eigentlich immer in dieser Jahreszeit. Und spätestens dann überrollt uns diese Scheißwelle mit voller Wucht.«

Durant blinzelte. Ihre Gedanken fingen sich nicht an dem Virus, sondern an etwas anderem. »In zwei Monaten? Also sind Sie auch Skorpion?«

»Nein, ich bin schon Schütze. An welchem Tag haben Sie denn Geburtstag?«

Es war ihr unwohl, diese Information preiszugeben, auch wenn es sich nur um ein Datum handelte. Aber sie hatte das Thema ins Rollen gebracht.

»Am fünften November«

Hornung lächelte. »Ah. Die Guy Fawkes Night.«

»Wie bitte?«

»Guy Fawkes. England. Die Schießpulververschwörung.«

Während Julias Gedanken sich noch im Londoner Nebel verloren, hörte sie ihn referieren: »Sechzehnhundertsoundso wollten ein paar Verschwörer den König und seine gesamte Entourage umzubringen. Sie wussten, dass er am fünften November im House of Parliament sein würde und deponierten ein paar Dutzend Fässer mit Schwarzpulver im Gewölbe unter dem Gebäude. Wären sie damit durchgekommen, wäre die Königsfamilie und der halbe Hochadel auf einen Schlag Geschichte gewesen.« Hornung seufzte. »Stattdessen hat man Fawkes und die Fässer entdeckt, und er und alle anderen wurden hingerichtet.«

»Aha. Interessant.«

»So etwas lernt man nicht in der Schule. So etwas lernt man nur, wenn man sich ein bisschen für Großbritannien interessiert. Fawkes war Katholik, und mit denen hat die Krone ja noch nie auf besonders gutem Fuß gestanden. Man stelle sich nur vor: Die Briten könnten heute ein katholisches Königshaus haben. Das ist in etwa so absurd, wie wenn der Papst evangelisch wäre.«

Durant musste lächeln. »Interessanter Gedanke. Meine Familie ist auch einmal aus Glaubensgründen geflüchtet. Hugenotten. Daher mein französischer Nachname.«

»Oh!«

Sie spürte, dass Hornung auch hierzu etwas sagen wollte, doch konnte es unterbinden: »Das tut aber im Grunde alles nichts zu der Sache. Möchten Sie nicht langsam mal wissen, weshalb ich hier bin?«

Hornung lachte. Es klang verbittert. »Ganz ehrlich? Sie werden es mir schon sagen. Und bis dahin genieße ich ein gutes Gespräch und die vielleicht erste positive Erfahrung, die ich jemals mit der Polizei gemacht habe.«

»Ich kenne die alten Geschichten. Und ich kann Ihnen nur sagen …«

Er fiel ihr mit einer entsprechenden Geste ins Wort: »Sparen wir uns das. Sie haben Ihre Meinung von mir, ich habe meine Meinung von der Polizei.«

»Trotzdem sind Sie letztes Jahr wieder zu uns gekommen.«

»Aha. Also da liegt der Hase im Pfeffer.«

»Warum haben Sie das getan?«

»Ich war ja nicht direkt bei Ihnen«, widersprach Hornung. »Und außerdem war ich nur der Bote.«

»Wie meinen Sie das?«

Durant hatte sich von der IT-Abteilung Ausdrucke der Forumsbeiträge erstellen lassen. Sie griff in ihre Handtasche.

Jan Hornung war schneller: »Wie ich es schon gesagt habe. Ich habe nur den Kontakt zur Polizei gesucht. Das vierte Revier in der Gutleutstraße. Nicht die Kriminalpolizei. So weit wäre ich nicht gegangen.«

Durant entfaltete die Papiere. »Aber Sie haben einen Zusammenhang zwischen diesen Personen und dem Opfer gesehen.«

Hornung beugte sich nach vorn und studierte das Foto und einen Teil der Texte.

»Klar.« Seine Augen funkelten die Kommissarin an. »Wenn sich schon sonst keiner dafür interessierte. Es war genau wie damals.«
»Bitte. Ersparen Sie uns die ollen Kamellen.«
»Ich wollte es nur erwähnt haben. Da wird einer erschlagen, die Polizei ermittelt nur halbherzig, vermutlich, weil's eh nur ein Penner war. Ab zu den Akten. Sie müssen sich nicht wundern, dass es solche Internetforen gibt.«
Julia Durant zwang sich zur Gelassenheit. Bloß nicht in die Verteidigung geraten, lieber einen Gegenangriff starten. Also erwiderte sie ruhig: »Halten Sie es nicht für seltsam, dass Sie schon wieder mit einem Tatort in Verbindung stehen?«
Er lachte voller Sarkasmus. »Vielleicht wollte das Schicksal mir ja eine zweite Chance geben. Aber mal im Ernst: Sie haben den Hammer doch untersucht, oder nicht. Gab es Blut? Oder Haare? Oder *irgendwas?*«
Durant rief sich die ernüchternde Analyse des beschlagnahmten Werkzeuges in Erinnerung. Nichts davon. Außer Hornungs eigener DNA und seinen Fingerabdrücken. Keine Spuren von Bleiche, scharfen Reinigern oder dergleichen. Einfach nur ein Hammer, so wie man ihn in fast jedem Haushalt fand.
»Natürlich nicht«, antwortete sie, im Grunde hatte sie auch nichts anderes erwartet. »Aber es gibt ja nicht nur diesen. Vielleicht haben Sie ihn ja in den Main geworfen.«
»Oh, jetzt kommen wir aber gewaltig ins Schwimmen.« Hornung verschränkte die Arme vor der Brust. »Haben Sie mir nicht zugehört? Ich war nicht am Tatort. Jedenfalls nicht am Tag des Mordes.«
Julia Durant zuckte leicht. Dennoch sagte sie: »Und das wissen Sie auf den Tag und die Stunde genau, ja?«
»Klaro.«
Sie lächelte schmallippig. »Die besten Alibis sind oft die verdächtigsten.«

Hornung griff sich die ausgedruckten Blätter, es waren drei Seiten, und wedelte sie hin und her. »Noch mal zum Mitschreiben: Das da bin nicht ich. Das ist jemand anderes. Ich habe diesen Typen niemals in echt gesehen, ich kenne ihn nur vom Schreiben.«
Julia Durant spürte ein Brennen im Hals. Was sagte er da? Und es kam noch schlimmer.
»Wir haben geschrieben, es muss vier oder fünf Wochen nach dem Vorfall gewesen sein. Die Fahndung lief ins Leere. Irgendwer stellte eine Verbindung her. Ein erschlagener Penner. Genau wie damals.« Hornung schnaufte. »Solche Dinge lese ich dann mit. Aber ich habe das nicht angestoßen, und ich habe auch nicht mit damals geprahlt!« Er hüstelte. »Jedenfalls nicht öffentlich.«
»Hm. Sondern?«
»Wir haben uns private Nachrichten geschrieben. Er hat das Foto in mehreren Beiträgen online gestellt, und es wurde viel darüber diskutiert. Die meisten taten es als zu unscharf ab, manche hatten krude Theorien. Zur Polizei wollte niemand. Die meisten in diesen Foren agieren lieber im Schatten, aus unterschiedlichsten Gründen.«
»Das klingt, als kennen Sie sich da aus.«
»Wie gesagt, ich bin da sehr aktiv. Meistens aber nur passiv, ich lese, doch ich schreibe nicht.«
»Weil man Ihnen ohnehin nicht glauben würde?«
»Quatsch! Weil ich mich nicht mehr über damals ärgern will. Selbstschutz, Sie verstehen?«
»Ich weiß nicht. Wie ist es mit Ihrem Chatpartner weitergegangen?«
»Ich habe ihm angeboten, an seiner Stelle mit dem Foto zur Polizei zu gehen. Anonym. Also mit einem ausgedruckten Screenshot und seinem Benutzernamen aus dem Forum. Also nur die Dinge, auf die jeder kommen kann, der eine Suchmaschine zu bedienen weiß. Keine Rückschlüsse auf die Kamera, keine verfänglichen

Daten. Im Grunde hätte ich das auch ohne seine Erlaubnis machen können oder der Polizei nur einen Link senden, aber so war es mir lieber.« Er atmete heftig ein, in seiner Lunge rasselte es, und er musste husten. Er entschuldigte sich und ergänzte: »Was soll ich sagen? Das Ergebnis war dasselbe wie damals. Es kam nichts heraus.«

Durant kniff die Augenlider zusammen und dachte nach. Irgendwann antwortete sie: »Sie haben sich also damals als Opfer missverstanden gefühlt. Und dann was? Wollten Sie es der Welt nach all den Jahren noch mal zeigen?«

»Blödsinn!«, entrüstete sich Hornung und verkrampfte sich. »Ich wollte helfen. Damals wie heute. Keine Ahnung, warum der andere nicht selbst zur Polizei gehen wollte.«

»Na ja. Geholfen hat es leider in beiden Fällen wenig.«

Hornung sprang auf. »Liegt das denn an mir?« Er gestikulierte wild. »Was kann ich dafür, wenn man mich nicht ernst nimmt? Wenn man mir einen Maulkorb anlegt und mich bedroht.«

Durant versuchte, gelassen zu bleiben. »Bitte, setzen Sie sich. Ich verstehe, das ist ein sensibles Thema. Aber …«

»Sensibel!«, spie Hornung. »Ich bin kein Weichei. Aber haben Sie schon mal Drohanrufe gekriegt?«

»Drohanrufe?«, wiederholte die Kommissarin. Sie blickte erneut auf Hornungs Sessel, er schien zu verstehen und ließ sich wieder auf die Sitzfläche fallen. »Davon habe ich noch nichts gehört.«

»Schon klar. Wird ja keiner zugeben. Genau wie damals, als man mich ständig gepiesackt hat. Strafzettel. Verkehrskontrolle. Wenigstens davon wissen Sie ja hoffentlich.«

Durant neigte den Kopf. »Halt. Soll das heißen, die Drohanrufe waren auch noch später?«

Hornung lachte meckernd. »Ja, klar! Im Juli irgendwann. Nachdem Ihre Kollegen hier gewesen sind.«

Durant fiel die Kinnlade hinab. »In diesem Juli?«

»Wenn ich's doch sage. Es war ein Samstag, glaube ich.«
»Und Sie sagen, es war ein Drohanruf? Von wem?«
»Was weiß denn ich? Ich kenne die Stimme nicht.«
Durants Gedanken rasten. »Berger«, murmelte sie.
Er war der Einzige, der noch am Leben war. Aber wieso sollte er Hornung drohen? Und warum jetzt? Nur weil er damals in Kauf genommen hatte, dass Schulz sich an Hornung abarbeitete, würde er heute nicht dasselbe tun. Oder?
»Die Stimme war heiser«, erinnerte sich dieser. »Sie klang wie das personifizierte Böse.«
»Das passt nicht«, entgegnete Durant. Es war absurd. Wenn Berger wütend gewesen war, konnte keine Wand seinem Poltern standhalten. Außerdem hatte sie mit Berger gesprochen, und er hatte nicht den Eindruck erweckt, dass Hornung ihm Angst machte. Die Vergangenheit konnte man nicht mehr ändern, und er selbst hatte glaubhaft versichert, dass Schulz auf eigene Faust vorgegangen war. Was konnte Hornung ihm also anhaben? »Was hat der Anrufer überhaupt gesagt?«
»Im Grunde dasselbe wie früher. Ich soll aufhören.«
»Aufhören womit?«
Hornung zuckte mit den Achseln. »Weiß ich doch nicht!«
»Hand aufs Herz: Haben Sie mit irgendjemandem außer mit meinen Kollegen über das Thema gesprochen?«
»Nein.« Hornung spielte mit den Fingern.
»Es ist wichtig, dass Sie mir das ganz genau sagen«, beharrte Durant. »Hat der Anrufer Sie bedroht?«
Ihr Gegenüber wischte mit der Hand durch dir Luft. »Ich möchte da nicht mehr drüber reden.«
»Und wenn ich Ihnen jetzt sage, dass ich das sehr ernst nehme?«
Seine Augen bekamen einen feuchten Schimmer. »Das wäre das erste Mal in dreißig Jahren.«
Julia Durant spürte, dass in dieser Offenbarung Ehrlichkeit mit-

schwang. Wie viel, das hätte sie nicht zu sagen vermocht. Sie hüstelte und beugte sich nach vorn. »Es wäre gut, wenn Sie sich das Gespräch so genau wie möglich in Erinnerung rufen und aufschreiben. Das muss nicht gleich sein, ich muss auch nicht dabeisitzen. Gehen Sie das in Ruhe durch, so oft wie nötig.« Sie machte eine kurze Pause. »Aber Sie sind sich sicher, dass es ein Mann war?«

»Wenn Sie so fragen … hundertprozentig will ich das jetzt nicht sagen. Man kann seine Stimme doch verstellen. Oder mit dem Computer manipulieren.«

»Klang die Stimme manipuliert?«

»Ich weiß es nicht. Ich glaube, ich war viel zu schockiert, um mich auf solche Details zu konzentrieren.«

»Aber das Gespräch selbst. Das können Sie rekonstruieren?«

»Ich weiß nicht.«

»Versuchen Sie es bitte. Ich gehe um den Block oder warte hier. Oder wir fahren ins Präsidium, ganz, wie Sie wollen.«

Jan Hornung blinzelte. »Sie nehmen das ja wirklich ernst, hm?«

Julia lächelte. »Sage ich doch.«

MITTWOCH

MITTWOCH, 16. SEPTEMBER, 11:20 UHR

Die Dienstbesprechung fiel kurz aus. Julia Durant berichtete über die neue Verbindung zu Jan Hornung. Es gab zunächst nur wenige Nachfragen.

»Jemand hat ihn also angerufen. Er hat aber doch nicht ernsthaft geglaubt, dass da die Stimme des Berbers aus dem Jenseits mit ihm spricht?«, spöttelte Uwe Liebig.

»Was auch immer«, gab die Kommissarin zurück. »So fixiert, wie er auf seine persönliche Vergangenheit mit Gatter ist, möchte ich da nichts ausschließen. Vielleicht war es auch nur dieses unbestimmte Gefühl, wie wenn man einen Horrorfilm schaut. Kalt erwischt. Das rationale Denken schaltet sich ab. Gänsehaut.«

Jan Hornung hatte das Telefonat im Wesentlichen zu Protokoll geben können.

Hör auf mit dieser Scheiße.

Hör einfach auf.

Das verlange ich von dir.

Es ist mein Recht.

»Wer hat denn das Recht, so etwas zu verlangen?«, fragte sie in die Runde. »Und jetzt kommt mir bloß nicht mit dem Gesetzbuch.«

»Du redest vom Täter.« Frank Hellmer nickte. »Ja, genau. Niemand darf so morden wie er.«

»Das ist doch Blödsinn«, hielt Liebig dagegen. »Der Berber ist lange tot. Und Tote machen keine Drohanrufe.«

»Dem muss ich zustimmen«, sagte Doris Seidel. »Es gab keine

Freunde, keine Familie und keine Nachahmer. Außerdem haben wir ja mittlerweile ein völlig neues Tatmuster. Es geht vielmehr um Schach als um irgendwelche Hammermorde.«

»Hmm«, murmelte Durant. Sie wollte zuerst widersprechen, denn es gab noch eine Person, die damals mit der Sache zu tun gehabt hatte. Der damals sehr daran gelegen gewesen war, dass Hornung verstummte. Doch sie brachte es nicht fertig, diesen Verdacht laut zu äußern. Noch nicht. Stattdessen sagte sie: »Mal um die Ecke gedacht: Vielleicht störte sich der Täter ja daran, dass diese Hammermörder-Theorie ausgegraben wurde. Also hat er bei Hornung angerufen, damit der sich nicht wieder wichtigmacht. Ihm die Show stiehlt. Wir wissen doch, wie solche Typen ticken. Ein Psychopath, daran besteht kein Zweifel. Jemand, der sich daran aufgeilt, wie die Stadt in Angst versinkt und für den jeder Mord eine Bestätigung seiner Genialität ist.«

Doris Seidel machte eine zweifelnde Miene. »Dazu müsste der Täter aber wissen, wer Jan Hornung ist.«

Julia lächelte. »Genau das habe ich mir auch gedacht. Deshalb setzen wir die IT noch mal darauf an. Als ich Hornung fragte, ob er sich über den Fall geäußert habe, ist er mir ausgewichen. Ich habe dann erst mal nicht weitergebohrt. Wenn wir etwas finden, können wir ihn immer noch damit konfrontieren.«

Frank räusperte sich. »Klingt jetzt alles stark danach, dass wir diesen Hornung nur als Wichtigtuer einordnen und nicht als Tatverdächtigen.«

Doris zuckte mit den Schultern. »Um ehrlich zu sein: Ich weiß es nicht. Sein Verhalten entspricht nicht dem eines Serienmörders, es sei denn, er ist ein hervorragender Schauspieler. Dazu gehört schon einiges an Talent, und irgendwie passt das nicht zu ihm.«

»Nicht zu dem, wie Berger ihn mir beschrieben hat«, sagte Julia nickend. Sie deutete mit dem Finger auf Frank und sagte scharf: »Und ich will jetzt nichts von kotzenden Pferden hören!«

Hellmer lachte. »Keine Sorge. Ich wollte nur sichergehen, wie da unser Standpunkt ist.«
»Hast du etwas daran auszusetzen?«, hakte Doris nach, und Frank wippte mit dem Kopf.
»Na ja«, begann er, »es könnte immerhin auch andersherum sein. Er hat diese alte Geschichte von damals nie verwunden, darüber sind wir uns wohl einig. Der Hammer. Die Zeitungsausschnitte. Und dann ergibt sich eine neue Chance. Dieses Foto im Internet, welches zu einem vermeintlichen Hammermord passt. Wie sicher können wir sein, dass es nicht von ihm selbst aufgenommen wurde? Wie sicher, dass nicht *er* derjenige ist, der sich da ein Denkmal setzt, während ihn alle für einen Dummschwätzer halten?«
Julia versuchte, der Logik ihres Partners zu folgen. Natürlich konnte er damit recht haben, aber … »Es hat ihm doch nichts gebracht«, sagte sie dann. »Was hat er davon, außer dass er sich noch lächerlicher macht?«
»Das könnte Teil seiner Strategie sein«, erwiderte Frank. »Während er dafür sorgt, dass alle über ihn lachen, lacht er insgeheim über uns.«
»Zehn Tote«, wandte Doris ein. »Da hat sich's für uns lange ausgelacht.«
Frank zuckte mit den Achseln. »Siehst du.«
Julia hob die Hand. »Und was ist mit der Karte? Soll er das auch gewesen sein?«
»Warum nicht? Jedenfalls fände ich es falsch, wenn wir ihn einfach so ausschließen. Wir könnten zumindest mal seine ganzen Alibis überprüfen. Bei den letzten Morden hatten wir ihn ja gar nicht mehr auf dem Schirm.«
»Es ist doch zum Kotzen!«, pampte Uwe Liebig, der an dem bisherigen Gespräch kaum teilgenommen hatte. »Mörder oder nicht, diese ganze Scheiße bringt uns nicht weiter! Seit Wochen läuft hier immer dasselbe: Leiche gefunden, Leiche untersucht. Passt ins

Raster der Mordserie. Umfeld des Toten wird beleuchtet. Wenige Freunde. Keine Konflikte. Keine Verdächtigen. Sackgasse. Dann kommt die nächste Leiche, und das Spiel geht von vorne los.« Uwe legte sich den Zeigefinger unter den Mund. »Wie lange soll das noch so weitergehen? Bis Andrea in der Rechtsmedizin die Kühlkammern ausgehen?«

Das waren Fragen, die sich wohl jeder im Raum schon gestellt hatte. Doch Julias Gedanken hafteten an einem ganz bestimmten Aspekt von dem, was Uwe da gesagt hatte.

»Wenige Freunde«, wiederholte sie leise.

»Was sagst du?«

»Ich frage mich gerade, ob das ein gemeinsamer Nenner sein könnte«, sagte sie, diesmal in voller Lautstärke. Sie ging zu dem Stadtplan mit den markierten Quadraten. Daneben standen auf einer Tafel sämtliche Namen. Sie waren mit schwarzem Marker in chronologischer Reihenfolge untereinandergeschrieben.

Julia las die Namen vor, beginnend mit dem ermordeten Obdachlosen. »Kein enges Umfeld, das wir beleuchten konnten.« Danach die Tote aus der evakuierten Wohnung. »Ein Date, aus dem nichts wurde. Keine Familie. Wenig Kontakt zu den Nachbarn.« Und so ging es weiter. Der Makler. »Einzelgänger. Kam von außerhalb. Starb in einem Umfeld, in dem er niemanden kannte. Dasselbe gilt für diesen alten Mann, Alwin. Der hatte zwar sicher Schachkumpel und Bekanntschaften in seinem Wohnheim. Aber viel mehr war da nicht.«

Bei sämtlichen anderen Opfern war es ähnlich. Otto Günther, der Bauer vom Wochenmarkt, hatte als einziges Opfer eine Familie und einen Kollegenkreis, mit dem er gut vernetzt war. Das alles spielte sich in der ländlichen Wetterau ab. Wäre nicht ausgerechnet bei ihm die zu seinem Beruf passende Schachfigur gefunden worden, hätte sich die Frage gestellt, ob er überhaupt ins Opferprofil des Täters passte. Hellmer, Liebig und Durant hatten daraufhin die Familie und die Kollegen befragt, nach Konflikten geforscht, eine persönliche Ebene gesucht. Erfolglos. Und am Ende konnte es nicht anders sein: Otto Günther war demselben Mörder zum Opfer gefallen. Aus reiner Willkür. Weil er an dem Tag, als der Killer ihn heimsuchte, auf dem falschen Schachfeld gestanden hatte.

Bei den restlichen Opfern war es nicht anders, bis hin zu e4. Niemand wollte ihn auf ein Feld reduzieren, einen Buchstaben und eine Zahl, doch im Kopf geschah es immer wieder. Dabei war Manfred Lasky wie alle anderen Opfer natürlich viel mehr als nur eine gefallene Figur auf dem Schachfeld. Vielleicht bildete er sogar einen Meilenstein.

»Alleinstehende oder vergleichsweise isoliert lebende Menschen«, schloss Julia Durant. »Da müssen wir drauf schauen. Waren sie in Singlebörsen unterwegs? Gibt es da einen Punkt, der sie miteinander verbindet?«

Schon während sie es aussprach, merkte sie, dass sie sich keine zu großen Hoffnungen machen durfte. Dafür gab es einfach zu viele Netzwerke. Das hatte sie unlängst in einem anderen Fall schmerzlich feststellen müssen.

»Das ist zwar interessant«, stimmte Doris Seidel ihr zu, »aber bringt uns auch eine ganze Latte an Problemen. Mal abgesehen davon, dass wir das Online-Verhalten ja gecheckt haben, sofern es da etwas Nennenswertes gab.«

»Hmm.« Liebig kratzte sich hörbar am stoppeligen Hals. »Dann vielleicht doch noch mal nach den Namen schauen. Ich finde ja sowieso, wir müssten da einen Schachexperten drauf ansetzen. Einen richtigen, meine ich. Nichts gegen euch, aber es geht hier wohl um mehr als nur um die Grundregeln aus der Spielesammlung.«

»Was willst du denn mit den Namen?«, fragte Julia und war dabei recht schroff. »Bischof alias Läufer, ein Bauer, wobei das nicht der Name, sondern der Beruf ist, na und?«

»Es gibt viele Bauers in Frankfurt«, sagte Hellmer, »und sicher auch Turm oder Türmer, und Springer, Reiter, Pferd und König. Das sind viel zu viele.«
»Aber es spielt eine Rolle«, beharrte Liebig. »Nicht immer vielleicht, doch wir dürfen es nicht ignorieren.«
Doris räusperte sich deutlich. »Das diskutieren wir ja nicht zum ersten Mal. Wir müssen es auf dem Schirm haben, ganz klar, und das mit dem Schachexperten stimmt in jedem Fall. Ich kümmere mich darum, und gleichzeitig sollten wir uns um ein Täterprofil bemühen. Das Spiel, das er offensichtlich spielen will. Die Kontaktaufnahme mit dir, Julia, und auch der Anruf bei diesem Hornung. Das muss doch was hergeben.«
»Klar«, knurrte Liebig. »Männlich, mittleres Alter, unbefriedigt.«
»Passt auch auf diesen Hornung«, warf Hellmer ein.
Liebig fuhr fort: »Dazu ein Problem mit der Mutter – oder mit dem Vater. Vielleicht ging ihm ja mal jemand ans Höschen, und jetzt bestraft er andere dafür. Kennen wir doch alles.«
Julia Durant wollte zu einer gepfefferten Antwort ansetzen, doch die Worte blieben ihr im Halse stecken. »Scheiße«, sagte sie stattdessen.
»Was denn?« Uwe zog die Schultern bis zu den Ohren. »So ist es doch meistens, oder nicht?«
»Ja, mag sein. Aber wir *kennen* jemanden, auf den das alles zutrifft. Und ich rede jetzt nicht von Jan Hornung.«
Frank verdrehte den Kopf. »Du redest von den Geschwistern Henschel? Lena und Tim?«
»Ja! Haben die beiden nicht genau dieses Profil?«
Liebig zog eine Grimasse. »Welches genau? Männlich oder mittleres Alter?«
»Blödmann«, kommentierte Durant. »Mal ernsthaft. Die beiden stecken mittendrin in der Sache, also wenigstens in einer. Die Leiche vis-à-vis, beide waren zur Tatzeit in der Nähe des Hauses.

Wenn ihr mich fragt, steckt da eine Menge Zündstoff drinnen. Wortwörtlich sogar, denn irgendjemand muss ja für das Feuer im Untergeschoss verantwortlich sein. Röber war es sicher nicht. Bischof war zu diesem Zeitpunkt tot. Wer bleibt da übrig? Mal abgesehen davon, dass dieses unglaublich schlechte Foto, mit dem Hornung zur Polizei gegangen ist, ja auch ein Pärchen zeigen soll.«

»Wohl eher ein Liebespaar, oder nicht?«, fragte Hellmer.

»Wir sollten weder das eine noch das andere ausschließen, oder?«

Hellmer wippte mit dem Kopf. »Nun, wir haben die Alibis aufgedröselt, und am Ende war alles nur eine große Show. Außerdem sollten wir das Wesentliche nicht außer Acht lassen: Die beiden Geschwister hassen einander offenbar aus tiefstem Herzen. Das wirkt mir auch nicht wie vorgetäuscht. Wenn man einander nicht leiden kann, zieht man doch nicht gemeinsam los und bringt andere Leute um.«

»Aber genau das meine ich doch!«, rief die Kommissarin und klatschte in die Hände. »Wer auch immer da draußen mordet: Er ist ziemlich gut informiert. Er kann eine Suchmaschine bedienen und weiß aus jedem zweiten Fernsehkrimi, aus welchem Milieu der klassische Serienkiller kommt.« Sie holte tief Luft. »Ich sage euch, wir kratzen da nur an der Oberfläche. Vielleicht wollte er ja, dass wir die Henschels ins Visier nehmen, und wenn es nur eine Ablenkung ist. Jedes Detail dieses beschissenen Spiels kann Teil seiner Strategie sein. Selbst wenn er weiß, wie es um die Henschels steht.«

Hellmer und Liebig wechselten Blicke. Seidel schloss die Augen, und man konnte förmlich erkennen, wie ihre Gedanken dem eben Gesagten nachjagten. Frank ergriff als Erster das Wort. »Kapiere. Lena und Tim Henschel sollten verdächtig wirken, auch wenn sie es nicht sind. Unser Unbekannter ist demnach noch viel gerissener, als wir es ihm bisher zugetraut haben. Ich sag's nicht gerne, aber das passt nach wie vor zu meiner Einschätzung von vorhin.«

»Ich fürchte jedenfalls, dass diese Karte nur der Anfang war«, antwortete Julia mit einem Nicken. »Da kommt noch mehr auf uns zu.«
Niemand widersprach ihr.

*

Es war der pure Wahnsinn. Jeder zweite Gedanke endete mit dieser Gewissheit. Aber dennoch: Es musste geschehen. Die Grenzen ließen sich dehnen, aber man konnte sie nicht verschwinden lassen.
Der nördliche Eingang des Grüneburgparks war keiner der belebten Bereiche, und schon gar nicht zu dieser Tageszeit und Witterung. Die meisten Besucher kamen über eine der Brücken oder von einer Haltestelle, die allerdings weit genug entfernt lag. Hier und jetzt, auf dem weitläufigen Gelände, bestand keine Gefahr. Ganz anders als auf dem Areal des Palmengartens, der im Südwesten an den Parkbereich anschloss, oder im Osten, wo sich das Gelände der Johann-Wolfgang-Goethe-Universität befand. Orte, an denen das Töten eine Herausforderung war. Doch war es das nicht immer?
Das Pförtnerhaus kam in Sicht. Altes Mauerwerk unten, daneben Holztore, auf denen sich Graffitisprüher verewigt hatten. Oben Fachwerk mit einem Rundbogen aus Holz über dem Giebel. Es wirkte vergessen und ein wenig verwahrlost, doch das mochte an der Witterung liegen.
Die Luft roch nach Nebel. Zwei Elstern jagten einander über das Gebüsch. Nach heißen, dürren Sommertagen drängte der kühle Regen über den Park. Die Hände schoben sich in die Jackentaschen. Alles war dort, wo es sein sollte.
Der Frust des vorigen Tages war beinahe vergessen. Die beiden Studenten. Die Fotos fürs Internet. Das Mädchen hatte sich über-

schwänglich bedankt und gefragt, ob sie auch ein Foto machen solle.
Nein danke.
Und doch hatte diese Störung für Klarheit gesorgt. Dafür, dass es hier stattfinden würde. Jetzt.
Die Finger spielten mit dem Gegenstand in der Jackentasche. Seine Formen waren gleichmäßig. Die Rundungen, die winzige Kugel auf dem Kopf. Ein Stück Perfektion.
Schwarzer Läufer auf c8.

12:34:28 UHR

Der Zeitindex des Anrufs beim Kriminaldauerdienst wurde sekundengenau erfasst. Der Name des Anrufenden, die Position, von der die Meldung einging. Was hatte sich ereignet? Besteht eine akute Bedrohungslage?
»Sie … ist tot. Kommen Sie … schnell.«
Carla Wiedekind vom KDD hatte ein bestimmtes Schema, nach dem sie die wichtigen Daten abfragte. Sie machte den Job schon seit vielen Jahren, und sie wusste, dass die Menschen, mit denen sie sprach, in der Regel sehr nervös waren. Besonders, wenn es sich um eine Todesmeldung handelte. In diesem Fall schien die Sache eindeutig zu sein. Oft hieß es nur, die Person atme nicht oder sei nicht bei Bewusstsein. Manchmal stimmte das sogar, und der Notarzt konnte das Schlimmste abwenden.
Sie allerdings war tot. Eine Frau, so zumindest drückte sich die Stimme am anderen Ende der Verbindung aus.
»Grüneburgpark, nördlicher Eingang.«
»Wo genau? An der Fußgängerbrücke?«
»Nein. Die Straße, die am alten Pförtnerhaus endet.«
»Der Notarzt ist verständigt«, sagte Wiedekind betont ruhig.

»Sie ist tot, tot, tot.«
»Haben Sie versucht, Erste Hilfe zu leisten?«
Die Stimme verfiel in einen flüsternden Singsang: »Sie ist noch warm. Ganz warm. Aber ihre Seele ist schon weg.«
Carla Wiedekind drehte die Augen nach oben und seufzte.
»Bleiben Sie ganz ruhig, bitte. Es ist gleich jemand da. Ist noch jemand in Ihrer Nähe.«
»Nur sie. Nur sie. Sie ist noch warm.«
Dann brach die Verbindung ab.

*

Etwa zur selben Zeit starrte Doris Seidel auf das Display des Smartphones. Die Deckenleuchte reflektierte auf dem polierten Glas, das soeben schwarz wurde. Doch sie hatte genug gesehen.
»c8«, wiederholte sie.
Julia Durant zog ihr Telefon zurück und entsperrte es wieder. Die Nachricht war vor wenigen Minuten per SMS von einer anonymen Nummer eingegangen und bestand aus genau drei Zeichen.
c8!
Julia Durant war aufgesprungen, hatte einen Blick auf die historische Karte geworfen. Ein beinahe leerer Quadrant, in dessen Zentrum sich eine Grünfläche befand. Grüneburg.
Als Nächstes war sie in das Büro der Kommissariatsleiterin gesprintet.
»Der Grüneburgpark«, konstatierte diese und schnaufte. »Das liegt fast vor unserer Haustür. Kündigt er seinen nächsten Mord an?«
Durant wollte etwas antworten, als das Telefon klingelte.
Seidel nahm ab und lauschte einer Frauenstimme, die in schnellen Sätzen sprach. Julias Miene fror ein. Als sie auflegte, holte sie tief Luft und sagte nach einer endlos erscheinenden Pause: »Eben ist

eine Meldung beim KDD eingegangen. Wir haben eine Leiche. In diesem Park.«

13:05 UHR

Der Notarzt hockte auf einer Bank in der Nähe des Fundorts und bearbeitete ein Formular. Die Grasflächen und die Bäume leuchteten in sattem Grün, es gab ein paar Schaulustige, aber alles in allem waren nicht viele Menschen in diesem Bereich des Parks unterwegs. Trotz der unmittelbaren Nähe zur Anschlussstelle der Miquelallee mit ihrem Verkehrsrauschen konnte man sich einbilden, dass man sich in der weiten Natur befände.

Julia Durant und Doris Seidel schritten nebeneinanderher. Offenbar steckte es der neuen Chefin noch im Blut, selbst an Tatorte zu gehen, statt sich hinter dem Schreibtisch zu verschanzen. Oder es lag daran, dass es sich schon um die elfte Tat einer Serie handelte und es der Polizei an Anhaltspunkten zu fehlen schien, dieses Morden zu beenden.

Von Andrea Sievers war nichts zu sehen. Die Spurensicherung war auch noch nicht vor Ort. Zwei uniformierte Beamte sicherten den Tatort ab, zwei weitere waren mit Flatterband zugange. Das gespannte Plastik schnalzte in den Windböen.

Zuerst erkannte man einen Arm. Der Rest des Körpers wurde von einem Busch verdeckt.

»Wieder ein Gebüsch«, murrte Durant. »Genau wie letztes Mal.«

»Aber diesmal ist es eine Frau«, sagte Seidel.

»Das bedeutet doch nichts.«

»Na ja. Wir hatten bislang hauptsächlich männliche Opfer.«

Durant wusste nicht, worauf Doris hinauswollte, und ihr stand auch nicht der Sinn, danach zu fragen. Dass der Mord kein Sexualdelikt und in die Schach-Serie zu rechnen war, stellte niemand infrage. c8. Die SMS war gleichzeitig mit der Meldung beim KDD eingegangen. Womöglich vom Täter selbst. Darum mussten sie sich kümmern. Doch zuerst …

»Ich schaue kurz nach der Leiche, dann rede ich mit dem Notarzt«, sagte Doris.

Julia nickte. Sie erreichten die beiden Beamten. Eine Vorstellung war nicht nötig, der ältere der beiden Männer erkannte Doris, und die wechselten ein paar Sätze. Julia wandte sich an den jüngeren: »Von der Spurensicherung noch nichts zu sehen, wie?«

»Nein«, brummte der Kollege. »Genauso wenig wie von dem Auffindungszeugen. Als wir hierherkamen, mussten wir erst mal suchen.«

»Haben Sie die Leiche angefasst?«

»Na klar! Schauen Sie doch mal, wie die da liegt. Wie Dornröschen. Wir mussten nach Vitalzeichen sehen.«

Julia wandte sich der toten Frau zu. Dornröschen?

Im verrotteten Laub lag eine etwa fünfzigjährige Person mit geröteten Wangen und strähnigem Haar. Ungepflegt, wenn auch nicht dreckig. Die Kleidung sauber, aber abgenutzt. Die feinen Äderchen im Gesicht und die geschwollene Nase deuteten darauf hin, dass die Frau regelmäßig Alkohol konsumierte. Jedenfalls war das eine mögliche Erklärung, den Rest würde Andrea Sievers herausfinden. Für Obdachlosigkeit sprach hingegen wenig. Es lagen weder Habseligkeiten herum, noch trug sie mehrere Kleiderschichten am Leib.

Doris trat neben Julia. »Die Arme. Sieht tatsächlich aus, als würde sie schlafen.«

Julia ging in die Hocke, darauf bedacht, keine Spuren zu hinterlassen. Mit dem Rücken des Zeigefingers fühlte sie die Haut der Toten. Kaum, dass sie die weiche Haut berührt hatte, zuckte ihre Hand zurück.

»Verdammt!«

»Was ist denn?«
»Sie ist noch warm.«
Im Hintergrund erklang ein Räuspern. Ein schneller Blick verriet, dass es dem Notarzt gehörte. Er stellte sich vor, schüttelte zuerst Doris und dann Julia die Hand.
»Sie ist maximal zwei Stunden tot«, sagte er und warf einen Blick auf die Armbanduhr. »Elf Uhr, vielleicht auch erst halb zwölf.«
Julia blickte zu der Toten, dann wieder zum Arzt. »Wie haben Sie das festgestellt?«
»Rektaltemperatur. Und ja, ich weiß, dass der Unterschied zur Bodentemperatur eine Rolle spielt und dass die Kleidung beachtet werden muss.« Er hob die freie Hand. »Aber das alles können wir in diesem Fall vernachlässigen.«
»Wieso?«, wollte Doris wissen.
»Weil unser Schneewittchen hier noch so warm ist, dass sie nicht länger als die eineinhalb bis zwei Stunden tot sein kann. Es sei denn, sie ist mit vierzig Fieber in den Park gegangen, wovon ich nicht ausgehe. In diesem Fall könnte der Todeszeitpunkt natürlich früher liegen.« Er hüstelte. »Wenn Sie wollen, messe ich noch mal in der Leber. Aber das wollte ich nicht eigenmächtig entscheiden, weil es sich ja offenbar um eine Mordermittlung handelt.«
»M-hm. Danke.« Julia Durant lächelte ihn an. Sie mochte es, wenn andere mitdachten. Und er war binnen Minuten der zweite Mann, der eine Assoziation mit einer Märchenprinzessin verwendet hatte. Wobei sie sich selbst nicht sicher war, welche der beiden Figuren nun besser passten. Oder ob überhaupt. Das Opfer war nicht mehr im Prinzessinnenalter und wirkte auch sonst nicht, als würde sie an einem edlen Hof leben. »Spricht etwas dagegen, wenn wir damit warten, bis die Spurensicherung die Leiche zum Abtransport freigegeben hat?«

Der Arzt verneinte. »Wie gesagt: Genauer werden Sie die Todeszeit nicht mehr kriegen. Jedenfalls nicht durch die Leichenschau.« Er grinste. »Die Zeiten von zerschlagenen und zum Todeszeitpunkt stehen gebliebenen Armbanduhren sind ja wohl leider vorbei.«

Durant grinste zurück. »Allerdings. Und die Dame sieht mir auch nicht nach einer Smartwatch aus, die den Puls aufzeichnet. Apropos: Haben Sie einen Anhaltspunkt zur Todesursache? Auf den ersten Blick sehe ich keine Gewalteinwirkung, aber Sie schienen sich ziemlich sicher zu sein?«

»Wie? Ach so. Nein, das war nur, weil ich gleichzeitig mit der Polizei eingetroffen bin und es sofort hieß, dass es sich um einen Tatort handeln würde. Ich habe nur das Nötigste gemacht, wegen der Spuren. Es ist gut möglich, dass sie am Hinterkopf eine Schlagverletzung aufweist oder dass es Würgemale gibt. Soll ich nachsehen?«

Julia bejahte, und der Arzt zog sich Einweghandschuhe über. Zuerst hob er den Kopf an, murmelte etwas zu sich selbst, dann wandte er sich dem Halsbereich zu. Seine Finger schoben die Kleidung zur Seite. Am Ende versuchte er, den Mund der Frau zu öffnen.

»Huch!«, stieß er hervor, und die Kommissarin erschrak.

»Was denn?«

»Da ist etwas … drin. Damit habe ich nicht gerechnet.«

»Und was?« Julia kniete sich neben ihn, konnte allerdings noch nichts erkennen.

»Ich könnte es greifen, aber vielleicht wollen Sie zuerst ein Foto machen? Oder ich gebe Ihnen ein Paar Handschuhe, und Sie holen es selbst heraus?«

»Nein danke. Das überlasse ich lieber Ihnen.«

»Wie Sie meinen. Und das Foto?«

Doris meldete sich aus dem Hintergrund: »Holen Sie es nur he-

raus. Wir lichten es dann ab. Außer dem Speichel des Opfers wird nicht viel darauf zu finden sein.«
Der Arzt drückte mit Daumen und Zeigefinger der linken Hand auf die Backen, genau dort, wo Ober- und Unterkiefer aufeinandertrafen. Der Mund klappte gerade weit genug auf, dass er mit der anderen Hand in den Rachen reichte. Im Pinzettengriff förderte er ein glänzendes Objekt ans Licht.
Es war ein schwarzer Läufer.

13:40 UHR

ich habe es erledigt. c8.

freut mich. und wie geht's jetzt weiter?

für die figur brauche ich noch zwei tage.

und was ist mit der anderen sache?

ach so. der läufer ist in ihrem mund.

Wie auch immer er diese Tatsache überprüfen wollte. Die Polizei würde dieses Detail gewiss nicht an die Presse weitergeben.

gut. dann reden wir in zwei tagen wegen der übergabe.

übergabe?

Über die Handrücken huschte ein Schauer, und Gänsehaut bildete sich auf den Unterarmen.

ich bin nicht gerade in der nähe.
wie läuft das denn sonst?

Ich werde dir sicher nichts über die anderen Fälle ausplaudern!

persönlich, aber ohne direkten kontakt.

ich sagte ja: ich komme nicht aus der nähe.

soll ich's etwa mit der post schicken? :-O

yep

hä? tickst du noch richtig?

wieso? postlagernd ist das zauberwort. ich gebe dir einen fantasienamen und die anschrift einer filiale, in der das noch angeboten wird. man braucht keinen absender anzugeben. das risiko liegt also ganz bei mir.

hm. ich denk drüber nach.

Die Gedanken rasten so schnell, dass es schmerzte.

na gut. aber die bezahlung ist vorher komplett abgeschlossen!

halbe halbe.

Verdammte Scheiße!

14:40 UHR

Julia Durant telefonierte mit Andrea Sievers, um das Ergebnis der Obduktion einzuholen.

»Der Notarzt hatte jedenfalls recht«, begann die Rechtsmedizinerin. »Präziser geht's mit der Todeszeitbestimmung nicht.«

»Das macht nichts«, murmelte Durant. »Wie sieht es mit dem Rest aus?«

»Der Rest«, wiederholte Andrea und holte tief Luft. »Ich mache es kurz: Schädelfraktur, Würgemale und gebrochenes Zungenbein. Das sieht für mich danach aus, als habe sie zuerst einen Schlag abbekommen, damit sie das Bewusstsein verliert. Danach wurde sie erwürgt. Frontal, mit den Händen. Vermutlich ist er dabei auf ihr gesessen. Abwehrverletzungen gibt es so gut wie keine, jedenfalls nicht eindeutig. Sie muss durch den Schlag im Dämmerzustand gewesen sein. Ach ja, Alkohol spielt vielleicht auch eine Rolle. Der Mageninhalt bestand zum Großteil aus Hochprozentigem.«

»Danke.« Julia überlegte. Also hatte der Eindruck sie nicht getäuscht. Die Farbe der Haut, die Poren. Sie kannte die Auswirkungen, die Alkoholismus hatte. Je länger man ihm verfallen war, desto mehr fraß er einen auf.

Andrea meldete sich wieder zu Wort. »Fragst du mich noch nach dem Blut, oder muss ich das selbst aus dem Zylinder zaubern?«

Julia rollte die Augen und gab sich übermäßig neugierig: »Ach, Andrea, wir müssen ja noch über ›die andere Sache‹ reden.«

»Oh, ja«, antwortete diese, nicht weniger theatralisch. »Wie gut, dass du mich fragst. Ich hätte es ja fast vergessen …«

»Andrea!«

»Okay, okay. Sorry. Es gibt einen Treffer, zweifelsfrei. Ihr wurde die linke Armbeuge punktiert. Dreimal. Rechts ist nichts zu finden.«

»Also wurde er vergleichsweise schnell fündig.«
»So würde ich es auch sehen.«
»Vor oder nach dem Erwürgen?«
Andrea schnaufte. »Das kann ich beim besten Willen nicht sagen! Theoretisch würde ich es immer vorziehen, solange das Herz noch pumpt. Wenn sie bewusstlos war und sich nicht gewehrt hat, kann es durchaus vorher passiert sein. Aber im Grunde geht beides. Wir reden da nur von Sekunden, bestenfalls Minuten.«
Julia bedankte sich und legte auf.
Sekunden. Minuten.
Ihre Gedanken kehrten zu der SMS zurück, die der Mörder ihr geschickt hatte. Oder halt! Die ihr *jemand* geschickt hatte, um sie auf den Mord aufmerksam zu machen. Natürlich lag der Verdacht nahe, dass es sich um den Mörder selbst handelte. Es konnte allerdings auch eine an der Tat beteiligte Person gewesen sein. Zwei Täter. Allein die Möglichkeit, dass Frankfurt es mit einem mordenden Pärchen zu tun haben könnte, bereitete der Kommissarin Grauen. Schwarz und weiß. Am Ende gar ein Wettbewerb zwischen den beiden? Bevor diese Schreckensszenarien überhandnahmen, zwang sie sich, wieder an die SMS zu denken.
Der Anruf beim KDD war um 12:34 Uhr und 28 Sekunden eingegangen.
Und Benjamin Tomas hatte die exakte Uhrzeit der Kurznachricht auf 12:33 Uhr und 41 Sekunden festgelegt. Genau genommen war es die Zeit, in der die Nachricht abgesendet worden war. Vor der Weiterleitung durch den Provider an Julias Endgerät, wobei es sich hier nur um wenige Sekunden handelte, die zwischen Senden und Empfangen verstrichen sein konnten. Eine genaue Analyse stand noch aus, aber es deutete darauf hin, dass der Sender beim Absenden der SMS im Grüneburgpark gestanden hatte. Und dass

sie mindestens vierzig Sekunden vor dem Anruf beim KDD abgesetzt worden war.
Wer außer dem Täter sollte also dahinterstecken?

Frank Hellmer kam ins Büro, in der Hand zwei Dosen Cola, von denen er eine auf Julias Schreibtisch abstellte.
Sie bedankte sich und fragte: »Wie sieht's mit Essen aus?«
Frank öffnete sein Getränk und trank einen Schluck. Er stand mit dem Rücken zu ihr, vor dem Stadtplan mit dem Schachbrettraster. »Ich hab gar keinen Appetit«, murmelte er. »Aber ich würde mitgehen. Döner, Chinese oder Currywurst?«
Julia wusste es selbst nicht so genau. »Was machst du da eigentlich?«, wollte sie wissen.
»Ich frag mich, ob der Mörder jetzt zu Hause sitzt und sich vor dem Original der Stadtkarte einen runterholt. Ob er die Felder durchstreicht, wenn er jemanden getötet hat. Und nach welchem Schema er das nächste Feld aussucht.«
Julia spürte, wie ihr Herz zu pochen begann. »Einsame Menschen. So wie heute auch wieder. Leute, die keine oder nur wenige Kontakte haben. Vielleicht lockt er sie sogar an diese Orte.«
»Hm. Ich weiß nicht.« Frank drehte sich zu ihr um und trank einen weiteren Schluck Cola. »Alwin Kisslich auf dem Schachfeld im Bethmannpark? Oder dieser Bauer vom Wochenmarkt? Die waren doch geplant dort, wo sie starben. Und unsere Dame von heute sieht – mal ganz offen gesagt – nicht danach aus, als würde sie sich in Kontaktbörsen herumtreiben.«
»Stimmt schon«, brummte die Kommissarin. »Aber irgendwas sagt mir, dass diese Richtung nicht ganz falsch sein kann.«

17:55 UHR

Der Anruf erreichte Julia Durant wie aus dem Nichts.

Zuerst spürte sie ein Vibrieren, sie hatte den Klingelton auf leise gestellt. Um ein Haar hätte sie den Anrufer an die Mailbox verloren, genau genommen rechnete sich schon gar nicht mehr damit, dass sie das Gespräch noch rechtzeitig annahm.

»Durant, hallo?«, presste sie hervor.

»Julia Durant?«

Es war eine Stimme, die fremd klang und ihr dennoch vertraut vorkam. Vielleicht lag es an dem hessischen Einschlag. So wie jemand, der vielleicht woanders geboren war, aber schon lange in Frankfurt lebte.

»Ja. Das bin ich«, bestätigte sie. »Wer ist da, und worum geht es?«

Die Antwort traf sie wie ein Knock-out.

»Wegen dem Läufer.«

DONNERSTAG

DONNERSTAG, 17. SEPTEMBER, 10:40 UHR

Claus Hochgräbe entdeckte die Anzeige, als er von seiner morgendlichen Tour zum Kindergarten und einem Kurzeinkauf im Supermarkt zurückkehrte. Er nannte es »zweites Frühstück«, auch wenn es nur aus einem Café au lait bestand. Manchmal gönnte er sich ein Croissant dazu, aber er hatte es im Grunde aufgegeben, nach einem Bäcker zu suchen, bei dem sie so schmeckten wie in Frankreich. Manche Dinge …

»Heilige Scheiße!«

Eine Welle hellbrauner Flüssigkeit schwappte über den Rand der Tasse, als er die Zeitung nach oben riss. Er spürte, wie der warme Fleck durch seine Jeans drang. Doch seine Aufmerksamkeit galt einzig und allein dem gedruckten Text.

Fieberhaft tastete er nach seinem Telefon. Bekam es zu fassen und wählte seine Frau an.

»Julia?«, schnappte er.

»Wen hast du denn erwartet?«, gab sie zurück. Sie war schon früh ins Büro aufgebrochen. Etwas trieb sie um, Claus konnte es nachvollziehen.

»Hast du eine Zeitung griffbereit? Nein, warte. Ich schicke dir ein Foto.«

Er nahm das Gerät, aus dem Julia irgendetwas antwortete, vom Ohr und zielte mit der Kamera auf die Seite mit den Todesanzeigen.

Es klickte. »Moment, gleich da.« Er teilte die Aufnahme per Messenger, nahm das Gerät wieder ans Ohr und wartete.

»Danke«, sagte Julia nach ein paar Sekunden. »Aber was ist das?«
Claus musste grinsen, er konnte nichts dagegen tun. Der Groschen würde jede Sekunde fallen, vermutete er. Dann hielt er es nicht mehr aus. »Kurt Henschel«, platzte er heraus.
»Ach du Scheiße!«
»Das hab ich mir auch gesagt. Spielt der nicht eine Rolle in eurer Ermittlung?«
»Na ja. Rolle. Aber dass er jetzt tot ist. Das ist … ich weiß nicht. Da muss ich drüber nachdenken.«
Claus nickte. »Das dachte ich mir schon. Dann lasse ich dich jetzt am besten in Ruhe … und ziehe mir eine andere Hose an. Ich bin so erschrocken, mir ist der Kaffee übergeschwappt.«
»Das erinnert mich an etwas«, sagte Julia und klang schon halb abwesend. »Danke, Schatz. Wir hören uns dann später.«
Mit einem Telefonkuss endete das Gespräch.

Zehn Minuten später saß Julia Durant bei Doris Seidel.
Sie hatte den Kaffee abgelehnt, ihre Nerven flatterten schon genug. Zuerst dieser bescheuerte Anruf am Vorabend und jetzt das. Julia war in etwa so dünnhäutig wie ein Luftballon, der weit über seine Sollgröße hinaus aufgepustet war. Jedes Härchen konnte ihn zum Platzen bringen.
Der Anrufer hatte diesen Effekt noch verstärkt.
»Wegen dem Läufer.«
Wie blöd konnte man sein?
Halb im Dialekt und in Umgangssprache. Sie konnte es ihm nicht einmal vorwerfen, trotzdem hatte sie ihn angeschnauzt.
»Und deshalb rufen Sie mich an?«
»Wie lange soll er denn noch hier liegen?«
Klar. Die Tomatensuppe.
Wie lange war das her?
Am Ende hatte sie etwas Versöhnliches gebrummelt und dem

Mann von der Reinigung versprochen, ihren Teppich in den nächsten Tagen abzuholen.

Ja, sie hatte sogar darüber lachen können, als sie Claus davon berichtete.

Doch der neue Tag brachte einen neuen Schocker. Henschel senior war also tot.

Was bedeutete das?

Doris Seidel reagierte ebenfalls mit Argwohn. »Kegelbrüder?«, fragte sie. »Und sonst gibt es nichts?«

»Nein. Jedenfalls habe ich in den Traueranzeigen nichts gefunden. Ich wollte bei der Zeitung anrufen.«

»Mach das.«

Julia Durant hatte den Text ausgedruckt. Ein simpler schwarzer Rahmen, darin ein gefallener Kegel vor zwei stehenden. Eine etwas unübliche Motivgebung, dachte sie. Die Kegelbrüder soundso gedachten ihres Vereinsmitglieds, das über fünfzig Jahre Teil der Gemeinschaft gewesen war.

Kurt Henschel.

Ein Mann, von dem die Kommissarin nichts Gutes gehört hatte; im Gegenteil. Ein Vater, der seine Kinder sexuell missbraucht hatte. Der hart und abweisend gegenüber jenen war, die in seine Privatsphäre eindrangen. Im Sommer hatte sie ihm einen Besuch abgestattet. Wollte mit eigenen Augen sehen, wie es ihm ging. Welche Einschränkungen er hatte und wie es um seine geistige Verfassung bestellt war. Immerhin war er es, der die Bilder der Videokamera auf den Monitor gespielt bekam. Er war der Herrscher, noch immer. Er hatte die Kontrolle, auch wenn es womöglich nur noch ein kläglicher Rest war, der von seiner Macht geblieben war. Kurt Henschel hatte in seinem Sessel gehockt, eingefallen und mit verkrümmtem Hals. Doch seine Stimme klang unerwartet heftig, als er die Kommissarin des Hauses verwies. Da er allein körperlich nicht mehr zu einem Mord fähig war, hatte Durant die

Sache abgehakt. Sollte er doch dort oben sitzen und sich in seiner Bösartigkeit ergehen.

In der Traueranzeige schien es um einen völlig anderen Menschen zu gehen. Hier war von einem guten Kameraden die Rede. Er hatte zwei Leben gelebt, wie es viel zu häufig geschah. Eine Fassade, hinter der sich eine völlig andere Seele verbarg als das, was er an alkoholschwangeren Abenden im Kreis seiner Männerfreunde von sich preisgab. Wie viele von ihnen wohl eine ähnliche Seele beherbergten?

Julia versuchte, den Gedanken abzuschütteln.

»Henschel muss schon seit Jahren nicht mehr gespielt haben«, sagte sie. »Er war nicht mehr mobil, aber abgesehen von seiner Demenz ging es ihm noch halbwegs gut. Zumindest war da nicht mit einem plötzlichen Ableben zu rechnen.«

»Willst du damit etwas andeuten?«, fragte Doris.

»Nein. Nicht andeuten«, betonte Julia. »Lena und ihr Bruder haben ihn gehasst, und ich kann es ihnen nicht verdenken. Das Problem ist, dass die beiden auch einander nicht leiden können, das Haus aber ihr einziges Vermögen ist. Keiner kann sich leisten, den anderen auszubezahlen. Solange der Vater in der oberen Wohnung hockte, konnte sich an der Situation auch nichts ändern.«

»Nur würde ein Mord den beiden nichts bringen«, entgegnete Doris. »Wenn sonst keiner Zugang zu ihm hat, fällt der Verdacht sofort auf sie. Und das war's dann mit dem Erbe.«

»Mag sein. Aber bei einem alten Mann schaut niemand so genau hin, habe ich recht?«

»Ist wohl leider so. Und?«

»Ich will wissen, wann genau er gestorben ist. Und ich *bete,* dass man ihn noch nicht begraben hat. Wir brauchen eine Obduktion. So pingelig, wie es geht. Und ich möchte mit den Geschwistern reden. Am besten hier im Präsidium, und am besten gleichzeitig.«

»Das ist ja ne ganze Menge«, stöhnte Doris und zwinkerte mit dem linken Auge. »Aber ich sehe das wie du. Besser einmal umsonst zu genau hingesehen als einmal zu wenig. Also hast du grünes Licht.«

Julia bedankte sich und stand auf. Für eine Sekunde blieb ihr Blick an der neuen Chefin hängen. Hätte Berger ihr genauso schnell das Okay gegeben? Wohl kaum. Und Claus? Claus war schon immer ein anderes Kaliber gewesen. Sie teilten die Wohnung und das Bett. War er daher leichter zu überzeugen gewesen, oder hatte er sich manchmal nur gegen sie gestellt, *weil* sie ein Paar waren? Damit es nicht so aussah, als nicke er alles ab, selbst wenn er im Grunde dahinterstand?

»Ist noch was?« Doris Seidels Blick fing den ihren, und ein warmes Lächeln lag auf ihren Lippen.

»Nein«, lächelte die Kommissarin zurück. »Es ist alles prima. Danke.«

Wenn schon nicht draußen, dann wenigstens hier.

16:20 UHR

Die Entscheidung war gefallen. Keine Vorladung. Stattdessen eine Vernehmung vor Ort, zu Hause. Julia Durant und Frank Hellmer, darauf hatte Doris Seidel bestanden, auch wenn Uwe Liebig sich als Erster gemeldet hatte. Durant ahnte, warum. Sie wusste von Doris, dass diese dem neuen Kollegen ebenso wenig traute wie sie selbst. Dass er ein guter Ermittler war, stand außer Frage, aber er hatte die Tendenz, über die Stränge zu schlagen. So verlockend es auch schien und so gang und gäbe es mittlerweile in Fernsehserien war: Gewaltandrohung oder echte Gewalt gegen einen Verdächtigen war eine Grenze, die man nicht überschreiten durfte. Jeder – besonders in Frankfurt – wusste, wie hart das sein konnte. Zumal Tim Henschel zwar durchaus ein undurchsichtiger Typ war, der mit den Dämonen seiner Kindheit zu kämpfen hatte. Aber es gab keine Anhaltspunkte, warum ausgerechnet er als Serienkiller über die Stadt herfallen sollte.

Julia und Frank verständigten sich darauf, dass sie die Schwester und er den Bruder befragen würden. Zeitgleich. Für einen Moment lang hatten sie daran gedacht, auch Hendrik Röber mit einzubeziehen. Er kannte die beiden gut genug, um eventuell etwas beitragen zu können. Am Ende entschieden sie sich dagegen. Was, wenn Lena oder auch Tim in ihm eher ein Hemmnis sahen?

Parallel wurde ein Durchsuchungsbeschluss für die obere Wohnung beantragt, in der der Vater am zehnten September verstorben war. Eine Traueranzeige seiner Kinder gab es nicht.

»Ich dachte, das macht man immer so«, murmelte Frank, der auf dem Beifahrersitz des Dienstwagens hockte und mit seinen Zigaretten spielte.

»Dachte ich auch. Es ist aber keine Pflicht.« Julia hatte mit dem Bestatter telefoniert, der für die Abwicklung zuständig war. Seinen Namen hatte sie von dem Notarzt genannt bekommen, der den Tod des Mannes festgestellt hatte. »Manchmal übernimmt das Bestattungsunternehmen das, aber nur, wenn die Familie es möchte. Ansonsten gibt es eben keine Anzeige.«

»Und die Beerdigung?«

»Urne.«

»Dachte ich mir. Ist ja mit Abstand am billigsten.«

»Täusch dich da mal nicht«, widersprach Durant. Sie war demselben Irrglauben aufgesessen, bis sie das Telefonat mit dem Bestattungsunternehmen geführt hatte. »In diesem Fall mag das sein, und es war vermutlich auch der Grund. Die Mutter hat schon eine Grabstelle. Ein Familiengrab, so wie man das in ihrer Generation eben gemacht hat. Soweit ich weiß, kann man eine Urne da einfach dazustecken und muss nicht mal viel verändern.« Ein Schatten legte sich über ihr Gemüt. »Das Thema habe ich, als mein Paps starb, auch durchkauen müssen.« Sie verjagte die Erinnerung und holte tief Luft. »Jedenfalls habe ich auch gedacht, dass eine Beerdigung mit Sarg das Doppelte oder Dreifache kosten würde. Ist aber gar nicht immer so. Es gibt Angebote, die liegen gerade mal ein paar Hundert Euro drüber.«

»Unser Glück, dass sie es nicht so entschieden haben.«

»Allerdings.« Julia sah auf die Digitaluhr. »Wenn er am zehnten gestorben ist, wäre er normalerweise schon unter der Erde. Und ich glaube nicht, dass wir eine Exhumierung durchgesetzt bekommen hätten. So liegt er bis zur Verbrennung in der Kühlung. Andrea weiß schon Bescheid. Sie wird jeden Quadratmillimeter von ihm untersuchen.«

Frank stöhnte und steckte sich einen Filter zwischen die Lippen. »Ich darf doch, oder?«

»Meinetwegen.«

Er grinste schief. »Gib's zu. Du rauchst heimlich mit.«

Julia hob die rechte Hand und setzte eine Unschuldsmiene auf. »Ich hab ja leider, leider keine andere Wahl.«

Schweigend genoss Julia den frischen Tabakrauch. Nein, sie würde nicht wieder anfangen, darüber war sie hinweg. Es war nicht einmal besonders schwer gewesen, im Nachhinein betrachtet. Aber eines würde sie niemals tun: sich davor ekeln. Dafür erinnerte sie sich zu gerne an den guten Geschmack und das zugehörige Gefühl, das mit ihm durch den Körper strömte.

Als ihr Telefon klingelte, bedeutete sie ihrem Beifahrer, das Gespräch anzunehmen.

»Hi, Doris, Frank hier. – Ja? – Verstehe. Ist ja erfreulich. – Aber … –« Frank war so in das Gespräch vertieft, dass er Julias Geste nicht wahrnahm. *Lautsprecher!* Das war doch wohl selbstverständlich, oder? Nach einer längeren Pause, in der Doris durchgehend zu sprechen schien, endete er mit: »Ja, gut. Dann machen wir das so. Bis dann.«

Er legte das Telefon zurück in die Aussparung der Mittelkonsole und atmete tief durch. »Mannomann.«
»Wollte ich auch gerade sagen. Warum hast du nicht auf Lautsprecher gestellt?«
»Sorry. Ging alles so schnell. Der Durchsuchungsbeschluss ist da, und er umfasst sogar das gesamte Gebäude.«
»Wow. Und den haben wir ohne Probleme bekommen?«
»Ja. Auch wenn die Verstrickung der Henschels in den Mord in der Nachbarschaft unklar ist – jetzt haben wir einen Todesfall unter dem eigenen Dach. Wenn wir da was finden wollen, müssen wir das jetzt tun. Das hat wohl auch die Staatsanwaltschaft so gesehen. Aber es gibt noch was: Wir sollen die Henschels im Präsidium befragen.«
Julia Durant zog die Augenbrauen zusammen. »Ernsthaft? Ist das nicht ein bisschen albern?«
»Wieso, die beiden wissen ja nicht, dass es anders geplant war. Und die Computerfähigkeiten des Bruders, das Überwachungsgedöns am Haus, die räumliche Nähe zu zwei Todesfällen und gleichzeitig der sogenannte Heimvorteil, den sie dadurch haben … vielleicht ist es besser so. Doris sagt, jetzt, wo der Beschluss vorliegt und das gesamte Haus einschließt, wäre es am besten, wenn wir die beiden für eine Weile da rausholen. Erstens stehen sie dann nicht im Weg rum, und zweitens wissen wir ja, wie schnell sich Beweise vernichten lassen.«
Julia sah ihren Partner an. »Klingt stimmig, aber du wirkst auch nicht ganz überzeugt.«
Frank Hellmer zuckte mit den Schultern. »Ich weiß es nicht. Wir werden sehen. Was mir durch den Kopf geht, ist etwas ganz anderes. Die Sache mit dem Leichnam. Wenn ein alter Mensch stirbt, schaut man da ja in der Regel nicht so genau hin. Außer, man wählt eine Feuerbestattung. Dann ist die genaue Leichenschau Pflicht, weil nur noch ein Häufchen Asche übrig bleibt.«

»Ein größeres Häufchen, als man denkt.«

»Wie auch immer. Wäre es nicht sicherer gewesen, den Vater einfach im Sarg zu beerdigen? Vor allem, weil es die Grabstelle schon gibt. Der Preisunterschied ist wie gesagt nicht so riesig, und nach dem hessischen Bestattungsgesetz hätte die Beisetzung bis Montag über die Bühne gegangen sein müssen, oder nicht?«

»Es sei denn, es hätte besondere Gründe gegeben, die das verhindern. Da kann alles Mögliche passieren, auch ohne Corona und polizeiliche Ermittlung.«

»Ja. Aber in der Regel ist es die schnellere Variante gegenüber der Einäscherung. Hätte *ich* bei dem Tod nachgeholfen, wäre das sehr viel beruhigender, den Sarg in der Erde zu wissen, als mir wegen einer Leichenschau vor der Verbrennung Sorgen machen zu müssen.«

»Hmm. Du gehst also eher davon aus, er ist eines natürlichen Todes gestorben?«

»Ich weiß es nicht. Ich weiß gar nichts zurzeit. Außer, dass wir endlich mal vorankommen müssen. Sonst drehe ich durch.«

Durant atmete angestrengt ein und aus.

»Na dann, willkommen im Klub.«

17:30 UHR

Julia Durant hatte das Warten satt. Sie waren schon beinahe zwanzig Minuten im Präsidium. Weder Tim Henschel noch seine Schwester hatten gegen die Fahrt hierher aufbegehrt. Einzig die Hausdurchsuchung hatte den Bruder verärgert, woraus er auch keinen Hehl machte. Die Geschwister waren getrennt voneinander und nicht im selben Fahrzeug wie die Kommissare ins Präsidium gebracht worden. Es sollte sich kein Dialog entwickeln, keine Möglichkeit zur Absprache, nichts. Es war ein wenig wie im Fern-

sehen. Zwei Verhörräume, zwei Verdächtige, zwei Cops. Auf dem Tisch eine harte Strafe. Wer zuerst auspackte, konnte sich einen Vorteil verschaffen. Verfolgte Doris hier einen ähnlichen Plan? Umso wichtiger wäre es, dass Frank endlich aufkreuzte.
Kaum dass sie auf den Innenhof zum Stehen gekommen waren, war Uwe Liebig gestikulierend auf den Kombi zugekommen.
»Du musst unbedingt mit runter zu Benni kommen«, sagte Liebig zu Hellmer.
»Was, jetzt?«, fragte der Kommissar, und Liebig nickte.
Es missfiel Durant, dass sie hier offenbar ausgeschlossen wurde, aber sie gönnte es Liebig nicht, dass er sich über einen entsprechenden Kommentar von ihr lustig machen konnte. Also sagte sie nur: »Ich bereite schon mal alles vor.«
»Okay. Aber leg nicht ohne mich los!«, hatte Hellmer gerufen, als er schon auf halbem Weg in Richtung Eingangstür gewesen war.

*

Lena Henschel saß in dem schlichten, fensterlosen Zimmer. Es gab keine verspiegelte Wand, durch die man sie beobachten konnte. Keine versteckte Überwachungstechnologie. Nur ein etwas betagtes Aufzeichnungsgerät, welches später das Tonmaterial fürs Protokoll liefern würde.
Noch hatte die Kommissarin nicht den Knopf gedrückt. Sie hatte die junge Frau nur mit ein paar knappen Worten an den Tisch gebeten und sie nach Kaffee oder Wasser gefragt.
»Geht auch Cola?«
»Das lässt sich noch arrangieren.«
Mehr als das. Die Minuten jagten ins Land.
Wo zum Teufel blieb Frank?

*

Im künstlichen Licht der Computerforensik hockten die drei Männer zusammen und schienen die Welt um sich vergessen zu haben.

»So eine Scheiße!«, schnaubte Frank. »Das ist ja komplett krank. Aber warum …«

»Das kannst du laut sagen«, grunzte Uwe. Er stand als Einziger, als habe er noch etwas vor. Dabei war es doch eigentlich Frank …

»Oh, Mann!«, rief dieser in derselben Sekunde. »Julia wartet doch auf mich!«

»Entspann dich«, sagte Uwe und drückte ihm mit der Hand auf die Schulter. »Lies dich noch ein wenig ein. Ich muss sowieso pinkeln. Dann sag ich ihr gleich, woran wir zugange sind.«

*

Der zweite Vernehmungsraum glich dem benachbarten Zimmer aufs i-Tüpfelchen. Hier hockte Tim Henschel. Er wirkte weitaus weniger entspannt als seine Schwester. Er wollte weder etwas trinken noch sonst etwas. Dem uniformierten Kollegen pampte er etwas von »zu Hause alles verwüstet« entgegen. Julia selbst hatte sich von dem Raum ferngehalten, so wie es mit Frank ausgemacht war. Endlich näherten sich Schritte.

Uwe Liebig. Na toll.

»Wo ist Frank?«, fragte Julia und versuchte, nicht allzu gereizt zu klingen. Wären sie in der Wohnung geblieben, könnten sie längst fertig sein.

»Ist noch im Keller. Lange Geschichte. Er müsste aber gleich kommen.« Uwe senkte die Stimme und hob den Handrücken an den Mund, als er hinzufügte: »Du kannst also loslegen. Wissen die zwei da drinnen ja nicht.«

Julia zögerte. Dann warf sie einen Blick auf die Uhr. Irgendwann wirkte die Cola, dann würde die Schwester zur Toilette müssen.

Oder man verlangte nach Essen. Es war eben nicht wie im Film. Der Effekt, den ein Vernehmungszimmer zweifelsohne auslöste, hielt in Wahrheit nicht lange an. Wenn sie nicht bald mit der Befragung begann …

Uwe Liebig glotzte sie an. Dann schien er sich einen Ruck zu geben und verabschiedete sich mit einem: »Na ja. Ich geh dann mal wieder und sehe zu, ob ich Frank Beine machen kann.« Er zwinkerte.

Du hast ihn doch weggeholt, dachte Durant mürrisch. Dann nickte sie. »Mach, wie du denkst. Hauptsache, wir kommen voran.«

Eine Minute später schloss sie die Tür des Zimmers mit Lena Henschel von innen.

17:42 UHR

Die Kommissarin diktierte das Datum und die genaue Uhrzeit ins Mikrofon des Aufnahmegeräts. Danach die üblichen Daten, Name, Grund der Vernehmung et cetera. Für sie eine Routine, die auf die Gäste eher nüchtern und ein wenig unangenehm wirkte. Was in dieser Situation vielleicht hilfreich war. Hier saß man, um der Wahrheit zu dienen. Nicht, um zu lügen.

»Ich muss Ihnen außerdem anbieten, dass Sie einen Anwalt dazubitten können«, sagte Durant.

Lena Henschel schüttelte den Kopf. »Wir haben keinen Anwalt.«

»Trotzdem haben Sie das Recht. Auch dann, wenn Sie sich selbst keinen leisten können.«

»Wir sind doch nicht verhaftet«, gab Lena zurück. »Denken Sie daran, ich kenne mich ein wenig aus. Sozialarbeit. Da verlässt man sich besser auf sich selbst anstatt auf Polizei oder Anwälte. Nicht persönlich gemeint.«

»In Ordnung. Ich musste das nur klären, dass Sie auf einen Beistand verzichten. In meiner Anfangszeit war das übrigens noch völlig unüblich. Sinn und Zweck einer Befragung ist es ja, dass wir beide miteinander reden und nicht über eine dritte Person. Nun, wie auch immer.«

Lena zog eine spöttische Miene. »Früher lagen auch noch Telefonbücher herum. Oder man rutschte aus Versehen gegen die Tür.«

Julia spürte, dass der Versuch nach einer guten Basis erfolglos schien. »Es war eben doch nicht alles besser, auch wenn man das gerne behauptet«, schloss sie. »Mein Beileid übrigens.«

»Wofür?«

»Ihr Vater?«

»Ich dachte, das hätte ich längst deutlich gemacht. Er hat mir *nichts* bedeutet.«

»Deshalb auch keine Traueranzeige, nehme ich an?«

»Ich halte nichts von Heucheleien. Auf dem Friedhof werde ich mich auch nicht sehen lassen.«

»Das dauert ja sowieso noch eine Weile«, holte Durant aus und konnte so zu ihrer nächsten Frage überleiten: »Vor einer Einäscherung muss eine penible Leichenschau durchgeführt werden. Meine Freundin aus der Rechtsmedizin sagt, da geht es manchmal mit der Lupe über jedes Stückchen Haut. Und Haarproben und toxikologische Gutachten und all dieser Kram. Kein Wunder, dass man da so lange auf eine Beisetzung warten muss, seit Urnenbestattungen im Trend liegen.«

Lena wirkte unbeeindruckt. »Wie gesagt. Es schert mich nicht. Im Gegenteil, ich fühle mich befreit.«

Julia nickte. Sie kannte die Akten vom Jugendamt über Tim Henschel. Dazu die Gespräche im Sommer. »Er hat Ihnen die Kindheit genommen, und Sie mussten ihn pflegen. Wie unfair. Ich nehme an, der Löwenanteil der Arbeit blieb an Ihnen hängen, oder? Sie sind die Frau. Sie sind die Sozialarbeiterin.«

Ihr Gegenüber neigte den Kopf, und Argwohn schwang in ihrer Stimme. »Wollen Sie mich gegen meinen Bruder aufhetzen?«

»Aufhetzen nicht. Ihr Bruder wird diese Fragen allerdings auch alle beantworten müssen. Spannend für uns wird es da, wo die Abweichungen entstehen.«

»Warum kommen Sie nicht gleich auf den Punkt?«

»Welcher Punkt wäre das denn?«

»Er ist gestorben, weil er alt war. Punkt. Bin ich darüber traurig? Nein. Bin ich darüber froh? Ja. Macht mich das zu einem schlechten Menschen? Keine Ahnung. Aber ich fühle mich frei. Frei. Verstehen Sie das?«

Julia Durant schwieg. Irgendwo in weiter Ferne rumpelte es. War das Frank? Höchste Zeit war es.

Sie nickte langsam. »Ich verstehe das alles.«

»Gut. Dann fragen Sie mich. Hatte ich ein Motiv? Möglicherweise. Es wurde schon wegen weniger getötet. Aber habe ich ihn ermordet? Nein. Dafür brauche ich keinen Anwalt.« Sie stockte. »Es sei denn, Sie werfen es mir vor. Tun Sie das?«

»Werfen Sie es denn jemand anderem vor?«, konterte die Kommissarin.

Lena brauchte eine Sekunde, bis sie begriff, dass damit nur einer gemeint sein konnte.

»Clever.« Sie blinzelte. »Wenn Tim oben bei ihm war, habe ich mich immer ferngehalten. Keiner von uns ist da freiwillig öfter aufgekreuzt als unbedingt nötig. Und wir beide … na ja, das wissen Sie schon. Tim hat – für einen Mann, der nicht im Sozialen arbeitet – seine Hälfte schon ganz gut abgedeckt. Das muss ich ihm lassen. Andererseits: Wer die Hälfte erben will, muss eben auch bei der Hälfte mit anpacken.«

»Er hat also viel Zeit alleine mit dem alten Herrn verbracht.«

»Genau wie ich, ja. Und natürlich kann ich nicht beschwören, dass er ihm nicht ins Essen gespuckt oder ihm am Ende das Kissen aufs Gesicht gedrückt hat.« Lena riss die Hand vors Gesicht. »Shit. Das sollte jetzt aber nicht so klingen … Kann ich das zurücknehmen?«

Julia knackte mit den Fingern. Das Gespräch verlief langsamer als gedacht, aber sie konnte ihre Fragen ohne große Mühen platzieren. So weit, so gut.

Sie holte tief Luft: »Ich werde das Gefühl nicht los, als würden Sie Ihrem Bruder eine ganze Menge mehr zutrauen, als Sie offen sagen. Wir wissen ja, dass er schon als Kind Schwierigkeiten hatte, sich zu kontrollieren.«

In diesem Moment flog die Tür auf, und Frank Hellmer baute sich im Rahmen auf. »Ähm, hallo?«, keuchte er. »Was wird das denn, wenn's fertig ist?«

Und in der nächsten Sekunde war ein weiteres Poltern zu hören. Mehr ein Klopfen, dafür näher als das erste. Und auf das Dumpfe folgte ein gellendes Quieken.

»Scheiße!«, rief Julia und sprang auf ihren Kollegen zu.

»Was war denn das?«, stimmte Lena mit ein. »War das Tim? Ich dachte …«

»Sie bleiben hier«, ordnete Durant im Hinauseilen an.

Gemeinsam mit Frank, der die Tür hinter sich schloss, erreichte sie das Nachbarzimmer. Die Tür war abgesperrt. Hellmer nestelte den Schlüssel hervor. Während wertvolle Sekunden verstrichen, blieb der Kommissarin kaum Zeit, einen klaren Gedanken zu fassen.

Henschel. Hellmer. Liebig.

Ihr wurde schlecht.

*

Tim Henschel kauerte mit glühendem Kopf in der Ecke. Sein Stuhl war auf die Seite gekippt. Uwe Liebig trat zur Seite und stöhnte wie ein Künstler, der sich in seiner Performance gestört

fühlte. Er riss die Hände nach oben. »Ja! Wunderbar! Ausgerechnet …«
Julia stieß ihn zur Seite. Während Frank ihn aus dem Raum bugsierte, wandte sie sich Tim Henschel zu. Aus dessen Nase rann Blut. Er schien es noch nicht gemerkt zu haben, oder er war nicht in der Lage, zu reagieren. Er hockte einfach da. Regungslos. Seine Augen fixierten einen Punkt in weiter Ferne.
Julia fummelte ein Taschentuch aus der Hosentasche. Sie hatte meistens welche einstecken, benutzte sie jedoch nur selten. Manchmal vergaß sie sie, was dann beim Waschen der Hose zu Papierkrümeln und verklebten Taschen führte.
Tim Henschel drückte sich das Tuch gegen die Nase. Als er das Blut sah, zuckte er zusammen.
»Geht es Ihnen ansonsten gut?«
»Ich … weiß nicht.«
»Kommen Sie, setzen Sie sich wieder hin. Ich sehe zu, dass wir ein Kühlpack bekommen. Ist das okay?«
»Ja … ich glaube schon.«
Julia wollte ihm unter die Schulter greifen, doch da stemmte er sich schon in die Senkrechte. Kniff kurz die Augen zu, danach setzte er sich in Bewegung. Sie bückte sich nach der Stuhllehne und schob ihm die Sitzgelegenheit hin.
Er bedankte sich und nahm Platz.
»Wenn Sie mich nur für eine Sekunde entschuldigen würden …«
Während sich Henschel wieder halbwegs entspannte, spürte die Kommissarin das Brodeln in ihrem Inneren. Der Kessel stand kurz vor dem Bersten. Das schien auch Frank Hellmer zu befürchten, denn als sie auf den Gang trat und mit feurigem Blick nach Uwe Liebig suchte, stellte er sich ihr in den Weg.
»Langsam, Julia. Ich weiß, du bist …«
»Geh zur Seite«, sagte sie, und das Pfeifen ihres Atems verlieh ihrer Stimme einen gefährlichen Unterton.

Sie wartete nicht auf eine Reaktion, sondern schob sich an ihrem Kollegen vorbei. Erreichte Uwe Liebig, der an der gegenüberliegenden Wand lehnte, als könnte er kein Wässerchen trüben. Er hob die Hand und schien etwas sagen zu wollen. Julia aber hatte längst auf Durchzug geschaltet. Sie bohrte den Zeigefinger tief in Liebigs Brust und sprach in derselben Endzeitstimme weiter: »Du verschwindest jetzt von hier, egal, wohin. Ich gebe dir einen Vorsprung, um zu Doris zu gehen oder auch nicht. Wenn wir hier allerdings fertig sind, dann gehe *ich* zu Doris. Genug ist genug.« Damit zog sie den Finger zurück. »Und jetzt schleich dich, verdammt noch mal, denn ich weiß nicht, wie lange ich mich noch unter Kontrolle haben möchte.«

Vor dem geistigen Auge sah sie ihre Hand nach seiner Nase greifen. Es blieb aber eine Fantasie.

»Verdammt, ich habe euch einen Gefallen getan, und das wisst ihr! Der Typ ist ein Kinderficker, genau wie sein Vater. Solche Leute gehören nackt über den Stacheldraht gezogen, und ich weiß, dass ich nicht der Einzige bin, der so denkt.« Liebigs Atem pfiff. »Ich …«

»Du solltest besser auf Julia hören und verschwinden«, meldete sich Frank zu Wort. Julia war so angespannt, dass seine Stimme hinter ihr sie heftig zusammenzucken ließ.

Liebig winkte ab und trollte sich. Im Gehen brabbelte er unverständlich vor sich hin.

»Was für eine Scheiße!«

Julia schüttelte sich, und Frank wollte sie offenbar in den Arm nehmen. Sie wehrte ihn ab. »Geht schon. Danke. Aber ich will mich auch gar nicht beruhigen. Verdammt, Frank, warum bist du nicht gleich gekommen?«

»Uwe hat mir erzählt, du hättest schon angefangen. Weil's doch eh keiner mitbekommt, ob wir zeitgleich starten.«

»Ja! Ich habe angefangen, weil *du* es so wolltest!«
Hellmer klappte der Unterkiefer hinab. »Behauptet wer?«
Durant drehte den Kopf in die Richtung, in die Liebig sich verzogen hatte. Ob er tatsächlich zu Doris ging? Und dann?
Hellmer kapierte. »Also hat uns Uwe beide verarscht? Verdammt! Ich hätte es merken müssen!«
»Was habt ihr denn bei Benni gemacht?«, fragte die Kommissarin.
»Ich hatte es noch mal bei meinem Spezi vom Jugendamt versucht. Wegen Tim und wegen Lena. Ich wollte mich vorbereiten und ein paar Details abfragen, aber bekam nur die Mailbox. Der Rückruf ging ein, als wir unterwegs waren. Uwe hat ihn angenommen. Offenbar hat er mehr in Erfahrung gebracht als ich damals. Manchmal ist das ja so. Details kommen erst wieder hoch, wenn man ein bisschen Abstand hatte. Er meinte, es wäre alles noch viel schlimmer, als es damals vermutet wurde. Benni hatte allerlei Fälle aus den Neunzigern aufgerufen. Damit haben wir uns unten befasst. Uwe war ruhig, fast schon stoisch. So eine Scheiße, Mensch, Julia, ich hätte es ihm anmerken müssen. Er hat sich vom Acker gemacht, um ein paar Minuten allein mit Tim Henschel zu haben. Verdammt. Ich könnte mich ohrfeigen.«
Die Kommissarin winkte ab. »Es ist jetzt so. Das klären wir alles später. Ich würde mich gerne zuerst um den Bruder kümmern, der Start ist ohnehin versaut. Okay für dich, wenn du mir irgendwo ein Kühlpack organisierst? Zur Not tut es eine kalte Getränkedose. Dann würde ich jetzt gleich zu ihm reingehen.«
Ihr Partner wirkte unschlüssig. »Was machen wir solange mit der Schwester? Hat sie mitbekommen, was da passiert ist?«
»Keine Details. Ich gehe noch mal zu ihr rein und beruhige sie. Aber dann will ich zu Tim. Vielleicht sollte ich sie fragen, ob sie lieber mit dir weitermachen will. Dann hat sie etwas, wo sie mitbestimmen kann. Womöglich ist sie dir gegenüber ja kooperativer. Irgendwie werden wir zwei nicht warm miteinander.«

Frank zuckte mit den Achseln. »Wie du meinst. Dann hole ich was zum Kühlen, du schaust bei ihr rein, und dann sehen wir uns beim Zimmer des Bruders wieder.«
»Danke.«
Allmählich beruhigte sich ihr Puls wieder.

*

Als Julia das Zimmer mit Tim Henschel betrat, hielt sie ein Gelpack aus dem Kühlschrank in der Hand. Henschel saß auf dem Stuhl, den Kopf im Nacken. Das Nasenbluten hatte offenbar längst aufgehört und war auch nur halb so heftig gewesen, wie es auf den ersten Blick ausgesehen hatte. Die Kommissarin reichte ihm den Kühlbeutel, er bedankte sich.
»Ich würde gerne fortfahren«, sagte sie.
»Und ich möchte einen Arzt. Und einen Anwalt«, antwortete Henschel trotzig.
»Meinetwegen. Haben Sie jemanden, den wir anrufen sollen?«
»Nein. Ach … Scheiße. Eigentlich will ich einfach nur nach Hause. Haben Sie eine Aspirin?«
»Kann ich besorgen. Aber wie machen wir jetzt weiter?«
»Was wollen Sie überhaupt wissen? Haben wir nicht alles schon genug durchgekaut, bevor dieser Durchgeknallte hier reingestürmt ist?«
»Was meinte mein Kollege denn mit Kinderficker?«
Henschel wand sich. »Was glauben Sie denn, was er damit meint? Sie wissen doch, was der Alte mit uns gemacht hat.«
»Mit Ihnen beiden«, raunte Durant. Dann stimmte es also. Sie fuhr leise fort: »Ich erinnere mich. Und dafür gibt es keine Entschuldigung. Aber mein Kollege hat *Sie* damit gemeint.«
»Na und? Was ändert das noch?«
»Erklären Sie es mir bitte.«

Henschel schüttelte sich. Dann sah er sie direkt an. »Was meinen Sie denn, wie das für ein Kind ist? Was von den Eltern kommt, das empfindet man als normal! Da stellt man keine Fragen, auch wenn sich's komisch anfühlt. Und dann liegt der Alte in deinem Bett, und die Mutter will nichts davon hören, wenn du Schmerzen hast. Und du wunderst dich nicht, wenn du in der Schule nicht mit den Mädchen klarkommst und die Kerle irgendwie alle anders sind, aber man checkt nicht, woher das kommt. Und die ganzen Lehrer und Jugendamtstypen und all die verklemmten Erwachsenen, was haben die schon für eine Ahnung.« Henschel rang nach Luft, seine Stimme wurde wimmernd. »Ich wollte es nicht, aber dann war da eben Lena. Ich war vierzehn, sie war elf. Sie hat sich gewehrt und geschrien, da hab ich zum ersten Mal kapiert, wie krank das alles ist.«

»Und dann haben Sie aufgehört.«

Henschel kicherte hysterisch. »Irgendwann hab ich aufgehört. Klar. Und ich habe einen tobenden Alten und eine krakeelende Mutter im Zimmer stehen gehabt. Wie zynisch. Damals, als wir beide klein waren, hat sie immer weggesehen. Nichts wissen wollen. Ich war fünf oder sechs, als es anfing, Lena wohl auch. Aber dann, auf einmal … na, egal. Das war jedenfalls eine Abreibung, die ich nie vergessen sollte. Aber wenigstens hat es an diesem Tag aufgehört. Bei mir jedenfalls. Der Alte hat sich offenbar so vor seinem eigenen Sohn geekelt, dass er mich nicht mehr haben wollte. Dabei hatte er mich zu dem gemacht.« Er wischte mit der Hand durch die Luft. »Ende der Geschichte. Ich will dazu nichts mehr sagen, und es gibt auch nichts.«

Julia Durant schluckte. »Herr Henschel, bitte seien Sie jetzt ganz ehrlich. Haben Sie Ihren Vater umgebracht?«

»Nein. Habe ich nicht.«

»Ich will offen zu Ihnen sein: Vor dem Krematorium wird jeder Quadratmillimeter des Verstorbenen pingelig untersucht. Fussel im Rachen, irgendwelche Gifte, eine Überdosis seiner Medikamente. Es gibt nichts, was da verborgen bleibt. Wenn Sie jetzt die Wahrheit sagen …«

»Ich schwöre es bei allem, was mir heilig ist. ICH. HABE. IHN. NICHT. UMGEBRACHT. Und Lena auch nicht.«

Julia faltete die Hände. »Sie wissen ja, dass wir Ihre Schwester parallel zu Ihnen befragen. Können Sie sicher sein, dass sie dasselbe aussagt?«

Henschel nahm das Eispack vom Gesicht und legte es auf den Tisch. Dann begann er, mit seinen Fingern zu spielen. Irgendwann sagte er: »Das kann sie nicht machen.«

»Was kann sie nicht machen? Sie belasten? Da wäre ich mir nicht so sicher. Haben Sie schon einmal vom Gefangenendilemma gehört?«

»Ja, ich glaube schon. Sie meinen diese Sache, wer zuerst den anderen verpfeift, nicht wahr? Aber das gibt's doch nur im Fernsehen. Außerdem wüsste ich gar nicht, was ich da sagen soll.«

»Herr Henschel, es kann auch in der Realität passieren. Wenn wir Anzeichen dafür entdecken, dass der Tod Ihres Vaters nicht natürlicher Ursache war, und wenn Ihre Schwester Sie belastet, dann haben wir ein echtes Problem. Es geht dabei ja nicht nur um die Strafe, es geht auch um Ihr Erbe.«

Henschel schlug auf die Tischplatte und verzog direkt darauf sein Gesicht. »Scheiße! Wie oft denn noch? Ich habe ihn aufgefunden. Ja. War ich froh, dass er verreckt ist? Ja, verdammt. Sie verstehen, warum ich das war. Aber genau aus diesem Grund hätte ich ihm niemals etwas angetan. Weil das Erbe dann futsch gewesen wäre. Wenigstens das Erbe lasse ich mir von diesem Monster nicht wegnehmen, gerade weil er mir das Leben versaut hat.«

Er beruhigte sich ein wenig und fuhr fort: »Und auch wenn Lena mich verachtet hat und wir nie einen Weg gefunden haben, ein normales Verhältnis zu haben: Darin waren wir uns einig. Wir ziehen es durch, bis er stirbt, und dann begraben wir die Vergangenheit und beginnen zu leben.«

Julia Durant schwieg.

Sie entschuldigte sich und verließ den Raum. Auf dem Gang war niemand zu sehen. Ihr Gedankenkarussell raste.

In diesem Moment kam Hellmer aus dem Zimmer, in dem Lena Henschel saß.

»Hast du was rausgefunden?«, wollte Durant wissen.

Hellmer verneinte. »Sie besteht darauf, dass sie nichts mit dem Tod des Vaters zu tun hat. Die Erwähnung einer erneuten Leichenschau hat sie relativ teilnahmslos hingenommen.«

»Hat sie ihren Bruder belastet?«

»Nicht direkt. Sie hat gesagt: ›Ich kann natürlich nur für mich sprechen. Aber ich hätte nie etwas getan, um den Tod des Alten zu beschleunigen.‹«

Die Kommissarin kniff die Augen zusammen.

»Ich gehe da jetzt noch mal rein«, entschied sie.

*

Lena Henschel wirkte müde. Sie rieb sich übers Gesicht und schnaufte.

»Fliegender Wechsel, wie?«

Julia Durant lächelte kühl. »Ich war gerade bei Ihrem Bruder. Und ich finde, wir sollten aufhören, um den heißen Brei herumzureden.«

»Ja. Bitte. Ich möchte endlich nach Hause. Es gibt jede Menge zu tun.«

»Das wird warten müssen«, entgegnete Durant und beäugte ihr Gegenüber sehr genau.

Lena Henschel zuckte kaum merklich. Durant schwieg, bis Frau Henschel es nicht mehr aushielt: »Wie meinen Sie das?«

»Sie glauben doch, dass Ihr Bruder Ihren Vater ermordet hat. So zumindest hat mein Kollege das verstanden.«
»Das habe ich nicht so gesagt!«, empörte sich Frau Henschel.
»Also schließen Sie es aus.«
»Nein, also ja. Mein Gott, ich weiß es nicht.«
»Frau Henschel, mal Klartext. Ich glaube, Sie ziehen hier eine Show ab. Sie lassen kein gutes Haar an Ihrem Bruder, aber weichen immer aus, wenn wir nachhaken. Worauf zielen Sie damit ab? Auf den ganz großen Jackpot, nehme ich an. Das Haus, ganz für Sie alleine. Und der Bruder, der Ihnen so schlimme Dinge angetan hat, sitzt im Knast. Wenn auch für etwas anderes.«
Lena Henschel sprang mit einem Kreischen auf. Im nächsten Moment sackte sie in sich zusammen und verbarg das Gesicht in den Händen. Sie begann zu zittern, und es dauerte, bis sie wieder klare Worte fassen konnte. »Scheiße. Sie wissen also davon?«
»Wir wissen es. Es tut mir leid, was Sie durchmachen mussten.«
»Pah! Nichts wissen Sie! Ich habe es nicht mehr ertragen. Jeder Tag war die pure Hölle für mich. Seine Visage, seinen Geruch, seine Stimme. All die Jahre hat er keinen Piep dazu gesagt, als würde die Zeit alle Wunden heilen. Einen Scheiß hat sie! Aber ich schwöre, ich habe dem Alten nichts angetan. Tim hat ihn gefunden. Da war er schon ganz kalt.«
»Und dann?«
»Ich wusste nicht, ob ich damit durchkommen werde. Aber als Sie bei uns vor der Tür standen … ich dachte, wenn er vielleicht verdächtigt wird … dann kommt er endlich weg, und ich habe meinen Frieden.«
»Also haben Sie an dem Leichnam etwas verändert«, bohrte Durant weiter.
»Nein. Der Gedanke ist mir durchaus gekommen … Denn Sie haben schon recht: Wenn Tim dafür in den Knast gehen würde,

wäre das wie ein Lottogewinn. Und dem Alten wäre es egal gewesen, ob er von alleine starb oder ermordet wurde. Verdient hätte er es allemal. Wenn er mir schon mein Leben versaut hat, warum sollte er nicht wenigstens ein Mal von Nutzen sein? Aber erstens wusste ich so spontan überhaupt nicht, was ich tun sollte. Kissenfussel in den Mund stecken? Keine Ahnung. So weit ist es ohnehin nicht mehr gekommen. Es ging dann so schnell. Der Pflegedienst stand schon vor der Tür, als ich noch oben in der Wohnung war. Ich konnte kaum einen klaren Gedanken fassen. Dann kam auch schon der Notarzt.« Lena Henschel stockte, und ihre Augen wurden scheu. »Was passiert denn jetzt bloß? Muss ich …«

»Fürs Erste passiert wohl gar nichts«, antwortete Julia Durant. »Doch es sieht nicht gut aus, wenn man wichtige Informationen nicht preisgibt. Zum Beispiel das Schäferstündchen mit Hendrik Röber. Das hätten wir wissen müssen. Immerhin lag zu dieser Zeit bereits ein Toter in der Wohnung darüber. Behinderung der Justiz ist keine Kleinigkeit. Ach ja, und wo wir gerade beim Thema sind: Es kann kein Zufall sein, dass es ausgerechnet nach Ihrem Treffen mit Röber im Erdgeschoss gebrannt hat. Niemand außer Ihnen dreien hatte Zugang, und es gab keine Einbruchsspuren. Und Sie scheinen sich ja öfter mal unbemerkt hinten aus dem Haus zu schleichen. Das sieht nicht gut aus. Das deutet doch alles irgendwie in Ihre Richtung. Hegten Sie diese Gedanken, Ihrem Bruder eins auszuwischen, also auch schon beim Mordfall Gregor Bischof?«

»Wie meinen Sie das?«

»Na, kommen Sie, bleiben Sie ehrlich. Ihr Bruder war am häufigsten in der unteren Wohnung. Sie wussten, dass wir das herausfinden werden. Eine Unachtsamkeit nach einem Joint, es brennt, die Feuerwehr entdeckt die Leiche. Wer ist sofort verdächtig? Ihr Bruder, der schon früher gewalttätig gewesen ist. Sie haben selbst gesagt, dass Sie, wenn er weg ist, endlich Frieden haben.«

»Hmm. Ich glaube, dazu möchte ich nichts weiter sagen. Nicht ohne einen Anwalt.«

»Das ist Ihr gutes Recht«, erwiderte die Kommissarin mit einem Nicken.

FREITAG

FREITAG, 18. SEPTEMBER, 9:30 UHR

Ein neuer Tag war angebrochen. Er begann in der Gewissheit, Uwe Liebig nicht begegnen zu müssen. Eine Erleichterung einerseits, aber andererseits schrumpfte das Team der Mordkommission gerade gefährlich. Doris Seidel hatte Liebig bis auf Weiteres suspendiert und erneut darum gebeten, dass Peter Kullmer sich ihnen anschloss. Eine Lösung, die nicht dauerhaft war, aber für den Moment wohl die passendste. Alles war besser, als ein weiterer Tag mit der belämmerten Miene von Uwe Liebig, der sich wie immer keiner Schuld bewusst sein wollte. Julia Durant wusste, was Doris dabei gefühlt hatte, ihn aus dem Team zu nehmen. Vielleicht war jetzt der Punkt erreicht, an dem alles auf den Tisch kam? Die Sache mit den beiden Vergewaltigern, an denen jemand Selbstjustiz verübt hatte. Und wer weiß, was noch.
Sie schüttelte die Gedanken ab, so gut es ging. Lena und Tim Henschel waren auf freiem Fuß. Der Totenschein von Kurt Henschel war unauffällig, was bei einem alten Mann aber kaum verwunderlich war. Julia hatte mit dem Arzt telefoniert, der den Tod festgestellt hatte. Er beteuerte, dass er beim geringsten verdächtigen Anzeichen die Kriminalpolizei verständigt hätte. Ihr blieb nichts übrig, als das so hinzunehmen. Die Obduktion war damit die letzte verbleibende Chance, etwas herauszufinden. Aber selbst wenn sich etwas fand: Würde es auf den Bruder zurückfallen? War nicht Lena es, die sich oben in der Wohnung befunden hatte, als der Pflegedienst eintraf? Vermutlich war es besser für sie, wenn die

Obduktion keine Anzeichen auf Fremdverschulden aufdeckte. Julia scheuchte auch diesen Gedanken aus ihrem Kopf. Wenigstens für ein paar Minuten.

Die Morgensonne war angenehm mild, sie hatte entschieden, zu Fuß ins Präsidium zu gehen. Sie erreichte die Zufahrt, nickte dem Kollegen an der Pforte zu und durchquerte den Innenhof. Hinein ins Gebäude, die Treppen nach oben. Trotz aller Sorgen und dem Frust einer Ermittlung, die auf der Stelle trat, fühlte sie sich zum ersten Mal seit Langem halbwegs erfrischt. Zeit, die Ärmel hochzukrempeln und diesen Mistkerl dingfest zu machen.

Ihre Gedanken rissen jäh ab, als sie die Tür zu Doris' Büro erreichte und in ein Paar vertraute Augen blickte.

»Volker!«

Das hatte ihr gerade noch gefehlt.

Volker Behrmann leitete eine Praxis in Höchst und war der Kommissarin Anfang des Jahres im Zuge einer Ermittlung begegnet. Er schwärmte für Lost Places, wie zum Beispiel das verlassene Polizeipräsidium, und irgendetwas an ihm berührte Julia auf seltsame Weise. Vielleicht war es seine Bekanntschaft mit Alina Cornelius, ihrer ermordeten Freundin. Alina hatte ebenfalls in Höchst praktiziert, bis sie sich ins Nordend verlagert hatte. War es die Erinnerung an sie, die ihn ihr nahe erscheinen ließ? Oder war es die ruhige, klare Art, in der er sich ausdrückte? Oder seine Augen, die ihr direkt in die Seele zu blicken schienen?

Genau in diese Augen sah sie jetzt.

»Volker! Mensch, das ist ja eine Überraschung.« Sie schüttelte sich. »Was machst du denn hier?«

»Was für eine schöne Begrüßung«, erwiderte Behrmann und ließ jeden Sarkasmus direkt in einem warmen Lächeln verenden.

Aus dem gemeinsamen Kaffee oder einem Besuch im Alten Präsidium war dank Lockdown nichts mehr geworden. Für Julia eine recht bequeme Fügung, denn zwischen Behrmanns Zeilen, die er ihr damals geschrieben hatte, las sie mehr als das bloße Interesse für einen Ort, der sie beide verband.

»Sorry.« Julia spürte schon die Blicke ihrer Kollegen auf sich, sie musste die Kontrolle zurückerlangen, und zwar schnell. »Ich freue mich natürlich, dich zu sehen! Bist du gut über die letzten Monate gekommen?«

»Na ja, in meiner Branche«, antwortete er mit einem aufgesetzten Seufzer.

Doris Seidel meldete sich zu Wort. »Ich habe Herrn Behrmann angefordert, weil ich jemanden haben wollte, der das Kollegium bereits kennt.«

»Manche weniger, manche mehr«, kommentierte Hellmer mit spitzer Zunge. Julia warf ihm einen vernichtenden Blick zu. »Und ich habe natürlich sofort zugesagt«, rettete Behrmann die Situation, »unter anderem deshalb, weil Julia mir bei der letzten Ermittlung bereitwillig ihr Vertrauen geschenkt hat. Stellvertretend für Sie alle. Und ich weiß, wie schwer so etwas ist, wenn man einmal mit manipulierten psychiatrischen Gutachten zu tun gehabt hat. Unser Beruf ist ohnehin schon etwas schwammig. Für jede Einschätzung gibt es eine Gegeneinschätzung, die zu völlig anderen Ergebnissen kommt. Aber das soll uns nicht davon abhalten, ein Täterprofil zu erstellen.«

»Gut für uns. Dann legen wir los«, sagte Doris. »Es würde Tage oder eher Wochen dauern, bevor wir einen anderen Experten bekämen. Und dafür liegen zu viele Schachfelder noch frei.«

Julia musste an Berger denken. An seine Tochter. Damals, das hätte was werden können, wenn sie ihren Weg wie geplant weitergegangen wäre. Sie könnte nun selbst auf den Chefsessel hinarbeiten oder als Profilerin hier sein. Aber das Schicksal hielt sich nun mal nicht gerne an Pläne.

»Ich habe mir die Sache schon mal angesehen«, sagte Behrmann. »Zwei Dinge fallen mir auf: Erstens gibt es eine große Unterbrechung zwischen den ersten Opfern und den diesjährigen Fällen. Was mich zum zweiten Punkt bringt: Der Täter hat Kontakt zu Julia aufgenommen. Persönlich, meine ich. Es war direkt an sie adressiert. Diese Ebene ist wichtig, zumal er deutlich gemacht hat, dass er ihre Rolle als ermittelnde Kommissarin kennt. Julia ist keine Unbekannte in Frankfurt, und nun ist sie also sein Gegenspieler Nummer eins. Aber bevor wir das vertiefen, wollte ich noch etwas anderes klären. Hat der Täter bestätigt, dass all diese Fälle und auch nur diese Fälle auf sein Konto gehen?«

Kullmer hüstelte. »Vielleicht wäre es besser, dass wir uns noch nicht auf das Geschlecht festlegen. Oder dass wir ganz offen darüber reden, dass es sich auch um ein Pärchen handeln könnte.«

»Ein Duo«, korrigierte Hellmer ihn.

Zweifelsohne konnte Volker Behrmann die Anspannung spüren und auch ein gewisses Misstrauen. Dazu kamen Franks flapsige Kommentare zu Beginn des Gespräches. Doch all das schien an ihm abzuprallen. Da war es wieder, das Gefühl, das er mit seinem Auftreten in ihr weckte. Dieser Fels in rauer Brandung, diese Gelassenheit, ohne überheblich oder ignorant zu wirken. Und er sah gut aus.

Julia biss sich auf die Zungenspitze und sagte dann: »Über die Geschwister sollten wir mal reden, das ist richtig. Aber ich denke, wir wissen alle, wie viele Serienmörderinnen und weibliche Schachgenies es in der Realität gab.«

»Ausnahmen bestätigen nun mal die Regel«, sagte Peter mit einem Achselzucken.

»Das ist richtig«, sagte Behrmann anerkennend. »Damit zum nächsten Punkt: Es gibt also eine Stadtkarte mit vierundsechzig Feldern. Jedes Feld hat eine eindeutige Bezeichnung. Manche Opfer haben einen direkten Schachbezug, andere nicht. Das klingt

für mich nicht zwangsläufig nach einem Schachgenie. Hat jemand schon versucht, seine Züge mit einer Schachpartie abzugleichen?«
Hellmer verneinte. »Dafür müsste man wissen, für wen er sich hält beziehungsweise von wo aus er zieht. Und welche Farbe er hat. Beginnt man beim Schach nicht mit Weiß? Bisher hatten wir nur ein paar schwarze Figuren.«
»Mit den Schachzügen hat Claus sich auch schon befasst«, kürzte Julia ab, weil ihr etwas anderes unter den Nägeln brannte, »aber das führte zu nichts. Die anderen Dinge bisher auch nicht. Benni war da ebenfalls dran. Das Einzige, wo wir hängen geblieben sind, war diese Bird-Eröffnung. Aber selbst dieser Schachzug kann einfaches Internet-Wissen sein. Da haben wir es ja auch her.«
»Ja, das gute alte Internet.« Behrmann schmunzelte. »Geballte Wissenspower für jedermann.«
»Wie man ja gerade in den letzten Monaten so eindrucksvoll sieht«, frotzelte Hellmer.
»Ich finde den Punkt mit den Todesfällen wichtiger«, platzte es aus Julia heraus. »Haben wir da einen Fehler gemacht? Gibt es vielleicht weitere Todes- oder Vermisstenfälle aus dem letzten Jahr, die wir mit einbeziehen sollten? Haben wir da etwas übersehen?«
»Natürlich sind wir das längst durchgegangen«, vermeldete Doris, »ich habe auch die Nachbarpräsidien kontaktiert.« Ihre Finger wuschelten durchs Haar. »Wir haben zwei nicht identifizierte Leichen, einmal männlich, einmal weiblich. Die Todesursache ist nicht ganz eindeutig, und ob wir da noch etwas in Sachen Blutentnahme finden, ist fraglich.«
»Ich wollte nur sichergehen«, sagte Julia. Wie so oft bei Fällen, die sich über Wochen und Monate hinzogen, verlor man das eine oder andere Detail aus den Augen. Und der Austausch im Team hatte auch schon einmal besser funktioniert. Ein Schatten legte sich über ihr Gemüt. Uwe Liebig. Eine Faust ballte sich. Doch sie verdrängte den Gedanken, so gut es ging.

»Der Tote war mitten in der Stadt«, fuhr Doris fort, »das entsprechende Feld war bislang leer. Die Frau wiederum wurde in Schwanheim gefunden, unweit dieser Schleusenanlage …«
»Das ist doch gar nicht mehr auf der Karte!«, unterbrach ihr Ehemann sie.
»Sie lag ja auch im Main«, ergänzte die Chefin tadelnd.
»Ach so. Sie könnte also die a1 sein und ist einfach nur … aus dem Bild geschwommen«, sagte Julia. Im Grunde war es mehr ein lautes Denken und der Griff nach einem Strohhalm. Sie räusperte sich. »Und sie wurde nicht identifiziert?«
Doris verneinte. »Die Hoffnungen waren von vornherein gering. Es sah nach einer Drogentoten aus, einer illegalen Prostituierten, was auch immer. Da ermitteln wir leider viel zu oft ins Leere.«
Frank wurde hellhörig. »Drogen? Das heißt, sie hatte Einstiche an den Armen?«
»Shit!« Julia verschluckte sich. »Das könnte passen. Kein sozialer Anschluss. Blutentnahme.«
Behrmann hüstelte. »Darüber sollten wir uns auch noch einmal unterhalten. Denn neben dem Mordschema haben wir es ja wohl auch noch mit einem Sammler zu tun.«
»Und?«, sagte Frank. »Widerspricht sich das denn?«
»Ganz und gar nicht. Im Gegenteil. Es könnte sogar auf ein Täterpaar hindeuten.«
»Paar – oder Pärchen?«, fragte Frank mit hochgezogenen Brauen. »Das Thema hatten wir mit diesem Foto ja schon mal. Aber ist das nicht eher unwahrscheinlich?«
»Es ist äußerst selten, da haben Sie recht«, stimmte Behrmann zu. »Aber die wenigen Fälle des vergangenen Jahrhunderts sind umso heftiger. Manchmal waren es richtige Paare, sogar Eheleute gab es. In anderen Fällen ein Duo mit demselben Beruf oder ähnlichen Interessen. Da muss ich mich aber erst noch weiter einarbeiten. Es entspräche hier jedenfalls einem Typus, den ich mir durchaus vor-

stellen könnte: Man teilt sich die Morde, einer platziert die Leiche, einer entnimmt das Blut. Darüber müssten wir auch noch einmal reden. Vermutlich ein Souvenir. Das wäre für einen Serienmörder nicht ungewöhnlich. Aber wie genau gehen sie vor? Die Mordmethoden unterscheiden sich ja teilweise sehr deutlich voneinander.« Er atmete tief durch und winkte ab. »Aber, wie gesagt … das alles sind erst einmal nur Überlegungen. Ich möchte das in Ruhe abwägen.«

»Ich habe da an Peters Schreibtisch gedacht«, schlug Doris vor.

Behrmann hob die Hände. »Oh, ich möchte niemandem etwas wegnehmen.«

»Kein Problem«, kam ihr Peter mit einem Lächeln zuvor. »Ich bin in eine andere Abteilung gewechselt. Ich unterstütze hier nur noch. Sie können sich also ungeniert ausbreiten.«

Doris nickte und sagte mit zusammengekniffenen Augen. »Diese Zwei-Täter-Sache macht mir plötzlich Angst. Stellt euch mal vor, es ist so. Mit dem Teilen, mit dem Nehmen und mit dem Geben. Oder aber es ist ein Duell. Ein Kampf zwischen Schwarz und Weiß. Das ist es doch, was das Spiel ausmacht.«

Julia spannte sich an. Frank gab sich unbeeindruckt. Peter schien abzuwägen.

Nach einer Weile fragte Behrmann nach: »Aber geht es beim Schach nicht allein um den König?«

»Klar«, sagte Frank. »Aber alle anderen beschützen ihn. Und zahlen das mitunter mit dem Leben.«

»Ich glaube, ich weiß, was Volker meint«, sagte Julia. »Bei einer Stadtkarte mit gleich großen Feldern spielen die Schachregeln nicht zwangsläufig eine tragende Rolle. Es stimmt: Theoretisch könnte der Gegenspieler direkt auf dem Feld des anderen Königs beginnen. Schachmatt. Aber welcher Serienkiller würde nach solch einem Schema spielen?«

Peter Kullmer war aufgestanden und musterte den Stadtplan. Die

neuere Variante, auf der es schon ein Messegelände und eine Autobahn gab. Eine Universität anstatt einer Irrenanstalt. Und eine Adickesallee mit dem neuen Polizeipräsidium.
»Scheiße«, stieß er hervor. »Wisst ihr überhaupt, wer auf dem Feld des schwarzen Königs sitzt?«
»Da oben mittig?« Frank Hellmer kniff die Augen zusammen. »Das sind vermutlich wir. Na und?«
»Ich meine nur. Theoretisch müsste irgendwann ein Mord direkt vor unserer Haustür stattfinden.«
Julia Durant schüttelte sich. Ihr war schon der Grüneburgpark viel zu nah an der eigenen Wohnung gewesen. Doris, Frank und selbst Uwe hatten da leicht reden. Sie wohnten außerhalb des Rasters, welches nur das noch recht beschauliche Frankfurt von vor hundertzwanzig Jahren umfasste.
»Soll er bloß kommen«, stieß sie hervor.

16:20 UHR

Frank Hellmer betrat das Büro und knallte einen Karton auf seinen Schreibtisch. Den ganzen Tag über hatte sich nicht viel ereignet. Julia hatte am Telefon gehangen, auf Ergebnisse gewartet, Fragen gestellt und im Internet recherchiert. Konkret weitergebracht hatte sie das alles nicht.
Hellmers Miene war angespannt.
»Was ist das?«, wollte Julia wissen und deutete auf die Pappkiste.
»Hornungs Hammer. Die Spurensicherung wollte ihn loswerden. Fragt sich nur, was wir jetzt damit anfangen sollen. Wenn es sich dabei wirklich um einen Hammer von Arthur Gatter handelt, müssten wir den doch eigentlich in unser Kriminalmuseum stecken, oder?«
»Das glaube ich nicht.«

»Was? Dass es ein Hammer des Berbers ist?« Hellmer verzog den Mund. »Meinst du dann, dass Hornung ihn wiederhaben sollte?«
»Ich weiß nicht.« Die Kommissarin stülpte die Unterlippe nach vorn. »Was hältst du von ihm?«
»Ach, wenn du so direkt fragst, das ist ein Dummschwätzer. Das schien Berger ähnlich zu sehen. Er hat Hornung nie abgenommen, dass an seiner Geschichte mehr dran ist.«
»Mag sein. Aber was ist mit dem Drohanruf? Hat der echte Mörder Angst vor ihm, und wenn ja, wie könnte Hornung ihm gefährlich werden?«
Hellmers Augen weiteten sich, und der Zeigefinger schnellte nach oben: »Eine Psychose! Das ist es! Er hat sich selbst angerufen, also ich meine, er hat es sich eingebildet. Eine seiner Persönlichkeiten kämpft vielleicht gerade gegen die andere. Fragt sich nur, welche am Ende gewinnt.«
»Hmm. Und was macht die böse Persönlichkeit dann aus? Doch nicht etwa unseren Killer.« Julia war alles andere als überzeugt von diesem Gedankenspiel. Aber manchmal musste man sich auf solche Dinge einlassen.
»Fragen wir doch deinen Behrmann.« Hellmer grinste sie an.
»Jetzt hör auf! Das war so peinlich, als er hier aufgekreuzt ist. Wie alt bist du denn, fünfzehn?«
»Schön wär's. Aber du müsstest dich mal sehen, wenn er im Raum ist.«
»Als ob«, gab sie empört zurück. »Blödmann!«
Frank zeigte ihr die Zungenspitze. »Du kennst ja das Sprichwort mit den getroffenen Hunden, oder?«
»Na, wenigstens mal was anderes als deine lahmen Pferde.«
Ein Klopfen an der offen stehenden Bürotür ließ die beiden zusammenzucken.
»Störe ich?«

Es war Behrmann. Mit ihm hatte Julia jetzt genauso wenig gerechnet wie am Vormittag.
Dieses Mal hielt wenigstens Frank sich im Zaum. Er räusperte sich lediglich und bat den Mann herein.
»Manchmal muss man ihm einfach mal die Haare waschen«, rang Julia sich eine schnelle Erklärung ab und lächelte Behrmann an.
»Ganz, wie ihr meint«, sagte dieser mit einem Augenzwinkern. »Hört mal, mir kam da eine Idee. Etwas unüblich vielleicht, aber wir sollten drüber reden.«
»Her damit«, sagte Frank und bot dem Mann seinen Bürostuhl an.
Behrmann lehnte ab. »Danke. Nach allem, was ich bisher sagen kann, handelt es sich bei ihm – oder ihnen – nicht um einen hochintelligenten Täter, der seine Morde lange im Voraus plant und einen Masterplan verfolgt.«
»Aber das Schachbrett?«, wandte Julia ein. »Und die Figuren?«
»Klar. Mag sein. Aber denkt er wirklich daran, das Brett voll zu kriegen? Und was kommt danach? Serientäter werden von einer Mordlust angetrieben, die ihre Libido nährt. Es ist Lustgewinn, Befriedigung, Selbstbestätigung. Will sagen: Das kann nicht einfach so aufhören. Also was dann? Beginnt er einfach ein neues Brett?«
»Vielleicht in einer neuen Stadt?«, murmelte Frank.
»Unwahrscheinlich. Frankfurt ist sein Terrain. Oder gibt es Hinweise auf Schach-Morde in anderen deutschen Städten?«
Julia verneinte.
»Es ist wie eine Achterbahn«, fuhr Behrmann fort. »Er kann nicht aufhören. Häufig, wenn Serienmörder diesen Fakt realisieren, passiert etwas mit ihnen. Sie fühlen sich übermächtig, sie verlieren den letzten Rest ihrer Hemmungen, sie verfallen in einen Blutrausch. Oder sie suchen sich – unbewusst – Hilfe. Einen Antagonisten, einen Gegenspieler. In diesem Fall, Julia, scheinst das du zu sein.«

»Wegen der Karte?«, fragte die Kommissarin.
»Jein. Die Karte war ein Anfang. Eine Botschaft. ›Ich bin hier.‹«
Julia erinnerte sich an andere Fälle, in denen Täter mit ihr in Kontakt getreten waren. Manchmal, um sich zu rechtfertigen. Manchmal, um sie einzuschüchtern. Manchmal, um sie herauszufordern.
»Er will also mit mir spielen«, sagte sie grimmig.
»So weit würde ich noch nicht gehen«, entgegnete Behrmann. »Fürs Erste will er dir sagen, dass es ihn gibt. Wer er ist. Ein Spieler, ein Meister. Jemand, der das Spiel bestimmt.«
»Und was soll ich deiner Meinung nach tun? Er hat mir keine Frage gestellt und keine Antwortadresse gegeben. Soll ich etwa warten, bis er sich dazu herablässt, den nächsten Schritt zu tun?«
»Wir könnten ihn herausfordern«, schlug Behrmann vor.
Julia und Frank horchten auf.
»Du hast doch bestimmt einen Vertrauten bei den einschlägigen Magazinen der Stadt«, erklärte Behrmann. »Er liest die Tagespresse, garantiert. Er will, dass seine Taten gesehen werden, und er genießt die Überlegenheit. In diesem Augenblick fühlt er sich unbesiegbar. Unsichtbar. Schwebend auf einer Wolke der Genialität. Und er wartet sicher schon seit Monaten darauf, dass jemand ihn entdeckt. Dass man ein Schreckensbild zeichnet, die Presse sich auf das Schachbrett stürzt und die Stadt unter ihm in Panik verfällt. Passiert ist das noch nicht, und da setzen wir an. Das nehmen wir ihm weg.«
»Und wie soll das konkret aussehen?« Julia Durant hatte keine rechte Idee, wie sie das Luftschloss des Mörders zum Einsturz bringen sollte. Denn auch wenn es ihr einen schmerzhaften Stich versetzte: Behrmanns Einschätzung war keine Übertreibung. Der Schachbrett-Killer thronte über ihnen wie ein Gott. Und niemand schien die Macht zu haben, ihn vom Thron zu stoßen.
Doch dann schilderte der Psychiater den beiden seine Idee.
»Verdammt«, sagte Frank Hellmer und pfiff anerkennend. »Das könnte funktionieren.«

»Es könnte aber auch nach hinten losgehen«, gab Julia zu bedenken, und jeder im Raum verstand, worauf sie anspielte.
Der Mörder könnte in eine Art Schockstarre verfallen und kein Risiko mehr eingehen. Das wäre fraglos ein Zugewinn, denn dann würde er auch keine Felder mehr auf dem Schachbrett füllen. Doch wenn er sich tatsächlich zurückzog, würden sie ihn vermutlich niemals zu greifen bekommen. Andererseits: Wie wahrscheinlich war das? Serienkiller hörten nicht einfach so auf, in der Regel taten sie es erst, wenn man sie stoppte. Er würde sich vielmehr in seiner Genialität verletzt fühlen, würde zum Gegenangriff übergehen und diesen vielleicht auf Julia Durant fokussieren. Womöglich forderte er sie heraus. Auf solche Dinge konnte man sich vorbereiten.
Oder aber er reagierte wie ein verletztes Tier. Ein animalischer Instinkt, der alles Berechnende verdrängte. Ein letztes Aufbegehren vor dem Untergang, schlimmstenfalls ein Blutrausch. Diese Möglichkeit mussten sie ebenfalls in Erwägung ziehen.
Und davor hatte die Kommissarin Angst.

MONTAG

MONTAG, 21. SEPTEMBER

Der Herbst lag spürbar über der Stadt. Wie auf Knopfdruck hatte sich der trockene Sommer schon am letzten Ferienwochenende verabschiedet. Seitdem regnete es fast durchgehend, und die Temperaturen waren deutlich gefallen. Genau genommen schien es das erste Jahr seit Langem zu sein, in dem man mal wieder alle vier Jahreszeiten voneinander unterscheiden konnte. Dafür war der Alltag bestimmt von einer wachsenden Sorge, wie es mit der neuen Bedrohung weitergehen würde. Nun, nach sechs Monaten Frischluft im Freien, zwängte man sich bei klammer Witterung zurück in die Wohnungen. Hausbesitzer mit Garten hatten einen Vorteil, wenngleich einem ein regennasser Außenbereich auch nicht viel nutzte. Mieter konnten froh sein um jeden Quadratmeter. Vor allem, wenn sie Homeoffice und Kinderbetreuung parallel zu bewerkstelligen hatten. Manche gerieten in Zahlungsverzug. Man musste nur im Umfeld von Gastronomie oder Kultur tätig sein, um zu merken, dass alles seine Grenzen hatte.

Als die Mietzahlung nicht wie üblich am Fünfzehnten des Monats eingegangen war, griff der Hauseigentümer zunächst zum Telefon. Er wäre zu manchem bereit gewesen, so zumindest gab er es später zu Protokoll. Vermieter seien nämlich nicht per se die Ungeheuer, als die man sie gerne hinstellte. Nach zwei weiteren Versuchen in den Tagen darauf habe er eine Mail geschickt. Am gestrigen Sonntag, nachdem er immer noch keine

Reaktion erhalten hatte, war er kurz entschlossen vor der Wohnung aufgekreuzt. Er hatte geklopft und geklingelt. All das berichtete er lang und breit. Seine Hemmungen, da einfach hineinzumarschieren, vor allem sonntags. Stattdessen habe er eine Notiz hinterlassen und einen erneuten Besuch für heute angekündigt.

Um acht Uhr dreißig hatte er auf der Matte gestanden.

Drei Minuten später schob er den Schlüssel in das Schloss der Wohnungstür.

Um acht Uhr vierunddreißig wählte er die 110.

Die Mordkommission traf um kurz nach neun ein, bestehend aus Frank Hellmer und Doris Seidel. Letztere wollte es sich nicht nehmen lassen, mit an den Tatort zu fahren, und Julia Durant verspürte den gegenteiligen Wunsch. Während sie sich in ihrem Büro einigelte, um Behrmann nicht über den Weg zu laufen, falls er auch heute wieder im Präsidium erschien, nahm die Mordermittlung ihren Lauf. Spurensicherung, Schutzkleidung, Ermitteln des Todeszeitpunkts. Die Frau war alleinstehend, keine Kinder. Mehr wusste ihr Vermieter nicht. Der Kontakt zu den Nachbarn war bestenfalls oberflächlich, man grüßte sich zwar, aber jeder kümmerte sich um die eigenen Angelegenheiten. Niemandem war aufgefallen, dass sie seit Tagen tot war. Dass niemals Licht brannte und keine Rollläden bewegt wurden. Dass der Verwesungsgeruch schon unter der Tür hindurchkam. In einem Treppenhaus, in dem es nach Katzenpisse stank, wohl nicht weiter verwunderlich.

Was Doris und Frank noch vor dem ersten Blick auf die Leiche auffiel, war ein aufgeklapptes Schachbrett, das ohne Figuren auf dem Esstisch lag. Es stammte vermutlich aus einer billigen Spielesammlung und wirkte unbenutzt. Auf einem der Felder im Eckbereich prangte ein Smiley. h2. Weißer Edding auf schwarzem

Grund. Das Haus, in dem man die Tote aufgefunden hatte, befand sich im Goldbergweg. Oberrad.
h2 eben.
Mit freundlichem Gruß vom Schachbrett-Killer.

13:50 UHR

Das Display von Julias Mobiltelefon flammte auf. Doris hatte ihre Anrufe auf den Büroanschluss umgestellt, und das Gerät hatte sich auch schon häufig geregt. Diesmal aber war es ein Anruf für Julia persönlich. Als sie den Namen las, traute ihren Augen kaum.
»Butz! Butz Mayer!«
Sie konnte nicht anders, als es laut auszurufen. Ausgerechnet ihr alter Freund und Weggefährte aus längst vergangenen Tagen. München, die Neunzigerjahre. Der Beginn ihrer Laufbahn. Er war bei der Mordkommission gewesen und später zum LKA gewechselt. Eine große Veränderung, die er niemals bereut hatte. Nicht verändert hatte sich sein Auftreten. Die Mähne auf dem Kopf. Jeansjacke und T-Shirt. Dazu die Cowboystiefel, denen er seinen Spitznamen verdankte. Selbst den Schnurrbart hatte er sich nach einer kurzen Unterbrechung wieder zugelegt.
Seinen bürgerlichen Namen verdankte Butz Mayer dem Tag, an dem er geboren wurde. Jener 21. Juli 1969, als die erste bemannten Mondlandung stattgefunden hatte. Seine Eltern, die einen der häufigsten Nachnamen Münchens trugen, wollten ihrem Sohn etwas Besonderes mitgeben. Da Neil in ihren Ohren zu amerikanisch klang, hatten sie sich bei seinem Kollegen Buzz Aldrin bedient und dessen Namen kurzerhand eingedeutscht. Butz hatte die Achtziger hinter sich gebracht, im Gegensatz zu den meisten anderen war er ihnen aber durchgehend treu geblieben und so

zum heimlichen Vorreiter der Retro- und Nostalgiebewegungen des neuen Jahrtausends geworden.

»Hey, Kleines«, scherzte er. »Was ist denn da los in Bembel City?« Offenbar spielte er auf die Fahndung an. Die Vermisstenfälle waren nach der Dienstbesprechung am Freitag noch einmal landesweit abgerufen worden. Gleichzeitig gab man ein Informationspaket über die Mordserie heraus. Ein Mehrfachmörder, der sich aufs Schachspiel bezieht und der Blut entnimmt. Keine Täterbeschreibung. Niemand hatte sich davon viel erhofft, denn das Spielfeld reichte nicht über die Grenzen der Stadt hinaus.

»Frag lieber nicht«, ächzte Julia. »Sag mir lieber, wie's dir geht! Was du so treibst … Du stehst doch hoffentlich nicht mit gepackten Koffern vor der Haustür, oder?«

Butz war ein verrückter Typ. Ein spontaner Überfall wäre nicht das Verrückteste, was er jemals getan hätte. Die Vorstellung bereitete ihr Unbehagen. Zur Hochzeit hatte sie ihn nicht einladen können, so wie niemanden. Und weil es schon vor und während des Lockdowns keine ruhigen Phasen in ihrem Leben gegeben hatte, war sie noch nicht dazu gekommen, ihm die ganze Claus-Clara-Lynel-Sache zu berichten. Wenn er das jetzt alles zufällig erfahren würde …

»Nein, Quatsch«, lachte Butz. »Aber bring mich nur nicht auf dumme Gedanken. Der alte Golf könnte mal wieder ne Langstreckenfahrt gebrauchen.«

Julia lachte. Golf 2 GTI, Sondermodell Fire & Ice. Mit goldenen Felgen und einem Edelstahlauspuff, der mit der Musikanlage um die Wette schrie.

»Ach, Mensch, ich kann dir gar nicht sagen, wie gut das gerade tut. Ich bin total am Ende. Wir kommen einfach nicht weiter.«

Butz' Feixen war förmlich zu hören. »Dann setz dich am besten mal bequem hin und pass auf, was ich dir zu sagen habe.«

»Okay.« Julia wurde ein wenig flau. Butz war ein lockerer Typ, den sie sehr mochte, auch wenn er manchmal ein bisschen ernsthafter sein könnte. Aber er rief nicht an, um Small Talk zu halten. Das konnten beide nicht sonderlich gut. Es gab also einen Grund, einen ernsten Grund. Hoffentlich kein Amtshilfeersuchen, dachte sie. Wen sollten sie in dieser Stunde entbehren? Selbst Uwe Liebig war dafür im Moment keine Option, auch wenn eine Distanz von dreihundert Kilometern Luftlinie ein guter Anfang wäre.

Doch da legte er schon los: »Was würdest du sagen, wenn ich dir eine Schachfigur anbiete, die anscheinend in eine blutrote Flüssigkeit getunkt wurde?«

»Wie bitte?!«

»Eine geschnitzte Holzfigur. Den Rest analysieren wir noch. Aber es muss etwas mit menschlichem Blut sein.«

Julias Gedanken liefen Amok. »Bitte langsam. Ganz von vorne. Wo hast du diese Figur her?«

»Endlich stellst du mal eine richtige Frage.« Butz lachte, wurde aber sofort ernst und berichtete professionell. »Die Mitarbeiterin in einer hiesigen Postfiliale hat einen Umschlag in die Finger bekommen. Polsterbrief, kleines Format. Angeblich war er beschädigt, ein Riss im Papier, der sich daraufhin mit dem Blut vollgesogen hat. Da braucht es ja nicht viel. Jedenfalls muss sie Panik bekommen haben. Leute, die damit drohen, Coronaviren zu versenden, und all diese kranken Sachen, die so abgehen. Irgendwie kann ich's verstehen, und es war unser Glück, denn sie hat direkt die Polizei verständigt und die auch gleich uns. Wir haben das Ding ins Labor geholt, dabei ist aufgefallen, dass es eine postlagernde Sendung war.«

»Eine was?«

»Postlagernd.«

»Also im Postfach mit einer bestimmten Nummer?«

»Eben nicht! Das benutzt kaum mehr jemand, jedenfalls nicht für legale Zwecke. Man kann jemandem etwas senden, ohne Absender, und es an einen Fantasienamen, zum Beispiel Dagobert Duck, adressieren und dazu die Anschrift der Postfiliale angeben. Mister Unbekannt kreuzt dann innerhalb einer bestimmten Frist dort auf, nennt sich wie der reichste Mann aus Entenhausen und bekommt das Ganze ausgehändigt. Kein Perso, kein gar nichts. Geil, oder?«

Julia versuchte angestrengt, dem Informationsfluss zu folgen. »Okay, verstehe«, sagte sie dann. »Und dieser Dagobert …«

»Der sich natürlich einen ganz anderen Alias zugelegt hat. *Karius-und-Baktus*. Kennst du die beiden noch aus der Werbung? Na ja, vermutlich war das sein Untergang. Die Postlerin hat da sofort an Bakterien und Terror gedacht. Dazu der rote Fleck. Wer weiß … sonst hätte sie uns vielleicht gar nicht verständigt.«

»Okay. Und was ist mit diesem Typen?«

Butz räusperte sich. »Sein Name ist René Neubauer, und er ist um zwei Minuten vor zwölf in den Laden marschiert und wollte sich seinen Umschlag aushändigen lassen. Den hatten wir mittlerweile natürlich entsprechend umgepackt und einen Dummy bereitgelegt. Die Angestellte wäre fast kollabiert vor Aufregung, also haben wir ihr jemanden von uns an die Seite gestellt. Weitere Beamte warteten in Zivil. Es war eine Sache von Sekunden. Als die Mariahilfkirche zum Mittag läutete, war er schon auf halbem Weg ins Transportfahrzeug.«

»Wow«, kommentierte Julia. Sie kam nicht dazu, über alles nachzudenken, dabei schrie alles in ihrem Inneren danach. Sie hüstelte. »Gönnst du mir eine kurze Pause?«

»Klar. Ich warte einfach und bin still.«

Julia bedankte sich. Schachfiguren. Holz. Blut.

Einer tötet, einer sammelt.

Aber warum München? Der Mörder konnte kein Pendler sein, das war aufgrund der zeitlichen Abläufe nicht möglich. Oder hatte er zwei Wohnsitze? War es eben doch ein Pärchen?

»Nein«, murmelte sie.
Sofort meldete sich Butz wieder zu Wort. »Wie bitte?«
»Ich habe nur laut gedacht. Es gibt Hinweise darauf, dass es zwei Täter sein könnten. Auch wenn das niemand von uns so richtig glauben kann.«
»Aha. Und jetzt glaubst du, dass einer der beiden in München sitzt?«
»Klingt bescheuert, hm?«
»Nein, gar nicht. Aber wir sind da schon einen Schritt weiter. René Neubauer ist ein Kunde, kein Mörder. Wir haben ihn gleich befragt und daraufhin seine ganzen Medien eingezogen. Er hat die Figur bei eurem Schachbrett-Killer bestellt. Die Idee mit dem Postfach stammte auch von ihm. Wird interessant, wenn es darum geht, ihm das Ganze als Mittäterschaft auszulegen.«
»Moment«, sagte Julia. »Ihr habt ihn also identifiziert und Zugang zu seinem Computer.«
Die Pärchentheorie war damit zwar noch nicht vom Tisch, aber das Foto, mit dem Hornung bei der Polizei aufgelaufen war, hatte offenbar nichts damit zu tun. Es zeigte ein Pärchen, also Mann und Frau. René Neubauer war ein Mann. Sie schluckte hart. Bedeutete das …
Butz durchbrach ihren Gedankengang. »Ja. Klar haben wir das. Wir wissen alles über ihn.«
»Und er hatte tatsächlich Kontakt zu unserem Mörder?«
»Angeblich schon. Darknet und so. Du weißt ja selbst, dass die Abartigen der Welt dort ihre Zentrale haben.«
Julia Durant stand auf. Sie hielt es nicht mehr aus, nur herumzusitzen. »Ich will mit ihm reden!«
»Klar. Kommst du zu uns?«
»Das muss ich klären. Aber bitte«, sie wurde sehr deutlich, »er darf weder ins Internet noch ohne Kontrolle ans Telefon. Hörst du?«
»Hey. Ich bin kein Anfänger, schon vergessen?«

»Sorry. Aber das, was du mir da reichst, ist der erste Strohhalm, der uns voranbringen könnte. Den dürfen wir nicht versenken.«

Butz Mayer keckerte. »Ich weiß was: Lass mich noch ein paar Anrufe erledigen, und dann packe ich Neubauer nebst seinem Technikkram ins Auto. Wir reden jetzt nicht über Zuständigkeitskram oder sonst was. Er ist und bleibt eine LKA-Angelegenheit, und ich führe ihn solange als meinen Zeugen. Alles, worüber du dir Sorgen machen musst, ist, wohin du mich zum Abendessen einlädst.«

Das klang verlockend und beängstigend zugleich. Nicht nur wegen Lynel. Aber je länger sie nun zögerte, umso länger verzögerte sich auch ein Weiterkommen.

»Ja. Okay«, sagte sie, doch sie fühlte sich überrumpelt. Was würde Doris dazu sagen? Konnte Mayer einen Tatbeteiligten nach Frankfurt bringen? Andererseits: Wenn dieser Neubauer sich weigerte, kam er unweigerlich in Untersuchungshaft. Vielleicht lockte Butz ihn damit zur Kooperation. Sie schüttelte den Kopf, als könne sie damit ihre Gedanken sortieren, und sprach weiter: »Wahnsinn. Schick mir trotzdem schon mal bitte ein Protokoll oder den Mitschnitt, wenn es da was gibt. Ich muss Doris Seidel informieren, sie ist unsere neue Chefin hier. Mein Team wüsste sicher auch gerne Bescheid. Und ich habe so viele Fragen.«

»Mach ich alles. Ich freu mich auf euch!«

»Ja, ich mich auch. Claus wird Augen machen.« Julia fasste sich ein Herz: »Und du erst.«

»Wieso? Ihr tragt doch hoffentlich nicht Partnerlook oder macht irgendwelchen anderen öden Ehepaar-Kram.«

»Öde ist so ziemlich genau das Gegenteil«, begann Julia. »Claus hat eine erwachsene Tochter, die beiden haben sich erst vor ein paar Monaten kennengelernt. Sie lebte in Afrika, und er wusste nichts von ihr. Diese Tochter wurde schwer krank, deshalb hat sie versucht, ihren Vater ausfindig zu machen. Offenbar hatte die Mutter ihr viel von Claus erzählt. Na ja, kurzum: Clara, die Toch-

ter, brachte einen Sohn mit. Der Vater, ein Namibier, ist kurz nach der Geburt verunglückt. Clara starb im Mai. Der Sohn heißt Lynel, ist fast fünf Jahre alt, und er lebt nun bei uns.«
Bumm. So wie einem auf der Theresienwiese die Maßkrüge vor den Latz geknallt werden. Manchmal schwappte etwas hinaus. Keiner jammerte. Stemmen und trinken. Bis es einem aus den Ohren kam.
Aber Butz Mayer reagierte wieder einmal ganz anders. »Ach nee, wie süß. Und wie viel Drama in dieser Familie steckt. Na, dann muss ich ja noch schauen, ob ich dem Kleinen was Ordentliches mitbringe! Namibia hin oder her: Man sollte seine Münchner Wurzeln nicht vernachlässigen.«
Julia kicherte, ihr fiel ein Stein vom Herzen.
»Schick mir die Daten«, erinnerte sie ihren alten Freund noch einmal. »Und bis später.«

14:20 UHR

Doris Seidel kaute am Zeigefinger, während Julia sich durch die Tatortfotos kämpfte. Der Smiley ärgerte sie dabei am meisten. Er erinnerte sie an etwas, das Behrmann in den Raum gestellt hatte, auch wenn es sich nur um eine Vermutung und nicht mal um eine Wahrscheinlichkeit handelte:
Der Mörder wollte nicht spielen. Er wollte nicht mit ihr reden, er wollte sie nicht herausfordern. Er wollte ihr nur seine Überlegenheit demonstrieren, seine Macht, seine Unantastbarkeit. Er war der König. Er würde das Spiel beenden, wenn er dazu bereit war. Keiner durfte ihn schlagen. Keiner konnte es. Doch galt das alles nur für den König? War nicht der König der am meisten Gejagte, derjenige, auf den es alle abgesehen hatten? Sah sich der Mörder vielmehr als Dame, als *Queen,* als die mächtigste Figur auf dem Spielfeld? Was

bedeutete das für ihren Gedanken, den sie zuvor nicht zu Ende zu denken gewagt hatte. Wenn es ein Pärchen war und der Mann in München saß – hatten sie es dann doch mit einer Mörderin zu tun? Doris Seidel war nicht überzeugt gewesen, aber Julia ließ diese Vorstellung nicht los. Was bedeutete das für das Spiel? Änderte es etwas daran, dass es jemanden in der Stadt gab, der sich an seiner Macht ergötzte und sich über die Polizei lustig machte, die auf seinem Schachbrett kein ernst zu nehmender Gegner war? Über Julia Durant persönlich und über alle anderen gleich mit.
»Damit ist jetzt Schluss!«, knurrte sie grimmig.
Sie hatte Doris unmittelbar zuvor von den Dingen berichtet, die sich in München ereignet hatten.
»Was hast du vor?«
»Das müssen wir sehen, wenn die beiden hier eintreffen«, sagte Julia. »Aber wenn er einmal mit dem Mörder in Kontakt getreten ist, dann frage ich mich, ob das nicht auch ein zweites Mal funktioniert.«
Doris nickte anerkennend. »Das könnte funktionieren«, erwiderte sie. »Aber wir müssen extrem behutsam vorgehen.«

19:10 UHR

Butz Mayer war direkt ins Präsidium gefahren. Dort begrüßte er seine ehemalige Kollegin überschwänglich, übergab seinen Gefangenen, erledigte die damit verbundenen Formalitäten und ließ sich dann erschöpft auf einen der Besucherstühle fallen, die im Gang nebeneinanderstanden.
»Bist du sehr k. o.?«
Julias Frage kam nicht ganz uneigennützig. Sie brannte darauf, den Mann zu befragen. Doch Butz sah aus, als brauche er eine Pause und etwas zu essen.
Er atmete tief durch. »Gib mir zehn Minuten.«

»Ich weiß was Besseres. Wir vertreten uns kurz die Beine, ich wohne nicht weit von hier. Dort essen wir eine Kleinigkeit, und dann sehen wir weiter.«
»Einverstanden.«
Schon stand Butz wieder. Julias Blick wanderte an seiner Jeans hinab. Keine Cowboystiefel. Stattdessen ein paar Nikes im Retro-Design. Sie schmunzelte.
»Keinen Piep!«, murrte Butz. »Mir ist der Absatz abgefallen.«
Julia grinste breit. »So ein Jammer.«

Sie passierten den Holzhausenpark. Die Sonne ging gerade unter, und die Luft roch mild. Noch waren überall die Vögel zu hören, in spätestens einer halben Stunde würden sie verstummt sein.
Julia berichtete über Lynel, dessen Mutter und auch die Hochzeit. »Das hätte ich mir alles im Traum nicht vorstellen können«, schloss sie.
Butz legte ihr den Arm um die Schulter. »Du hast ja noch nie halbe Sachen gemacht.«
Wie recht er hatte.
Kurz darauf schloss sie die Wohnungstür auf.
Lynel kam auf den Flur gestürmt. Als er Butz hinter Julia stehen sah, stoppte er und versteckte sich hinter Claus. Dieser strich ihm sanft über den Kopf.
»Das ist ein Freund von uns«, raunte er.
Lynel lugte vorsichtig hinter dem Oberschenkel hervor.
Butz stellte die Reisetasche ab und ging in die Hocke.
»Hey, kleiner Mann. Das freut mich aber, dass wir uns mal kennenlernen. Ich bin der Butz, das ist ein komischer Name, ich weiß. Und du heißt Lynel?«
»M-hm.« Es war kaum hörbar, aber immerhin eine Antwort.
»Mensch, wie cool. Lynel, das heißt ja Löwe. Ich glaub, ich hab da was für dich.«

Es raschelte, und plötzlich hielt Butz einen Löwen im blau-weißen Trikot von 1860 München in der Hand. Er streckte die Hand mit dem Kuscheltier aus. »Das ist mein kleiner Freund, der Sechzgerl. Vielleicht magst du ja auf ihn aufpassen, solange ich hier bin.«

Lynel trat einen Schritt nach vorn und griff nach dem Löwen.

»Sessel?«

»Ach.« Butz winkte ab. »Du kannst ihn so nennen, wie du willst. Und wenn ihr Freunde werdet, kannst du ihn sogar behalten.«

Lynel lächelte und presste das Maskottchen fest an sich.

Claus beugte sich zu dem Jungen hinunter und sagte etwas, worauf Lynel ein wenig verschämt aufsah.

»Danke.«

»Gerne.« Butz hielt ihm die Hand entgegen, und der Kleine griff danach. »Ich glaube, wir werden uns gut verstehen.«

Julia spürte, wie ein warmer Schauer sie durchzog.

Butz Mayer. Der ewige Single, der alte Fußballfanatiker.

»Wo hast du den denn so schnell herbekommen?«, raunte sie ihm zu.

»Muss man parat haben«, grinste Butz nur.

In diesem Augenblick meldete sich Julias Handy.

Sie entschuldigte sich und ging zurück in den Flur, wo der Läufer wieder ausgerollt lag. Die Kanten hatten sich noch nicht vollständig gesetzt, aber das war nur eine Frage der Zeit.

Mit einem schiefen Grinsen nahm sie das Gespräch entgegen.

Es war Cora Danner. »Hey, lange nichts gehört.«

»Tut mir leid. Aber hier ist die Hölle los.«

»Ich weiß, ich weiß.« Cora druckste. »Hast du vielleicht ein paar Minuten Zeit? Ich hab ein Problem, und ich weiß nicht, wie ich das gelöst kriege.«

»Hmm.« Das passte Julia derzeit nun gar nicht in den Kram. Doch

sie wollte die junge Frau nicht vor den Kopf stoßen. »Meinst du ein Treffen?«
»Das wäre mir natürlich am liebsten, aber nein, das erwarte ich nicht von dir.«
»Okay.« Julia fiel ein Stein vom Herzen, wobei in der Stimme der Polizistin etwas Schwerfälliges mitschwang. »Dann schieß los, ich habe gerade Besuch bekommen, aber der kann warten. Lass mich nur woanders hingehen.«
Cora bedankte sich, und Julia wechselte ins Schlafzimmer, wo eine Tür sie von den anderen trennte.
»So, jetzt gehöre ich ganz dir.«
»Das ist superlieb«, säuselte Cora. »Ich rede auch gar nicht lange drum herum: Es geht um … na ja, um diesen Marco.«
Marco.
»Moment. Etwa Marco Reuther? Den Ex-Freund von Meike Sämann?«
»Er war ja nie ihr Freund«, korrigierte Cora spitzzüngig.
»Wie auch immer. Was ist mit ihm?« Julia musste nachdenken. Genau wie bei allen anderen, die im Laufe der Ermittlung in den Fokus geraten waren, hatte man seine Alibis überprüft und ihn daraufhin ausgeschlossen. Natürlich gab es nicht für jeden einzelnen Mord einen wasserdichten Nachweis, aber das gab es bei niemandem.
»Ich wollte dich fragen, was du davon hältst. Also von ihm.« Cora Danner holte Julia aus ihren Gedanken in die Gegenwart zurück.
»Wie, von ihm? Er hat ein Alibi.«
Cora lachte. »Ach Quatsch, doch nicht so. Ich meine … er hat ja nichts mehr mit eurer Ermittlung zu tun, oder?«
Julia begann zu ahnen …
»Na ja, ich dachte mir, dann spricht doch auch nichts dagegen …«
Julia riss den Mund auf. »Du willst dich mit ihm treffen?«

»Nein. Jetzt warte mal. Ich meine: Wäre das denn schlimm?«
Julia schnappte nach Luft. »Ich weiß gar nicht, wo ich da anfangen soll. Du hast ihn damals polizeilich aufgespürt.«
»Aber nur inoffiziell.«
»Ja, eben. Du hast ihn sogar inoffiziell befragt. Wie soll das weitergehen? Was willst du ihm sagen, wenn ihr euch in Small Talk verliert und über eure Berufe plaudert?«
Schweigen.
»Cora, du hast mich gefragt, und ich antworte dir so, wie ich es für richtig halte. Das ist vielleicht nicht unbedingt das, was du hören willst. Aber glaub mir: Ich habe mir mehr als ein Mal die Finger verbrannt, und ich kann dir nur sagen, dass sich das nicht lohnt.«
»Ich könnte ihm ja auch die Wahrheit sagen«, erwiderte Cora nach einer mehrsekündigen Pause.
Julia atmete schwer. Sie musste an den Kuss denken. Irgendwie war es eine Erleichterung, dass Cora sich offenbar auch für Männer interessierte.
Doch das gehörte nicht hierher.
Sie antwortete: »Das halte ich für keine gute Idee. Wirklich nicht. Aber wenn's dir so sehr am Herzen liegt, dann lass mich noch einmal eine Nacht drüber schlafen, okay?«
Nicht dass es an ihrer Einschätzung etwas ändern würde. Aber vielleicht kam Cora von selbst drauf, wie idiotisch diese Idee war.
»Hm, wenn du meinst.«
»Das war jetzt nicht das, was du hören wolltest, stimmt's?«
»Nein. Aber danke für deine Offenheit.«
»Wie gesagt. Wir reden morgen noch mal, wenn du möchtest. Ich sage nur so viel: Hör auf das, was dein Bauchgefühl dir sagt.«
Cora kicherte. »Ich glaube, das weiß ich schon.«
Julia verdrehte die Augen. »So meine ich das nicht. Ich meine, sei

ehrlich zu dir selbst. Denn am Ende bist du es, die damit klarkommen muss.«

Cora bedankte sich, und es schien, als habe sie es eilig, das Gespräch zu beenden.

Julia verharrte noch eine ganze Weile auf ihrer Matratze sitzend und sah über die umliegenden Dächer.

Cora Danner blieb ihr ein Rätsel.

DIENSTAG

DIENSTAG, 22. SEPTEMBER, 9:45 UHR

Ein dummer Mörder!

So und in ähnlich harten Worten wurde Julia in der Online- und Printausgabe einer auflagenstarken Regionalzeitung zitiert.

Während sich Teile der Mordserie offenbar an den Taten des stadtbekannten Hammermörders Arthur Gatter orientieren, weichen jüngere Morde eher davon ab. Ist es eine bewusste Entscheidung des Mörders? Hat er die eigene Sprache noch nicht gefunden? Von der Leiterin der Mordkommission heißt es dazu: »Die Hammermorde von damals waren tumbe Taten eines einfältigen Mannes, der zusätzlich unter einer psychischen Erkrankung litt. Das ist es, worauf wir schauen müssen. Auch wenn Filmfiguren wie Hannibal Lecter es uns vielleicht anders vermitteln wollen, so ist ein Mehrfachmörder nicht zwangsläufig intelligent. Im Gegenteil. In den bekanntesten Fällen waren die Täter mit minderer Intelligenz ausgestattet und vollzogen ihre Taten zwar mit einer gewissen Schläue, aber langfristig konnten sie das nicht durchhalten. Mord an sich ist eine Tat, die nicht intelligent ist. Es ist die Macht, nach dem es den Täter dürstet. Und Macht ist der Wunsch der Bedeutungslosen. Das ist unser Täterprofil.«

Nun gibt es allerdings einen nicht zu leugnenden Bezug der Morde zum Schachspiel. Ein Phänomen, dem sich die höchste Intelligenz des Planeten verschrieben hat. Auf die Nachfrage hin, ob hieraus nicht doch ein Hinweis abzuleiten sei oder man Gefahr laufe, den Täter massiv zu unterschätzen, gab die leitende Kommissarin sich fast schon amüsiert: »Glauben Sie mir: Ich habe mit hochintelligenten Mördern zu tun gehabt genauso wie mit Tölpeln. Und das, womit wir es hier zu tun haben, fällt definitiv nicht in die erste Kategorie.«

Diese Bitch!
Ein Tölpel. Einfältig.
War *das* ihre Meinung?
Falls ja, dann hatte sie nichts verstanden, gar nichts.
Die Mundwinkel waren trocken, die Zunge klebte in ihrer Höhle. Schweiß drang aus den entferntesten Poren des Körpers, und die Anspannung war unerträglich.
Hätte sich in dieser Sekunde ein Mensch in der Nähe befunden, es wäre sein letztes Stündlein gewesen. Ein kräftiger Schlag, ein heftiger Tritt. Dann das Blut.
Doch so funktionierte das Spiel nicht.
Das Muster musste eingehalten werden, die Regeln schützten vor übereilten Aktionen. Das Königsspiel erforderte königliche Disziplin. Planung. Vorausschau. Bedacht.
Wer kopflos auf das Spielfeld preschte, büßte eine Spielfigur ein. Verspielte seinen Vorteil.
Die Zeitung flog zerknüllt in Richtung Boden. Der Papierball hüpfte ein wenig, dann kam er zum Erliegen.
Darunter der Plan.
Schwarze Dame und schwarzer König.
In diesem Bereich waren die Maßstäbe der alten Stadtkarte schwammig, und das nicht nur, weil es die heutigen Gebäude und Straßennamen größtenteils noch nicht gegeben hatte.

Doch die Kreuzung Miquelallee, damals noch Miquelstraße, und Eschersheimer Landstraße war eindeutig auszumachen.
d8. Das Polizeipräsidium. Die schwarze Dame. Der Endgegner.
Und auch wenn sich die Regelwerke hier und da widersprachen, so war man sich in einem Punkt einig:
»Die Dame ist die stärkste Figur im Schach. Geht sie verloren, ist man gegen einen aufmerksamen Gegner chancenlos.«
Ein kaltes Lächeln, während die Hand den Laptop von der Sitzfläche hob und den Bildschirm aufklappte.
Chancenlos.
Ich werde dir ein Gegner sein, der dich Demut lehrt.
Einfältig.
Das werden wir ja sehen.

Zitternd klickte der Finger sich so lange durch das hochgefahrene System, bis ein Chatfenster sich öffnete.
Die Internetverbindung war stabil.
Die Sicherheitsmaßnahmen (Verschlüsselung, Verschleiern des Standorts und dergleichen) funktionierten.
Einzig die andere Seite blieb stumm.
Verdammt.

10:05 UHR

Butz Mayer hatte sich ein Hotelzimmer gebucht. Das Angebot, sich von Julia anderweitig unterbringen zu lassen, hatte er mit Nachdruck abgelehnt.
Als er im Präsidium eintraf, wirkte er ausgeschlafen, aber unzufrieden.
»Was war denn *das,* bitte?«
Julia fiel es schwer, ihn ernst zu nehmen, denn wenn er sich

aufplusterte, erinnerte sie das stets an eine Comicfigur. »Was denn, um Himmels willen?«

»Da kriegst du kein Büfett, okay, sehe ich ein. Corona. Und dass ich hier in Frankfurt keine Weißwurst kriege – geschenkt. Aber ein kaltes Rührei und ein trockenes Brot, mein Gott, da hätte ich gleich im Arrest schlafen können.«

»Ich glaube nicht, dass René Neubauer Rührei bekommen hat«, sagte die Kommissarin. »Aber wenn du willst, lasse ich Claus mal für uns kochen. Du weißt ja …«

»Ja, ja. Schon gut.« Butz ballte die Fäuste. »Ich bin jedenfalls in der richtigen Stimmung jetzt.«

Er und Julia hatten um elf Uhr eine Verabredung mit Benjamin Tomas. Vorher hatte die Kommissarin noch etwas anderes auf dem Plan. Sie krempelte sich die Ärmel ihres Hemdes über die Ellbogen und atmete durch.

»Und du willst das wirklich alleine durchziehen?«, fragte Butz Mayer. Dieselbe Frage hatte ihr auch schon Doris Seidel gestellt.

»Ich muss«, sagte sie mit fester Stimme, auch wenn ihr Zwerchfell sich anfühlte wie ein Erdbebengebiet.

11:07 UHR

Endlich!

> da bist du ja. hat alles geklappt?

Klaro.

> und?

und was?

stell dich nicht dumm. die bezahlung!

Sorry. Ich habe geschlampt.

Er nannte die Summe. Sie stimmte haargenau.

Ich brauche noch mal deine Empfängerdaten.

wenn's nur das ist.

Tasten klapperten und verstummten wieder. Lächelnd auf den Zahlungseingang warten.
Er erfolgte quasi in Echtzeit.

danke. war eine freude, mit dir geschäfte zu machen.

Warte!

Angestrengtes Atmen.
Nein, sie waren keine Freunde, und sie würden auch niemals welche werden! Vermutlich ging es genau darum, wenn das Chatfenster offen blieb. Eine Verbindung, die man nun teilte. »Wir bleiben doch in Kontakt, ja?« – Am Arsch!
Warum geschahen diese Dinge immer wieder?
Ein Mord. Eine Trophäe. Ein Nebengeschäft. Das war's.
Kein Grund, sich über diese Transaktion hinaus zu unterhalten.
Der Finger manövrierte den Cursor in die entsprechende Position.
Nur noch ein Klick, und das Gespräch war beendet.

Hallo? Bist du noch da?

Verdammt.

klar. was denn noch?

Das Tippen der Gegenseite dauerte ewig.

Ich will noch eine andere Figur.

Der Körper versteifte sich. Kerzengerade saß die Wirbelsäule vor dem leuchtenden Monitor.
Irgendwo im Innersten schrillte eine Alarmglocke. Sie klang wie eine metallene Türklingel aus den Fünfzigerjahren oder der Schulalarm in der alten Grundschule.
Gleichzeitig lockte das Geld.
Jetzt bloß keine Fehler!

okay. das kam jetzt unerwartet.

Ist es denn ein Problem?

nein. das heißt: hatte ich noch nie.

Ich würde sie mir auch … holen.

Moment!, schrie es aus allen möglichen Richtungen.

stopp. eins nach dem anderen.

Ich möchte eine edle Figur. Etwas Besonderes. Du hast doch gesehen, dass Geld keine Rolle spielt. Aber jetzt möchte ich etwas … anderes.

was denn? einen turm? oder springer??

Nein. Edler.

den könig??

Allein der Gedanke daran ließ einen frostigen Schauer über die aufgerichtete Wirbelsäule jagen.
So weit waren die Gedanken noch gar nicht gegangen.
Ein Blick auf die Karte, e1 und e8.
Der weiße König dürfte kein allzu großes Problem darstellen. Sachsenhausen. Vielleicht schon im Stadtwald. Irgendwo dort könnte sich das Ganze abspielen.
Der schwarze König indes …
Dann kam auch schon die Antwort, und mit ihr kam der richtige Schauer, der den ersten in den Schatten stellte.

Ich will die schwarze Dame.

MITTWOCH

MITTWOCH, 23. SEPTEMBER, 13:20 UHR

Julia Durant kam sich vor, als würde sie Furchen in ihren Parkettboden laufen.

»Du weißt, dass du raus bist«, hatte Doris Seidel gemahnt.

Natürlich wusste sie das.

Sie war bedroht, sie hatte die Sache spätestens mit diesem bescheuerten Zeitungsartikel zu einem persönlichen Kampf gemacht. Im Nachhinein betrachtet war es vielleicht eine dumme Idee gewesen. Doch sie hatte nicht ahnen können, dass ausgerechnet Butz Mayer mit einem neuen Ansatz dazwischenfunkte. Unterm Strich war es vielleicht doch gut. Die Schlinge zog sich zu. Sie hatten Kontakt aufgenommen. Sie wussten, wo er als Nächstes zuschlagen würde.

Zum ersten Mal seit Wochen, seit Monaten hatten sie die Situation unter Kontrolle. Soweit man von Kontrolle sprechen durfte.

Claus und Lynel waren in den Zoo gegangen, ein in sich abgeschlossener Bereich, in den man nur hineinkam, wenn man ein Eintrittsticket kaufte. Auf dem Schachbrett waren es die Quadrate g5 und g6. Ein Areal, auf dem sich bislang kein Verbrechen ereignet hatte. Das schmälerte das gute Gefühl ein wenig.

Andererseits würde die schwarze Dame woanders geschlagen werden.

Hatten sie die Sache zu stark vorangetrieben?

Wohl kaum.

Sie hatten ihn aus der Reserve gelockt, ihn an seiner Ehre gepackt.

Dann hatte er die Sache gedreht.

du willst also dabei sein?

Ja. Ich nehme einen weiten
Weg auf mich, wie du weißt.

wegen mir. aber ich sage es dir nicht direkt. nur so viel: ich schlage die dame nach ihrem ersten zug. jerome-gambit. unser feld ist nicht schwarz und nicht weiß, sondern grün. wenn du es wert bist, wirst du es rausfinden. du wirst es dann schon sehen. achtung: wenn ich aber dich sehe – und das ist eine nicht verhandelbare bedingung! –, dann breche ich die sache sofort ab.

Jerome-Gambit.

Was zum Kuckuck … hatte sich da jemand doch mit dem Schachspiel befasst? Oder war es eine willkürliche Sicherheitsmaßnahme? Julia Durant und Benjamin Tomas hatten sofort im Internet nachgeschlagen und tatsächlich eine Bewegung der Dame gefunden. In Schachkreisen notierte man sie so:

d8–e7

Das bedeutete, dass die schwarze Dame von ihrem Heimatfeld d8 auf e7 zieht, wo sie sich vor den König stellt. Sie schützt ihn mit ihrem Leben. Wieder kreuzte der Begriff des Bauernopfers Julias Gedanken. Aber hier ging es um die Dame, die Queen. Ein königliches Opfer also. War es klug gewesen, den Mörder mit dieser Figur herauszufordern? Sie schob den Gedanken beiseite und dachte an das Jerome-Gambit.

Die Bezeichnungen der Schachwelt für diesen Zug waren mannig-

faltig. Der Zug an sich wurde heftig diskutiert und überwiegend als zu risikoreich beurteilt.
Natürlich. Wer opferte schon gerne seine Dame?

Auf der historischen Stadtkarte war das Feld e7 fast vollständig vom Holzhausenpark ausgefüllt. Jene Grünanlage, zu der Julia praktisch hinabschauen konnte, wenn sie in ihrer Küche stand, und die noch immer eine beliebte Insel im ewigen Grau der Großstadt bildete.
Seit dem Morgengrauen verbargen sich dort Beamte in Zivil. Obdachlose, Jogger, Gassigänger. Dazu Doris, Peter und Frank. Selbst ein Uwe Liebig wäre nun hilfreich gewesen, doch dieser war nach wie vor freigestellt. Es ging nicht anders, und Julia wusste, dass es für Doris eine Erleichterung war. Ein Disziplinarverfahren war unausweichlich, das Ergebnis völlig offen.
Sie starrte zum x-ten Mal auf ihr Handy.
Benni Tomas hatte sich angeboten vorbeizukommen. Julia hatte abgelehnt. Der Mörder würde wohl kaum online gehen, während er seinen Trieben nachging.
Butz Mayer hatte die Idee gehabt, dass er sich als Neubauer ausgeben könne. Immerhin erwartete der Killer ja einen Beobachter.
»Nein«, war Doris' Antwort gewesen. Einmal abgesehen von der Zuständigkeitsfrage, gab es einen wesentlichen Grund: »Er hat doch gesagt, wenn er jemanden sieht, bläst er die Sache ab. Wir haben nur diese eine Chance. Also versauen wir es besser nicht.«
Julia war derselben Meinung. Sie setzte sich auf die Couch. Kaute Fingernägel und stand wieder auf. Zurück in die Küche. Hatte Claus nicht irgendwo ein Fernglas?
Es war kaum zu ertragen. Dann piepte ihr Handy. Doris.
»Sag mal. Weißt du was von dieser Cora Danner?«
Julia textete zurück: »Wieso?«
»Ich glaube, sie ist hier.«

Julia schluckte hart. Wie gerne hätte sie auf die Anruftaste gedrückt, aber das durfte sie nicht riskieren.

Cora? Im Holzhausenpark?

Weiter kam sie nicht, denn die Türklingel jagte ihr einen Schrecken durch Mark und Bein. Mit einem leisen Quieken glitt ihr das Handy aus der Hand und rutschte über die Arbeitsfläche.

Ausgerechnet jetzt. Wer konnte das sein? Sie hastete zur Gegensprechanlage. Der Name eines Zustelldiensts klang durch den Lautsprecher.

»Stellen Sie es unten an die Treppe.« So viel zum Thema Abstellerlaubnis. Sie drückte den Summer, doch damit war es nicht getan.

»Sorry. Sie müssen unterschreiben.«

Schon hörte sie die schweren Schritte, die sich die Treppe heraufkämpften. Das Schnaufen hinter der FFP2-Maske. Durant beneidete niemanden, der mehrere Stunden am Tag mit diesem Kopfschmuck herumlaufen musste.

Sie überlegte noch, ob sie ihm eine Kleinigkeit aushändigen konnte, doch sie hatte weder Bargeld griffbereit noch eine Schokolade.

Die Tür schwang auf. Zuerst erblickte sie den Karton, dann den Overall. Dann die Maske.

Und dann hielt er ihr die Kiste auch schon entgegen. Mit welcher Hand sollte sie nun unterschreiben? Durant bückte sich, da hörte sie das feuchte Zischen. Gleichzeitig kam das Brennen, und eine eiserne Hand schnürte ihr die Kehle zu.

Reizgas! Wie hatte ihr das nur passieren können? *Unterschreiben.* Hätte sie es nicht ahnen müssen?

Weiter kam sie nicht. Sie stieß das Paket von sich und taumelte ins Wohnungsinnere. Die Hände vor den Augen. Beide brannten wie die Hölle, aber auf dem rechten konnte sie vage etwas erkennen. Doch es wurde schlimmer. Dazu kamen die Hitze in der Kehle und ein Hustenreiz, der sie am Schreien hinderte.

Flucht. Das war alles, woran sie denken konnte, und es war mehr ein Reflex als rationaler Gedanke. Polternd überwand sie die Couch und taumelte durch Lynels Zimmertür. Dachte sie daran, sich im Inneren zu verschanzen? Rückblickend wusste sie es nicht mehr, doch in dieser Sekunde spürte sie die Hände, die an ihr zerrten. Sie zurückrissen und ins Schlingern brachten.

Rudernd und immer wieder verzweifelt in ihr Gesicht fassend ging die Kommissarin zu Boden. Riss den Beistelltisch neben der Tür mit sich. Das Fußballmaskottchen. Etwas Hartes. Sie landete unsanft. War es ein Spielzeug, das sich ihr in den Bauch bohrte?

Da hörte sie ein Lachen.

Und während sie nach Atem rang und ihr die Tränen aus den Augen traten, spürte sie wieder die Hände, die an ihr zerrten.

Ich muss … dachte sie. *Da ist …*

Doch vor allem anderen war da nur der Schmerz.

13:40 UHR

Wie viel Zeit war vergangen?

Julia Durant blinzelte. Die Augen fühlten sich verquollen an, aber das Brennen hatte nachgelassen.

Wo war sie?

Sie sammelte sich.

Was war geschehen? Es hatte geklingelt, sie hatte das Handy nicht mit zur Haustür genommen. Dann der Überfall. Ein echter Paketbote oder ein Kostüm?

Hatte er sie k. o. geschlagen? Wohin hatte er sie gebracht?

Die Wände waren leer, doch sie kamen ihr vertraut vor.

Verdammt.

Das Poltern der Stufen. Er hatte sie die Treppe hinuntergezerrt. Sie war noch immer hier, im selben Haus.

Das war gut. Oder doch nicht?

Ihre Gedanken fühlten sich an wie ein verstopfter Abfluss. Dumpf und schleichend. Als müsse sich jede Erkenntnis durch ein Nadelöhr zwängen.
Allmählich wurden die Dinge klarer.
Die leer stehende Wohnung im Erdgeschoss.
Nette Gespräche. Angenehme Essensgerüche. Erinnerungen an eine vergangene Zeit.
Finstere Dämonen.
»Du bist wach.«
Wie aus dem Nichts stand er vor ihr. Den Overall noch immer am Leib. Aber wie falsch das alles aussah. Und von so etwas hatte sie sich täuschen lassen.
Durant spürte die Fesseln an Händen und Füßen.
Erkannte, dass es simple Kabelbinder waren. Fast so breit wie ein kleiner Finger und so festgezurrt, dass es in den ausgestreckten Beinen pulsierte. Ebenso in den Handgelenken.
Sie hockte auf dem Boden in einem leeren Zimmer. Das einzige Licht drang durch die Rollläden, die er ein Stück weit hochgezogen hatte. Doch niemand würde von außen hineinsehen. Dafür lagen die Fenster zu hoch und abseits der Straße.
Als Nächstes erkannte Julia das Sechzgerl, den Löwen im Fußballtrikot. Er lag auf dem Parkett.
Heiseres Lachen.
»Du hast dich an ihm festgeklammert wie ein kleines Kind. Aber *mich* als dumm bezeichnen.«
»Sie … sind …«
»Ich bin es. Ja. Ich bin dein Albtraum, dein Untergang. Und nach dir werde ich mir deine Kollegen holen. Hellmer, Seidel, Liebig. Die Reihenfolge ist mir scheißegal. Aber am Ende schlage ich den König, und du kannst nichts dagegen tun.«
Julia Durant konnte noch immer nicht erkennen, wer da vor ihr stand. Statt eines FFP2-Schutzes trug er nun eine Art Skimaske.

Aber warum?

Wenn er sie töten würde …

»Und sie werden am Ende alles erfahren«, lachte es heiser. »Dass *du* an allem schuld bist. Ich hätte mir nämlich ganz andere Opfer ausgesucht, aber dann musstest du mich ja beleidigen. Mir zu nahekommen und dann auch noch – ganz schlau – eine Falle stellen.«

Julia räusperte sich. »Was für eine Falle?«

»Verkauf mich nicht für dumm! Denkst du, ich hätte es nicht gemerkt? Wie anders es klang, und dann die Schreibweise. Plötzlich achtet da jemand auf Groß- und Kleinschreibung. Ha! So chattet heute keiner mehr. Nur die altmodischen Bullen, die sich für neunmalklug halten. Jetzt stehen sie alle dämlich im Holzhausenpark herum, während hundert Meter entfernt die schwarze Dame stirbt.«

»Ich bin also die Dame?«

»Die *mächtigste* Figur.« Spöttisches Kichern. »Wenn du mich fragst, ein klägliches Häuflein. Aber der Effekt ist derselbe. Nach deinem Tod wird Chaos auf dem Spielfeld entstehen. Chaos, das ins Verderben führt.«

Diese krampfhaft ins Heisere gepresste Stimme. Sie schrie förmlich danach, von Julia erkannt zu werden. Doch es gelang ihr nicht. Noch nicht. Vielleicht, wenn sie ihn weiter zum Reden brachte. Menschen neigten dazu, in ihre gewohnten Muster zu verfallen. Auch in Stresssituationen.

»Warum Schach? Was soll das Ganze?«

»Ein Schachbrett ist so leer. So unschuldig. Und jedes freie Feld ist ein Ansporn, weiterzumachen. Reicht das nicht?«

»Reicht das wirklich? Sie wollen vierundsechzig Menschen ermorden?«

Er lachte wieder angestrengt. »Na und?«

»Und dann? Wenn das Brett voll ist?«

»Wer weiß? Dann fange ich ein neues an.«
Julia Durant fröstelte. Sie hatte Beziehungstaten erlebt, Rachemorde und sexuelle Triebtäter. Jeder von ihnen war schlimm. Aber die Kalten, die Empathielosen, die Soziopathen. Diese Menschen jagten ihr die größte Angst ein. Wenn es reine Mordlust war, die sie antrieb. Solche Täter hörten nicht auf. Solche Täter erreichte man nicht auf den Kanälen, auf denen normale Menschen interagierten.
»Also ist es für Sie nur eine … Sportart?«
»Wenn Sie das so sehen wollen.«
»Was ist mit dem Blut? Was ist mit den Schachfiguren?«
Wieder lachte er. »Der schnöde Mammon. Das war überhaupt nicht so geplant. Wie so vieles. Wusstest du schon, wie viele Einwohner dieser Stadt Bauer, Springer, König und so weiter heißen? Wie leicht es war, einsame Menschen zu finden, die irgendeinen Bezug zu Schachbegriffen haben! Das habe ich nicht immer so gemacht, aber manchmal hat es eben gepasst. Und – das Wichtigste – wie geil die Leute darauf sind, wenn sie es kapieren! Nicht die Opfer, sondern meine, hm, Follower. Ich bin in einer Menge Foren unterwegs, meistens in den dunkleren Ecken des Internets. Da kann man ganz anders schreiben, da empört sich keiner, und da wird man nicht für jeden Scheiß gesperrt oder gemeldet. Ich habe es selbst gestreut, dass da ein Serienmörder in Frankfurt unterwegs ist und mit seinen Opfern Schach spielt. Es gibt eine große Nachfrage an Souvenirs. Gemälde, die John Wayne Gacy selbst gemalt hat. Die Bibel von Jeffrey Dahmer. Diese Dinge sind wirklich verkauft worden! Oder Haare, abgeschnittene Nägel, allerlei Zeugs. Die Leute nehmen alles, was sie kriegen können. Und dann kam auch schon der erste Kommentar, ob der Mörder Schachfiguren hinterlässt. ›Ja, er schlägt sie‹, habe ich geschrieben. ›Er macht es nicht immer, aber es ist ein Teil seiner Handschrift.‹« Er lachte dreckig. »Na, und dann ging es erst so richtig los. Ich konnte das

Ganze ein wenig steuern. Irgendwann schrieb jemand, er würde eine Menge Geld für solch eine Figur bezahlen. Es wäre doch ein Jammer, wenn sie einfach nur in der Asservatenkammer verschwinden würde. Da hatte ich meinen ersten Kunden am Haken. Ich rechnete nach. Zweiunddreißig Figuren. Mit einer persönlichen Note.«

»Das Blut.«

»Selbst geschnitzt und mit Blut, ja. Viele wollten eine haben. Zuerst hatte ich Zweifel. Ein zusätzliches Risiko. Aber warum nicht die Kasse aufstocken? Warum nicht ein echter Profi sein? Wie oft kommt es schon vor, dass man mit seinem eigenen Serienmörder interaktiv sein kann?« Er machte eine Pause. »Schöne neue Welt!«

Die Kälte in seiner Stimme schockierte Julia. Sie erreichte ihn nicht, jede Frage von ihr streichelte sein Ego, aber nichts davon brachte ihn dazu, seine Taten zu hinterfragen. Sie rüttelte an ihren Handgelenksfesseln.

»Gib dir keine Mühe.«

Sie blickte ihn an. Es war doch ein Mann, oder? Seine Statur, diese Stimme. So sehr konnte man sich nicht verstellen. Und wieder war da etwas. Nicht viel mehr als eine Ahnung. Also fragte sie geradeheraus: »Warum zeigen Sie sich nicht?«

Er druckste. »Warum sollte ich?«

»Wenn ich sowieso sterbe? Dann möchte ich wenigstens wissen …«

»Vergiss es. Ich verrate es dir vielleicht, aber ich hinterlasse hier keine DNA-Spuren.«

Erst jetzt fiel ihr auf, dass er Handschuhe trug. Hatte er diese schon angehabt, als er mit dem Paket vor ihrer Wohnung gestanden hatte?

Ganz so dumm, wie sie ihn in der Zeitung dargestellt hatte, war er offenbar nicht.

Sie hatte das ja auch nicht geglaubt, sondern es war eine Strategie

gewesen. Eine, die aufgegangen war. Nur leider nicht so, wie sie sich das erhofft hatte. Julias Herz hämmerte bis unters Kinn.
»Dann beantworten Sie mir wenigstens noch ein paar Fragen«, verlangte sie mit bebender Stimme.
»Du hast hier gar nichts zu fordern«, kam es lakonisch. »Aber ich will mal nicht so sein.« Drei der behandschuhten Finger reckten sich in die Höhe. »Drei Fragen. Ich entscheide, ob ich sie beantworte. Danach nehme ich dich endgültig aus dem Spiel.«
Durants Gedanken rasten. Sie musste an Gregor Bischof denken, jenen Mord, der sie auf den Plan gerufen hatte. Dem sie weitaus mehr Aufmerksamkeit geschenkt hatte als den anderen. Wenn auch hauptsächlich deshalb, weil sie ihren Fokus so lange auf die Geschwister Henschel gerichtet hatte. Zwei Personen …
»Ich warte!«
»Haben Sie einen Komplizen? Einen Mittäter?«
Shit. Eigentlich hatte sie das anders formulieren wollen.
»Nein.«
»Was ist mit Jan Hornung?«
Abfälliges Lachen. »Dieser Trottel! Macht sich überall wichtig, dabei hat er *nichts* vorzuweisen, rein gar nichts! Den nehme ich mir auch noch vor. h8.«
»Also haben *Sie* ihn angerufen.«
»Klar habe ich das. Seit dem Mord an dem Penner hat der sich in den einschlägigen Internetforen herumgetrieben. Tönte herum, dass das alles wie damals beim Berber wäre. Ich hätte den Makler wohl lieber erwürgen sollen, aber ich wollte seinen Tod *spüren*. Ein geschlossener Raum. Keine Zuschauer. Kein Zeitdruck. Und einen Hammer kann man ganz wunderbar am Körper tragen, selbst im Sommer. Na ja. Solange er nicht voller Blut ist jedenfalls. Ich hätte ihn vielleicht in eine Tüte stecken und wieder mitnehmen sollen. Hinterher ist man immer klüger. Dieser Spinner Hornung ist direkt drauf angesprungen. Also musste ich ihm einen Maul-

korb verpassen, sonst hätte sich keine Sau mehr für das Schachspiel interessiert. Ich hätte ihn ja längst beseitigt«, er atmete heftig durch die Nase ein, »aber jetzt bist erst mal du dran.«

»Hey, Moment.«

»Drei Fragen. So waren die Regeln.«

»Ich habe erst zwei. Wir müssen noch über den Makler reden …«

»Korinthenkackerin, oder wie?«

»Gregor Bischof. Kommen Sie, das ist doch Ihr größter Triumph. Das müssen Sie mir erklären.«

Julia hoffte inständig, dass ihr maskiertes Gegenüber eitel genug war, um sich von dieser Frage geschmeichelt zu fühlen. Sie bewegte sich so langsam wie möglich, ihre Hände waren so nass geschwitzt, dass es auf den Boden tropfte. Wenn sie es schaffte, den Daumen weit genug einzudrehen, konnte sie sich vielleicht aus der Fessel lösen.

Wieder ein heiseres Kichern. Auch er musste unter der Maske schwitzen. Durant hielt den Atem an und schickte ein Stoßgebet gen Himmel. Dann begann er tatsächlich zu reden: »Meinetwegen. Bischof. Stimmt schon, das war ein Filetstück. Bishop ist der englische Begriff für den Läufer, aber das wissen Sie ja sicher. Ich habe nach Namen gesucht, da ist er mir im Internet begegnet. Seine Angebote. Haben Sie die Wohnung gesehen? Ein Schachbrettmuster in der Küche! Das musste ich durchziehen. War ein ziemlicher Affentanz: Termin ausmachen, Hausbesichtigung, aber na ja. Er hat sich zuerst geweigert und wollte mich hinhalten, bis die Eigentümerin wieder da ist. Aber am Ende lockte ihn wohl doch die Verkaufsprovision. Ich glaube, er durfte da noch gar nicht rein, aber er hat's nicht direkt zugegeben. Das ganze Gehabe von ihm sprach Bände. Wie auch immer. Gut für mich, dass er so vorsichtig war. Ich war es schließlich auch. Wussten Sie, dass es in einem der Nachbarhäuser eine Kamera gibt? Wie krank manche Leute sind! Also bin ich von der anderen Seite gekommen. Habe ihn abgepasst. Es gibt da einen Park in Laufweite, von dem man die Straße gut im Blick hat. Na ja, und so konnte er seinen Platz auf dem Feld einnehmen. a5. Und das sogar sprichwörtlich, auf seinem ganz persönlichen Schachbrett!« Er kicherte. »Am Ende war Bischof nicht anders als der Rest. Ein einsamer Typ, dankbar, wenn man sich ein wenig für ihn interessierte. Und total schräg. Haben Sie seine Klamotten gesehen? Na ja. Er hatte Urlaub. Das hat er immer wieder betont. So lange, bis er mir oben in der Küche den Rücken zugedreht hat.« Er räusperte sich. »Nebenbei bemerkt: Das war es jetzt mit unserer Fragerunde. Es wird Zeit für die schwarze Dame.«

Julias Hände schmerzten, doch es gelang ihr nicht, sie frei zu bekommen. Hier saß sie nun, Auge in Auge mit dem Mörder. In ihrem Zuhause und doch unerreichbar fern von allem, was ihr lieb war.

Wie konnte sie *so* sterben? Das durfte nicht sein! Was für ein Drama wäre das für den kleinen Lynel? Der nächste Aussetzer in der Brust. Was, wenn er als Nächstes Claus und dem Jungen auflauerte?

Sie musste etwas *tun*. Aber was?

*

Vom alten Holzhausenpark waren nur etwas mehr als dreißigtausend Quadratmeter verblieben. Inmitten der Stadt eine bedeutende Fläche, aber im Vergleich zu früher nur noch ein Zehntel der Ländereien des namensgebenden Gutshofes. Der Großteil war denkmalgeschützt, und die Stadt hatte Geld und Mühe investiert, um die Parkanlage attraktiv zu halten. Im trüben Dunst eines Werktags brauchte es allerdings einiges an Fantasie, um dem Gelände Charme abzugewinnen. Die Passanten sahen zu Boden, die Gassigänger beschäftigten sich mit den Plastiktüten, in denen sie

die Hinterlassenschaften ihrer Hunde aufsammelten, die Sportler zogen ihre Runden ohne besondere Freude. Oder lag es daran, dass ein Teil dieser Personen Kriminalbeamte waren?
Cora Danner näherte sich einer Eiche mit tief hängenden Ästen. Unter einem der Äste, der sich wie ein Arm über die darunterstehende Sitzbank reckte, kam sie zum Stehen. Ihre Bewegungen waren scheu. Sie blickte sich mehrmals um. Doris Seidel vermied es, das Fernglas zu benutzen, weil sie sich nicht verdächtig verhalten wollte. Man konnte nie wissen, wer sich sonst noch in der Nähe herumtrieb. Doch nun hatte sie die Person in den Fokus genommen. Jene Polizistin, die seit dem Leichenfund am Tag der Fliegerbombe immer wieder auftauchte. Hatten sie dieses Phänomen übersehen? Oder ignoriert? Hatten sie die Verbindung nicht sehen wollen? Während Doris sich fragte, was davon am schlimmsten wäre, taxierte sie die junge Polizistin mit Argusaugen.
Eben setzte sie sich auf die Bank. Die Sitzfläche musste feucht sein, doch das schien sie nicht zu stören. Sie blickte sich um. Dann griff sie unter die Sitzfläche. Tastete umher. Richtete sich auf und versuchte es erneut. Dieses Mal schienen ihre Hände Erfolg zu haben.
Cora ließ einen zylinderförmigen Gegenstand in der Faust verschwinden.
Doris Seidel riss das Fernglas hoch. Sie konnte nur ahnen, was sich in dem Behälter befand.
Eine Schachfigur.
Scheiße. Was sollte es denn sonst sein, wenn nicht die Dame?
Die Kommissariatsleiterin zitterte vor Anspannung, und in ihrem Kopf hallte immer dasselbe Wort wider, wie ein Echo:
Zugriff!

*

Der Mann atmete angestrengt.
Er hockte vor ihr, hatte eine Kanüle aus der Tasche gezogen und hielt ein Messer in der Rechten. Julias Pupillen weiteten sich. War es das? War sein maskiertes Antlitz das Letzte, was sie aus ihren verquollenen Augen sehen würde?
Unmittelbar vorher hatte sie wegrobben wollen, mitten in einem seiner Monologe, in denen er von seinen Taten berichtete. Von seiner Genialität, von den verwirrenden Spuren, die er gelegt hatte. Manches davon habe er nur getan, um seinen Kunden zu beweisen, dass sie es wahrhaftig mit ihm zu tun hatten. Julia war entsetzt. Ein Mörder. Viele Opfer. Und für jedes einzelne gab es da draußen einen Mitwisser, jemanden, der sich an einer geschnitzten Schachfigur ergötzte, die mit dem Blut der Opfer getränkt war. Was für eine gottverdammt kranke Welt das doch war!
Der letzte, verzweifelte Versuch, sich aus ihren Fesseln zu rütteln, scheiterte kläglich. Sie kippte einfach nur zur Seite; die Füße waren längst eingeschlafen, die Hände fühlten sich an wie zwei Ballons, die kurz vor dem Platzen waren. Sie wollte schreien, aber brachte nur ein Würgen und Husten hervor.
Er hatte sie wieder hochgewuchtet, ihr Panzertape um den Kopf geschlungen und »Sendepause!« gesagt.
In dieser Sekunde hatte sie ihn erkannt. Aber wie konnte das sein? Die Notizen über sämtliche Morde und die ermittelten Alibis ratterten durch ihr Gedächtnis. Doch das Reizgas hatte Lücken geschlagen. Aber er? Ausgerechnet …
»Sendepause! Du wirst jetzt für immer schweigen. Doch glaube mir: Deine Kollegen und deine Freunde werden von dir erfahren. Jeder Einzelne. Ich werde sie mir alle vornehmen, egal, wie lange es dauert. Irgendwann ist jeder mal unvorsichtig. Aber wenn sie sterben, werden sie genau verstehen, wer ihnen das Leben nimmt, und sie werden an deinen Namen denken und ihn verfluchen, weil du die Sache zu einer persönlichen gemacht hast.« Er atmete ein

und aus und ergänzte mit heiserem Wahnsinn: »Ich bin ein *Gott.* Ich bin derjenige, der die Tür ins Totenreich öffnet und der bestimmt, wer hindurchgeht.«
Als Nächstes spürte Julia das Metall der Klinge am Hals. Sie dachte daran, wie es sich anfühlen musste.
Die Arteria carotis war neben der Oberschenkelarterie der sensibelste Punkt des Körpers. Ein sauberer Schnitt konnte binnen Sekunden zur Bewusstlosigkeit führen und in nur zwei Minuten zum Tod. Vielleicht spürte man noch den warmen Erguss, der sich über den Oberkörper erstreckte und durch die Kleidung drang. Bevor das Blut erkaltete, war man bereits auf der anderen Seite. Es gab schlechtere Wege, zu gehen. Wenn man gehen wollte. Aber alles in ihr schrie danach, am Leben zu bleiben. Claus. Lynel.
Butz.
Ein Schatten flog durch den Raum. Das Messer fiel mit einem Klirren zu Boden und drehte sich. Die schwarze Maske verschwand aus Julias Blickfeld, wurde niedergerungen, und schon vernahm sie das Wimmern, als Butz Mayer dem Maskierten die Arme auf den Rücken drehte. Es ratschte.
»Alles okay?«, keuchte er.
Julia nickte. Sie atmete so heftig, dass es sich anfühlte, als steckten ihr Strohhalme in der Nase. In Panik zu ersticken machte sie Summgeräusche mit dem Mund und wippte mit dem Kopf.
Butz verstand. Er beugte sich nach vorn und zog ihr das Klebeband vom Gesicht.
»Autsch – Scheiße … Danke!«
»Gern geschehen«, keuchte er, während er ihr die Fesseln löste. »Aber jetzt erklär mir um Himmels willen, was passiert ist! Und vor allem, was das arme Sechzgerl hier macht.«
Julia musste lachen, auch wenn es schmerzte. Butz Mayer griff unsanft nach der Maske und zog sie dem Mann übers Gesicht. Es war puterrot und die Haare waren verschwitzt. Julia erstarrte.

»Kennst du ihn?«, wollte Butz wissen.

Sie nickte sparsam.

»Marco Reuther.«

Butz gab sich unbeeindruckt, denn der Name sagte ihm nichts. Er nahm das Telefon ans Ohr, forderte Verstärkung an und verlangte außerdem nach einem RTW.

»Ich brauche keinen Arzt. Nur ein langes Bad … und eine Flasche Wein.«

»Vergiss es. Bevor du mir nicht alles erzählt hast, lasse ich dich nirgendwohin.«

Julia reckte sich und schüttelte die Hände, die immer noch kribbelten. Angestrengt griff sie in ihre Hosentasche und förderte den Sender des Babyfons zutage.

»Habe ich also doch nicht geträumt«, lächelte sie.

»Nein. Ich bin zu dir gekommen, die Tür stand offen. Also habe ich mich reingeschlichen. Gehört hab ich nichts, nur dieses abgehackte Gerede aus dem Lautsprecher. Wie hast du *das* denn hinbekommen?«

Julia wollte sich aufrichten, doch ihre Füße waren noch nicht so weit. Sie stöhnte auf. »Er hat mich mit CS-Gas attackiert. Ich wollte flüchten, bin durch Lynels Tür gefallen und muss dabei den Löwen und das Babyfon runtergerissen haben. Kann sein, dass ich mir mit dem Tier durchs Gesicht gefahren bin. Alles hat höllisch gebrannt. Na ja, und dann habe ich den Sender eingesteckt. Das Handy war unerreichbar. Ich konnte nichts sehen. Er hat auf mir gesessen.«

»Genial«, kommentierte Butz. »Aber auch der blanke Wahnsinn! Was, wenn er dich mitgenommen hätte und du außer Reichweite des Babyfons gewesen wärst?«

»Hat er ja nicht«, lächelte Julia.

Und dann überfiel sie eine bleierne Müdigkeit.

Hat er ja nicht.

EPILOG

Cora Danner saß vor einem Pott Pfefferminztee, an dem sie sich die Hände wärmte. Ihre Augen waren rastlos, genau wie ihre Finger.

»Noch mal in aller Ruhe bitte«, sagte Julia Durant.

Cora hatte nach ihr verlangt, auch wenn das bedeutete, dass sie über zwei Stunden warten musste. Zuerst hatte die Kommissarin sich durchchecken lassen, Marco Reuther wurde in einen Einsatzwagen verfrachtet, und erst als sie Claus und Lynel wieder in die Arme schließen konnte und die beiden in Sicherheit wusste, war sie dazu bereit gewesen, ins Präsidium zu kommen.

»Was soll ich groß sagen«, antwortete Cora. »Er hat mich über mein Fake-Profil von damals angeschrieben. Das gibt es ja noch, damit bin ich gerne anonym unterwegs. Zuerst hat er es auf die nette Tour probiert. Er habe sich erinnert und wollte mal hören, wie es mir geht.«

»Kein Wunder«, murmelte Julia. »Ich habe die Vergangenheit ja mit ausgegraben, als wir ihn besucht haben. Natürlich sind wir dann auch auf dich gekommen, als wir über Meike Sämann gesprochen haben. Er wollte prompt in den sozialen Medien suchen, na ja, und ich vermute mal, das hat er dann, nachdem ich weg war, auch getan. Vielleicht hätte ich ihn nicht mit der Nase drauf stoßen sollen.«

»Alles gut. Ich habe ja kein Profil mit meinem echten Namen und habe ihm damals auch einen anderen Namen genannt.« Cora atmete tief durch. »Er konnte mich also nicht so ohne Weiteres finden. Allerdings habe ich ein paar Freunde mit dem Profil, meis-

tens Kollegen, die ebenfalls unter anderem Namen unterwegs sind. Ein bisschen vernetzt muss man schon sein, sonst funktioniert es nicht richtig. Na ja, und manchmal klickt man eben auch mal irgendwo auf ›Gefällt mir‹. Ich fürchte, er hat so lange recherchiert, bis er in meinem Dunstkreis auf mein Foto gestoßen ist, und dann wusste er Bescheid. So ein Mist!« Sie hüstelte. »Wobei ich das, als er mich angeschrieben hat, ja noch gar nicht wusste. Er hat mir geschrieben, dass er an mich denken müsse. Wegen Meike. Ich habe mich zuerst gewundert, denn es war ja Wochen her, seit du bei ihm warst. Aber das konnte ich ihn natürlich nicht fragen. Vielleicht hat er so lange gebraucht, um mich ausfindig zu machen. Seine Begründung war, dass er etwas von ihr gefunden habe. Auch da habe ich mich nicht getraut nachzubohren. Um ehrlich zu sein: Ich fühlte mich geschmeichelt. Er hat irgendwie die richtigen Worte gefunden, und ich muss zugeben, ich kam kurzzeitig ins Hadern. Ich wusste schon, dass ich das nicht machen sollte. Genau wie damals, als ich ihn kontaktiert hatte, ohne mich auszuweisen. Aber er ist ja auch ein ganz Hübscher. Also hab ich mir gedacht, ein bisschen schreiben kostet nichts. Und irgendwie fühlte sich das alles gut an. Das war ein kurzes Wanken, Ehrenwort, für ein paar Sekunden nur. Aber ich *musste* dich dann einfach fragen, was du davon hältst.«
»Verstehe.« Julia lächelte, wenn auch müde. Sie musste an den versuchten Kuss am Mainufer denken. Im Grunde war sie erleichtert, dass Cora offenbar mehr auf Männer stand. »Manchmal sind es die merkwürdigsten Typen, die etwas in uns ansprechen. Ich versuche schon mein ganzes Leben, das zu verstehen. Aber ich werde es wohl nie.«
Cora trank einen Schluck Tee, und ihre Augen entglitten in die Ferne. »Nach deiner klaren Ansage bin ich aufgewacht. Und dann wurde mir auch klar, dass es nicht sein darf. Er wollte sich mit mir treffen, doch da habe ich ihm direkt einen Korb gegeben.«

»Und was geschah dann?«
»Zuerst kam eine ganze Weile nichts. Das war nicht weiter verwunderlich. Wenn du einen Kerl abblitzen lässt, verletzt du seinen Stolz. Manche werden pampig, die meisten reagieren gar nicht mehr. Er war anders. Zuerst klang er total verständnisvoll. Er erwähnte wieder Meike, ich war ja noch in dem Glauben, dass er meine wahre Identität nicht kenne. Vielleicht sollten wir das wirklich nicht tun, sagte er. Aber ein Spaziergang im Park. Irgendwann. Er kam auf die Sache zurück, die er noch von ihr habe. Er sagte, dass er es mir gerne geben würde. Es würde sich richtig anfühlen, denn ich sei ihre Freundin und er nur eine flüchtige Bekanntschaft. Als ich immer noch gezögert habe, hat er angeboten, er könne es auch schicken. Immer genau so viel an Zurückziehen, dass ich mich nicht gedrängt fühlte. Und ganz ehrlich: Hast du ihn zu diesem Zeitpunkt denn als Verdächtigen auf dem Schirm gehabt?«
»Wir alle nicht«, gestand Julia ein.
»Siehst du. Ich habe den Chatverlauf abgespeichert, du kannst alles nachlesen. Schlechte Menschenkenntnis hin oder her, ich glaube, du hättest dich auch mit ihm getroffen. Und wenn es nur aus Neugier gewesen wäre. Außerdem schien es ihm am Herzen zu liegen, Meikes, hm, Gegenstand zurückzugeben.«
Sie erschauderte, und Julia konnte das gut nachvollziehen. Es waren im Grunde zwei Gegenstände gewesen: eine Schachfigur und ein Lippenstift. Ein frühes Souvenir des Mörders. Vermutlich sogar derselbe Stift, mit dem er seine Botschaft auf Laskys Brust hinterlassen hatte.
Cora umfasste die Teetasse mit beiden Händen und nahm einen Schluck. Dann sprach sie weiter: »Ich wusste ja auch nicht, was das für ein Gegenstand sein soll. Bei nur einem Date. Reuther wollte es mir nicht verraten, aber ich fühlte mich irgendwie dafür verantwortlich. Immerhin war ich die einzige Brücke zwischen

ihm und Meike. Eine Verbindung, die ich selbst gebaut habe, indem ich ihn damals kontaktierte. Also habe ich diesem Treffen zugestimmt. Und außerdem: Was sollte in einem Park groß passieren? Es war nichts wirklich Verdächtiges an der Sache, außer vielleicht, dass Reuther das Treffen hätte nutzen können, um doch noch zudringlich zu werden. Aber ich weiß mich durchaus zu verteidigen. Na ja, ich habe dem Ganzen schließlich zugestimmt. Holzhausenpark. Die Bank, auf der mich deine Kollegen überrascht haben. Ich saß eine ganze Weile herum, dann kam eine Nachricht. Er schaffe es nicht, er würde andernorts gebraucht. Aber er habe mir etwas hinterlassen. Ich solle unter die Bank greifen. Mein Herz stolperte ganz schön heftig. Ich dachte immer noch, es wäre etwas aus Meikes Wohnung. Als ich dann den Lippenstift in den Fingern hielt, wäre ich fast zusammengeklappt. Aber dann kamen ja auch schon deine Kollegen von allen Seiten auf mich zugestürmt. Die Figur habe ich dann erst später gesehen. Kapiert habe ich das in diesem Moment überhaupt nicht.«

»Die Übergabe der schwarzen Dame war von uns initiiert«, erklärte Julia. »Reuther hat das leider spitzgekriegt. Dabei haben wir uns so eine Mühe gegeben, genau wie sein Kontaktmann zu klingen.«

Cora kniff die Augen zusammen. »Also ist er von Anfang an zweigleisig gefahren …«

»Du hättest gar nichts machen können«, bestätigte Julia. »Wobei uns der Ort womöglich zu denken gegeben hätte. Zweimal Holzhausenpark, das hätte uns stutzig gemacht.«

Cora Danner pfiff. »Verdammt. Ich hab's also verkackt. Wie dumm von mir. Hätte ich bloß …« Eine Träne rann ihr über die Wange.

Julia Durant griff nach ihren Händen. »Hey. Es ist nichts Schlimmes passiert. Du wolltest die Sache mit Meike abschließen. Die Verbindung zu Reuther kappen. Das werfe ich dir nicht vor.« Sie

machte eine kurze Pause. »Hauptsache, es passiert dir nicht wieder.«
»Da kannst du aber Gift drauf nehmen«, erwiderte Cora und lachte auf. »Ich glaube, ich suche mir einen anderen Job.«
Julia schüttelte den Kopf und zwinkerte, als sie sagte: »Das würde ich mal nicht überstürzen. Wer weiß, was dir die Zukunft bringt.«

*

Julia Durant hatte sich die Aufzeichnung der Vernehmung mehrfach angehört. Marco Reuther sprach mit gefasster Stimme, manchmal klang er regelrecht beschwingt, aber das mochte Einbildung sein. Er schien stolz auf seine Taten, daraus machte er keinen Hehl. Den ersten Mord am Mainufer hatte er noch ohne den Gedanken an ein Schachspiel begangen.
»Ich wollte es spüren. Ich wollte es sehen. Ich wollte versuchen, es wie im Fernsehen zu machen. Angeblich stirbt es sich in der Realität viel schwerer, behauptet man. Aber das stimmt nicht. Er hat nicht mal mehr begriffen, dass der Tod kam. Es war wie ein kurzer Rausch. Das werde ich nie vergessen.«
»Und dann? War Meike Sämann Ihr zweites Opfer?«
»Hmm. Meike. Das war … ungeplant. Ich wollte es wieder tun. Unbedingt. Ja, ich wusste, dass es noch mal passieren würde. Frankfurt bietet so viele Möglichkeiten. So einfach. Mir war da diese Karte in die Hand gefallen. Wie selten gibt es so was? Ein Schachbrett, acht mal acht Felder. Das passt überhaupt nicht zu Frankfurt, das war damals viel breiter als hoch. Aber für mich war es wie eine Fügung. Ich spiele Schach, meistens online, das wissen Sie ja schon. Von da kannte ich Milly, und nach ein paar Chats wusste ich auch ihren Vor- und Nachnamen. Haben Sie das gecheckt? Sämann. Ein altes Wort für Bauer.« Hatte er vor Verzückung gegluckst? Die Aufnahme klang danach. An dieser Stelle

überlief es die Kommissarin meistens. »Ich habe mich hinreißen lassen. Eine Verabredung. Sie hat mich zu sich eingeladen, und da ist es dann passiert.«

»Was ist passiert?«

»Na, ich habe sie getötet. Aber es war nicht dasselbe. Nicht so wie beim ersten Mal. Sie quasselte mir die Ohren voll, und ich wusste, als Nächstes will sie mich küssen oder mehr. Ich habe ihr ein heftiges Schlafmittel in den Wein gemischt. Es hat eine Ewigkeit gedauert, bis es endlich wirkte. Zwischenzeitlich war sie auf dem Klo, da habe ich noch mal was nachgelegt. Den Rest von dem Zeug habe ich im Bad platziert, nicht dass jemand Verdacht schöpft. Irgendwann klappte sie dann endlich zusammen. Dabei wollte ich ihr in Ruhe beim Sterben zusehen. Doch allein dieser Köter, der die ganze Zeit zwischen uns herumscharwenzelte. Und dann lag sie endlich da, ohne dass ich etwas *gefühlt* habe. Kein Blut, kein Todeskampf. Wie enttäuschend. Also habe ich ihr noch die Pulsadern aufgeschnitten. Meine ganze Hand war blutüberströmt, das war das einzig Schöne an dem Abend. Und ich glaube, da wurde mir langsam alles klar. Das Blut. Die Holzfiguren. Ich fing mit dem Schnitzen an, und dann habe ich mich geschnitten, und dann wieder der Gedanke an das Blut. So kam das.« Seine Stimme bebte. »Ein ganzes Schachbrett voller Figuren. Herrlich!«

»Trotzdem haben Sie den nächsten Mord wieder in einer Wohnung begangen.«

»Wie? Ach so. Ja. Eigentlich wollte ich das gar nicht. Und um genau zu sein, war da noch ein Mord dazwischen. h1, außerhalb von Oberrad. Eine Spaziergängerin. Ich habe sie erschlagen und vergraben.« Er kicherte. »Offenbar ziemlich gut.«

Er beschrieb die Position. Tatsächlich hatte man daraufhin eine Frauenleiche ausgegraben. Der Name war Durant entfallen. Es wunderte und verärgerte sie, dass die Frau nicht vorher in der Fahndung aufgetaucht war. Hatte keiner sie vermisst? Oder war sie so einsam gewesen, dass sich keiner dafür zuständig fühlte, die Polizei zu verständigen?

Das Gespräch kehrte zu Gregor Bischof zurück. »Bischof war demnach Opfer Nummer vier.«

»Genau. Und haben Sie es kapiert? Bishop. Läufer. Dazu der Schachbrettboden! Das war genial, das musste ich einfach durchziehen.«

»Mit einem beträchtlichen Risiko, entdeckt zu werden.«

An dieser Stelle signalisierte Doris Seidel Hellmer, dass sie sich einschalten wollte: »Moment mal. Aber Sie hatten für diesen Zeitraum doch ein Alibi. Quittungen bei einer Pension in Oberbayern. Wir haben das überprüft. War das eine bewusste Irreführung?«

Reuther lachte. »Man weiß ja nie, wann es einem was nützt. Und es war so einfach. Ich habe dort wirklich Urlaub gemacht, aber nicht an jedem Tag gefrühstückt. Wechselndes Personal. Und warum soll ein Gast, der es gebucht hat, nicht zu Tisch kommen? Es hat *keiner* daran gezweifelt, als ich mir hinterher die Quittungen abgeholt habe. Nicht eine Sekunde lang.«

»Hm. Sehr viel Aufwand für einen willkürlichen Mord.«

»Ich sagte es doch schon. Bishop. Läufer. Das Schachmuster in der Küche. Ich konnte nicht anders. Und der Weg war es mir wert, nicht nur, weil es ein tolles Alibi war. Spätestens ab da – und ab dem Bauern auf h7 – wusste ich, dass ich damit richtig viel Geld machen kann.«

»Über das Darknet. Wie ist es dazu gekommen?«

»Ein glückliches Händchen. Man muss nur die richtigen Leute zusammenbringen. Internetforen. Ein paar wilde Theorien streuen, gerade so, dass sie einem kein normaler Mensch glaubt, aber dass die ganzen Schattengestalten darauf anspringen. Ich habe mich manchmal als jemand ausgegeben, der weiß, dass in Frankfurt ein Killer umgeht. Der diesen Killer kennt. Gut genug, um

Souvenirs bei ihm abzustauben oder um ihn sogar zu beeinflussen.« Er lachte hämisch. »Aber genauso oft konnte ich mich auch einfach als derjenige ausgeben, der ich wirklich bin. Sie glauben gar nicht, *wie* einfach das war. Und es hatte niemals auch nur einer meiner Kunden den leisesten Skrupel. Im Gegenteil. Die einzigen Zweifel, die die Käufer hatten, war, dass es einfach nur Schachfiguren aus einer Spielesammlung sein würden. Also habe ich sie selbst geschnitzt. Das gab es noch nie. Und einmal habe ich mich geschnitten, da kam mir die Idee mit dem Blut. Echtes Blut. Das war es, was die Typen wollten. Das war es, was richtig Geld gebracht hat.« Er lachte in sich hinein. »Das ist die schöne neue Welt, in der wir leben. Aber ich, ich hatte immer die Kontrolle. Ich …«

Ab hier übernahm eine unangenehme Selbstverliebtheit das Gespräch. Reuther spielte sich auf wie ein Gott, wie ein Gönner, und blendete dabei offenbar völlig aus, dass er in Handschellen in einem wenige Quadratmeter großen Vernehmungsraum saß.

Die Kommissarin schaltete an dieser Stelle meistens aus.

So auch dieses Mal.

*

Einige Tage später gingen Julia Durant und Doris Seidel den Abschlussbericht durch. Jan Hornung hatte seinen Hammer wiederbekommen. Bei dem Werkzeug handelte es sich mit hoher Wahrscheinlichkeit nicht um einen Hammer aus Arthur Gatters Besitz. Und es gab auch keinerlei Hinweise darauf, dass mit diesem Hammer jemals eine Person verletzt wurde oder dass er überhaupt mit einem Tatort in Verbindung stand. Hatte Hornung ihn tatsächlich im Gebüsch gefunden, oder entsprang das alles seiner Fantasie? Sie würden es wohl nie erfahren. Hornung indes hatte sich gefreut wie ein kleines Kind. Insgeheim hatte die Kommissarin Mitleid mit ihm. Irgendwie schien es ihm wichtig zu sein, alles richtig zu machen. Mitzuhelfen, wenn er etwas zu sagen hatte. Deshalb auch sein Hang, in Kriminalforen zu lesen und Theorien zu spinnen. So wie bei dem Pärchenfoto. Das Bild zeigte zwei Personen, die nichts mit dem Mord an dem Obdachlosen Martin zu tun hatten. Die einfach nur vorbeiliefen, so wie Hornung selbst vor dreißig Jahren. Vielleicht nahm er die Sache deshalb so wichtig. Ob er damals wirklich im Visier des Berbers gestanden hatte, würde sich nicht mehr ermitteln lassen. Hornung schien davon überzeugt zu sein. Und diese Überzeugung ließ er sich nicht nehmen. Unterm Strich waren es wohl diese fünfzehn Sekunden Ruhm, an denen er sein Leben maß. Und wenn er all diesen Erfolg auf jenen Hammer projizierte, dann schadete es niemandem, wenn er ihn behalten durfte. Schon gar nicht der Polizei, die sich damals alles andere als korrekt verhalten hatte. Irgendwann, wenn er wieder laufen konnte, würde Julia noch einmal zu Berger fahren, um mit ihm darüber zu sprechen. Aber das musste noch warten.

»Apropos Fehlverhalten«, sagte Doris, und Julia zuckte zusammen. Ihr war klar, dass nun die Überleitung zu Uwe Liebig folgte, der seit dem Vorfall mit Tim Henschel vom Dienst suspendiert war. Ein Disziplinarverfahren stand an. Im Zuge dessen würden womöglich auch andere Dinge auf den Tisch kommen, zum Beispiel die Sache mit den drei Vergewaltigern.

»Ob wir Uwe hier noch mal wiedersehen?«, dachte Julia laut.

Doris hob die Schultern. »Kommt ganz drauf an, wie genau wir da hinschauen. Aber du kennst meine Meinung. Es ist das Vertrauen, das kaputt ist. Egal, ob Tim Henschel ihn nun provoziert hat oder nicht.«

Liebig hatte behauptet, dass Henschel ihn unverschämt angegangen hätte. Dass er ihn ausgelacht hätte und etwas gesagt haben sollte wie: »Mir doch egal, wen ich ficke. Hast du Kinder? Dann pass mal lieber gut auf!«

Bei diesen Worten hätte Liebig rotgesehen. Das Schicksal seiner verunglückten Tochter vor Augen, deren Tod ihn schwer traumatisiert hatte, verlor er die Beherrschung. Er sagte, er habe Henschel nur zum Schweigen bringen wollen. Dabei habe er ihm die Nase verdreht. Nun kam es darauf an, wie die Aussage von Tim Henschel lauten würde.

»Warten wir es ab«, schloss Doris Seidel und überlegte kurz.

Julias Blick fiel auf Kurt Henschels Obduktionsbericht. Sie deutete auf das zusammengeheftete Papier. »Ein natürlicher Tod. Die beiden Geschwister werden das Haus also erben.«

Doris nickte. »Ich könnte das nicht. Wenn ich mir vorstelle, dass ich mir das Haus mit einem Bruder teilen muss, der mich als Kind missbrauchen wollte … Denn die beiden leben immer noch unter demselben Dach.«

»Ich weiß«, sagte Julia und atmete angestrengt. »Ich kann – nein, ich *will* mir das gar nicht vorstellen. Im Gegensatz zu bisher sind es aber zwei Wohnungen, also zwei Welten, und Lena wird ihren Bruder sicherlich nie wieder in ihrer Nähe dulden. Sie hat außerdem zugegeben, dass sie durchaus dazu bereit gewesen wäre, ihn zu belasten. Zur Not auch mit gefälschten Indizien. Wie gut für sie, dass es nicht so weit gekommen ist, denn dann würde sie am Ende ohne alles dastehen. Nun kann sie ihr Erbe antreten, was sie auch dringend braucht.«

»Du meinst wegen der Brandstiftung?«

Lena Henschel hatte nach Rücksprache mit ihrem Anwalt zugegeben, das Feuer in der Erdgeschosswohnung gelegt zu haben. Sie habe das mit dem Hintergedanken getan, dass man die Sache ihrem Bruder zuschreiben würde. Ein brennender Joint. Eine Kerze. Was auch immer.

Julia nickte. »Genau. Lena hat den Makler und auch Reuther ins Haus gehen sehen, aber nur einer von beiden ist wieder herausgekommen. Sie ist rübergegangen und hat die Leiche entdeckt. Als

Nächstes kam ihr die Idee, ihren Bruder mit hineinzuziehen, von dem sie ja wusste, dass er regelmäßig unten im Haus herumhängt. Alles voller Spuren. Es hätte hinhauen können. Den Einzigen, den sie davon abhalten musste, die Leiche zu entdecken, war Hendrik Röber.«

»Was ihr ja auch, hm, ziemlich gut gelungen ist.«

Die beiden Frauen schwiegen für einen Moment. Irgendwann setzte Doris erneut an: »Wer weiß, vielleicht hat sie ja sogar eine Zukunft mit Röber?«

Julia lächelte, auch wenn sie nicht so recht daran glaubte. Nun, die Wege des Herzens waren unergründlich. »Wenn ich sie wäre, würde ich mich von Tim Henschel auszahlen lassen und wegziehen.«

»Aus dem Haus? Ja. Aber so viel Geld wird der Bruder sicher nicht aufbringen können.«

Julia zuckte mit der Achsel. »Ist doch sein Problem.«

Die beiden beendeten das Thema damit übereinstimmend, dass sie diese Angelegenheit nicht lösen würden. Tim und Lena Henschel würden das selbst regeln müssen, so wie unzählige andere kaputte Familiensysteme es auch mussten. Immer wieder. In einem reichen Land, in dem es so viele arme Seelen gab.

*

An einem Wochenende, dem ersten, an dem Julias Kopf halbwegs unbelastet war, stand Claus mit einem Brief vor ihr. Er hatte Lynel ins Bett gebracht, während Julia dem Jungen noch einen Gutenachtkuss gab, entkorkte er eine Flasche Rotwein, die er aus Susanne Tomlins Weinkeller mitgebracht hatte. Julia kehrte mit einem warmen Lächeln aus dem Kinderzimmer zurück. Lynel lag unter seiner Bettdecke, den Löwen im blau-weißen Trikot fest in den Armen.

»Was ist das?«, wollte sie wissen, als sie das Papier in Claus' Händen sah.
»Es ist ein Brief von Clara«, sagte er leise. »Ich musste ihr versprechen, ihn dir zu einem bestimmten Zeitpunkt zu geben.«
Offenbar war dieser Zeitpunkt jetzt.
Julia trank einen Schluck Wein und bemerkte dabei, dass ihre Hand zitterte.

Liebe Julia,
bitte wundere Dich nicht, wenn Du Susannes Handschrift erkennst. Ich fühle mich zu schwach, um den Stift zu halten, und ich möchte meine Kraft auf die Gedanken konzentrieren, denn es ist der wichtigste Brief, den ich jemals schreiben werde. Und bitte nimm es Susanne und auch Claus nicht übel, dass Du den Brief erst jetzt erhältst. Ich habe darum gebeten, aus verschiedenen Gründen.
Ich habe es nicht geschafft, ich habe es nicht übers Herz gebracht, mit Dir über die Sache zu reden. Als Du da warst, hatte ich eine Phase, in der wieder Hoffnung war. In der ich »meine Dinge« nicht regeln wollte, denn wer seine Angelegenheiten regelt, der öffnet dem Tod die Tür. Dazu war ich nicht bereit. Aber ich bin es jetzt. Wie Du siehst. Es bricht mir das Herz, meinen Lynel alleine zurückzulassen. Das ist von allem das Schlimmste für mich. Ich hatte ein schönes Leben – aber wie wird es für ihn sein?
Claus hat mir das Versprechen gegeben, sich um Lynel zu kümmern. Er macht das großartig, wenn ich die beiden zusammen sehe, verspüre ich ein tiefes Glück. Und ich weiß auch, dass Lynel Dich liebt. Er ist noch so klein, und Ihr kennt Euch nur so kurz. Aber er hat ein gutes Gespür, noch besser als ich. Ihr seid Menschen, zu denen er aufschaut. Denen er vertrauen kann – denen ich vertraue.
Ich bitte Dich um das Folgende aus tiefstem Herzen, auch wenn ich mich dabei ganz furchtbar unfair fühle, weil ich es besser persön-

lich mit Dir besprochen hätte: Lynel soll in einer richtigen Familie aufwachsen. Einer Familie, die da ist, die geordnet ist, auf solche Dinge legt man in Deutschland doch großen Wert. Das ist eines der Dinge, die Mama mir mitgegeben hat. In Deutschland werden Dinge »sicher« geregelt. Ich wünsche mir, dass Du und Claus meinem geliebten Lynel Eltern seid. Im Herzen, aber auch rechtlich. Ich meine damit eine Adoption.

Susanne sagte mir, dass Du Dir immer ein Kind gewünscht hast. Bitte nimm es ihr nicht übel, aber ich habe sie ein wenig ausgefragt. Wir kennen uns doch erst so kurz. Aber nach allem, was sie mir über Dich erzählt hat, bin ich mir darin ganz sicher. Bitte, Julia, nehmt Euch meines kleinen Löwen an. Er ist alles, was mir etwas bedeutet, und alles, was von mir bleibt. Und Ihr beiden seid das Beste, was ich ihm geben kann. Eine Zukunft mit Menschen, die er liebt und die ihm Liebe schenken können.

Das ist mein Herzenswunsch an Dich, liebe Julia.

Danke, danke und in Liebe,

Clara

*

Das Gerichtsverfahren gegen Marco Reuther fand unter Ausschluss der Öffentlichkeit statt. Das hing primär an den Corona-Maßnahmen, allerdings zog sich das Ganze auch auf unangenehme Weise in die Länge. Neben Reuther, der für sämtliche seiner Taten ein volles Geständnis ablegte, galt es, sich um dessen Kunden zu kümmern. Hier blockte er ab. Selbst das Durchforsten seines Laptops brachte hier nur wenige Erkenntnisse. In den Medien wurde heftig darüber diskutiert, inwiefern es sich hier um Mittäter handelte. Anstiftung, Beihilfe oder Teilhabe. Man warf sich allerlei Rechtsbegriffe zu, doch ohne konkrete Angeklagte waren die Urteile am Ende nur theoretisch.

Es war eine bittere Pille, die Julia Durant und ihr Team zu schlucken hatten: Offenbar gab es Menschen, die ohne jeden Skrupel in Kauf nahmen, dass ein Mord geschah, nur damit sie sich an einem Souvenir ergötzen konnten. Es war eine Sache, ob man sich im Internet Devotionalien von berühmten Serienkillern aus der Vergangenheit beschaffte. Solche Dinge hatte es schon immer gegeben. Aber das hier war eine neue Ebene der Verrohung.

Eine Ebene, die nicht nur Julia Durant erschaudern ließ.

Marco Reuther wurde eine ganze Reihe psychischer Auffälligkeiten bescheinigt. An einem der Gutachten war auch Volker Behrmann beteiligt, und er nutzte diese Gelegenheit, um Julia Durant daran zu erinnern, dass sie irgendwann noch einen Kaffee zusammen trinken wollten. Oder einen Lost Place erkunden. Neben dem Alten Präsidium bot Frankfurt zahlreiche andere spannende Orte: Die Ölfabrik. Das Innere der Alten Brücke. Bunkeranlagen. Manches davon konnte man sogar per Führung ganz legal betreten. Doch die Kommissarin hielt Behrmann hin. Sie wollte ihn nicht vor den Kopf stoßen, aber sie hatte momentan auch keinen Platz für ihn. Also beschränkten sich ihre Gespräche vorläufig auf Marco Reuther. Im Gegensatz zu dem Hammermörder, der in den Neunzigerjahren sein Unwesen getrieben hatte, waren seine Taten nicht die Befehle von einem Mann im Ohr. Reuther mordete aus einem inneren, tiefen Wunsch heraus. Seine erste Tat bezeichnete er als »unvergesslich«, so wie die erste Liebe. So, wie Julia Durant und ihr Team es vermutet hatten, waren seine Opfer meist einsame Menschen. Personen, deren soziale Isolation die Hemmschwelle senkte, Fremden zu vertrauen. Reuther hatte offenbar ein Radar für sie, wobei die Kommissarin befürchtete, dass man einsame Menschen zunehmend auch ohne besondere Fähigkeiten finden konnte. Es gab sie immer häufiger. Der Lockdown hatte das nicht besser gemacht … Reuther hatte das in die Karten gespielt, er verabredete sich zu Spaziergängen mit ihnen, im Freien, an wenig belebten Orten. Zum Trinken, zum Reden. Oder er begegnete ihnen zufällig. Lauerte auf ein passendes Opfer und schlug dann zu. »Ich tötete sie, um sie zu töten«, berichtete er und zeigte dabei ein stolzes Lächeln.

Er tat es aus reiner Mordlust, einem Trieb, der Julia Durant bis ins Mark erschütterte. Kein sexueller Trieb, keine Affekthandlungen, keine Gefühlsebene. Keine Liebe, kein Hass, nicht einmal Freude. Er tat es einzig und allein, »um ihnen das Leben zu nehmen«.

Und um der größte Serienmörder Deutschlands zu werden.

Wenigstens dieses Ziel hatte er bei Weitem unterboten.

Seinen Opfern nutzte das nichts mehr.

Das Urteil fiel auf Höchststrafe mit anschließender Sicherungsverwahrung. Er war gefangen, und er würde gefangen bleiben. Keine Psychiatrie, sondern ein richtiges Gefängnis. Er würde damit leben müssen, kein Gott zu sein. Keinen Rekord aufgestellt zu haben, ja, nicht einmal besonders berühmt geworden zu sein. Das Böse würde in ihm wohnen bleiben. Gefangen, so wie er. Er konnte es nicht mehr ausleben, nie wieder. Damit würde er leben müssen. Jeden Tag.

Und er würde noch lange sitzen, nachdem Julia Durant ihre Dienstzeit bei der Kriminalpolizei längst beendet hatte.

Claus Hochgräbe interessierte sich ebenfalls für den Fall. Auch wenn sein Hauptaugenmerk Lynel galt, der von allem Gott sei Dank nichts mitbekommen hatte, blieb er im Herzen Kriminalbeamter. Daran änderte auch sein Abschied aus dem aktiven Dienst nichts. Als das Urteil verkündet war und Julia einen Schlussstrich unter die Sache zog, schickte er ihr ein Zitat von Kurt Tucholsky:

Es gibt nur ein Mittel, im Schachspiel unbesiegt zu bleiben. Spiele nie Schach.

*

Noch für September hatte Julia sich vorgenommen, bei Canan Bilgiç in der Klinik vorbeizuschauen. Bevor die Erkältungswelle kam und auch die Corona-Zahlen wieder nach oben gingen. Vielleicht würde ihr Offenbacher Kollege Peter Brandt sie begleiten. Diese Vorstellung gefiel ihr. Ob Canan ihre Anwesenheit nun wahrnehmen konnte oder nicht: Julia würde die Hoffnung nicht aufgeben, dass sie eines Tages aus dem Koma erwachte.

Ebenfalls im September suchten Julia und Claus die Adoptionsvermittlung auf. Es war ein Verfahren voller Fragen und Unsicherheiten. Voller Bangen und Wartefristen. Verständlich, wenn es um das Schicksal junger Menschen ging. Von Schutzbedürftigen, die eine Familie suchten, in der sie all die Fürsorge und Liebe erfuhren, die ihnen zustand. Julia und Claus hatten große Sorgen, dass ihr Alter eine schwerwiegende Rolle spielen könnte. Das Prozedere würde eine ganze Weile in Anspruch nehmen, doch die Chancen waren alles in allem nicht schlecht. Beide standen gesundheitlich gut da, Claus war leiblich mit Lynel verwandt, der Junge hatte eine Bindung zu ihnen, und auch das Finanzielle war kein Problem. Selbst wenn Julias Dienstzeit mit einem Enddatum versehen war, auch wenn sie sich über dieses Thema noch keine Gedanken machen wollte.

Denn eines war klar, was auch immer die Zeit brachte:

Julia Durant würde weitermachen!

Sie hatte jetzt eine richtige Familie, sie hatte eine Aufgabe.

Sie fühlte sich wieder jung – fast so jung wie damals, als sie wirklich jung gewesen war.

ENDE

Ein Cold Case wird wieder heiß!

ANDREAS FRANZ
DANIEL HOLBE

Der doppelte Tod

JULIA DURANTS NEUER FALL

Mitten in der Frankfurter Innenstadt kommt es zu einer blutigen Messerstecherei: Am Ende gibt es einen Toten, vom flüchtigen Täter fehlt jede Spur. Kommissarin Julia Durant und das K11 ermitteln in alle möglichen Richtungen. Dann taucht ein Handyvideo auf, das das vermeintliche Opfer der Bluttat als Angreifer zeigt. Ein Fall von Notwehr also? Während die Kripo erfolglos versucht, die Identität des Geflüchteten festzustellen, gibt es einen Treffer bei der DNA-Analyse: Der Geflüchtete hatte offenbar Kontakt zu einer Frau, deren Leiche man wenige Tage zuvor in einem Steinbruch gefunden hat …

Authentisch, aktuell, hochspannend: Band 23 der Bestseller-Reihe um die toughe Frankfurter Kommissarin Julia Durant

KNAUR